ANNE CHAPLET

# Die Fotografin

*Buch*

Daß man Karen Stark, Staatsanwältin in Frankfurt, dazu zwingt, ihren Resturlaub zu nehmen, kann ihrer Meinung nach nur einen Grund haben: Man will ihr den Fall Eva Rauch aus der Hand nehmen. Karen ist die Einzige, die nicht glauben kann, daß die Buchhändlerin Selbstmord begangen hat. Warum sollte sie sich erschossen haben? Und wieso ausgerechnet mit einer antiquierten ungarischen Pistole? Karen spürt, daß irgend etwas nicht stimmt. Daß man die neue Kollegin Angelika Kämpfer mit dem Fall Rauch betraut, die die Akte alsbald schließt, dagegen kann Karen Stark nichts tun. Aber noch hat sie Vertraute, die sie mit Informationen versorgen. Und so erfährt sie, daß in Südfrankreich neben einer Toten eine Waffe gefunden wurde, die aus demselben Raubzug stammt wie die Pistole, mit der sich Eva Rauch angeblich umgebracht hat.

Karen hat Urlaub. Und den wird sie in Südfrankreich verbringen, zusammen mit Paul Bremer, ihrem alten Freund. Beaulieu heißt der friedliche kleine Ort im Süden, in dem die bekannte Fotografin Ada Silbermann erst verschwunden ist und dann tot aufgefunden wurde. Und während sich im Dorf die Gemüter erhitzen und die wildesten Spekulationen die Runde machen, verschwindet eine weitere Frau, eine junge Deutsche, die Ada Silbermanns Haus gekauft und, vom Schicksal der Frau fasziniert, angefangen hat zu fotografieren – mit Adas Kamera. Besteht ein Zusammenhang zwischen diesen Ereignissen? Und welche Rolle spielt Philipp Persson, auch ein Deutscher, der in Beaulieu heimisch geworden ist?

*Autorin*

Anne Chaplet ist das Pseudonym der Publizistin und Sachbuchautorin Cora Stephan. Sie lebt in Frankfurt am Main und in Südfrankreich. »Die Fotografin« ist der vierte Band der preisgekrönten Reihe mit Paul Bremer und Karen Stark: Deutscher Krimipreis 2001 für »Nichts als die Wahrheit«, Radio Bremen Krimipreis 2003 für »Die Fotografin«, Deutscher Krimipreis 2004 für »Schneesterben«. Weitere Informationen zur Autorin unter www.anne-chaplet.de

Von Anne Chaplet außerdem bei Goldmann lieferbar:

Caruso singt nicht mehr. Roman (44327)
Wasser zu Wein. Roman (44647)
Nichts als die Wahrheit. Roman (45028)
Schneesterben. Roman (45767)

Anne Chaplet

# Die Fotografin

Roman

GOLDMANN

FSC
Mix
Produktgruppe aus vorbildlich bewirtschafteten Wäldern und anderen kontrollierten Herkünften
Zert.-Nr. SGS-COC-1940
www.fsc.org
© 1996 Forest Stewardship Council

Verlagsgruppe Random House FSC-DEU-0100
Das FSC-zertifizierte Papier *München Super* für Taschenbücher aus dem Goldmann-Verlag liefert Mochenwangen Papier.

3. Auflage
Taschenbuchausgabe Dezember 2003
Wilhelm Goldmann Verlag, München,
in der Verlagsgruppe Random House GmbH

Umschlaggestaltung: Design Team München
Umschlagfoto: Zefa / Maupin
Druck und Bindung: GGP Media GmbH, Pößneck
BH · Herstellung: HN
Printed in Germany
ISBN-10: 3-442-45466-2
ISBN-13: 978-3-442-45466-2

www.goldmann-verlag.de

*Give me one moment in time when I'm all that I thought I could be –*
*When all of my dreams are a heartbeat away and the answers are all up to me.*
*Then in that one moment in time I will feel – I will feel eternity.*

*Song zur Olympiade 1988, gesungen von Whitney Houston*

# 1. BILD

Wenn du nur einmal die Teetasse auf dem Küchentisch stehengelassen hättest und das Frühstücksbrettchen mit dem gebrauchten Buttermesser. Wenn du wenigstens die Wohnungstür hinter dir zugeschlagen hättest. Aber du bist gegangen wie an jedem anderen Tag: spurlos und lautlos. Voller Rücksichtnahme. Mit gebundenem Schlips, gebügelten Hosen, tadellos sitzendem Jackett, die Mütze unterm Arm. So wie immer. Nur einen Zettel hast du dagelassen auf dem Küchentisch: »Bin rechtzeitig zurück.«

Hättest du es nicht wenigstens an diesem Tag anders machen können? Dich auf die andere Seite drehen, verschlafen, dein Pflichtgefühl vergessen?

Dumme Frage. Es wäre dir nicht in den Sinn gekommen. Niemals hättest du das Auto in der Garage gelassen, den Luxusschlitten, auf den du stolzer warst, als wenn es dein eigener gewesen wäre, und dessen technische Daten du herunterbeten konntest wie die Meisterschaftssiege von Hertha BSC – der neue Mercedes 560 SEL. Cremeweiß. Acht Zylinder. 300 PS.

Was wäre schon passiert, wenn du ihn nicht vom Flughafen abgeholt hättest, den Herrn? Wenn er sich ein Taxi hätte nehmen müssen? Undenkbar? Bestimmt warst du mindestens eine Viertelstunde zu früh da. »Sicher ist sicher«, höre ich dich sagen. Und: »Wer weiß, wozu es gut ist.«

Sicher ist sicher.

Und so seid ihr ins Büro gefahren. Du hast gewartet, während er Telefongespräche erledigte und die Unterschriftenmappe durcharbeitete. Du hast ihn zur Sitzung nach Bonn gefahren und dann noch einmal zurück ins Büro. Und dann…

»Bin rechtzeitig zurück.« Ein Zettel auf dem Küchentisch. Jetzt liegt er im Fotoalbum, mehrfach zusammengeknüllt, ebensooft wieder auseinandergefaltet und glattgestrichen.

Das Fußballspiel ging übrigens 2 : 2 aus. Ich habe alleine vor dem Fernseher gesessen und geheult bei jedem Tor.

Du hättest es schaffen können. Es war erst 17 Uhr, als du ihn nach Hause fahren durftest. Alles hätte gutgehen können, für dich, für ihn, für Lemperle (25), Seiler (41), Brandi (32). Es war ein milder Tag im Spätsommer 1986, der Himmel leicht bewölkt, eine Ahnung von kühleren Tagen schon in der Luft, auf den Straßen sicherlich nicht mehr Verkehr als üblich. Und du kanntest die Strecke im Schlaf.

Hast du wirklich nie Angst gehabt? Bist du nie nachts aufgewacht und hast dir ausgemalt, was passieren könnte, wenn?

Wenn du wenigstens eine andere Strecke gefahren wärst als die gewohnte, die vertraute. Aber du mochtest die Merkstraße mit ihren vielen schäbigen Lädchen und dem Getümmel auf den Bürgersteigen, die Würstchenbude am Ebertplatz, an der zu jeder Tageszeit jemand mit der Bierflasche in der Hand herumsteht. Du liebtest das Blumengeschäft, vor dem im Herbst immer dicke gelbe und rote und bronzefarbene Chrysanthemen standen. Heute kann man da Brillen kaufen. Den Friseurladen, »Salon Frenzl, Damen und Herren«, gibt es noch, aber seit zwei Jahren steht über der Tür mit lila Schrift auf weißem Hintergrund »Gitti's Langhaarkonzept«.

Es war Montag. Montags haben Friseurgeschäfte zu. Und du durftest sowieso alles nur aus den Augenwinkeln wahrnehmen, das hast du jedenfalls immer behauptet. Weil du dich konzentrieren mußtest, denn hinter dem Friseurladen wird die Straße breiter, der Verkehr dichter. Hast du wenigstens einen Blick gewagt zu den letzten Rosen in den Vorgärten vor den Gründerzeithäusern? Saßen noch Gäste an den langen Holztischen im Gärtchen vor dem Italiener, der heute ein Thailänder ist?

Immer bist du hier entlanggefahren. Ein Mann, treu wie Gold, der schon zehn Meter vor einer Ampel den Fuß vorsorglich vom Gas nahm und vor jedem Zebrastreifen bremste. Und der nie zugeben wollte, daß ihn der Job ein bißchen mürbe gemacht hat im Laufe der Jahre. Weshalb du eines Tages eine Matte aus dicken braunen Holzkugeln auf den edlen Ledersitz der Limousine geschnallt hast – »darauf schwören Taxifahrer«, hast du behauptet. Der Herr nahm es mit Humor. »Solange nicht demnächst ein gehäkelter Klorollenüberzieher auf der Hutablage liegt«, soll er gesagt haben.

Du hättest noch eine Chance gehabt. Vielleicht hättest du noch eine Chance gehabt, wenn du vorzeitig Richtung Luisenstraße abgebogen wärst, vor der großen Kreuzung, in deren Mitte heute wieder der Mozartbrunnen steht. Und dann, nur eine Seitenstraße weiter…

Aber das hättest du nur gemacht, wenn da mehr als ein vager Verdacht gewesen wäre. Ein deutlicher Hinweis. Etwas, das vermocht hätte, dich herauszureißen aus deiner geordneten Welt, in der »so was« nicht möglich war. Eigentlich nicht möglich war. Denn natürlich war sie längst in Unordnung, deine Welt, sonst wären Lemperle, Seiler und Brandi nicht hinter euch gewesen in ihrem dunkelblauen Opel, als ihr um 17.25 durch die Friedrich-List-Straße in westliche Richtung fuhrt, sonst hättest du nicht eine Walther P1 im Handschuhfach liegen gehabt, geladen. »Da liegt sie gut«, sagtest du immer, wenn Mutter klagte, daß sie dir dort nicht weiterhelfen würde, im Falle des Falles.

Ich hätte sie zu gerne einmal in die Hand genommen. »Das ist nichts für Kinder«, hast du geantwortet. Ich war beleidigt. Ich war schon fünfzehn.

Da wart ihr nun, kurz vor dem Ziel. In die Eichendorffstraße konnte man von der Friedrich-List-Straße aus nicht einbiegen, die ist Einbahnstraße. Das ist noch heute so. Also bist du rechts ab in die Moritzstraße gefahren, dann einmal um den Block, um so in die Eichendorffstraße zu gelangen, zur Wohnung, zur Nummer 10.

Du konntest nicht anders fahren. Sie wußten, daß du nicht

anders fahren konntest. Aber war damit zu rechnen, wie abrupt du bremsen würdest, als du abgebogen bist in die Moritzstraße und es liegen gesehen hast? Ein Profi guckt in den Rückspiegel, bevor er auf die Bremse tritt, hast du mir immer erklärt. Galt das nicht für dich? Hast du nicht gesehen, wie nah der dunkelblaue Opel hinter dir war? Oder – war es der Schock?

Was hast du gesehen, als du es gesehen hast, das rote Kinderfahrrad mitten auf der Fahrbahn? Ein Kind? *Dein* Kind?

Nach allem, was man weiß, gab es kein Kind in der Moritzstraße um 17.25. Nur ein Kinderfahrrad und einen erfahrenen, zuverlässigen, routinierten Chauffeur, der gebremst haben muß wie der Teufel. So heftig, daß das Begleitfahrzeug mit den drei Polizisten hinter ihm auffuhr.

Hast du den Schweinen die Arbeit abnehmen wollen? WARST DU LEBENSMÜDE?

Du hast gebremst. Ich höre und sehe das alles vor mir, seit sechzehn Jahren, immer wieder – als ob sie es damals live im Fernsehen übertragen hätten. Das Kreischen der Bremsen. Dann ein dumpfer Laut, Glas zerbirst, knirschend schiebt sich der dunkelblaue Opel auf den cremeweißen Mercedes (den Opel konnte man vergessen hinterher, der Mercedes hatte kaum eine Beule). Dann sekundenlange Stille. Und dann – Silvesterfeuerwerk. Getacker von zwei HK-43. Der Aufprall von 118 Kugeln auf Metall, Glas, Lederpolster, auf menschliche Körper. Splitterndes Glas, Schreie vielleicht. Dann wieder Stille. Dann Motorengeräusch, der charakteristische Sound eines älteren VW-Bus-Motors. Das Quietschen von Reifen. Und dann, schon aus der Ferne, wütendes Hupen, als das Fluchtfahrzeug bei Gegenverkehr aus beiden Richtungen über die Kreuzung fährt.

Hast du das mitgekriegt? Was hast du gehört in der plötzlichen Stille? Wie das Blut aus fünf durchlöcherten Männerkörpern auf das Pflaster tropfte?

Du hast nicht mehr nach deiner Pistole greifen können, die lag weit weg. Du hattest keine Chance. Hast du ihm wenigstens in die

Augen gesehen, dem Mann, der auf die Kühlerhaube des Wagens gesprungen war und ein ganzes Magazin in dich hineinpumpte? Welche der Kugeln hat dich schließlich getötet? Eine der dreizehn, die man in Kopf und Hals gefunden hat, eine der sieben, die in deine Brust gedrungen sind, eine der fünf, die deinen Bauch getroffen haben?

Hast du geschrien? Etwas gesagt? Etwas gedacht? Etwas – getan?

Ich habe die Schußkanäle in deinen weißgebluteten Händen gesehen, später. Du mußt sie dir vors Gesicht geschlagen haben.

Schade um Lemperle, Seiler und Brandi. Aber es war ihr Job, sie wurden dafür bezahlt.

Schade um den Herrn Aufsichtsrat. Berufsrisiko.

Aber du? Wofür mußtest du bezahlen?

Und wofür ich?

# 2. BILD

# 1

*Beaulieu*

Wer hier nicht glücklich sein konnte, dem war nicht zu helfen.

Alexa Senger lehnte sich zurück, reckte die Arme in die Luft, legte den Kopf in den Nacken und schaute in den Morgenhimmel, an dessen rötlich schimmerndem Saum ein paar pausbäckige Wolken hingen. Auf dem Terrassenstuhl neben ihr döste die Katze, die Luft roch nach Holzfeuer und frisch geschnittenem Gras, hoch oben wiegte sich ein Mauersegler im Aufwind.

Ein silbern funkelndes Flugzeug kreuzte lautlos das Bild. Sie senkte den Blick. Über dem Kübel mit dem dunkellila blühenden Sommerflieder tanzte ein Schwarm von Schmetterlingen. Felis gähnte, machte einen Buckel und sah abwägend zu den Flattermännern hinüber.

Alexa ließ die Arme fallen. Sei glücklich, dachte sie. Hier ist schließlich das Paradies auf Erden.

Das Haus lag da, wie es sich für ein altes, aus dem 17. Jahrhundert stammendes Steinhaus am Rande eines kleinen Dorfes im Süden Frankreichs gehörte, verwachsen mit einer Landschaft, in der alles kräftiger zu sein scheint als anderswo: die Gerüche, die Luft, die Farben, die Laute. Auf der Terrasse quollen die Blumentöpfe über von dicken Büscheln Lavendel und Thymian, Rosmarin und Salbei. Alexas Blick ging über die Kübel mit den Zitronenbäumchen und Kletterrosen und Liguster hinunter ins Tal, über die Kaskaden der von Steinmauern umgrenzten Gärten hinweg, in denen Olivenbäume und Eßkastanien wuchsen. Oder, in grünen und roten und gelben Streifen, Salat und Lauch und Kohl, eingesäumt von leuchtender Tagetes. Und am Fuß des Hangs: ein Teich.

Vor ein paar Tagen hatte sie lange dort unten gestanden, den

Fröschen zugehört und hochgeschaut. Von unten sah man das Haus am besten: Eine in den Fels gehauene Burg, die sich über der letzten Häuserreihe des Dorfes erhob, größer als die Gebäude links und rechts davon; eine uneinnehmbare Festung, getarnt hinter Efeu und Wein und Rosen, verwunschen, vom Wind umfächelt. Und hinter ihren Mauern dunkle Gewölbe, verstohlene Nischen, verträumte Gärtchen, kühle Zimmer und schließlich eine Terrasse so groß wie ein Ballsaal, über der die Sonne aufging und die ab dem frühen Nachmittag in wohltuendem Schatten lag. Das war ihr Haus.

Ein Dornröschenschloß.

Alexa setzte sich auf und hielt das Gesicht in den kühlen und von der Sonne noch kaum erwärmten Wind, der vom Norden kam, von den Bergen, und den die Einheimischen *Sire* nannten, wenn es Winter, und, freundlicher, *Bonne Maman*, wenn es Sommer war.

Ein Luxusgefängnis. Wie geschaffen fürs jahrelange Warten auf den Prinzen.

Sie zog das Band aus dem Haar, schüttelte die dunklen Locken und raffte sie mit beiden Händen zum Pferdeschwanz zusammen. In ihrem Fall hatte der Prinz schon mal probehalber vorbeigeschaut, sich die Sache eine Weile angesehen und war dann wieder abgereist. So wurde das natürlich nichts mit der Erweckung. Sie verzog den Mund, stand auf und ging hinein in die kühle Küche. Das Sonnenlicht, das durch die Fensterläden drang, zeichnete schmale Streifen auf den Küchenboden. Alexa nahm sich einen Pfirsich aus der Schale und ein Messer aus der Schublade. Nun durfte Dornröschen zusehen, wie die Rosenhecke wieder zuwucherte – sofern sie sich nicht endlich entschloß, zur Baumschere zu greifen.

Abrupt blieb sie stehen. Sie lauschte in das Haus hinein, ob sich oben, im Schlafzimmer, etwas regte, ob sich unten, aus den Kellern, etwas die Treppe hoch auf den Weg zu ihr machte, lauschte auf einen Laut, einen Hauch, eine Bewegung, bis die Kühle der Steinfliesen ihr durch die Fußsohlen gedrungen war. Ihre Finger umklammerten den Pfirsich. Ihre Füße klebten am Boden. Alle Sinne konzentrierten sich auf das Hören.

Als ihr der Saft übers Handgelenk lief, erwachte sie aus der Trance. Sie trug die angematschte Frucht und das Obstmesser hinaus auf die Terrasse. Dann zerteilte sie den Pfirsich und zog ihm die samtene Haut ab. Obwohl ihr Magen sich beim bloßen Anblick verkrampfte, zwang sie sich dazu, wenigstens die Hälfte zu essen. Felis, die sich in einem der Blumentöpfe niedergelassen hatte, hob mit geschlossenen Augen den Kopf und hielt die Nase in ihre Windrichtung. Dann ließ sie sich auf das blaue Polster aus Männertreu zurücksinken. Obst war uninteressant.

Das Dorf erwachte zum Leben. Vom Tal her hörte man leises Gebimmel – die Ziegen von Madame Reynouard wurden auf die Weide getrieben. Jeden Morgen und jeden Abend klangen die Glocken an ihren Halsbändern bis hinauf ins Dorf. Dann das schrille Jammern eines Mofas, das sich immer höher schraubte, bis der Fahrer endlich den nächsten Gang einlegte. Alexa blinzelte mit halbgeschlossenen Augen in die Morgensonne. Gleich würde Monsieur Crespin auf den Balkon am Haus schräg neben dem ihren treten und die Wettervorhersage des Fernsehens nachprüfen.

Man konnte die Uhr nach dem alten Crespin stellen. Morgens, mittags und abends trat er vor die Wetterstation, die an der Schmalseite seiner verglasten Veranda hing, ein hundeknochenförmiges Gebilde aus Holz, das in der oberen Ausbuchtung ein Barometer und in der unteren ein Thermometer umfaßte. »Das Barometer fällt«, hatte er gestern abend mit gesenkter Stimme zu ihr hinübergerufen. Sie beugte sich vor. Soweit sie das von hier aus sehen konnte, stand der Zeiger des Barometers auf fünf nach zwölf, das sprach nicht gerade für ein Tief.

Jetzt schritt Monsieur heran, winkte abwesend und klopfte mit dem Fingerknöchel auf das Glas des Barometers. Der Zeiger rückte noch ein bißchen vor. Der hagere Mann schüttelte den Kopf mit dem dünnen weißen Haar, murmelte etwas, das sie nicht verstand, und ging wieder zurück ins Haus. Manchmal fragte sie sich, wie er sich dort zurechtfand. Nie war einer der grau gestrichenen Fensterläden geöffnet.

Auf Monsieurs Veranda stand eine Topfpflanze mit gefiederten Blättern, auf einer Wäscheleine hingen zwei Paar Strümpfe, ein weißes Unterhemd und eine verwaschene blaue Arbeitshose. Sie hörte ihn husten dort drinnen, dann rückte ein Stuhl, es klang, als blättere er in einer Zeitung. In einer halben Stunde würde er aufstehen und sich bereit machen für den Gang hoch ins Dorf, wo er jeden Morgen einen Milchkaffee trank und ein Croissant aß, draußen vor dem Café des Monsieur André schräg gegenüber der Kirche, und sich die neuesten Nachrichten zutragen ließ.

Man lebte eng zusammen hier. Trotzdem begegnete sie manchmal tagelang niemandem außer dem alten Herrn. Von Balkon zu Balkon tauschten sie die gewohnten Sätze über die üblichen Probleme: das Wetter, die Pflanzen, seinen Garten, den Hund und die Katze. Ihr war das recht so, im Unterschied zu anderen machte er keine Anspielungen und stellte auch keine unangenehmen Fragen. Wie die, die sie wochenlang beim Bäcker, beim Zeitungholen, im Supermarkt, von Bekannten und Unbekannten und oft noch vor der Begrüßung gehört hatte – »wohnt Ihr netter Freund nicht mehr bei Ihnen?«

Sieht ganz so aus, dachte sie. Seit einem schwülen Mittwochmorgen im Juli nicht mehr – es war noch gar nicht lange her, aber es fühlte sich an wie lebenslänglich.

Sie spürte, wie der vertraute Schmerz aufflatterte, und scheuchte ihn zurück. Als ob sie das Alleinsein nicht gewohnt wäre. Und außerdem hatte es so kommen müssen: Sie hatte es geahnt, schon beim ersten Gespräch, das sie beide damals mit der Maklerin führten.

»Ich möchte kein Scheidungshaus«, hörte sie sich sagen. Madame Dervalle hatte genickt und gelächelt und so getan, als ob sie verstünde. Scheißfreundlich und falsch bis auf die Knochen, dachte Alexa. Sie hatte die Frau vom ersten Moment an nicht gemocht. Dabei sah Madame gut aus und sprach sogar ein bißchen Englisch – »a liiittle«, hatte sie geflötet, den Kopf kokett zur Seite geneigt.

»Scheidungshäuser« waren wie Wanderpokale. Immer wieder hingen ihre Fotos in den Schaufenstern der Agenturen. Immer wieder ließ sich ein Paar zum Kauf überreden – angezogen von Verheißungen wie »unverbaubarer Blick« oder »herrliche Landschaft« oder »Haus mit Charakter«. Alexa wußte mittlerweile, was sich hinter diesen Zaubersprüchen verbarg. »Unverbaubar« war der Blick, den man von einem verlassenen Gehöft hoch oben in den Cevennen hatte. Dafür fror man sich schon im eisigen Herbstwind die Nase aus dem Gesicht. »Herrliche Landschaft« bedeutete etwas Ähnliches – ungestörte Bergeinsamkeit ohne Wasseranschluß mit mindestens einer Stunde Fahrtzeit zum nächsten Bäcker. Und »Haus mit Charakter« hieß entweder, daß es nur noch von Efeu und wildem Wein zusammengehalten wurde, oder daß es sich im Besitz von fünf streitlustigen Erben befand, die sich über den Verlauf der Grundstücksgrenzen nicht einigen konnten.

Irgendwann gaben die meisten Paare auf. Entweder, weil das Traumhaus sich als Geldvernichtungsmaschine entpuppte, oder, was meistens damit einherging, weil man sich in langen Monaten auf einer zugigen Baustelle heillos zerstritten hatte.

»Kein Scheidungshaus.« Sie hatte die Worte wiederholt und versucht, seinen Blick zu erwischen dabei.

Madame Dervalle lächelte und lächelte. »Ein einmaliges Angebot« – sie legte Alexa schwungvoll drei Farbfotos vor. »Sie sind die ersten, denen ich das Objekt anbieten kann. Ein Traumhaus in Toplage. Ein ausgesprochen günstiger Preis.«

Alexa runzelte die Stirn. Ein Traumhaus für wenig Geld gab es nicht.

»Die Vorbesitzer – die armen Bauers aus Deutschland – leider – aber so ist das nun mal...«

»Was war mit den Bauers?« Als ob sie es nicht geahnt hätte.

Madame Dervalle zuckte die Schultern und lächelte. Und er – er schien damit beschäftigt, die Falten aus dem Tischtuch zu streichen. »Möchtest du nicht erst einmal…«, murmelte er.

Madame fand das auch. »Sehen Sie mal, hier!«

Widerwillig hatte Alexa die Farbfotos in die Hand genommen und eines nach dem anderen angeschaut.

»Das Haus ist etwas ganz Besonderes.«

Täuschte sie sich, oder schickte Madame ihm einen verschwörerischen Blick zu? Er jedenfalls nickte zurück, mit diesem beschwichtigenden Männerlächeln, das wohl »Achten Sie nicht weiter auf meine kleine Freundin, sie ist ein bißchen abergläubisch« bedeuten sollte. Alexa erinnerte sich gut an das Gefühl, das in diesem Moment heiß in ihr hochgestiegen war. Trotz. *Sie* hatte das Geld.

»Was wollten Sie noch sagen über die Bauers…?«

Madame versuchte, möglichst unbeteiligt zu gucken. »*Au début* – die Liebe, *et après*, nun ja…«

Es war genau, wie sie befürchtet hatte. Sven und Felicitas Bauer hatten sich getrennt, schon kurze Zeit nachdem sie das Haus gekauft hatten. Sie war die Treppe zum Dachboden heruntergestürzt. »Was hatte sie da auch zu suchen?« kommentierte Madame mit strengem Blick, so, als ob man Frauen ›in ihrem Zustand‹ das Betreten von Dachböden regierungsamtlich verbieten müßte. Felicitas Bauer hatte das Kind verloren, mit dem sie im vierten Monat schwanger war.

»Monsieur war *désolé*, und sie – nun, wie das so ist…«

Wie ist das so, hatte sich Alexa gefragt? Wie ist das, wenn man ein ungeborenes Kind verliert? Schlimmer – oder weniger schlimm, als wenn ein Mensch stirbt, den man sein Leben lang kennt?

»Und die Vorbesitzer?« Alexa hielt noch immer die Bilder in der Hand. Es ging etwas Eigenartiges aus von dem Licht und den Farben des alten Hauses vor dem eisig blauen Himmel.

Madame machte mit den Händen flatternde Bewegungen, als

ob sie einen kläffenden Hund beruhigen wollte. »Die armen Silbermanns...«

Die armen Silbermanns hatten vier Jahre lang die Ferien im Haus verbracht. Er war Architekt, sie Fotografin. Ein Paar aus Paris, nicht mehr ganz so jung wie die Bauers, gutsituiert und unproblematisch, wie Madame andeutete – keine Kinder, keine Hunde. Eines Tages im vergangenen Herbst war Ada Silbermann verschwunden und nie wieder zurückgekehrt. Nach kurzer Zeit verkaufte Ernest Silbermann das Haus.

»All die Erinnerungen... Der arme Mann...«

Madame war offenbar auf das Mitleid mit Männern spezialisiert.

»Und – vor den Silbermanns?« fragte Alexa schließlich, obwohl er sie wie ein Gemarterter ansah, die Augenbrauen zusammengezogen, die braunen Augen noch dunkler als sonst, den Finger auf die Narbe in der Unterlippe gelegt. Wahrscheinlich hätte er am liebsten »Jetzt entscheide dich doch endlich mal!« gesagt.

Die Dervalle entspannte sich wieder. »Madame Champetier hat hier gewohnt, mit ihrem kleinen Hündchen, bis kurz vor ihrem Tod.«

Hoffentlich ist sie an Altersschwäche gestorben, hatte Alexa noch gedacht und sich bemüht, nicht allzu interessiert auf die Fotos zu starren.

»So eine fröhliche Frau. Und das, obwohl...« Die Maklerin biß sich auf die Lippen und schaute zur Seite.

»Obwohl was?«

»Nun, es hieß, nachdem das mit ihrem Mann passiert war...«

Alexa versuchte, seinen Blick zu erhaschen. Aber er hatte die Augen geschlossen und schien den Kopf zu schütteln. Sie hätte ihn zugleich küssen und schlagen mögen. Es wird auch dein Haus sein, hätte sie am liebsten gerufen. Willst du mit Gespenstern leben?

»Was war mit dem Mann von Madame Champetier?« Sie fürchtete das Schlimmste.

»Also...«

Unter gesenkten Wimpern schielte die Dervalle zu ihm hinüber. Diesmal wich er auch dem Blick der Maklerin aus.

Madame seufzte. »Alphonse Champetier ist im Sommer 1942 ermordet worden. Man hat nie erfahren, von wem.«

Alexa spürte, wie ihr Unbehagen wieder anschwoll. 1942 – das war mitten im Zweiten Weltkrieg. Frankreich war von den Deutschen besetzt. Hatte der Tod des Alphonse damit zu tun? Spätestens jetzt hätte sie das Gespräch abbrechen, hätte sie nein sagen müssen.

Denn das kriecht einem Haus in die Poren – alles, was mit Tod, Einsamkeit, Trauer, gescheiterter Liebe zu tun hat. Das steckt drin in den Mauern, wie ein böser Geist. Und wie ein Pesthauch überfällt es das nächste Opfer, das sich nähert. Und dann... Alexa fühlte, wie ihr kalt wurde.

Andererseits – was sie auf den Fotos sah, gefiel ihr. Es gefiel ihr immer besser, nein: es entsprach ihren kühnsten Visionen. Wenigstens ansehen mußte sie sich das Haus, wenigstens einmal auf dieser Terrasse, unter diesem Torbogen stehen und dem nachspüren, was das Haus ausstrahlte.

Und, wenn man es nüchtern betrachtete: eine Serie von Schicksalsschlägen der Vorbesitzer trieb den Verkaufspreis eines alten Hauses nicht gerade in die Höhe.

»Und davor...«, fragte sie. Aber so genau wollte sie es plötzlich nicht mehr wissen. Er mußte gemerkt haben, daß sie angebissen hatte, denn plötzlich war er ruhiger geworden auf seinem Stuhl an der anderen Seite des Tisches.

»Das Haus ist mehr als 300 Jahre alt, es hat Geschichte, was wollen Sie machen.« Die Dervalle klang gleichgültig. Es schien sie wenig zu berühren, daß hinter seinen Mauern offenbar kein einziges Paar glücklich und zufrieden einem natürlichen Ende entgegengelebt hatte.

»Außerdem kaufen Sie das Haus mit allem Interieur. Das ist – *comment dit-on en Allemagne*? Eine Schnäppschen...«

Kurz vor dem Termin beim Notar, an dem der Kaufvertrag unterschrieben werden sollte, waren er und sie noch einmal durch das Haus gegangen, von oben, vom Dachboden, runter in die beiden Schlafzimmer, dann eine weitere steile Treppe hinunter zum Kaminzimmer, zur Bibliothek und zur Küche mit Eßzimmer. Dann wieder einen Stock tiefer, eine Freitreppe hinunter an einem schattigen Gärtchen vorbei in die *Caves*, in die Kellergewölbe, aus denen ihnen aufgeschreckte Vögel entgegenflatterten. Und schließlich wieder hoch, auf die Terrasse.

»Und? Glücklich?«

Sie sah ihn vor sich, wie er da stand im Abendlicht, die kurzen blonden Haare zerrauft. Sah seine zärtlichen Augen, die schiefe Nase, den weichen, geschwungenen Mund mit der feinen Kerbe in der Unterlippe. Das Gesicht einer etwas lädierten antiken Statue. Sie hatte sich wortlos an seine Brust geschmiegt. An diesem Abend begann sie an das Glück zu glauben.

Sie mußte irgendeinen Laut von sich gegeben haben, jedenfalls sprang Felis ihr mit einem leisen Schrei auf den Arm und stieß ihr die feuchte Nase ins Gesicht. Sie kuschelte sich an das warme, duftende Katzenfell und schloß die Augen.

Seit er fort war, versuchte sie, nicht mehr an ihn zu denken. Sogar seinen Namen hatte sie sich verboten.

Vom Kirchturm ertönten vier Glockenschläge, das Zeichen für die volle Stunde. Dann schlug eine etwas tiefer klingende Glocke die Stundenzahl an, mit einem blechernen Nachhall. Sie zählte bis neun. Es war Zeit.

»Lauf!« sagte Alexa und schubste Felis von ihrem Schoß. Sie stand auf, ging ins Haus zurück und die Treppe hinauf zum Schlafzimmer. Die Tür des wuchtigen Kleiderschranks knarzte beim Öffnen. Sie lauschte dem Geräusch hinterher und stellte sich all die Frauenhände vor, die in den Jahrzehnten, in denen der Schrank schon hier stand, den Schlüssel im Schloß gedreht und die Tür aufgezogen hatten. Felicitas Bauer mochte ein luftiges, weites, vielleicht geblümtes Kleid herausgeholt, es prüfend vors Licht gehalten, genickt, das Kleid aufs Bett gelegt und dann über den Kopf gezogen haben. Ada Silbermann sah sie mit einem streng geschnittenen Tweedjackett in der Hand vor dem Schrank stehen.

Madeleine Champetier nahm seit 1942 Jahr um Jahr und Tag um Tag einen schwarzen Rock und eine schwarze Bluse heraus.

Und die Frau, die noch früher dort gewohnt hatte, von der Madame zuletzt dann doch noch, wenn auch widerstrebend, erzählt hatte? Vielleicht, dachte Alexa, hat sie die Uniformröcke ihrer beiden Söhne aus dem Schrank geholt, gestärkt und gebügelt, um sie ihnen hinzulegen, bevor sie an die Front mußten, in den Ersten Weltkrieg, aus dem sie nicht zurückkehrten.

Sie fröstelte. Blind griff sie in den Schrank hinein. Ungläubig starrte sie auf das rote Kleid, mit dem ihre Hand wieder aus dem dunklen Schrank herauskam. *Das* sollte sie anziehen? Mit gerunzelter Stirn sah sie den Schrank an.

»Na gut«, sagte sie.

# 2

*Frankfurt am Main*

Karen Stark glaubte von sich, daß sie auf Äußerlichkeiten nichts gab. Aber bei Angelika Kämpfer war ihr jedes Detail aufgefallen. Die hellblaue Bluse mit dem garantiert knitterfreien Krägelchen. Die granitgraue Weste, die sie darübergezogen hatte, in sportlichem Strick, mit V-Ausschnitt. Der lange weiße Hals und die schmalen Ohren. Die Frisur, vor allem die Frisur: Staatsanwältin Dr. Angelika Kämpfer trug ihre mittelbraunen Haare länger als kinn-, aber kürzer als schulterlang. In der Mitte zwischen Ohrläppchen und Schultern fächerten sie sich sanft nach außen, nicht in einer satten Welle, nein, sondern so züchtig, daß es schon wieder kokett wirkte.

Zum Inbild der Mädchenhaftigkeit paßte auch, daß nicht alle Haare hinter den Ohren geblieben waren, sondern einige glänzende Haarsträhnen sich nach vorne geschmuggelt hatten, so daß die rosa Ohrmuscheln hindurchschimmerten. Und dann der brave Seitenscheitel und der kurze Pony über den in Form gezupften Augenbrauen! Die blauen Augen darunter, natürlich ungeschminkt, wirkten ungerührt, ja kühl, was daran liegen mochte, daß die eine Augenbraue etwas höher stand als die andere. Angelika Kämpfers Nase war gerade und schmal, ihre Lippen glänzten rosig auch ohne Lippenstift, und noch nicht einmal das Muttermal über der Oberlippe rechts schmälerte dieses Bild der Untadeligkeit.

Die Neue strahlte kühle Intelligenz und äußerste Zielstrebigkeit aus. Und sie machte ihrem Namen alle Ehre.

Karen versuchte, gleichmäßig zu atmen. Sie saß in einem ausgeklügelten Mechanismus aus Kunstleder und Stahl und Eisen. Ein Gewicht von 220 Pfund drückte die angezogenen Knie gegen Bauch und Brust. Langsam begann sie, ihre Beine dem Widerstand entgegenzustrecken. So würde sie der Kollegin Kämpfer künftig entgegenarbeiten müssen – mit steter Kraft und ohne außer Atem zu geraten. Jetzt waren ihre Beine fast gerade. Sie merkte, wie alle Muskelfasern zu vibrieren begannen.

Was hatte sie sich eigentlich vorgestellt, als sie von der Berufung der acht Jahre Jüngeren hörte? Frauensolidarität? Gemeinsames Menstruieren bei Mondschein? Karen atmete geräuschvoll aus, als sie ihre Beine vom Gewicht wieder zurückdrücken ließ in die Ausgangsposition. Triumph der Weiblichkeit? Sie machte eine kurze Pause, bevor sie die Beine wieder streckte. Schweißtropfen liefen ihr von der Stirn. Sie ließ das Gewicht zurücksinken, setzte ab und rollte den Sessel des Fitneßgeräts zurück. Dann wischte sie sich mit dem Handtuch über das Gesicht. Was für ein Quatsch.

Die Zeiten waren vorbei, als man sich mit den wenigen Kolleginnen zwangsweise solidarisch fühlen mußte. In Frankfurt war fast ein Drittel der Abteilungen mit Frauen besetzt. Und sogar der Vorsitz des Bundesverfassungsgerichts befand sich fest in Frauenhand. Was für ein Fortschritt!

Also keine Sentimentalitäten mehr, sagte sich Karen, während sie den Raum durchquerte. Um diese Zeit war der Kraftraum fast leer, nur eine ältere Frau saß auf der Butterfly am Fenster. Weiber sind nicht die besseren Menschen. Karen steuerte den Turm an, legte sich den breiten Gürtel um die Hüften und machte ihn mit einem Karabinerhaken an der Öse fest. Und Frauensolidarität ist ein Fossil aus dem schon ganz schön vergangenen 20. Jahrhundert. Dann stieg sie zwei Stufen des Gerüsts hoch, rutschte mit den Füßen nach hinten, bis sie nur noch mit den Fußballen auf der Treppe stand und hob sich mit geraden Beinen auf die Zehen, ihr eigenes Gewicht verstärkt durch die Eisenbarren, die sie aufgelegt hatte. Nach der zehnten Wiederholung begannen ihre Wadenmuskeln zu zittern.

Kollegin Kämpfer hatte es schon bei der Begrüßung an Deutlichkeit nicht mangeln lassen. Sie gab sich noch nicht einmal die Mühe, zu lächeln, als sie mit kaum merklicher Verzögerung Karen die kühle, schmale Hand hinhielt. Und es war auch nicht eben höflich, wie schnell sie sich wieder ab- und dem Kollegen Manfred Wenzel zuwandte. Und siehe da, sie lächelte, als sie ihm die Hand gab. Mit Genugtuung sah Karen, daß Wenzel keinen Gesichtsmuskel verzog. Soviel Zartgefühl hätte sie ihm gar nicht zugetraut.

»Kollege Wenzel und Kollegin Stark sind ein erfolgreiches Team, ein sehr erfolgreiches Team«, hatte OStA Zacharias geschwätzt, der ihnen die Kämpfer eingebrockt hatte. »Nun wird uns Dr. Wenzel leider verlassen« – wieso leider? Karen wußte, daß die beiden sich auf den Tod nicht ausstehen konnten. »Und jetzt hoffen wir auf weitere glückliche Zusammenarbeit!« Diesmal zuckte niemand der Anwesenden auch nur mit der Wimper.

Karen ließ die Szene noch einmal vor ihrem inneren Auge Revue passieren. Ihre Reflexe mußten so gelähmt gewesen sein, daß sie erst gar nicht merkte, was gespielt wurde. Zacharias hatte sich im Schreibtischsessel weit nach hinten gelehnt, mit dem teuren Montblanc gewedelt, unentwegt gelächelt und unentwegt geredet, das übliche Geschwafel, sie hörte seit Jahren nicht mehr hin. Bis der Abteilungsleiter, mit der ihm eigenen Vorliebe für verkürzte Satzbildung, sagte:

»Und solange der Kollege Wenzel noch verfügbar ist, liebe Kollegin Stark – und angesichts des Urlaubs, den Sie noch zu nehmen haben – die Frau Dr. Kämpfer wird sicherlich...«

Sie hatte erst gar nicht verstanden. Und dann war ihr heiß geworden vor Zorn. Sie sollte abgeschoben werden. Man wollte sie weghaben. Damit Kollegin – Dr.! – Kämpfer ein freies Feld hatte, um sich unentbehrlich zu machen?

»Aber ich...«

Zacharias wedelte ihr beschwichtigend zu. »Machen Sie sich keine Sorgen. Ihre Fälle sind bei Angelika... bei Frau Dr. Kämpfer in besten Händen.« Er drohte doch tatsächlich neckisch mit dem

Füllfederhalter. »Auch Ihr Lieblingsfall – wie hieß sie noch? Eva Rauch…«

In den Fall Eva Rauch hatte sie tatsächlich beträchtliche Energie gesteckt – ohne sie wäre der Vorgang in der Ablage gelandet. Sie war mit der Sache so beschäftigt gewesen, daß sie dafür das eine oder andere hatte schleifen lassen. Selbst Wenzel war maßvoll ungeduldig geworden. Und nun sollten die Früchte dieser Arbeit der Neuen in den Schoß fallen. Sie war zu verblüfft, ach was: zu schockiert gewesen, um zu protestieren.

»Ob Sie mir alles Nötige bald zukommen lassen würden, Frau Kollegin?« hatte die Kämpfer gleich hinter der Tür, die der Abteilungsleiter ihr mit großer Geste aufhielt, kühl gefragt. »Eine Einweisung ist nicht vonnöten, ich werde sicherlich mit der Aktenlage auskommen. Sagen wir – bis morgen?«

Karen hatte wie betäubt genickt.

»Die Sache bleibt ja unter Frauen«, murmelte Wenzel im Vorübergehen.

»Ich glaube nicht, daß das in diesem Zusammenhang…« Karen sah mit Genugtuung, daß die Kämpfer nicht mehr ganz so gelassen guckte, grinste sie an, drehte ihr den Rücken zu und folgte Wenzel in die Kantine.

Erst auf dem Weg zurück ins Büro erreichte sie die Botschaft mit voller Wucht. Sie war vor aller Augen gedemütigt, gekränkt, beleidigt worden. Man schickte sie wie einen Pflegefall in den Urlaub. Und wenn sie zurückkäme, hätte Kollegin Kämpfer eine strategische Position nach der anderen besetzt und würde ihr das Leben versauen, bis sie endlich entnervt um Versetzung nachsuchte und in der Abteilung für Jugend- und Jugendschutzsachen landete.

In ihrem Zimmer angekommen, schlüpfte sie aus den Schuhen, ließ sich im Waschkabinett kaltes Wasser über die Handgelenke laufen, setzte sich an den Schreibtisch und legte die Beine hoch. Nach zwei Minuten hatte sich ihr Puls wieder normalisiert. Urlaub, dachte Karen Stark, ist gar keine schlechte Idee.

Und weil sie sich nicht nachsagen lassen wollte, sie sitze auf ihren Fällen wie die Fliege auf dem Handkäs', ließ sie den Justizwachtmeister die Akten schon nach einer halben Stunde zu Angelika Kämpfer hinüberschaffen. Seitdem hatte sie die neue Kollegin nicht mehr gesehen.

In der Garderobe des Trainingsclubs schlüpfte sie aus den nassen Klamotten und stellte sich unter die Dusche. Sie war, seit sie mit dem Training wieder angefangen hatte, deutlich schlanker geworden. Mehr Muskeln, weniger Fett. Mehr Sprungkraft.

Vorwärts und nicht vergessen, worin unsere Stärke besteht, dachte sie und ballte versonnen die Faust.

Die Fingernägel müßten auch mal wieder lackiert werden.

# 3

*Beaulieu*

Alexa hatte ihre Einkäufe erledigt, gerade rechtzeitig vor dem Touristenaufmarsch. Der Markt in St. Julien galt als der schönste weit und breit, und insbesondere während der Sommersaison pulsierte er in zwei verschiedenen Rhythmen. Die einen durchquerten den Platz unter den Platanen in aller Frühe zügig und in engen Kreisen. Man wußte, was man wollte, wo es die besten Poularden und die zartesten Kaninchen und das frischeste Gemüse gab. Die anderen, meist Menschen in kurzen Hosen, ungeduldige Kinder im Schlepptau, in der Hand die Kamera, zog in weiten Bögen und gemächlich über den Markt.

Alexa war schon auf dem Weg zum Parkplatz, als sie Catherine sah. Lebhaft wie immer redete sie auf eine ältere Frau ein, die einen Einkaufskorb zwischen die Beine gestellt und die Hände in die Hüften gestemmt hatte. Alexa hoffte, sich an den beiden vorbeidrücken zu können. Nicht, daß sie Catherine nicht dankbar wäre. Sie war es gewesen, die nach dem Einzug als erste bei ihnen vorbeigekommen war, mit einer Flasche Wein und einem Brot.

»Das gehört sich doch unter Nachbarn!« hatte sie gerufen und, an Alexa vorbei, *ihm* zugezwinkert.

»Na wenigstens weißt du jetzt, daß er nicht hinter deinem Geld her war«, lautete ihr Kommentar, als Alexa wieder allein war. Fast war sie Catherine dankbar gewesen für ihren Zynismus.

Besser als Mitleid. Mitleid war das letzte.

Catherine gehörte das Relais des Roses, Beaulieus bestes Restaurant – »*mir*, nicht dem Esel Emile«, betonte sie oft. Ihr entging nichts, auch heute nicht.

»Alexa!« Alexa blieb stehen und wartete, bis Catherine sich von der anderen verabschiedet hatte, die neugierig zu ihr hinüberzusehen schien. »Komm! Heute ist der Bäcker wieder da, Pagot, der mit dem besten *pain de seigle*, du weißt doch, du wolltest doch immer mal…«

In kulinarischen Dingen duldete Catherine keinen Widerspruch. Obwohl Alexa ausgerechnet heute kein Brot hatte kaufen wollen, ging sie mit.

»Er bäckt noch auf die alte Art, und seine *tartes*…« Catherine küßte ihre Fingerspitzen.

Alexa nickte, ohne den geringsten Appetit zu verspüren.

»Du kaufst hoffentlich keine Gewürze auf dem Markt. Das ist alles viel zu teuer und zu alt und steht nur für die Touristen da.«

Alexa guckte verstohlen hinüber zu dem Stand mit den dekorativ aufgekrempelten Säckchen, aus denen die Frau mit den dunkel geschminkten Augen und dem bunten Schal um den Kopf mit einem kleinen Maßlöffel Curcuma, Anis oder Cayennepfeffer in Papiertüten füllte. Natürlich hatte sie hier gekauft – Muskatnüsse und Wacholder und dicke Zimtstangen.

Vor dem Gemüsestand blieb Catherine stehen und packte Alexas Arm. »Siehst du da vorne, die Frau mit dem großen Hut?« flüsterte sie unüberhörbar. »Sie läßt sich tatsächlich hier blicken, obwohl jeder weiß…« Als die Frau mit dem Hut in ihre Richtung guckte und winkte, ging Catherines Gesichtsausdruck geübt in Leutseligkeit über.

»Hallo, Françoise!« Catherine winkte zurück und drehte sich gleich wieder um zu Alexa. »Sieh nicht hin, sonst kommt sie womöglich noch hierher.«

»Und was kann ich heute für dich tun, Catherine?« fragte der Gemüsehändler.

»Ich nehme drei Knollen rosa Knoblauch«, rief sie über die Schulter, während ihre Augen die Menschenmenge absuchten. »Und zehn von den weißen Auberginen. Die mußt du mal probieren«, sagte sie zu Alexa, die unschlüssig neben ihr stand.

Wieder reckte sich Catherine und schwenkte den Arm. »Marcel! *Tu vas bien*?« Ein Mann mit gerötetem Gesicht unter der Baskenmütze winkte zurück.

»Und zwei Kilo rote Bohnen – Alexa, wenn du mal provençalisch kochst…«

Als Alexa stumm den Kopf schüttelte, seufzte Catherine auf. »Ißt du denn gar nichts? Na ja – so siehst du ja auch aus. In deinem Alter hatte ich auch nie Appetit.«

Alexa wußte erst gar nicht, wovon Catherine sprach. Gewiß, sie hatte abgenommen, seit er fort war. Alles war ein bißchen durcheinander seither. Aber seit einigen Tagen fühlte sie sich, als ob sie aufgegangen wäre wie Hefeteig. Sah man ihr das nicht an?

Die beiden Frauen hatten sich inzwischen dem Rhythmus der anderen angepaßt, die sich zwischen den Ständen drängten. Unter bunten Sonnenschirmen lagen kleine runde Ziegenkäse, in jedem Reifestadium; beim Fischhändler türmten sich die Langusten, Muscheln, Austern, und nebenan, am Stand mit den CDs und Schallplatten, wurde französische Volksmusik gespielt. Daneben Ständer mit gerüschten und geblümten alten Kleidern, Tische mit Spitzendecken und Damasttüchern, dann wieder Gemüsestände mit leuchtenden Tomaten, Auberginen, Zucchini – alles verband sich zu einem Rausch von Farben und Gerüchen.

Doch von einer Sekunde auf die andere fühlte Alexa sich in einer anderen Welt. Nebel zog über die Sonne. Die Gemüsefrau bleckte ein großes gelbes Gebiß. Der Fischhändler starrte sie mit blutunterlaufenen Augen an. Die gerupften Hähne mit den verdrehten Köpfen reckten die Klauen im Todeskampf. Über dem Ziegenkäse lag ein grünschillernder Pelz von Schmeißfliegen. Der Gestank von totem Fisch und eine Wolke schräger Klangfetzen schlugen über ihr zusammen. Sie suchte mit der Hand Halt am Tisch mit den antiquarischen Büchern. Vor ihren Augen schien ein Schwarm von Mücken zu kreisen und übel war ihr auch. Von Ferne hörte sie Catherines besorgte Stimme.

»Geht schon wieder«, flüsterte sie.

Die Übelkeit verflog, wie sie gekommen war. Alexa strich sich die Haare aus der Stirn.

Catherine blickte sie an, taxierend. »Bist du sicher…?«

Alexa hob den Kopf. Die Gemüsefrau lächelte freundlich zu ihr herüber. Die Sonne schien wieder hell. »Ganz sicher.«

Langsam gingen sie weiter. Catherine grüßte nach allen Richtungen, rief der einen ein fröhliches *Ça va!* zu, klopfte dem anderen auf den Rücken. Alexa ging benommen neben ihr her. Plötzlich blieb sie so abrupt stehen, daß der Mann hinter ihnen ihr das Objektiv seiner Kamera ins Kreuz rammte.

»Lavendelextrakt« stand auf dem großen silbernen Behälter, aus dem ein Mann mit gerötetem Gesicht und schrundigen Händen kleine Flaschen abfüllte. Daneben lagen Berge von Lavendelsträußen, alle mit einer blauen Kordel umwickelt. Als er sah, daß Alexa ihn anstarrte und endlich auch Catherine stehenblieb, schwenkte der Lavendelverkäufer mit einem fröhlichen »Mesdames!« eine noch nicht verkorkte Flasche in ihre Richtung. Alexa wich zurück.

Catherine winkte dem Mann zu und zog sie am Arm weiter.

»Liegt das immer noch überall herum in deinem Haus, das Gemüse?«

»In Wagenladungen«, sagte Alexa und versuchte zu lachen. Aus allen Ecken krümelten die kleinen blauen Blüten hervor.

»Ada schwor auf Lavendel. Gegen Mücken, Flöhe, Skorpione. Gegen Rheuma, Allergien und Schlaganfall. Gegen Depressionen, Katerstimmung und Liebeskummer.«

Ada Silbermann. Ihr schien das Haus in Beaulieu noch immer zu gehören.

Catherine drückte Alexas Arm. »Das scheint bei dir nichts zu nützen.«

»Und hat es vielleicht *ihr* geholfen?« Der Satz war ihr herausgerutscht, ohne daß sie wußte, was sie damit sagen wollte. Schließlich gab es ein paar völlig undramatische Gründe, warum eine Frau verschwand: Sie hatte ihren Ehemann satt. Sie war zu einem anderen gegangen. Sie wollte...

Catherine seufzte. »Wer weiß, warum sie ging und wo sie geblieben ist. Eines Tages war sie nicht mehr da. Anfang Oktober war das, nach dem großen Regen. Die Marktstände bogen sich vor Steinpilzen.« Sie blieb wieder stehen. »Wir waren alle völlig schockiert. Und Ernest...«

Anfang Oktober, dachte Alexa. Vor einem Jahr. Damals hat alles angefangen – an einem sonnigen Herbsttag. Wenn *er* nicht gewesen wäre... Vielleicht wäre ich dann heute nicht hier.

»Ich weiß, wie sich das anfühlt, wenn man plötzlich allein ist«, sagte sie leise. Aber Catherine war schon wieder ganz woanders.

Sie hielt sich ein Stück gelber Seife vor die Nase. »Riech mal«, sagte sie und reichte Alexa das Seifenstück. Auf dem Tisch, vor dem sie standen, lagen dicke Blöcke aus Seife, braune, blaue, gelbe oder rote, in denen wie Insekten in Bernstein Limonenscheiben eingeschlossen waren oder Rosmarinzweige oder Lavendelblüten. Die Frau am Stand verkaufte die Seife scheibenweise, in durchsichtige Folie verpackt.

Alexa schnupperte folgsam. »Und ihr habt nie wieder von ihr gehört...«

Catherine legte die Seife zurück und nickte der Frau freundlich zu, bevor sie weiterging. »Nie wieder.«

»Aber...« Irgendwie ist sie noch immer da, hätte Alexa fast gesagt.

»In alten Häusern bleibt immer etwas von all denen, die in ihnen gelebt haben. Es macht ihren Zauber aus, oder?«

Klar, dachte Alexa. Natürlich hat das Charme. Aber warum nährt sich ausgerechnet in meinem Haus der Zauber aus Menschenschicksalen, die man beim besten Willen nicht glücklich nennen kann? Zwei Söhne gefallen, ein Mann ermordet, eine Frau verschwunden, ein Kind gestorben... Und schließlich: Eine Frau, von ihrem Liebsten verlassen.

Das jedenfalls ist noch steigerungsfähig.

Felis lag schlafend auf der Terrasse, als Alexa nach Hause kam. Sie streichelte die Katze, verstaute die Einkäufe in Kühlschrank und Keller, wusch ab, putzte Küche und Bad, säuberte den Küchenschrank bis in die hinterste Ecke von vertrockneten Lavendelblüten und machte einen großen Bogen um den Raum, in dem die Bauers alle Überbleibsel der Vorbesitzer verstaut hatten, mit denen sie nichts anfangen konnten. Als *er* noch da war, hatte er den Raum inspiziert und etwas von kaputten Stühlen, einem Bettgestell und vielen Koffern gesagt. Irgendwann würde sie dort aufräumen müssen. Aber nicht jetzt. Nicht heute.

Vom Kirchturm her schlug es vier Uhr. Sie legte sich in den Liegestuhl auf die jetzt schattige Terrasse und machte es wie die immer noch schlafende Felis: Sie schloß die Augen.

Wovon sie aufgewacht war, wußte sie nicht mehr. Ihr Herz raste wie nach einer mit knapper Not überstandenen Gefahr. Sie setzte sich auf und massierte sich das schmerzende Kreuz. Wie konnte man nur so lange schlafen. Sie blickte in den Himmel. Dort waren Gewitterwolken aufgezogen. Im nächsten Augenblick zog eine Windbö eine Schleppe aus feinem Staub über die Terrasse.

Alexa spürte, wie sie eine Gänsehaut bekam. Diesmal hörte sie keine verdächtigen Geräusche, hatte sie keine Erscheinungen, sah sie keine Gespenster. Etwas anderes machte ihr angst. Es war das vertraute Gefühl – das Gefühl, daß sie allein war.

»Felis?« rief sie leise, stand auf und suchte mit den Augen die Lieblingsplätze der Katze ab. Sie lag nicht auf dem Stuhl, nicht unter dem Tisch, nicht im Topf mit dem Sommerflieder. Alexa zwang sich zur Ruhe gegen die aufkommende Panik, angelte mit den Zehen nach ihren Sandalen und ging ins Haus.

»Felis! Komm her! Komm zu mir!«

Die Katze kam *immer*, wenn sie nach ihr rief, redete sie sich ein. Nur einmal, das war ein paar Wochen her, hatte Felis sich fast drei Tage nicht blicken lassen. Todesängste hatte sie ausgestanden – bis sie endlich das Jammern einer Katze hörte und hinunter zum Tor lief. Felis stand davor, zerzaust und abgemagert. Sie wußte bis heute nicht, wie das Tier aus dem Haus herausgekommen war.

Alexa lehnte sich gegen die kühle Küchenwand und versuchte, ruhig zu atmen.

*Das Kind hatte keine Worte für das Unglück. Es fühlte nur einen unbarmherzigen Schmerz, einen nie gefühlten und doch schrecklich vertrauten Schmerz. Es weinte bis zur Erschöpfung.*

*»Vielleicht ist er morgen wieder da«, sagte Vater irgendwann, aber das Kind sah in seinem Gesicht, daß er nicht daran glaubte.*

*»Du kommst darüber hinweg«, sagte Mutter und das Kind haßte sie dafür.*

*Aber am meisten haßte es sich selbst. Es hatte seine gerechte Strafe bekommen. Es hatte diese Strafe* verdient.

*Sie waren übers Wochenende zur Großmutter gefahren, das Kind und die Mutter. »Großmutter stirbt«, hatte Mutter gesagt. »Sie will dich noch einmal sehen. Sei lieb zu ihr.« Großmutter lag im Bett, sie hatte kalte Hände und roch nicht gut. Das Kind mochte nicht von ihr geküßt werden. Die alte Frau tätschelte ihm die Wange. Es drehte den Kopf weg. »Benimm dich! Vielleicht siehst du sie zum letzten Mal!« zischte Mutter. Das Kind quengelte. »Aber ich tu dir doch nichts, Püppchen!« flüsterte Großmutter. Das Kind wandte ihr den Rücken zu.*

*Mutter schwieg die ganze lange Fahrt über, aber das Kind war froh, daß es wieder nach Hause ging. Vater war da, er hatte von seinem letzten Flug ein Geschenk mitgebracht – ein buntes Halstuch. Das Kind fiel ihm um den Hals und bettelte dann so lange, bis er ihm eine Geschichte erzählte. Erst nach einer schrecklich langen Zeit merkte das Kind, daß etwas fehlte. Daß es etwas vermißte.*

*»Wo ist Jonny?« Der Vater sah verlegen aus, so, wie Erwachsene aussehen, wenn sie etwas verbergen wollen. »Wo ist er? Wo? Wo?« Es mußte etwas passiert sein. Etwas Schreckliches.*

*Jonny. Vater hatte ihn vorigen Winter vor der Haustür gefunden, ein schwarzes Hundebaby mit weißem Brustlatz und Seidenöhrchen und dicken Pfoten. »Man hat ihn ausgesetzt«, hatte er gesagt, als er das zitternde kleine Fellbündel ins Wohnzimmer brachte.*

*Ausgesetzt. Was für ein schreckliches Wort.*

*»Jetzt ist alles gut«, hatte das Kind dem Hundebaby zugeflüstert. Und so war es auch. Der Hund liebte das Kind und das Kind liebte den Hund – Winter, Frühjahr und den ganzen langen Sommer über. Sie waren unzertrennlich. Sie gehörten zusammen.*

*Er konnte nicht fort sein. Das Kind rief nach dem Hund. Es suchte nach Jonny, im Garten, im Schuppen, am Teich, im Wald. Es suchte, bis es sich heiser geschrien hatte nach dem Tier.*

*Es war das Jahr, in dem Prince Charles Lady Di heiratete. Vorher hatte das Kind im Fernsehen Bilder von Menschenmengen gesehen, die Steine warfen und brennende Flaschen, Menschen, die mit Knüppeln schlugen und mit den Füßen nach anderen Menschen traten. Sogar auf den Papst wurde geschossen. Am Abendbrottisch gab es lange Zeit kein anderes Thema. Es war das Jahr, in dem Großmutter starb. Es war das Jahr, in dem sich die Welt veränderte.*

*Jonny kam nicht zurück. Noch nie hatte etwas dem Kind so weh getan. Ein Jahr später zog die beste Schulfreundin in eine andere Stadt. Das Kind weinte sich die Augen aus. Dann starb die Frau, die Sissi war. Das Kind war traurig. Und eines Tages stand Mutter neben dem Bett des Kindes und hatte rotgeweinte Augen und sagte: »Wir müssen jetzt ganz tapfer sein.« Seit diesem Augenblick vergoß das Kind keine einzige Träne mehr.*

Alexa kämpfte gegen die Übelkeit an, die in ihr hochzusteigen drohte. Sie begann, das Haus von oben bis unten zu durchsuchen, mal Kosenamen, mal Verwünschungen rufend. Und schließlich schien es nur noch eine Möglichkeit zu geben. Sie ging widerstrebend zur Terrasse, beugte sich über die Balustrade und versuchte, nach unten zu gucken, auf die Gasse, die zwischen der untersten Häuserreihe und dem Fuß ihres Hauses hindurchführte. In ihren schlimmsten Vorstellungen lag dort unten in der Gosse ein regloses Fellbündel, in dessen langen silbergrauen Haaren der Wind spielte.

Aber dort lag nichts. Ein Windstoß wirbelte von unten hoch und wehte ihr Staub ins Gesicht. Wütend wischte sie die unerwünschten Tränen weg, die der Wind und der Sand ihr in die Augen trieben. Sie haßte die Angstzustände, die sie viel zu oft überfielen. Sie haßte das Gefühl von Panik, diesen ungebetenen und unverhofften Gast. Sie haßte sich in ihrer Schwäche.

»Man kann was dagegen *tun*«, hörte sie ihn sagen. »Du mußt etwas *machen*. Du kannst dich nicht so jagen lassen von deinen Dämonen.« Sie hatte genickt, ohne ihm zu glauben.

Als sie sich wieder zur Terrasse drehte, kam der Schrei, gellend und durchdringend. Und dann das Geräusch trappelnder Pfoten, flatternder Flügel. Und immer noch schrie es. Sie preßte die Hände auf die Ohren.

Die Katze trug ein kleines, graues Etwas im Maul, das sie zwei Meter von Alexa entfernt auf den Terrassenboden fallen ließ. Alexa war wie gelähmt, während die Katze zu ihr hochguckte und darauf wartete, gelobt zu werden. Der Vogel, ein junger Mauersegler, zitterte, bewegte die Flügel, wollte sich aufschwingen. Felis schaute sich das ein paar Sekunden an und legte schließlich ohne Hast die Samtpfote auf den zuckenden Vogelkörper. Ließ die kleine Kreatur schreien und zappeln und immer noch auf ein Entkommen hoffen. Alexa spürte, wie ihr die Augen brannten und die Kehle eng wurde.

»Hör auf«, sagte sie mit erstickter Stimme, zu wem auch immer. Und: »Stirb endlich.«

Das Knacken der Vogelknochen drang wie aus einem Verstärker zu ihr herüber. Alexa flüchtete in die Küche.

Als sie mit dem Weinglas in der Hand zurückkam, hatten sich die Gewitterwolken verzogen. Felis lag auf dem Stuhl und putzte sich mit Hingabe. Ein sanfter Wind trieb weiße und schwarze Flaumfedern über die Terrasse. Sicher war der Vogel zu jung und zu schwach gewesen, dachte Alexa, während sie ihrer Katze zusah. Und was kann so ein kleines Raubtier schon für seine Natur?

Doch plötzlich war es wieder da, das Gefühl des Unbehagens. Der kühle Hauch, der vom Haus herüberströmte, als würden die dicken alten Mauern die warme Abendluft verschlingen und sie als Grabeskälte wieder ausatmen, ließ sie frösteln. Die Rufe der Nachbarin nach dem Hund und die halblauten Gespräche von der Grillparty ein paar Häuser weiter drangen wie aus weiter Ferne zu ihr hinauf, von einem hämischen Echo verzerrt. Der Mond, der hinter dem bewaldeten Horizont aufstieg, kam ihr leichenblaß und aufgedunsen vor. Die Frösche quarrten lauter. Und die Mauersegler, die eben noch weit oben am langsam dunkler werdenden Himmel ruhige Kreise gezogen hatten, fanden sich plötzlich zu rächenden Geschwadern zusammen und rasten, gellend schreiend, über ihren Kopf hinweg.

Alexa griff zum Glas und nahm einen tiefen Schluck Wein. Der Korkgeschmack war so intensiv, daß sie unwillkürlich ausspuckte. Warum hatte sie das nicht schon beim Öffnen der Flasche gemerkt? Angeekelt leerte sie das Glas in einen Blumenkübel. Sie spürte, wie sich ihr Pulsschlag beschleunigte. Die Sterne rückten näher. Die Zikaden lärmten. Oben knallte ein Fenster. Unten fiel eine Tür ins Schloß.

Die Kirchturmuhr begann zu schlagen und schien gar nicht wieder aufzuhören mit dem blechernen dröhnenden Geläut. Es roch so intensiv nach Lavendel, daß ihr fast die Luft wegblieb.

Felis sprang auf ihren Schoß, murrte und versteckte den Kopf unter ihrer Hand. Nach einer Weile atmete Alexa ruhiger. Ada Silbermann, dachte sie.

Sie kam sich kein bißchen lächerlich vor, als sie plötzlich, wie das brave Kind, das sie einmal gewesen war, das Vaterunser murmelte.

# 4

*Frankfurt am Main*

Nichts, fand sie, erinnerte in ihrem Gesicht an die Person, die sie einmal gewesen war. Dorothea v. Plato musterte ihr Spiegelbild mit zusammengezogenen Augenbrauen. Nicht nur, weil sie älter geworden war; ein Tatbestand, der keinen Zweifel duldete. Sie schaltete das Licht im Badezimmer an. Die Haut unter den Augen war dünn und empfindlich geworden. Die braunen Flecken an der Schläfe unterhalb des Haaransatzes waren neu – und die Kerbe über der linken Augenbraue? Hatte sie die schon mal gesehen? Sie drehte den Kopf zur Seite. Das Gesetz der Schwerkraft: ihr Kinn war auch nicht mehr so gerade und straff wie früher.

Dorothea v. Plato legte die Fingerspitzen an die Schläfen und zog die Haut sanft nach oben. Das machte zwar ein paar Jahre jünger, aber auch so war die junge Frau nicht wiederzuerkennen, an die sie so ungern dachte. Die Frau mit dem kurzsichtigen Blick, dem verlegen lächelnden Mund, dem unordentlichen Haar. Nach einer Weile ließ sie die Hände sinken.

»Nie wieder jung! Endlich erwachsen!« flüsterte sie. Der einzige Haken daran war das Älterwerden, waren die glanzlos und dünner gewordenen Haare, die feinen Linien, die sich um ihren Mund gelegt hatten wie Plissee. Sie versuchte erst gar nicht, sie zu zählen.

Nie wieder jung sein. Nie wieder so verzweifelt und so unbedarft sein, so traurig und so unsicher. So unglücklich. Sie hatte alles getan, damit nichts mehr erinnerte an die ungelenke Frau, die rot wurde und stotterte, wenn man sie ansprach. Die an den Fingernägeln kaute, manchmal jedenfalls. Die sich ständig entschuldigte. Und sie wollte auch von niemandem daran erinnert werden.

In ihrem Bekanntenkreis käme sowieso niemand auf die Idee, daß die Frau von damals etwas mit der von heute zu tun haben könnte. Es war, als hätte sie sich mehrfach gehäutet, alles Ungefähre und Unsichere abgelegt. Heute setzte sie Schwäche nur noch gezielt ein, weil die Leute es mochten, wenn man sich ab und zu menschlich gab. Theoretisch wußte jeder, daß auch die Mächtigen der Welt mal klein angefangen hatten – aber kaum jemand vermochte es sich vorzustellen. Dorothea v. Plato lächelte ihr schönstes Siegerlächeln. Sie verließ sich auf die Aura der Macht.

Manchmal fragte sie sich, wie es wohl wäre, wenn einer aus ihrem früheren Leben auf sie zukäme, unbeeindruckt von dem, was sie heute darstellte. Einer, der »Wie hast du dich verändert!« rufen würde oder »Weißt du noch? Wie du damals blind wie eine Eule…« Wahrscheinlich würde sie ihn noch nicht einmal wiederkennen.

Nur an einen erinnerte sie sich gut, sie hatte sich all die Jahre an ihn erinnert – ausgerechnet an ihn, bei dem ihr das Vergessen besonders gut bekommen wäre. Immer, wenn sie an ihn dachte, ballte sich in ihrem Magen eine Mischung aus Schuldgefühlen und Selbstvorwürfen zu einem Klumpen aus Feuer und Eis und brannte sich den Weg die Speiseröhre hoch.

Dorothea spitzte den Konturenstift an und zog die Lippen nach, bürstete ihr Haar nach hinten, sprühte großzügig Haarspray darüber und warf sich einen letzten kritischen Blick zu im Spiegel. Dann schlug sie die Badezimmertür hinter sich zu. Was würde sie sagen, wenn er plötzlich vor ihr stünde?

Wenn sie seinen wirren Brief richtig verstand: Genau das schien er anzudrohen.

Dorothea v. Plato nahm das Kuvert auf, das sie auf die Vitrine im Flur geworfen hatte. In ihrer Ungeduld war es ihr nicht gelungen, die vielen Seiten wieder richtig in den Umschlag zu stecken. Erst hatte sie nicht begriffen, zu wem die unordentliche Handschrift auf dem Umschlag und der phantasievolle Einsatz von Grammatik und Orthographie gehörten. Und dann war ihr kalt geworden. Wollte er wirklich zurückkommen? Nach all den Jahren? In »die Heimat«, wie er rührenderweise schrieb?

Oder wollte er sie, völlig unromantisch, erpressen?

# 5

*Beaulieu*

In der Nacht war das Gewitter zurückgekehrt. Der Sturm weckte sie. Alexa bildete sich ein, noch nie ein vergleichbares Geräusch gehört zu haben. Es brauste nicht, was da mit Urgewalt vor dem Fenster vorbeifegte, es orgelte. Sie setzte sich auf. Felis kam mit gesträubtem Fell zur Schlafzimmertür herein und kroch unter die Bettdecke, wo sie sich zwischen Alexas Beinen zusammenrollte.

Ausnahmsweise hatte sie keine Angst, auch nicht, als der Donner in immer kürzeren Abständen auf den Blitz folgte. Und als das Licht in der Nachttischlampe flackerte und ausging. Endlich setzte der Regen ein, erst zaghaft, dann heftiger.

Sie wickelte sich fester in die dünne Decke und sog die kühle Luft ein, die durch das geöffnete Fenster hereinwehte. Es war viel zu heiß gewesen die ganze Zeit und viel zu trocken, Menschen, Pflanzen, Steine und Tiere hatten sich gesehnt nach einem Regenguß. Nach einer Weile dämmerte sie wieder ein. Als sie erwachte, war die Luft frisch, der Himmel, den sie durchs hohe Fenster des Schlafzimmers sehen konnte, blau und sie hatte tief geschlafen. Ohne Albtraum.

Felis war schon wieder verschwunden, wahrscheinlich streifte das Tier durch die Gewölbe, die in den Fels gehauenen *Caves*. Dort unten würde es jetzt kühl und feucht sein, das Wasser lief bei jedem Regen in kleinen Rinnsalen aus den Felsen, als ob sie ein Schwamm wären, den jemand ausquetschte.

Plötzlich sah sie ihn vor sich, wie er damals morgens ins Schlafzimmer gekommen war, in Jeans, mit weißem Hemd, das seine Haut noch brauner schimmern ließ. Er hatte verlegen ausgesehen und den Kopf zur Seite geneigt. Sie hatte das kleine Fellknäuel auf seiner Schulter erst gar nicht bemerkt.

»Sie heißt Felis.« Seine Hände legten sich behutsam um das maunzende Etwas. Er sah sie noch immer nicht an, als er es ihr in den Schoß legte.

Einen Moment lang wußte sie nicht, was sie sagen sollte. Alles in ihr sträubte sich gegen die warmen Gefühle, die in ihr hochstiegen, als das kleine Wesen zu schnurren begann. So ein Tier konnte überfahren oder gestohlen werden, weglaufen, von Hunden totgebissen oder von Uhus gefressen werden.

Endlich sah er sie an, mit diesem Blick, den sie nie hatte deuten können. »Nicht alles verschwindet, nur, weil du es liebst.«

Sie hätte fast geweint bei diesem Satz. Und dann stieg alles wieder hoch, die ganze Geschichte, als wäre sie ihr gerade erst passiert und nicht schon hundertfach in allen bunten Blättern breitgetreten worden, seit aus ihr »die Millionenerbin Alexa Senger« geworden war. Die zweiundzwanzigjährige Erbin mit der tragischen Geschichte. Deren Vater ein Held wurde, als sie zehn Jahre alt war.

*Das Kind war Vaters Liebstes. Es war immer schneller an der Tür als Mutter, wenn er endlich wieder nach Hause kam. Es wurde zuerst geküßt und bekam zuerst sein Geschenk. Es wollte Vater heiraten, wenn es mal groß war. Oder wenigstens so einen wie ihn: mit breiten Schultern, braunen Augen, dunklen Locken und in einer eleganten Uniform. Und mit diesem Geruch nach Pfeifentabak und Rasierwasser.*

*Das Kind liebte es, wenn Besuch kam und fremde Kinder dabei waren. Dann konnte man das Spiel spielen: und welchen Beruf hat dein Vater? Es gab Kinder, die hatten nur eine Mutter, und die war dann meistens Lehrerin oder auf Halbtagsstelle. Arzt, sagten andere Kinder, oder Kaufmann. Richter. Angestellter. Und ganz zum Schluß kam das Kind dran. Das zierte sich eine Weile und sagte schließlich: Flugkapitän. Und dann waren alle ganz still.*

*Das Kind war Vaters kleine Prinzessin. Das sagte er jedenfalls immer, wenn er es zur Begrüßung hochnahm und herumwirbelte. Oder wenn er morgens früh wieder fahren mußte und ans Bett kam und ihm einen Ab-*

*schiedskuß gab. Nie hatte das Kind den Vater böse gesehen. Nur einmal. Es war wegen Mutter.*

*»Was soll ich nur machen?« Das Kind hatte jedes Wort verstanden, das Mutter Vater zuflüsterte, als er endlich wieder nach Hause gekommen war. »Sie hört nicht auf mich, sie gibt Widerworte, sie hat einen entsetzlichen Dickkopf. Wenn du nicht da bist, ist es ganz schlimm.«*

*»Petze«, hatte das Kind gedacht. »Vater mag keine Petzen.«*

*Aber Vater war an diesem Abend das erste Mal streng geworden. »Du folgst deiner Mutter, hast du verstanden?« Er hatte so anders ausgesehen, als er das sagte. So abweisend. So kalt. Das Kind war weinend hinausgelaufen.*

*Am nächsten Morgen mußte er wieder fort. Er hatte das Kind nicht zum Abschied geküßt. Oder – hatte es seinen Abschied verschlafen? Das Kind grübelte lange darüber nach. Denn am Tag darauf kam der Anruf.*

*Mutter stand mit grauem Gesicht in der Küchentür. »Vater... Sie haben seine Maschine entführt.« Das Kind begriff nicht, worüber sie sich aufregte. Was konnte schon geschehen? Ihm konnte niemand etwas anhaben.*

*Das Kind tröstete die Mutter, für die es sich ein bißchen schämte, wegen ihrer Schwäche. Das Kind lächelte überlegen, wenn es die besorgten Gesichter von Lehrern und Mitschültern sah. Das Kind duckte sich, wenn Fremde ihm den Kopf streicheln wollten. Es wußte es besser. Es wußte, daß er es überleben würde, das, wovon man jeden Tag in den Nachrichten hörte: die Hitze, die Wüste, die bewaffneten Männer. Vater war unverwundbar. Vater würde immer nach Hause kommen zu seiner kleinen Prinzessin. Und zu Mutter.*

*»Wir müssen jetzt ganz tapfer sein«, sagte Mutter, als das Undenkbare geschehen war. Das Kind war so tapfer, wie man nur sein kann, wenn man sich wie versteinert fühlt. Vater war nicht zurückgekommen, er würde nie zurückkommen. Vielleicht, dachte das Kind, hatte er nicht zurückkommen wollen.*

*Und dann war die Welt düster geworden. Irgendwann wachte das Kind auf aus dem Albtraum und schlug mit beiden Fäusten auf die Mutter ein. Sie war schuld, ihretwegen war er tot.*

*»Er hat es für die Menschen getan«, hatte Mutter ganz sanft gesagt und seine Arme festgehalten. »Er mußte es tun.«*

*Und ich? schrie es in dem Kind. Zähle ich gar nicht?*

*In der Schule nannte man ihn einen Helden. »Weniger Held und dafür nicht tot wäre mir lieber«, hörte das Kind die Mutter einer Mitschülerin sagen. »Du kannst stolz sein auf deinen Vater«, sagte Onkel Heinrich und das Kind fragte sich, warum ihm dann die Tränen in den Augen standen.*

*Er war ein Held. Das war der einzige Zauberspruch, der half, wenn das Kind aufwachte und sein Gesicht vor sich sah, seine vorwurfsvollen Augen, den Tadel hörte in seiner Stimme.*

*»Ich habe ihn enttäuscht«, dachte es. »Deshalb ist er nicht zurückgekommen. Aber wenigstens ist er ein Held.«*

Er hatte die ganze Zeit nichts gesagt, während die Geschichte aus ihr heraussprudelte, als erzählte sie sie das erste Mal. Und seine Stimme klang mühsam beherrscht, als er endlich etwas sagte. »Alexa, dein Vater ist nicht zurückgekommen, weil er es nicht wollte. Dein Vater ist mit Gewalt daran gehindert worden. Von Leuten mit Namen und Gesichtern.«

Sie hatte ihn nicht ausreden lassen. »Ich will das nicht wissen.« Dann war sie aus dem Zimmer gelaufen.

Sie wollte es noch heute nicht wissen. Das Schicksal dieser Leute interessierte sie nicht. Was immer aus ihnen geworden war: es würde doch nichts ändern. Nichts an der Vergangenheit und nichts an dem, was sie fühlte. Es gab nur ein Mittel gegen die Angst, gegen die quälende, ewige Angst, verlassen zu werden: nichts und niemanden nahekommen zu lassen.

Nur mit Ben war sie nicht vorsichtig genug gewesen. Dabei hätte sie gewarnt sein müssen: Er war schließlich nie ganz da gewesen, er war ein Mann, der zu tun hatte und unterwegs war und wenig verriet von seinem Leben.

»Ich komme bald zurück«, hatte er gesagt und sie geküßt an diesem Morgen vor vielen Wochen. Eine Woche später rief er an. »Ich brauche Zeit, Alexa.« Sie hatte ihn kaum verstanden. Und dann der letzte Anruf. »Tut mir leid, Liebes, aber…« Dann war die Verbindung zusammengebrochen. Seither hatte sie nichts mehr von ihm gehört.

Warum? Es gab keinen Streit, er hatte nichts gesagt, nichts angedeutet, nichts erkennen lassen. Im Gegenteil. Die Nacht, bevor er ging, war... Alexa spürte, wie ihr heiß wurde beim Gedanken an die Zärtlichkeit und Hingabe, mit der sie sich geliebt hatten in der warmen Luft unter dem Sternenhimmel.

Er war so abrupt verschwunden, wie er aufgetaucht war in ihrem Leben. Sie stopfte sich das Kissen fester hinter den Rücken und sah der Wolke hinterher, die draußen am Himmel vor dem Schlafzimmerfenster vorbeisegelte. Er kam er blieb er ging. Die alte öde Geschichte. Und dennoch ließ sie der Gedanke an ihn nicht los. Wenn er mich gar nicht geliebt hat, dachte sie. Wenn er mich nur benutzt hat...

Aber wäre er dann gegangen? Sie hörte die spöttische Stimme Catherines: »Na wenigstens weißt du jetzt, daß er nicht hinter deinem Geld her war!«

Das trieb sie aus dem Bett. Die ewige Grübelei machte alles nur schlimmer. Auf nackten Füßen ging sie in die Küche, goß sich ein Glas Apfelsaft ein und nahm es mit nach draußen auf die Terrasse.

Diesmal mußte sie nicht lange nach der Katze suchen, sie hörte das jämmerliche Maunzen sofort. Wie das Tier aufs Dach über der Terrasse hinaufgefunden hatte, war ihr ein Rätsel. Jetzt stakste Felis unruhig an der Dachrinne entlang und stieß verzagte Laute aus. Alexa streckte beide Arme nach oben. Eine hilflose Geste, das Dach war viel zu hoch. Sie könnte den Gartentisch heranziehen – einen Stuhl darauf stellen – und dann...

Schlag dir das aus dem Kopf, dachte sie. 80 Prozent aller Unfälle passieren im Haushalt und wahrscheinlich auf genau diese dämliche Art. Sie ging energisch zur Tür, um eine Leiter zu holen. Schon wurde das Maunzen auf dem Dach panisch. Die Angst des Tieres packte sie, sie begann, hin und her zu laufen und selbst ängstliche Laute auszustoßen.

Nach einem besonders jämmerlichen Schrei von oben blieb sie stehen. Das Tier war alleine hinaufgestiegen, dann müßte es auch alleine herunterkönnen. Tatsächlich war es von der Dachrinne aus nicht tief zur Mauer, die die Terrasse begrenzte. Sie versuchte, die Katze dorthin zu locken, aber Felis schüttelte sich nach jedem Blick in den Abgrund und flüchtete zurück aufs Dach, wo sie aufgeregt hin und her lief.

Alexa zwang sich, die Ohren vor den schreckerfüllten Lauten zu verschließen und holte die Leiter aus dem Keller. Mit Mühe gelang es ihr, sie halb getragen, halb gezogen auf die Terrasse zu bugsieren und anzulegen.

Felis' Schreie waren leiser geworden, sie schien neugierig zuzugucken, wie Alexa sich abmühte. Verflixtes Vieh, dachte Alexa. Sie stieg ungern auf Leitern. Leitern, davon war sie fest überzeugt, rutschten ab oder kippten um. Man verfehlte eine Sprosse oder kriegte einen Schwindelanfall, wenn man oben war. Und was würde Felis tun? Ihr aus lauter Angst das Gesicht zerkratzen. Sie hatte die fünfte Sprosse erreicht und sah hinunter. Der Ausblick war atemberaubend: Er umfaßte nicht mehr nur die Terrasse, sondern auch das, was jenseits lag – ein Abgrund, der sich hinter der die Terrasse umgrenzenden Mauer auftat.

Fast hätte sie das Gleichgewicht verloren. Als sie wieder hochgucken konnte, sah sie in Felis' grüne Augen. Du hast wohl einen gutaussehenden Feuerwehrmann erwartet, du kleines Miststück, dachte Alexa und kletterte die letzten Sprossen ohne Pause hoch.

Die Katzenkrallen klickten auf dem Blech der Dachrinne, während Felis von einer Pfote auf die andere trat. »Na komm«, sagte Alexa und streckte den Arm nach dem Tier aus. Felis wich zurück. Biest, hinterhältiges! Das Biest sah aus großen Augen auf sie herab und tänzelte wieder näher. Und – drehte im entscheidenden Moment ab. So, wie normalerweise sie es machte, wenn sie mit der Katze Fangen spielte. Alexa verlegte sich aufs Schmeicheln und Locken, Felis schien sich für das Spiel zu erwärmen. Offenbar war

Alexa Gegenstand eines psychologischen Experiments ihres Haustiers geworden.

Und so hätte das wahrscheinlich noch stundenlang weitergehen können, wenn sie nicht die Geduld verloren und zugegriffen hätte. Ein kurzer Protestschrei, ein bißchen Gezappel und sie hatte die Katze am Nackenfell. Sie setzte sich Felis auf die Schulter, auf der das Tier schnurrend balancierte und so tat, als wäre nichts gewesen.

Noch bevor sie unten angelangt waren, sprang die Katze ab und lief einem Schmetterling hinterher. Alexa fiel atemlos auf den nächsten Stuhl.

Dann ging sie, getragen vom Sieg über die eigenen Ängste, ins Haus und zu der Kammer mit all dem Gerümpel. Einmal mußte es ja sein.

*»Einmal muß es ja sein«, hatte Mutter gesagt und das Kind unschlüssig angesehen. »Hilf Frau Kutschera«, sagte sie dann mit der müden Stimme, mit der sie seit Vaters Tod sprach, und ging in den Garten.*

*Frau Kutschera war im Schlafzimmer und räumte Vaters Kleiderschrank aus, in dem noch immer seine Sachen hingen. Das Kind wußte nicht, ob es stolz sein sollte auf dieses neue Vertrauen. Irgend etwas stimmte nicht, wenn man plötzlich Dinge tun durfte, die sonst streng verboten waren – Schränke ausräumen, zum Beispiel. Es hatte immer einen Riesenärger gegeben, wenn sie früher an den Geschirrschrank gegangen war. Oder an den Kleiderschrank der Mutter. An den Schuhschrank. Die Wäschetruhe. Und auf einmal war alles anders.*

*»Einmal muß es ja sein«, hatte Mutter gesagt und ausgesehen, als ob sie kein Wort davon glaubte.*

*Vaters Anzüge rochen nach Pfeifentabak und dem vertrauten Rasierwasser. Das Kind fühlte sich überwältigt von einer so tiefen Sehnsucht nach seiner Stimme, seinen großen warmen Händen, seinen liebevollen Augen, daß es beinahe doch noch geweint hätte. Das war der Duft, in den es sich hineingekuschelt hatte, wenn er nach Hause kam und es auf den Arm nahm.*

*Frau Kutschera sagte kein Wort, als sie Hose über Hose legte und Jackett über Jackett. Das Kind sah ihr zu. Nur als sie die schwarze Uniform aus dem Schrank holte, hätte es die Jacke mit den goldenen Litzen am liebsten an sich gerissen in einem plötzlichen Anfall von Eifersucht.*

*Auf dem Bett lag der Pappkarton. Den hatte der Briefträger gebracht. »Mach du auf«, hatte die Mutter gesagt und müde die Hand sinken lassen. Das Kind riß das Packpapier auf und hob den Deckel vom Karton. Obenauf lag Vaters Brieftasche. Es nahm das braune Lederding in die Hand und klappte es andächtig auf. Die Erleichterung durchströmte es wie ein kühler Windhauch: es war noch da, das Bild, das er immer mit sich herumgetragen hatte – das Bild, auf dem das Kind ihn anlächelt. Ohne die Mutter. Das Foto von Mutter steckte dahinter.*

*Das Kind nahm die Krawattennadel, die Manschettenknöpfe, die Sonnenbrille aus dem Karton und legte alles zu der Brieftasche auf die Bettdecke. Seine Armbanduhr lag dabei, die Schuhe hatten sie mitgeschickt. Und ganz zum Schluß fand das Kind das kleine silberne Ding. Es war eine Sankt-Christophorus-Medaille, ein Talisman, den es ihm zu Ostern geschenkt hatte, damit er immer sicher nach Hause käme. Das Kind hob sie auf, betrachtete sie ein paar Sekunden lang und warf sie mit aller Kraft in die Ecke, wo sie klirrend landete. Frau Kutschera blickte tadelnd.*

*Das Kind glaubte schon lange nicht mehr an den Weihnachtsmann. Es hatte bis vor kurzem noch an Sankt Christophorus geglaubt. Aber das war vorbei, spätestens als Mutter sagte: »Wir müssen jetzt ganz tapfer sein.«*

Alexa öffnete die Tür. Sie knarrte, im Türrahmen hingen Spinnweben, aber die Glühbirne an der Decke tat es noch. Sie kletterte über einen Schiffskoffer, mehrere Pappkartons und drei ineinandergestellte Stühle mit zerrissenem Korbgeflecht, um ans Fenster zu gelangen. Die Scheiben waren angelaufen und das Fenster ließ sich nur mit Gewalt öffnen. Dann stieß sie die Läden auf und ließ Licht und Luft hinein.

Der Raum war zu schön, um als Gerümpelkammer zu dienen. Sie ließ den Blick hoch zur gewölbten Decke gehen. Wie eine

Kapelle. An der Schmalseite war ein steinernes Waschbecken in die Wand eingelassen, das mit einem gemauerten Bogen und Steinborden rechts und links versehen war. Wie ein Altar. Links vom Fenster, das ebenfalls in Stein eingefaßt war und ein steinernes Sims hatte, erkannte sie etwas, das ein Wandschrank zu sein schien. Auch hier gab es eine bogenförmige Begrenzung nach oben, deren Scheitel ein Stein bildete, der ein Relief erkennen ließ. Vielleicht ein Wappen?

Sie knotete das T-Shirt in der Taille zusammen und begann, die Stühle zu sortieren. Zwei kleine bäuerliche Stühle mit durchgesessenen Sitzen ließen sich als Ständer für die Blumentöpfe auf der Terrasse benutzen. Die Stühle mit heiler Sitzfläche konnte sie über das Haus verteilen.

Das sperrige Gitterbett schleppte sie schwitzend und fluchend in den Keller. Die Krüge und Schüsseln, die sie im Schiffskoffer fand, brachte sie in die Küche und stellte sie in den Abwasch. In zwei zusammengedrückten Kartons lagen Bücher. Sie brachte sie vor die Tür, vielleicht war unter den alten Schwarten ja etwas, das man ins Regal stellen konnte.

In der obersten der drei Kisten unter dem Fenster fand sie Hochglanzillustrierte und teuer aussehende Fotozeitschriften. Die mußten Ada Silbermann gehört haben. Alexa stellte die Kiste beiseite. In der mittleren lag zuoberst ein Rucksack, kein leichter, luftiger Kunststoffrucksack, sondern ein Museumsstück aus hellgrünem Segeltuch mit dunkelgrünen Lederriemen. Aus irgendeinem Grund klopfte ihr das Herz, als sie ihn öffnete. Sie zog ein Halstuch heraus und eine Kappe, wie sie Golfspieler tragen. Dann kamen ein Fernglas und zwei undefinierbare Objekte, das eine sah nach Fotozubehör aus. Dann ein Päckchen Papiertaschentücher und eine Schachtel mit Lutschpastillen. In der untersten Ecke des Rucksacks umfaßten ihre Finger eine Lederschatulle. Sie hatte einen Fotoapparat in der Hand, in einem hellbraunen Lederetui, in das »A. S.« eingestanzt war.

Für einen Moment hielt Alexa die Luft an. A. S. – wie Alexa Senger…

Sie strich mit dem Zeigefinger über die Buchstaben und horchte in sich hinein. Der Rucksack mußte Ada Silbermann gehören. Warum war er hiergeblieben, zusammen mit einem ihrer Fotoapparate? Hatte ihr Mann ihn vergessen? Oder hatte er ihn mit Absicht dagelassen?

Tat ihm die Erinnerung weh? War er wütend und enttäuscht? Was hatte er gefühlt, als sie plötzlich nicht mehr da war? Was fühlt man, wenn es zu spät ist für Worte oder Gesten – für eine Umarmung?

*Das Kind wurde älter, aber es verstand nicht, warum die Mutter immer seltener Zeit hatte, wenn es »Erzähl mir von Vater« sagte. Und es verstand erst recht nicht, daß sie irgendwann begann, einen anderen Mann zu lieben. Es gab, dachte das Kind, das kein Kind mehr war, nur den einen.*

*Hans Senger. Den Helden von Amman.*

*Edwin Schwarz war bloß ein Spielzeugfabrikant aus dem Schwäbischen. Im Unterschied zu Vater aber lebte er, machte Mutter glücklich und hatte Geld wie Heu.*

*Das Kind war kalt und steif vor Ablehnung. Es ließ den Fremden spüren, daß es nur einen Vater gab in seinem Herzen. Es ließ die Mutter spüren, wie sehr es sie verachtete. Es zog sich zurück, kam immer später nach Haus. Niemand, glaubte es, würde es vermissen, wenn…*

*Das Kind war dumm. Es begriff nichts. Erst ein paar Jahre später, als es wieder einmal Schränke, Truhen und Zimmer ausräumen mußte, erst da überkam es eine leise Ahnung. Und mit dieser Ahnung stellte sich ein altvertrautes Gefühl ein, die quälende Gewißheit, daß es etwas versäumt hatte. Und daß es nun zu spät war, für immer.*

*Das Kind war kein Kind mehr, als eines Abends zwei Männer vor der Tür standen, verlegen sahen sie aus, der eine hatte Schweißperlen auf der Stirn. Weil es kein Kind mehr war, verstand es sofort, was gemeint war, als einer der beiden sagte: »Fräulein Senger, Sie müssen jetzt ruhig bleiben.« So etwas wird oft gesagt. Nachbarn und Verwandte versuchten es später mit »Trink erstmal was« und »Du setzt dich am besten«. Oder mit »Wein dich ruhig aus«. Aber da waren keine Tränen mehr.*

*Das Kind, das längst keines mehr war, räumte das Elternhaus aus wie damals den Kleiderschrank seines Vaters. Die Kleider und Schuhe und Handtaschen, die Anzüge, Schlipse und Sakkos. Es fand Vaters Liebesbriefe an seine Frau. Telegramme und liebevolle kleine Notizen von Edwin Schwarz. Daneben eine Schachtel mit den Gedichten, die das Kind für den Vater geschrieben hatte. Fotos von einem kleinen Mädchen mit dunklen Locken, das siegesgewiß lächelte. Ein Taufkleid. Ein Hochzeitskleid. Mutter hatte alles aufgehoben.*

*Sie hatte ihre Tochter nicht verdient, dieses verwöhnte Balg, das ihr ein zweites Glück nicht gönnte. Und Edwin Schwarz hatte das alles erst recht nicht verdient – der Mann, dessen einziger Fehler darin bestanden hatte, schon nach 56 Flugstunden einen Sichtflug bei schlechtem Wetter zu wagen.*

*Die Tochter brauchte sieben quälende Tage, bis die Kleider aussortiert waren, die man dem Deutschen Roten Kreuz geben konnte, bis sie das Geschirr verpackt und die Möbel verkauft hatte und der Antiquar gekommen war, um den Wert von Edwins Bibliothek zu schätzen. Sie wollte nichts behalten, keine Fotos, keine Briefe, auch nicht das Haus. Ihre Erinnerungen brauchten keine Vorlage. Sie kamen auch so, sie kamen ungebeten und viel zu oft und immer taten sie weh.*

Felis hatte sich mittlerweile eingefunden und stakste über Kisten und Kartons, schnüffelte in finsteren Ecken und kam, Spinnweben in den Barthaaren, immer mal vorbei, um Alexa mit der Nase anzustupsen. Dann lief sie mit gerecktem Schweif dem nächsten Geruch hinterher.

Alexa räumte wieder alles in den Rucksack, nur den Fotoapparat ließ sie draußen. Fast zaghaft öffnete sie das Lederfutteral. Die Kamera sah eigenartig aus, ganz anders als moderne Fotoapparate; sie war ungewöhnlich klein und leicht und erinnerte an die mechanischen Wunderwerke vergangener Jahrhunderte. Noch nie hatte sie so etwas in der Hand gehabt. Auf der Oberseite des Geräts, links vom Sucher und dem, was wie der Auslöser aussah, stand »Leica«, daneben eine Nummer, darunter »Ernst Leitz, Wetzlar, D.R.P.«.

Alexa hatte nie gern fotografiert. Man drückte auf den Knopf, es surrte, auf den Fotos hernach hatten alle rote Augen oder das Bild war nur dort scharf, wo es niemanden interessierte. Sie war Idiotenkameras gewöhnt, aber selbst mit denen konnte sie nicht umgehen.

Sie drehte die Kamera hin und her und dann sah sie durch den Sucher. Der Raum war zu dunkel, sie erkannte nur den hellen Fleck, von dem sie annahm, daß es das Fenster sei. Sie ließ das Gerät sinken und starrte in den Raum. Schließlich schloß sie das Futteral und legte die Kamera behutsam wieder in den Rucksack. Nachdem sie alle Kisten und Kartons in der rechten hinteren Ecke des Raums gestapelt hatte, holte sie den Staubsauger.

Die verschmutzten Fenster ließen die Strahlen der schon tief stehenden Sonne nur gedämpft in den Raum dringen. Staubmoleküle tanzten in der Luft. Als sie die Katze rief, die ganz oben auf den Kistenstapel gesprungen war, hörte sie, daß der Raum ein Echo hatte.

»Ada«, sagte sie laut, aus keinem bestimmten Grund. »Ada« murmelte es vielstimmig zurück. Plötzlich kam ihr der Raum wie eine Gruft vor. Sie lockte Felis und schloß die Tür hinter sich ab. Den Rucksack mit der Kamera nahm sie mit.

Sie stellte ihn neben sich, während sie auf der Terrasse Tee trank und ein paar von den Tomaten aß, die sie gestern auf dem Markt gekauft hatte. Als die Sonne unterging, fühlte sie sich zum ersten Mal seit Wochen nicht mehr allein.

# 6

*Frankfurt*

Der Justizwachtmeister, der schon zum zweiten Mal einen Aktenwagen voll mit Büchern aus ihrem Büro holte, die sie längst hätte zurückgeben müssen – darunter zwei mit rotem Punkt –, sah Karen von schräg unten an und sagte: »Vielleicht sollten Sie öfter mal Urlaub machen. Ich meine: rechtzeitig.«

Da war was dran. Karen räumte das Büro selten auf. Aber heute war sie so gründlich, als ob sie ein Sabbatical und nicht einen Jahresurlaub nehmen wollte. Das fiel auch anderen auf.

»Du läßt mich in diesem Laden doch wohl nicht alleine?« fragte Sarah, die Leiterin der Personalverwaltung, mit der sie sich seit Jahren duzte. Eine Weile schaute sie Karen beim Aufräumen zu und biß dabei von einem Baguette ab, das in einer weißen Papiertüte steckte. Jedesmal, bevor sie den nächsten Biß nahm, schob sie die Tüte ein Stück zurück. Irgend etwas irritierte Karen an diesem Anblick.

»Wie ist sie denn?« fragte Sarah mit vollem Mund und zeigte mit dem Kinn in die Richtung, in der das Büro lag, das Angelika Kämpfer vor wenigen Tagen bezogen hatte.

»Wie der Name schon sagt.« Karen entleerte den Papierkorb in einen grauen Müllsack.

Sarah verschluckte sich fast vor Lachen. So komisch, dachte Karen, war das nun auch wieder nicht.

»Ach! Sie verlassen uns?« rief OSta Karsten Müller vom Flur her ins Zimmer hinein. Er klang erfreut. Für einen Moment beneidete ihn Karen um die Freiheit, nichts und niemanden zu mögen.

»Ich mach mich dann auf die Socken«, sagte Sarah und zielte mit der zusammengeknüllten Tüte auf den grauen Müllsack. Beim

Herausgehen wäre sie fast mit Frank Euler zusammengestoßen. Der Anblick des Anwalts tröstete Karen. Ihr zurückhaltender kleiner Flirt endete vor einigen Jahren zwar reichlich abrupt, als seine Frau sich für seine Feierabendgestaltung zu interessieren begann. Aber sie mochten einander noch immer.

»Karen!« Frank blieb im Türrahmen stehen. »Was ist denn hier los?«

»Zwangsurlaub.« Sie strich sich die Haare glatt.

»Und – die Sache Eva Rauch?«

Karen hatte ihm die Angelegenheit kürzlich beim Mittagessen geschildert. Euler war nicht selten ihr Prozeßgegner gewesen in den letzten Jahren – dennoch oder vielleicht deshalb wußte er wohl am besten, was sie und wie sie sich fühlte bei einem Fall wie diesem.

»Der Fall Eva Rauch ruht in den Händen von Frau Staatsanwältin Dr. Angelika Kämpfer. Wahrscheinlich in tiefem Frieden.«

»Na, Schriftsätze wird sie ja wohl lesen können.« Sie sah ihm an, daß Frank dasselbe durch den Kopf ging wie ihr. Karen seufzte auf, setzte sich an den Schreibtisch und legte die Beine hoch. Der Anwalt blieb im Türrahmen stehen. Sein Gesicht sah nach drei Nächten Aktenstudium bei schlechter Beleuchtung aus.

»Wenn man bedenkt, wie lange es gedauert hat, bis ich alle anderen endlich davon überzeugt hatte, daß wir Ermittlungsbedarf haben...«

»Wieso arbeiten, wenn man's auch lassen kann?« Frank grinste matt.

Karen nickte. Ohne sie wäre die Sache Rauch im Strom institutioneller Trägheit untergegangen – als einer der Fälle, in denen es keinen Anhaltspunkt für ein Kapitalverbrechen oder Fremdverschulden gab, obwohl auch nicht viel für Selbstmord sprach.

»Na ja...« Frank guckte an die Decke, wie er es immer tat, wenn er zum Plädoyer ansetzte. »Du machst dich natürlich nicht beliebter durch so was.«

In der Tat nicht. Die Sache Eva Rauch war bereits der zweite Fall in diesem Jahr, den Karen für nachprüfenswert hielt. Ohne Not – denn auch bei der Staatsanwaltschaft gab es Erledigungstechniken, die das Leben leichter machten. Üblicherweise kriegte sie in der Abteilung II, Buchstaben R (ohne Re), Sa-Sal, die Akte auf den Tisch, die Polizei hatte ermittelt, und auf deren Befund verließ man sich – oder nicht. Bestimmt nicht, fand Karen, wenn so vieles unklar geblieben war: daß Eva Rauch an einem aufgesetzten Kopfschuß gestorben war und nur ihre eigenen Fingerabdrücke auf der Waffe gefunden wurden, bewies noch keinen Selbstmord.

»Frank – es war Samstag. Der hinzugezogene Arzt war Kurts vom Notdienst, der ist spätestens um 11 Uhr vormittags dicht. Und der diensthabende Staatsanwalt hieß Jan Knecht – du kennst ihn.«

Frank grinste. Knecht war spezialisiert auf Umweltstrafsachen und interessierte sich für nichts anderes. Erfahrungen mit Leichen hatte er noch nicht machen müssen.

»Und das 13. Polizeirevier...« War bekannt für Dienst nach Vorschrift. Die Tote war weder vernünftig ärztlich untersucht worden, noch war StA Knecht jemand, der einem Polizisten widersprach, der »Selbstmord« protokollierte.

»Und außerdem habe ich seit Jahren von keinem Fall gehört, in dem eine halbwegs gebildete Frau in einem zivilen Beruf zu einer Knarre greift, um sich aus dem Weg zu schaffen. Frauen ziehen andere Methoden vor.«

»Der Trend soll sich umgekehrt haben«, sagte Euler und legte den Zeigefinger an den Nasenflügel.

»Mag sein. Aber das ist dann immer noch die Minderheit.«

Statistisch gesehen zogen Frauen andere Selbsttötungsarten vor. Sie bevorzugten Schlaftabletten oder hängten sich auf. Erst danach kamen die blutigeren Varianten: Pulsadern aufschneiden. Mit dem Auto an einen Baum fahren. Sich vor den Zug stürzen. Von Brücken und Hochhäusern springen.

»Und außerdem glaube ich kaum, daß Knarren wie eine betagte ungarische Fegyver Kaliber 7,65 üblicherweise den Weg in die

Handtasche einer Buchhändlerin finden.« Das war es, was Karen an diesem Fall so irritiert hatte – was, wie sie fand, jedem sofort hätte auffallen müssen. Sie trommelte mit den Fingern auf einem Stapel aus »Monatsschrift für Kriminologie« und »Kriminalistik«. »So was hat man nicht einfach so im Wohnzimmerschrank.«

»Am Frankfurter Hauptbahnhof kriegst du alles. Vor allem Waffen aus dem ehemaligen Ostblock.«

»Klar. Aber wenn sie sich vorbedacht und nicht im Affekt erschossen hat – warum dann ausgerechnet im Lagerraum ihrer Buchhandlung?«

»Vielleicht wird deine liebe Kollegin...« Frank hob die Schultern und ließ sie wieder fallen.

»Vielleicht«, sagte Karen nach einer Pause.

Euler suchte für einen flüchtigen Moment ihren Blick. Dann senkte er den Kopf und steckte die Hände in die Sakkotaschen.

»Mach's gut, Frank«, sagte sie leise.

»Komm bald wieder, Karen.« Und dann sagte er, schon im Gehen: »Ich vermisse dich.«

Jetzt, wo du es sagst, Frank, dachte sie, starrte aus dem Fenster und fühlte sich verloren.

Eine Stunde später war das Zimmer in einem Zustand, in dem es die nächsten sechs Wochen bleiben konnte. Währenddessen waren Freund und Feind an der offenen Tür vorbeidefiliert. Die meisten vermochten keinen Zufall darin zu erkennen, daß sie Urlaub und Überstunden just zu diesem Zeitpunkt und so überhastet abfeierte. Einige freuten sich über das, was die meisten offenbar für eine Niederlage hielten.

Am späten Nachmittag hatte sie endlich alle Kollegen durch. Sie schloß die Tür hinter sich, holte die Sporttasche aus dem Schrank, zog sich die Joggingklamotten an und rannte, Tasche und Aktentasche unter den Arm geklemmt, im Laufschritt durch den langen Flur, ohne nach rechts und nach links zu gucken. Im Parkhaus warf sie das Gepäck auf den Rücksitz ihres grünen Sportwagens und ließ die Frankfurter Justiz etwas schneller und geräuschvoller hinter sich, als höflich war.

Kurz vor dem Palmengarten fand sie einen Parkplatz. Sie schloß das Auto ab, streifte das Stirnband über und lief los. Nach einem kurzen Sprint durch den Grüneburgpark nahm sie die Fußgängerbrücke über die Autobahn zur Nidda hinüber. Als sie an Frankfurts hübschestem Nebenfluß angekommen war, lief ihr der Schweiß die Schläfen hinunter. Sie trabte in gemütlichem Tempo weiter, eine Übung, die normalerweise gegen fast alles half: gegen Kopfschmerzen, Müdigkeit, dumme Gedanken und wahrscheinlich auch gegen Liebeskummer, wenn sie noch wüßte, was das ist.

Sie wich einem schwarzen Köter aus, der am Uferweg stand und wie gebannt auf ihre Beine zu starren schien, bis Herrchen endlich nach ihm rief. Es war, Trend hin oder her, noch immer ungewöhnlich, daß Frauen sich erschossen. Auch war die Waffe, zu der Eva Rauch gegriffen haben soll, kein Allerweltsmodell. Ebensowenig normal war die Biographie der angeblichen Selbstmörderin.

Eva Rauch war zum Zeitpunkt ihres Todes 53 Jahre alt. Sie arbeitete als Buchhändlerin – in einem dieser kleinen Läden, die Karen in den Zeiten von Bücherwarenhäusern und amazon.de für die letzten ihrer Art hielt. Nostalgischerweise hieß der Laden »Neues Deutschland«. Spontan fielen ihr ähnlich sprechende Namen ein wie »Roter Stern« oder »Sputnik« oder »Völkerfreundschaft«.

Gisela Werner, ihre Geschäftspartnerin, hatte Eva Rauch am Samstagmorgen tot im Lagerraum gefunden. Die Frau heulte auch noch Wochen nach dem Tod der Freundin Rotz und Wasser. Karen Stark sah sie vor sich, wie sie auf einer Bibliotheksleiter hockte und ein Papiertaschentuch nach dem anderen vollweinte. Sie mochte kaum hinsehen und hatte sich statt dessen in der Buchhandlung umgeschaut.

Das Sortiment war weniger pittoresk, als der Name des Ladens verhieß. Auch hier lagen die üblichen Bestseller ganz vorne auf dem Tisch.

»Sie hatte sich gerade erst wieder gefangen.« Giselas Stimme klang belegt vom vielen Weinen. »Sie war gerade erst wieder sie selbst.«

Was hatte Eva Rauch aus dem Ruder gebracht? Offenbar waren beide Eltern kurz hintereinander gestorben. Eigenartig – das sollte eine erwachsene Frau nicht verkraftet haben? Karen dachte ohne einen Anflug von schlechtem Gewissen, daß sie ihrer Mutter eher sparsam hinterherweinen würde. Der *guten* Mutter. Sie wischte sich den Schweiß von der Stirn. Dem *lieben* Mütterchen.

Daß der Tod der Eltern Eva Rauch aus der Bahn geworfen haben sollte, war um so erstaunlicher, als sie die beiden Jahre, ja Jahrzehnte nicht gesehen haben dürfte. Eva Rauch hatte, wie nicht wenige ihrer Generation, das Soziologiestudium in Frankfurt abgebrochen, um die Welt zu sehen. Wo genau sie überall gewesen war, ließ sich nicht ohne weiteres rekonstruieren. Daß sie einige Jahre lang mit Ehemann in Paris gelebt hatte, war immerhin bekannt. Danach verlor sich ihre Spur, bis sie Anfang der 90er Jahre wieder in Frankfurt auftauchte.

Erschießt sich so jemand, weil die Eltern gestorben sind?

»Sie hatte doch nur mich!« schluchzte Gisela, als Karen nach Freunden fragte, nach Bekannten, Kontaktpersonen aller Art. Ob wohl Gisela…? Karen hatte die geschwollenen Augen und die rotgeschnupfte Nase vor Augen. Nein, sie vertraute dem Gefühl, das ihr sagte, daß diese Frau als Täterin auszuschließen war.

Eine zufällige Gewalttat? Vielleicht. Doch auch dafür gab es keine Anzeichen. Ein überraschter Einbrecher? Ebenso unwahrscheinlich. Die Tür war ordnungsgemäß aufgeschlossen worden. Die Geldtasche, die Eva Rauch mitgebracht hatte, lag neben der Kasse. Andere Wertgegenstände gab es in der Buchhandlung nicht. Für die gebundene Ausgabe des neuesten Harry Potter war ja wohl noch niemand umgebracht worden.

Der Arzt hatte lediglich festgestellt, daß sie eines unnatürlichen Todes gestorben war, und die ermittelnden Beamten hatten Fremdverschulden ausgeschlossen – also mußte es Selbstmord gewesen sein. Karen schüttelte unwillkürlich den Kopf. Ihr reichte das nicht, um die Akte zu schließen. »Sie sind gehalten, in solchen Fällen die relevanten Hintergründe zu ermitteln!« hörte sie den alten Oberstaatsanwalt Dr. Dr. Berger dozieren. Sie mußte mehr in Erfahrung bringen über die gut zwanzig Jahre im Leben der Eva Rauch, über die niemand etwas Genaues zu sagen wußte.

Und vor allem war da die Tatwaffe – die »Selbstmord«-Waffe.

# 7

*Beaulieu*

Alle verstummten, als Alexa das Maison de la Presse von Charles Durand betrat. Der alte Rogier, der in der Ecke seinen Lottoschein ausfüllte, schaute hoch, runzelte die Stirn bei ihrem Anblick und schaute gleich wieder hinunter. Adèle, die Bäckersfrau, blätterte fahrig in einer Zeitschrift. Und Durand selbst schien der kleinen dicken Sylvie, die zwei Päckchen Zigaretten in der Hand hielt, noch schnell etwas zuzuflüstern, bevor er sich mit einem reservierten Lächeln Alexa zuwandte.

Normalerweise war ihr Französisch fließend – nur diesmal wollte es ihr fast die Sprache verschlagen. Alle schienen darauf zu warten, daß die Deutsche erledigte, was sie hergeführt hatte, damit sie sich endlich wieder ungezwungen unterhalten konnten. Alexa hob den Rucksack, den sie mitgebracht hatte, umständlich und mit beiden Händen hoch und stellte ihn auf den Stapel »Le Dauphiné du Sud«, der vor dem Tresen lag. Durand sah erst den Rucksack, dann, mit zusammengezogenen Augenbrauen, Alexa an. Dann blickte er in die Runde.

Es war, als ob jemand eine Spieldose aufgezogen hätte, auf der sich Figuren bewegten. Sylvie schlängelte sich an Alexa vorbei zum Ausgang. Adèle winkte mit der Zeitschrift.

»Ein Euro«, sagte Durand. Die Bäckersfrau schielte seitwärts nach Alexa und kramte in der Schürzentasche nach dem Geld.

Der alte Rogier legte den Lottoschein auf den Tresen und hielt zwei Finger an die Krempe seiner Baskenmütze.

»Ich schreib's auf«, sagte Durand.

Endlich ging auch Adèle. Charles Durand fuhr sich mit der Hand durch das dichte kastanienbraune Haar. Er war noch halbwegs jung, sicherlich noch keine 35, hatte das Gesicht eines melancholischen Hamsters und wirkte trotzdem immer nervös. Wahrscheinlich, dachte Alexa, überschlug er bei jedem Kunden die Jahresbilanz.

»Ada Silbermanns Rucksack.« Durand klang nicht überrascht. Er ging voran in den angrenzenden Raum, in dem er eine Art Fotostudio eingerichtet hatte.

Sie stellte den Rucksack auf den Tisch, unter dessen Glasscheibe Beispiele der gängigen Formate und Qualitäten für Fotoarbeiten lagen, und holte die Kamera heraus. Charles Durand öffnete das Futteral, noch bevor sie selbst es tun konnte. Dann strich er beinahe zärtlich über den Fotoapparat.

»Ada Silbermanns Leica.«

Alexa nickte stumm.

Er hielt den Apparat in beiden Händen – wie ein Priester die Monstranz. Dann sah er hoch.

»Sie ist ein Kunstwerk. Eine Kostbarkeit.«

Alexa fühlte sich kleinlaut angesichts so viel Verehrung. »Kann man denn noch fotografieren – damit?«

Durand sah sie an, als ob sie behauptet hätte, daß Tomaten auf Bäumen wachsen. »Aber Mademoiselle: Eine Leica ist ein Präzisionsinstrument, unendlich haltbar, das ist deutsche Wertarbeit.« Er lächelte spöttisch. »Sie war die Lieblingskamera von Ada Silbermann. Warum sie niemand mitgenommen hat...«

Alexa hatte das Gefühl, immer kleiner zu werden. »Ich wüßte nur gerne, wie...«

Durand sah erst sie an und dann die Leica.

»Aber – Sie haben ja schon fotografiert mit dieser Kamera!«

Hatte sie etwas falsch gemacht? Sie schüttelte den Kopf.

»Also nicht. Hmmm.« Durand legte den Apparat behutsam auf den Tisch. »Ich meine nur... Es liegt ein Film in der Kamera. Elf Aufnahmen sind bereits belichtet. Soll ich den Film entwickeln?«

Alexa zögerte einen Moment.

»Also wenn er noch von Ada ist... Dann liegt er schon fast ein Jahr in der Kamera.« Durand wiegte den Kopf.

Können Filme verderben? Alexa hatte keine Ahnung.

»Andererseits – da es ein Schwarzweißfilm ist... Vielleicht möchten Sie den Rest ja erst verknipsen?«

Plötzlich störte sie sein gönnerhafter Ton. »Wie viele Aufnahmen kann ich noch machen?«

»25«, sagte Durand und schien sich über die Frage zu wundern.

Er mußte sie für unendlich dumm halten. Alexa atmete tief durch. »Ich – mache den Film erst voll, danke.«

»Aber natürlich. Kann ich sonst noch etwas...?«

Fast hätte sie den Kopf geschüttelt und wäre gegangen. Und dann sagte sie es doch: »Ich möchte gerne wissen, wie der Apparat funktioniert.«

Der Ladenbesitzer sah sie an, als ob er eine Erscheinung hätte.

»Ich möchte fotografieren lernen.« Alexa fühlte, wie ihr die Hitze ins Gesicht stieg. Er glaubte hoffentlich nicht, sie wolle eine zweite Ada Silbermann werden. »Ich meine – ich bilde mir nicht ein...« Sie holte die anderen beiden Objekte aus dem Rucksack.

Charles Durand nahm eines nach dem anderen in die Hand. »Ein Objektiv«, sagte er. »Und ein Visoflex.« Plötzlich lächelte er. Wieder strichen seine Finger über das Lederfutteral der Leica. »Sie hat eine eigene Seele, wissen Sie.«

Als sie eine halbe Stunde später ging, hatte sie nicht das Gefühl, auch nur irgend etwas verstanden zu haben. Außer dem einen: Charles Durand hatte Ada Silbermann bewundert. Und: er hatte sich aus irgendeinem Grund vor ihr gefürchtet. Warum? Was war beängstigend an einer Fotografin? Und warum war sie plötzlich neidisch auf die verschwundene Frau?

*Das Kind hatte immer geglaubt, es sei etwas Besonderes. Als das Kind erwachsen wurde, merkte es eines Tages, daß niemand sonst es für etwas Besonderes hielt. Es konnte nichts, es wollte nichts, es hatte nichts gelernt.*

*Wer braucht schon Prinzessinnen.*

*Es zog von zu Hause aus und nahm ein Studium auf, das es nicht interessierte. Edwin Schwarz bezahlte. Es wollte Kostümbildnerin werden, dann Modedesignerin, dann Werbegrafikerin. Daraus wurde nichts, aber Edwin Schwarz bezahlte. Die Prinzessin kellnerte abends in der Kneipe und jobbte tagsüber in der Werbeagentur eines Freundes. Sie ließ Edwin Schwarz trotzdem Geld schicken. Er hatte ja genug davon.*

*Er hatte soviel davon, daß der Prinzessin schwindelig wurde bei der Testamentseröffnung. Nie hatte sie ihn so vermißt wie in diesem Moment, als sein Tod sie reich, unabhängig und einsam machte. Sie kam sich ganz und gar unnütz vor – die Millionenerbin Alexa Senger war so ziemlich das Unnötigste, was sie sich vorstellen konnte.*

*Eine Weile versuchte sie, so zu tun, als ob nichts weiter geschehen wäre. Sie ließ sich von einem Callcenter anheuern. Sie erledigte die Schreibarbeiten für ein Holzlager – so lange, bis der Prokurist mit den weichen Händen und den hervortretenden Augen glaubte, sie brauche einen Begleiter und er sei der Richtige dafür. Danach nahm sie einen Job in der Rechnungsabteilung eines Espressomaschinenherstellers an. »Haben Sie das eigentlich nötig, Frau Senger?« fragte die Büroleiterin eines Tages mit zitternder Stimme. »Müssen Sie sich lustig machen über uns?«*

*Die Prinzessin war nicht auf die Idee gekommen, daß andere es womöglich nicht schätzten, wenn jemand freiwillig und ganz ohne Not tat, was sie tun mußten.*

*Oft dachte sie, daß das viele Geld Edwin Schwarz' subtile Rache war. Sie hatte zum Glück der beiden nichts beigetragen, im Gegenteil, sie hatte es ihnen getrübt, wo immer sich eine Chance bot. Siehst du, sagten Edwins Millionen nun zu ihr: Du kannst nichts. Niemand braucht dich. Ohne uns bist du gar nichts.*

*Aber Rache paßte nicht zu Edwin Schwarz. Er liebte seine Frau und um ihretwillen auch die undankbare Stieftochter. Und das war die schlimmste Strafe: der Tod der beiden in der kalten See, in die die Piper gefallen war, an einem nebligen Herbstabend, nach einem Kurzurlaub auf Sylt.*

*»Sie müssen jetzt ruhig bleiben«, hatte der Polizist gesagt, der ihr die*

*Nachricht überbrachte. Aber sie war in dem Moment ganz ruhig gewesen. Sie ahnte, daß sie wieder zu spät war, wieder den Zeitpunkt verpaßt hatte.*

*Wie immer.*

Alexa mußte den Rucksack abstellen, um das schwere Tor aufschließen zu können. Auf der Treppe flog ihr Felis entgegen, mit einem spitzen Schrei, der klang, als ob sie sich darüber beschwerte, so lange allein gelassen worden zu sein. Alexa fütterte und streichelte das Tier ohne die sonst übliche Hingabe. Dann legte sie den Rucksack auf den großen Eßzimmertisch und hob die Kamera, das Objektiv und das, was Durand »Visoflex« genannt hatte, heraus.

Erst setzte sie das Objektiv ein. Die Leica ist eine Sucherkamera, hatte Durand erklärt, man sieht also, auch mit Teleobjektiv, die Dinge, wie sie sind – nicht vergrößert. Sie blickte durch den Sucher. Er hatte recht. Dann setzte sie das Visoflex auf die Kamera, ein Teil, das wie eine Haube aussah. Es verwandelt die Sucherkamera in eine Spiegelreflexkamera, hatte Durand doziert. Das mochte schon sein, aber sie interessierte der Effekt, den das hatte: Sie konnte auch ferne Objekte nah heranholen.

Es fiel ihr nicht leicht, den Apparat so zu balancieren, daß er gut in der Hand lag. Am einfachsten war es, wenn sie sich hinsetzte, sich zurücklehnte, die Kamera mit der rechten, das Objektiv mit der linken Hand hielt und in den Himmel blickte.

Sie versuchte, dem roten Motordrachen zu folgen, der über ihr Richtung Abendsonne flog. Sie hatte schon immer sehen wollen, wer da fast täglich in dem brummenden Fahrzeug durch die Luft flog, hinter dem ein Werbebanner flatterte. Letzte Woche hatte das Banner für einen Besuch in der Grotte von Orgnac geworben, gestern für das Volksfest mit Eselsrennen in Beaulieu. Sie drehte das Objektiv weit heraus und versuchte, die Schärfe richtig einzustellen. Sie hatte bislang nur Kameras gekannt, die das von alleine taten.

Die winzige Gestalt in dem seltsamen Gefährt da oben schien sich herauszulehnen und ihr zuzuwinken. Mehr konnte sie nicht erkennen. Sie folgte ihr, bis der Kirchturm den Motorflieger verdeckte. Alexa senkte die Kamera ein wenig. Die Reihe Häuser unterhalb der Kirche rückte plötzlich ganz nah heran. Sie mußten alle mindestens so alt sein wie ihres.

Das Dach des einen war frisch gedeckt, ein anderes trug Schindeln aus grauem Schiefer, zwischen denen Gras zu wachsen schien; die unebenen Platten sahen aus wie ein Federkleid. Oder wie glänzende Fischschuppen. Zwei weitere Dächer waren bedeckt von den für diese Gegend typischen dunkelrot gebrannten Dachpfannen, die an überdimensionierte, längs geteilte Makkaroni erinnerten und »Nonne und Mönch« hießen, weil sie wie zwei Hände ineinandergelegt wurden. Sie ging mit der Kamera etwas höher. Über den Dächern erhob sich ein Wald aus Schornsteinen und Kaminen, einer bizarrer als der andere.

Der schönste sah aus wie ein maurisches Minarett, er war rund und mußte einstmals blau angestrichen gewesen sein. Oben trug er einen spitzen Hut mit vielen Öffnungen, wie bei einem mittelalterlichen Taubenturm. Auf einem schmaleren Schornstein schräg daneben lag eine Platte, darauf spitze Steine – wie kleine Pyramiden oder Stalagmiten –, darauf wieder eine Platte. Links davon hatte man etwas auf den Schornsteinkranz montiert, das wie ein großer Hundeknochen aussah. Oder wie eine Hantel. Auf einem anderen Schornstein stand eine Art Hocker, auf einem weiteren eine metallene Kugel, die sich zu drehen schien.

Beim größten drückte sie den Auslöser: es war ein behäbiger, wie der Rumpf eines Kahns gebauter Kamin mit einem Spitzdach aus zwei gegeneinander gelegten Steinplatten. Es war eine friedliche Welt, die Welt der Schornsteine. Sie fühlte sich aufgehoben da oben in der Versammlung von geselligen Einzelgängern.

Sie war so versunken in die Bilder, die sie durch das Auge der Kamera sah, daß sie die Musik gar nicht wahrnahm. Erst ein rauschendes Crescendo riß sie aus ihren Betrachtungen. Es war nicht das erste Mal, das aus dem schmalen Haus mit dem Erker das ganze

Dorf beschallt wurde. Sein Besitzer liebte große Orchesterklänge, schmetternde Bläser, satte Streicher. Sie hatte sich schon oft gefragt, wer sich nicht genierte, ein Bergdorf am Rande der Cevennen mit klassischer Musik zuzudröhnen. Sie senkte die Leica.

Sie hatte den schlanken Mann mit den kurzen Locken und der unauffälligen Brille erst ein einziges Mal gesehen – im Dorf, als er gerade das Maison de la Presse von Monsieur Durand verließ. Seltsamerweise hatte sie den Mann für den Bruchteil einer Sekunde für *ihn* gehalten, fast hätte sie nach ihm gerufen – dabei sah er ganz anders aus. Und älter war er auch.

Jetzt saß er auf dem Fenstersims des Erkers, wie sie gerade noch sehen konnte, wenn sie sich weit vorbeugte. Er hielt das Gesicht mit geschlossenen Augen in die Abendsonne und gab mit der rechten Hand den Takt an für die Musik, die aus den weit geöffneten Fenstern rauschte. Sie versuchte, das Objektiv schärfer einzustellen, den Mann näher heranzuholen. In diesem Moment sprang Felis auf ihren Schoß.

Als sie Sekunden später die Kamera wieder gerade hielt, schien der Mann direkt in die Linse zu starren. Sie konnte seine Gesichtszüge nicht erkennen, doch die Bewegung, mit der er ihr den Rükken zudrehte, war unmißverständlich. Er verschwand im Inneren des Hauses. Die Musik wurde leiser. Fast schämte sie sich, daß sie ihn beobachtet hatte – nein: daß er sie erwischt hatte dabei.

Kurz entschlossen ging sie ins Schlafzimmer, tauschte die Sandalen gegen Turnschuhe, schüttete Trockenfutter in Felis' Napf, hängte sich den Rucksack mit der Kamera um und verließ das Haus.

Der alte Crespin saß zu ihren Füßen, als sie das Tor aufmachte – auf dem Boden, den Rücken an die Mauer gelehnt, die Beine in den hellblauen Hosen von sich gestreckt. Er saß oft vor dem Tor. Viele alte Männer hatte sie schon an den Straßen und Gäßchen sitzen sehen, nicht auf einer Bank, nicht auf einem Stuhl, sondern auf dem Boden, die Baskenmütze in den Nacken geschoben, eine Zigarette im Mundwinkel.

Er blickte zu ihr auf und legte zum Gruß zwei Finger an die Schläfe. Dann sah er den Rucksack. Er wiegte den Kopf. »Hat Ada ihren Rucksack dagelassen? Wie merkwürdig.«

»Was ist daran merkwürdig?« Außerdem, dachte Alexa, hatte doch sicherlich Ernest Silbermann den Rucksack dagelassen, nicht Ada.

»Sie nahm ihn immer mit, wenn sie spazierenging. Und an jenem Tag wollte sie angeblich ins Tal von Rochepierre.« Crespin runzelte die Stirn.

»Und das hieße...?«

Der alte Herr zuckte mit den Schultern. »Wer weiß. Vielleicht ist sie gar nicht spazierengegangen. Vielleicht wollte sie einmal nicht fotografieren.« Man sah ihm an, daß er das eigentlich für unmöglich hielt.

Alexa fühlte sich auf verbotenem Terrain. Was um Himmels willen wollte sie mit der Lieblingskamera Ada Silbermanns, einer bekannten Fotografin?

»Ich fotografiere Schornsteine«, sagte sie, als ob sie sich entschuldigen müßte.

Der Alte verzog den schmalen Mund zu einem Lächeln und wiegte wieder den Kopf. »Ada hat sich mehr für Menschen interessiert. Manchmal zu sehr – vielleicht.« Er breitete die Hände aus und blinzelte in den Himmel. »Es wird noch heißer werden«, sagte er. »Wüstenwind.«

Alexa zog das Tor ins Schloß und drehte den großen Schlüssel zweimal um.

»So einen Sommer haben wir seit Jahren nicht gehabt. Ich erinnere mich nur an ein Jahr, in dem es ähnlich heiß war. Damals...« Der Alte senkte das Kinn auf die Brust und runzelte die Stirn.

Alexa zögerte. Am liebsten hätte sie ihn ausgefragt. Nach Ada, nach dem Haus, nach der Geschichte der Menschen, die hier gelebt hatten...

Sie faßte den Gurt des Rucksacks fester und lief los.

# 8

*Frankfurt*

Seit dem Brief wurde Dorothea v. Plato die andere nicht mehr los, dieses Alter ego, von dem sie geglaubt hatte, es gehöre der Vergangenheit an. Die andere hatte sich fest in ihr eingenistet und kommentierte ihr jetziges Leben wie ein altkluges Kind. Oder, was der Wirklichkeit näherkam, wie ein Provinzmädel. »Das hättest du früher nicht gekonnt, ohne in Schweiß auszubrechen!« rief die innere Stimme voller Bewunderung, als sie die morgendliche Konferenz mit einem Minimum an Dissonanzen beendete. Oder: »Wie machst du das, ohne rot zu werden?« Sie war dem eitlen Kollegen, dessen Unterstützung sie brauchte, schamlos um den Bart gegangen. Am Ende des langen Tages mit Konferenzen, Telefongesprächen, Besuchsterminen und dem völlig unnötigen abendlichen Empfang für einen verdienten Philosophieprofessor hatte sie diese Kommentare gründlich satt. Einmal hätte sie fast die Haltung verloren, als die innere Stimme sie mitten im Gespräch mit dem Professor daran erinnerte, daß sie vor dreißig Jahren noch geglaubt hatte, der Mann sei unfehlbar wie der Papst.

Als der Chauffeur sie vor der Haustür absetzte, war ihr vor Müdigkeit schwindelig. Sie schloß die Haustür auf, warf den Mantel über den Garderobenständer, schlüpfte aus den Schuhen und goß sich in der Küche ein Glas Wein ein, bevor sie sich im Salon aufs Sofa fallen ließ. Ihre Füße fühlten sich an, als hätte man ihr die Bastonade verabreicht.

Was war sie nur für ein Schaf gewesen, damals, vor dreißig Jahren. Alles, was andere taten, fand sie bewundernswert. Und fast allen hatte sie mehr zugetraut als sich selbst. Nur einmal bewies sie wirklich Mut – als sie beschloß, nach dem letzten Ausbildungsjahr bei der Bank in Waltersheim das Abitur nachzumachen und zu studieren. Dorothea seufzte tief auf. Was wäre aus ihr geworden, wenn sie geblieben wäre?

»Du glaubst wohl, du bist was Besseres!« Als sie ihr von ihren Plänen erzählte, war Kollegin Martina, die in der Zweigstelle in Halfstadt gerade eine »Position« angeboten bekommen hatte, mit einem Mal nicht mehr freundlich und verständnisvoll gewesen.

»Von mir kriegst du keinen Pfennig!« Vater hatte noch verbissener als üblich auf den Fernsehbildschirm gestarrt.

Mutter immerhin hatte den Anstand gehabt, nicht auszusprechen, was sie wahrscheinlich dachte: Jünger wirst du nicht, Dorle. Und schöner auch nicht. Und der Jürgen – der erbt mal das Haus. Und wenn die Kinder etwas größer sind, kannst du ihm die Buchführung machen...

Dorle. Wie hatte sie das gehaßt, wenn Mutter sie so nannte – auch noch vor anderen Leuten.

Dorothea v. Plato zog die Beine an und kuschelte sich tief in die weichen Kissen. Der Sturm war richtig losgebrochen, als sie allen Mut zusammengenommen und »Ich ziehe aus!« gestottert hatte.

»Aber du hast doch hier alles, was du brauchst!« Mutter stand die Fassungslosigkeit ins Gesicht geschrieben. Unter »brauchen« verstand sie ein warmes Zimmer und etwas zu essen – alles, was darüber hinausging, war Luxus.

»Und komm ja nicht an und jammere, wenn was schiefgeht.« Vater würdigte sie keines Blickes, auch nicht ein paar Tage später, als sie schon im Türrahmen stand, einen Koffer in der linken und die Reisetasche in der rechten Hand. Nicht vor dir, hatte sie gedacht. *Du* wirst mich niemals jammern hören.

»Ausgerechnet Frankfurt!« Mutter hatte sie nach draußen begleitet. »Da ist doch niemand seines Lebens sicher!«

Dorothea ließ den Wein im Glas kreisen und hielt es prüfend an die Nase. Die beiden Alten hatten sich nie ein anderes Leben vorstellen können. Aber sie wäre erstickt, wenn sie länger in Grünau geblieben wäre, in dem Haus mit den niedrigen Decken und dem klebrigen Linoleum auf dem Küchenboden.

Die erste Zeit in der Großstadt, in der ersten Großstadt ihres Lebens, zog wie ein nicht mehr ganz farbechter Film vor ihrem inneren Auge vorbei. Sie war wochenlang wie betäubt durch die Stadt gelaufen. Vom Norden, dort, wo die Villen der Reichen standen, durch die Innenstadt über den Fluß bis in den Stadtwald im Süden. Vom Schwimmbad ganz im Westen über die Uni und die Bockenheimer Landstraße mit ihren heruntergekommenen Gründerzeitvillen an der Ruine der Alten Oper vorbei bis zur Berger Straße und dann weiter nach Seckbach und zum Huthpark. Immer wieder. Eines Tages war ihr auf dem Rückweg ein Trupp alter Weiblein entgegengekommen, die lachend zur Ebbelweikneipe auf der anderen Straßenseite hinüberwinkten. »Hier spielt die Musik!« rief eine der fünf ihr zu, bevor sie schwungvoll durchs Tor bogen. Sie hatte sich nach kurzem Nachdenken ebenfalls an einen der langen Tische unter den blühenden Kastanienbäumen der »Sonne« gesetzt und den sauren Stoff probiert, den man hier ausschenkte. Wider Erwarten schmeckte es ihr. Sie war wie verzaubert gewesen. Von dem alten Fachwerkhaus mitten in Frankfurt, vom Kopfsteinpflaster unter ihren Füßen, vom Licht, das durch die Zweige in den Hof fiel, von den Menschen. Und von den Möglichkeiten, die sich plötzlich eröffneten: man konnte auch einfach nur leben.

Sie atmete den Duft des Weines tief ein und nahm den ersten Schluck. Ein Aloxe Corton, ein roter Burgunder, ein guter Winzer, ein großer Jahrgang. Dorothea v. Plato seufzte und nahm noch einen Schluck. Ebbelwei vertrug ihr Magen schon lange nicht mehr. Sie stellte das Rotweinglas auf das Marmortischchen neben dem Sessel und schaute zum Schreibtisch hinüber, auf dem der Brief lag.

Wenn er nicht so laut geschrien hätte, wäre er ihr gar nicht aufgefallen, damals, an der Uni, im Hörsaal VI, während einer Vollversammlung. Und ohne Helen wäre sie nie dort hingegangen. Helen Wessels, ihre engste Freundin damals, an die sie seit Jahren nicht mehr gedacht hatte. Helen war die Verkörperung dessen gewesen, was sie bewunderte: zierlich, mädchenhaft und mit dem untrüglichen Gespür für das, was gerade angesagt war in der Szene – zum Beispiel, ob man die Jeans in oder über den Schaftstiefeln trug.

Aber ohne die Besetzung von Dr. Bonns Hauptseminar ein paar Stunden zuvor wäre auch Helen abends nicht auf die Vollversammlung gegangen, sondern in den Kolbkeller, zum Tanzen. »Ist der nicht süß?« Helen hatte mit dem Kinn auf einen jungen Mann im langen Ledermantel gezeigt, der mit einer Gruppe anderer ins Rechtsphilosophische Seminar gekommen war und sich nun drohend vor Dr. Bonn aufgebaut hatte. »Schluß mit dem bürgerlichen Scheiß!« verkündete einer der Besetzer. Als ob man Dr. Bonn noch drohen mußte. Er hatte es längst aufgegeben, sich über den Lernfortschritt in seinem Seminar im einzelnen und im allgemeinen den Kopf zu zerbrechen. »Bonbon« nannte Helen den Privatdozenten, der so ziemlich das Gegenteil davon war. Nie, hatte sich Dorothee damals geschworen, nie wollte sie so werden wie er, so resigniert, so lebensfern, so hilflos.

»Was meinst du? Kommst du nachher mit?«

Dorothee hatte die Gruppe von Studenten gemustert. Sie sahen aus, als ob sie von ihrer Sache überzeugt waren, von welcher auch immer.

»Zur Vollversammlung? Ich muß eigentlich noch…«

Im Unterschied zu Helen studierte sie.

»Streberin!« Helen hatte spöttisch gegrinst. »Kennst du sonst nichts im Leben?«

Dorothea griff nach dem Glas und nahm einen tiefen Schluck. Helen, dachte sie, hatte immer gewußt, wo es weh tat.

Natürlich war sie mitgegangen. Es ging um irgend etwas schrecklich Wichtiges, um Nieder mit, Kampf dem oder Weg mit. Helen war das Thema sowieso egal. Für sie waren die regelmäßigen Zusammenrottungen ein einziger gigantischer Beziehungsbasar. Und was ist schon geeigneter für Kontaktaufnahme als ein brechend voller Saal, als fünfhundert Personen auf einem Haufen, mit Tuchfühlung, wie beim Engtanzen, und mit einer Bühne, auf der jeder, der mutig genug war, sich produzieren durfte?

Während Helen nach rechts winkte und nach links irgend etwas schrie, hatte Dorothee versucht, sich möglichst klein zu machen. Sie hatte die Jahre der Studentenbewegung nur aus der Ferne mitgekriegt und nie verstanden, worum es in den Grüppchen und Sekten eigentlich ging, in die sie in den 70er Jahren zerfallen war. Sie war Menschenmassen nicht gewohnt – das einzig Beruhigende daran war, daß sie in der Masse wenigstens nicht weiter auffiel. Es roch nach ungewaschenen Haaren und Parfüm, nach Bier und Männerschweiß und Zigarettenrauch. Irgendeiner brüllte in ein Megaphon, unter wütenden Protestrufen im Publikum. Sie hatte keine Erinnerung daran, wer sich an diesem Abend wichtig machte, in diesem zähen Jargon, den niemand wirklich verstand. Dem Mann ein paar Schritte vor ihr schien das alles ähnlich auf die Nerven zu gehen.

Was hatte er bloß geschrien, hochrot im Gesicht? Egal, jedenfalls drehten sich alle zu ihm um. Und einer neben ihr sagte: »Der weiß wenigstens, was Sache ist.«

Dorothee hatte sich ein paar Schritte vorgedrängt, näher heran an den jungen Mann mit dem Vollbart und den dunklen, lockigen Haaren, die ihm ins Gesicht fielen. Er schüttelte die Fäuste und schrie wieder etwas. Dann drehte er sich um, noch immer rot im Gesicht, und drängelte sich durch die protestierenden Zuhörer in Richtung Ausgang.

Woher nur hatte sie damals den Mut genommen, ihm hinterherzugehen? Dorothea spürte wieder die alte, verräterische Hitze im Gesicht. Sie hatte damals ein beigefarbenes Kostüm getragen, weil sie morgens in der Anwaltskanzlei ausgeholfen hatte, war ungeschminkt und hatte die Brille abgesetzt, damit sie nicht gar zu blaustrümpfig wirkte. Das hatte zur Folge, daß sie halb blind hinter ihm herstolperte. Er lief die Treppen hinunter, fast zu schnell für sie, und machte erst vor der Eingangstür zum Universitätsgebäude halt. Als er ihre Absätze auf dem Fußboden klicken hörte, drehte er sich um.

Dorothea sah sie vor sich, die andere Frau, die sie damals gewesen war. Sie hielt die alte, braune Aktentasche vor der Brust, als ob sie sich damit schützen könnte, hatte die Augen weit aufgerissen, um besser zu sehen, und war außer Atem. Er trug erbsensuppenfarbene Kordhosen, die an den Knien verbeult und abgewetzt waren, einen eingelaufenen Norwegerpullover, der sich über dem Bauch hochschob, schwarze Halbstiefel und ein Jackett mit Lederflicken an den Ellbogen. Er musterte sie, von oben bis unten, und wollte sich dann wegdrehen.

Was sie gestottert hatte damals vor dem Eingang zum Hochschulgebäude im Dämmerlicht eines milden Herbsttages, wußte sie nicht mehr. Wenigstens das ersparte ihr die Erinnerung.

»Ich brauch jetzt ein Bier«, hatte er geantwortet und aus irgendeinem Grund nahm sie das als Einladung.

Sie schwiegen, bis sie vor der Kneipe angekommen waren. Das Stimmengewirr setzte für einen Moment aus, als sie Schulter an Schulter bei »Dr. Flotte« einliefen.

»Die machen mir gleich den Prozeß wegen Klassenverrat«, hatte er geflüstert.

Sie verstand nicht, was er damit meinte. Heute wußte sie es. Sie kannte sich mittlerweile bestens aus mit Klassenverrat.

Damals hatte sie sich ihm noch nahe gefühlt, sah in ihm einen Menschen, der sich so wie sie verzweifelt bemühte, die Welt zu verstehen. Später hatte sie alles darangesetzt, die Spuren zu verwischen, die in das graue Einfamilienhaus in der Sudetensiedlung von Grünau führten. Oder in die Bank in Waltersheim. Oder ins Seminar von Dr. Bonn. Sie hatte promoviert und einen gutbezahlten Job in der Wirtschaft angenommen. Sie heiratete Arnold v. Plato ebenso wohlüberlegt, wie sie sich wieder von ihm scheiden ließ. Sie war stets vorwärtsgetrabt, wie ein Kutschergaul, die Scheuklappen fest angelegt. Sie hatte einen Karriereschritt nach dem anderen getan, von der Wirtschaft in die Politik und wieder zurück, ohne sich auch nur einmal zu fragen: was bringt das alles, was kostet es mich. Warum auch? Sie mußte weder auf Mann noch auf Kinder Rücksicht nehmen. Niemand hatte Ansprüche an sie. Sie war verfügbar, war Manövriermasse gewesen, auf höchstem Niveau, natürlich.

Irgendwann galt sie als die erfolgreichste Fondsmanagerin Deutschlands. Zumindest war sie, dank einer monatlichen Fernsehsendung, die bekannteste. Wieder ging ihr Blick zu dem Brief. Sollte er ausgerechnet jetzt, wo alles erreicht war und sie nicht mehr viel verlangte vom Leben, in die Lage geraten zu sein, ihr zu schaden?

Plötzlich fiel ihr wieder ein, was er damals, auf der Vollversammlung unter lauter Studenten, gerufen hatte: »Ich hab nicht bei Adorno studiert, sondern bei Werner Menke in Mainheim Klempner, und ich verstehe euren Scheiß hier nicht.«

Im Grunde könnte sie ihn noch heute küssen für diesen Satz.

# 9

*Beaulieu*

Seit Stunden stand das Dorf unter Beschallung. Aus den Lautsprechern auf Fenstersimsen und an Telefonmasten erklang immer wieder das gleiche: erst Musik, ein Stück, das wie die moderne Version eines alten Tanzliedes klang, und dann eine samtene Männerstimme, die die einzelnen Stationen der großen *Fête votive* ankündigte, deren Vorbereitung das Festkomitee von Beaulieu schon seit Monaten in Atem hielt. Länger und wahrscheinlich wichtiger war die darauf folgende Aufzählung der Namen all jener, die das Fest mit einer Spende unterstützt hatten: der Bäcker Ronsard, das Maison de la Presse von Monsieur Durand, das Relais des Roses von Catherine Joly, der Friseurladen »Elle Et Lui«, der Metzger Renoir, der kleine Supermarkt, der Klempner, der Apotheker, der Arzt und einige, deren Namen ihr nichts sagten. Alexa wünschte sich plötzlich fast sehnsüchtig, ihren eigenen Namen zu hören. Aber würde man ihre Spende akzeptieren – oder über »die reiche Deutsche« spotten, die glaubte, sich einkaufen zu können in die Dorfgemeinschaft?

Sie kannte den Singsang mittlerweile auswendig. Heute würde es zum Höhepunkt kommen, zum Eselsreiten durch das ganze Dorf. Die Strecke war mit auf die Straßen und Gäßchen gemalten blauen Pfeilen markiert, sie reichte vom Unterdorf, wo sie ihr Haus hatte und wo die Kirche und das Relais des Roses standen, im älteren Teil des Dorfes also, bis zum Oberdorf, wo sich in den Jahren des kurzen Reichtums von Beaulieu die wohlhabenderen Leute ihre Villen hingestellt hatten. Dort wohnten noch heute der Notar und der Arzt und der Apotheker.

Auf dem Place des Platanes vor der Auberge du Sud war das Aufmarschgebiet der Tiere und ihrer Reiter. Wenn sie sich an der Schmalseite der langgestreckten Terrasse über die Brüstung lehnte, sah sie das mit buntem Krepp geschmückte Podium für die Preisverleihung und den Stand mit dem improvisierten Wettbüro. Die Anfangs- und die Schlußstrecke führte direkt unter ihrem Haus vorbei, das Spektakel konnte man von der Längsseite ihrer Terrasse aus beobachten. Sie sah zum Nachbarhaus hinüber. Lucien Crespin hatte schon in seinem Wintergarten Platz genommen, die Arme aufs Kissen auf der Brüstung gestützt, an der Seite ein Gläschen Pastis.

»Lieben Sie Esel?« rief sie zu ihm hinüber.

»Nein – weder die einen noch die anderen!«

»Haben Sie wenigstens gewettet?« Alexa hatte vorhin gesetzt – auf ein Team aus Esel und Reiter, das zu Catherines Favoriten gehörte. Der Esel hieß »Schwarzer Teufel« und sein Reiter nannte sich »Bändiger der Bestie«.

Lucien Crespin hob die Schultern und breitete die Hände aus. »Ich wette höchstens auf einen Überschuß in der Kasse des Festkomitees!«

Auch Alexa setzte sich auf die Terrassenmauer und schaute hinunter. Allein rechts und links der schmalen Straße standen mehr Menschen als im ganzen Dorf wohnten. Catherine war da und winkte zu ihr hoch, die alte Madame Jollivet hatte ein kleines Mädchen an der Hand, vor der ehemaligen Polsterei standen drei großgewachsene blonde Menschen mit sonnenverbrannten Gesichtern, eindeutig Touristen, wahrscheinlich Deutsche. Plötzlich hielt sie die Luft an. Der Mann, der sich hinter der deutschen Familie wegzuducken schien…

Alexa beugte sich weit über die Brüstung. Ihr Herz schlug schnell und hart. War er wiedergekommen? In diesem Moment wünschte sie sich das mehr als alles auf der Welt.

Sie stieß die Luft, die sie unwillkürlich angehalten hatte, wieder aus. Unsinn, dachte sie. Du siehst Gespenster.

Und dann kam der erste Esel um die Ecke getrottet, ein kleiner Grauer mit rosa Ohren, auf seinem Rücken ein lockiger Knabe im malerisch wallenden Hemd. Die Menge johlte. Der Knabe lächelte mild und gab seinem Reittier einen scharfen Schlag mit der Peitsche aufs Hinterteil. Das kam nicht gut an, der Esel keilte nach rechts aus und dann nach links und ließ sich durch nichts dazu bewegen, auch nach vorwärts Tempo zu machen.

Er wurde überholt von einem braunen Tier, auf dessen Rücken Axel, der Jungmetzger, balancierte. Er grüßte huldvoll nach allen Seiten und wäre fast heruntergefallen, als sein Tier beschleunigte, den Hals ausgestreckt nach der Möhre, die ihm ein kleines Mädchen am Straßenrand hinhielt.

Alexa griff zum Fotoapparat. Sie mußte sich weit hinauslehnen, um die Straße ins Blickfeld nehmen zu können. Für eine Charakterstudie der Eselsäpfel, die ein Mann mit Baskenmütze gerade beiseite fegte, war ihr Abstand ideal. Dennoch mochte sie das Teleobjektiv nicht abschrauben, aus lauter Angst, sie könnte etwas falsch machen dabei. Sie ließ die Kamera von der Straße aus wieder aufwärts gleiten, die steilen Wände der Nachbarshäuser hoch. Am Balkon des Mannes mit dem Faible für klassische Musik wurde das Bild wieder scharf.

Auch er schien dem Treiben da unten zuzusehen. Sie holte ihn näher heran und stellte die Schärfe ein. Der Mann sah überhaupt nicht aus wie… Sie zog die Schärfe nach. Nein, es gab keine Ähnlichkeiten zwischen den beiden. Der Mann war viel älter. Er trug eine Brille und hatte dunkle Haare. Dann sah er auf, direkt in ihr Gesicht.

Die Augen. Der Blick.

In diesen paar Sekunden vergaß sie, daß sie durch einen Fotoapparat guckte, glaubte, jede Falte in seinem Gesicht zu sehen, jede Regung um den Mund, jedes Zucken der Nase und jeden Ausdruck in den Augen. Sie sah, wie sich seine Augenbrauen zusammenzogen und sein Gesicht sich langsam rötete. Dann drehte er sich um und ging ins Haus.

Schon wollte sie sich wegdrehen, als er wieder auf die Veranda gestürzt kam, Gewehr im Arm. Er hob die Waffe hoch, legte an und zielte in ihre Richtung. Geistesgegenwärtig schlang sie die Arme um den Fotoapparat, als sie sich zu Boden fallen ließ.

»Fotografier den Papst beim Pissen, aber nicht mich!« brüllte der Mann. Dann fiel der Schuß. Was für ein seltsamer Laut, dachte sie noch, dieses trockene Schmatzen.

*Das Kind träumte davon, lange Jahre. Von dem Bild, das es eigentlich gar nicht hatte sehen sollen. Aber hätte es überhaupt begriffen, was es zeigte, das Titelfoto der Illustrierten, die beim Zahnarzt lag? Erst als Mutter ihm die Zeitschrift mit einem Aufschrei aus der Hand riß, dämmerte es ihm. Es hätte das Bild nie mit Vater in Verbindung gebracht. Er sah so ganz anders aus, als das Kind ihn in Erinnerung hatte.*

*Er trug keine Mütze und hatte die Augen geschlossen. Der Hemdkragen war offen, der Schlips fehlte und die Uniformjacke. Die Ärmel des weißen Hemdes mit den vier goldenen Litzen an der Schulterklappe waren hochgekrempelt – aber richtig weiß sah das Hemd auch nicht mehr aus. Er kniete, das war das eigenartigste. Er kniete im Türrahmen der geöffneten Vorderluke seines Flugzeugs, er hatte die Hände hinter dem Kopf verschränkt.*

*Das Kind hätte am liebsten jemanden gefragt, warum er kniete. Und wo seine Flugkapitänsmütze war.*

*Links neben ihm stand ein Mann mit schwarzer Kapuze über dem Kopf. Durch die Sehschlitze konnte man seine Augen erkennen, der Mann schien in die Kamera zu schauen mit seinen kohleschwarzen Augen. Er hatte den rechten Arm abgewinkelt, in der Hand hielt er eine Pistole, er hielt die Pistole an Vaters Schläfe.*

*In seinen Träumen hatte das Kind den Schuß gehört. Der Schuß, stellte es sich vor, brach los mit einem gewaltigen Donnern und rollte um den ganzen Erdkreis. Alle mußten es gehört haben, den lauten Knall, es mußte ihnen allen in den Ohren geklungen sein, als der Mann Hans Senger erschoß.*

*Und seine Leiche mit einem Fußtritt aus dem Flugzeug stieß. Aber das hatte das Kind erst später erfahren.*

*Das – und warum Hans Senger ein Held war. Er hatte sie alle gerettet, sagte man dem Kind, die 161 Passagiere, die Stewardessen und den Co-Piloten und den Flugingenieur. Er war unter dem Vorwand, er müsse das Flugzeug kontrollieren, hinausgegangen und hatte den draußen versteckten Rettern alles erzählt, was sie über die Kapuzenmänner wissen mußten: wie viele es waren, die das Flugzeug entführt hatten, und was sie für Waffen bei sich trugen. Und daß sie die jüdischen Passagiere aneinandergekettet und ihnen Sprengstoff an den Leib gebunden hatten.*

*Aber warum ging er zurück, fragte das Kind. Er hätte doch sein Leben retten können! Warum ging er zurück zu den anderen, die eingepfercht in glühender Hitze auf den Tod warteten? Warum ging er zurück zu den Männern mit den schwarzen Kapuzen? »Das macht man mit Verrätern!« hatte deren Anführer geschrien, bevor er Vater erschoß.*

*Das Kind träumte davon, Jahr um Jahr. Nicht von seinem Vater, der vor dem Henker kniete. Auch nicht von dem Mann mit der Kapuze, von dem man nur die Hände und die Augen sah.*

*Es träumte von den Augen.*

Alexas Finger, die den Fotoapparat umklammert hielten, waren kalt und naß und zitterten. Auf der Straße unter ihr schien Panik auszubrechen, Kinder brüllten, Männer fluchten, Frauen schimpften und ein Esel schrie. Dann hörte sie ein verzweifeltes Flügelschlagen in der Luft. Sie sah auf. In diesem Moment stellte der Vogel das Flattern ein und stürzte hinunter.

Sie rappelte sich auf und sah über die Brüstung. Die Menschen hatten nicht geschrien, weil geschossen worden war, sondern weil ein Esel im Haufen seines Vorgängers gestrauchelt war und seinen Reiter abgeworfen hatte, der nun das hinkende Tier am Zügel wegführte.

Der Mann hatte auf die Taube gezielt, nicht auf sie. Als sie wieder langsamer atmete, fiel ihr auf, daß der Mann Deutsch gesprochen hatte. Sie faßte nach ihrem Ellenbogen, den sie sich beim Fallen gestoßen hatte. Als sie aufblickte, sah sie den alten Crespin herübergucken.

»Was passiert?«

Sie schüttelte schwach den Kopf.

»Ich habe Kaffee gekocht«, sagte der Alte und sah sie fragend an. Sie brauchte eine Weile, bis sie begriff, daß das eine Einladung war.

Man mußte eine ausgetretene Steintreppe hochgehen, um in Lucien Crespins Haus zu gelangen. Er hatte die Tür angelehnt, die in einen dunklen Flur führte. Nur aus dem Zimmer am Ende des Gangs drang Licht. Alexa hatte keine Vorstellung, wie viele Zimmer das Haus haben mochte. Die meisten Häuser in dieser Region waren verwinkelt und verschachtelt, viele von alten Menschen bewohnt, die außer Schlafzimmer und Küche nichts mehr brauchten.

Der Flur führte geradewegs in die Küche. Von der Veranda fiel Sonnenlicht in den großen Raum mit einem Boden aus mächtigen grauen Steinplatten. Über dem Kamin an der Stirnseite des Raumes war die von zwei Balken getragene Decke schwarz vor Ruß. In der Mitte des Raumes stand ein langer Holztisch. Der Strauß Wildkräuter auf dem Tisch, im gelben Krug, rührte sie. Über dem angeschlagenen Spülstein hingen ein Spiegel, und, an einer Leine, zwei Geschirrtücher, daneben stand ein emaillierter Küchenherd, eine Antiquität, sie hatte einen ähnlichen beim Trödler in St. Julien gesehen. Darauf eine mattsilberne Espressokanne.

Lucien Crespin bot ihr einen geschwungenen Stuhl mit Samtpolster an, es war der eleganteste der fünf Stühle, die um den Tisch herumstanden. Der größte, mit Armlehnen, war eindeutig der Platz des Hausherrn, das flachgesessene Sitzpolster steckte in einem buntbestickten Bezug. Die Stickerei schien sich langsam aufzulösen.

Alexa setzte sich. Sie hatte ihren Nachbarn noch nie so nah gesehen. Schwer zu sagen, wie alt er war – die paar Bartstoppeln an seinem Kinn waren weiß wie sein Haar, die Hände lang, schmal und für jemanden, der täglich in seinem Gemüsegarten arbeitete, erstaunlich gepflegt. Jedenfalls war er alt genug, um sie noch gekannt zu haben, die Unglücksgeschichten der Menschen in ihrem Haus. Sie goß sich Milch aus einem blauweißen Kännchen in die riesige

Tasse mit dampfendem Kaffee, die er vor sie hinstellte und rührte aus lauter Verlegenheit einen Löffel Zucker zuviel hinein.

Der alte Mann pustete in seine Tasse und nahm den ersten Schluck schlürfend.

Alexa hatte ihre in beide Hände genommen. Der Kaffee war zu heiß und zu süß. Sie sah sich in der Küche um. Als sich ihre Augen an das spärliche Licht gewöhnt hatten, entdeckte sie die Fotos auf dem steinernen Sims über dem rußgeschwärzten Kamin. Das eine im ovalen Rahmen sah wie ein Hochzeitsfoto aus, das andere wie ein Bild aus dem vorvergangenen Jahrhundert. Dann sah sie das große Schwarzweißfoto im braunen Holzrahmen, das neben dem Kamin an der Wand hing. Crespin drehte sich um, als er ihren Blick sah.

»Pierre Ronsard«, sagte er und zeigte auf den Mann links im Bild, einen Mann mit einer hochgeschlossenen Bluse und einer flachen Kappe auf dem Kopf. Der Mann lehnte gegen einen Pfeiler, der aussah wie der am Treppenaufgang zu ihrem Haus. »Der Bäcker. Neben ihm steht Beatrice, seine Frau. Dann komme ich. Dann Adeline.«

Alexa brauchte nicht zu fragen. Das mußte Lucien Crespins Frau gewesen sein. »Daneben Madeleine Champetier. Und rechts außen Alphonse. Wir haben Madeleines Geburtstag gefeiert.«

Madeleine Champetier, die bis zu ihrem Tod allein in Alexas Haus gelebt hatte – mit ihrem Hündchen, wie die Maklerin sagte –, hatte auch auf dem großen Schwarzweißfoto einen Hund zu Füßen sitzen, ein geschecktes Tier mit abgeknicktem Ohr. Der junge Lucien Crespin trug einen Schnauzbart und hielt eine geschwungene Pfeife mit großem weißem Kopf in der Faust, das schmale Gesicht ließ ihn wie einen Advokaten aussehen – oder, dachte Alexa, wie einen Lehrer.

Aber am meisten interessierte sie der Mann von Madeleine, Alphonse, ein Kerl mit breiten Schultern, breitem Lächeln und einer Art Uniformmütze schräg auf den dunklen Locken. Wie ist er gestorben? wollte sie fragen. Wer hat Alphonse Champetier getötet? Deutsche Soldaten? SS? Die Frage beschäftigte sie, wie immer, wenn es um den Zweiten Weltkrieg ging und die Rolle der Deutschen dabei.

Sie merkte, daß der Kaffee seltsame Dinge mit ihrem Magen anstellte, der neuerdings zu Launen neigte, und schob die Tasse von sich. Der alte Mann sah besorgt erst auf die Tasse, dann in ihr Gesicht.

»Mach dir nichts draus«, sagte er schließlich. »Er ist ein schwieriger Mensch. Aber man muß sich vor ihm nicht fürchten.«

Wen meinte er? Sie runzelte die Stirn.

»Er ist schon zu lange allein. Es ist nicht gut, wenn man zu lange allein ist.«

Crespin hätte von sich sprechen können. Oder von ihr, von Alexa.

»Und dann – als Fremder im Ausland...«

»Meinen Sie...«

»Philipp Persson. Der Mann, der seine Musik am liebsten mit allen im Dorf teilt.« Crespin grinste.

Alexa war entgeistert. Er meinte tatsächlich den Taubenmörder. »Der Mann ist verrückt. Immer, wenn ich mit dem Fotoapparat...«

Crespin kicherte in sich hinein. »Ada fotografierte alles, was sich nicht wehrte. Ob der Hund die Krätze hatte, ich meine schmutzigen Gartenhosen an oder der Schlachter die Hände und die Schürze blutig – egal, Ada war da. Mit dem Fotoapparat. So wie du – neuerdings...« Er stand auf, räumte ihre Tasse ab und ging damit zum Spülbecken.

»Pastis?« fragte er sie über die Schulter hinweg.

Alexa horchte in sich hinein, was ihr Magen dazu sagte. »Gern«, sagte sie.

»Philipp Persson mochte es gar nicht, wenn sie ihn fotografierte. Dabei steckten sie oft genug die Köpfe zusammen, die beiden.« Der Alte stellte ihr ein Glas mit Wasser auf den Tisch, daneben ein zweites Glas mit einer goldenen Flüssigkeit und schüttelte den Kopf, als ob es viel mehr nicht zu sagen gäbe. »Philipp ist in Ordnung.«

Aber was machte so einer in einem Dorf am Rande der Cevennen? Alexa traute dem Kerl nicht. »Und wovon lebt er?«

»Frag Madame Dementier, die Briefträgerin. Die kommt regelmäßig einmal im Monat zu ihm.« Crespin hob die Hand und rieb den Daumen an den Zeigefinger, das internationale Zeichen für Geld.

# 10

*Frankfurt*

Am Ende eines langen Tages, an dem Karen »Zur-Zeit-nicht-im-Dienst« Stark versucht hatte, alles nachzuholen, wozu sie sonst keine Gelegenheit hatte – Schuhe kaufen und eine neue Gesichtscreme mit sensationellen Eigenschaften, im Straßencafé herumsitzen, »Schöner Wohnen« lesen und mit dem Kellner flirten –, kam sie sich vor wie Lydia Herrmann. Sie erinnerte sich mit Grauen an den Abend, an dem sie Buße tun mußte für einen unbedachten Anfall von Geselligkeit: Sie hatte Werner Herrmann samt Gattin eingeladen, dazu den Kollegen Manfred Wenzel mit Freund und Paul Bremer. Die Frauen waren in der Minderzahl, was dem darstellerischen Talent von Lydia Herrmann entschieden zuviel Spielraum ließ.

Man saß noch beim Aperitif, da machte Lydia Herrmann bereits alle mit dem Plan für den arbeitsfreien Rest ihres Lebens bekannt. Karen hatte das mäßig interessant gefunden – Gartenarbeit und Malen, na ja, sie konnte sich Spannenderes vorstellen, aber wer weiß, auf welche idiotischen Ideen sie in dreißig Jahren kommen würde.

»Und vor Indien erstmal nach Ägypten, gell, Werner?«

Werner Herrmann, ein bekannter Strafverteidiger, nickte Ägypten genauso ergeben ab wie Aquarellmalerei und Unkrautzupfen. Karen kannte niemanden, der sich für Hobbys entflammt, solange er seinen Beruf liebt. Werner liebte seinen Beruf. Und sie liebte ihren Beruf. Es waren gottlob…

»…noch zwölf Jahre bis zur Pensionierung.«

Karen mußte völlig entgeistert geguckt haben, während sie nachrechnete: wenn Lydia mit 65 in Pension ginge, mußte sie jetzt

53 sein, dafür sah sie verblüffend gut erhalten aus. Irgend etwas stimmte an der Rechnung nicht: War Lydia nicht sogar ein paar Jährchen jünger als ihr Mann, der, das wußte sie genau, gerade mal zwei Jahre älter war als Karen?

»Zur Frühpensionierung, meine ich natürlich.« Studienrätin Lydia Herrmann mußte gemerkt haben, welche Spekulationen sie ausgelöst hatte.

Karen begriff immer noch nicht. Das machte Lydia etwa 50 Jahre alt. Auch das konnte nicht stimmen.

»Wenn alles so klappt, wie ich es mir vorgestellt habe, natürlich«, schob Lydia nach und hatte den Anstand, wenigstens leicht zu erröten bei der Ankündigung eines Vorgangs, den man, wie Karen langsam begriff, bei schlechtem Willen auch als unfaire Bereicherung auf Kosten der Allgemeinheit ansehen konnte.

Werner Herrmann mußte gemerkt haben, daß nicht nur Karen der Lebensplan seiner Frau gründlich fremd war.

»So ein Lehrerberuf ist in vieler Hinsicht anstrengender als das, was unsereins tagtäglich treibt, meine Liebe«, sagte er. »Da denkt man schon mal daran, alle Möglichkeiten auszuschöpfen.« Seiner Frau war das leichte Zucken seiner Unterlippe entgangen, denn sie nickte mit glänzenden Augen.

Sieht ganz so aus, dachte Karen, als müßte die liebe Lydia erstmal alleine nach Ägypten fahren. Oder zum Gartencenter.

Der heutige Tag erinnerte sie an den Schrecken, den seit diesem Abend das Wort »Frühpensionierung« in ihr auslöste. Ein Leben ohne Beruf? Ohne etwas Vernünftiges zu tun zu haben? Karen merkte an dem erstaunten Blick des Kellners, daß sie beim Bezahlen heftig den Kopf geschüttelt hatte.

»Stimmt was nicht?« fragte der lange Blonde und schielte auf die Rechnung, die er ihr vorgelegt hatte.

Karen lächelte, um Entschuldigung bittend. »Tut mir leid, ich habe gerade an etwas völlig anderes gedacht.«

»Muß was Furchtbares gewesen sein.«

In der Tat. Sie hinterließ ihm ein extra hohes Trinkgeld und ging. Der Gedanke an Indien oder Ägypten war schrecklich. Den Zwangsurlaub jetzt hatte sie sich selbst zuzuschreiben. Sie hatte seit zwei Jahren keine Ferien mehr gemacht – genauer gesagt: seit Marion nicht mehr mitfuhr. Zu zweit hatten sie wenigstens so tun können, als sei es die schönste Sache der Welt, dem Turm von Pisa beim Schiefsein zuzusehen, ohne daß irgendein Mann dazwischenquatschte.

Karen schnaubte verächtlich. Nein, der Job war das einzige, was sie wirklich beschäftigte, durch ihn kam sie mit allem zusammen, was das Leben bot, mit jeder Art von Menschen, mit allen Sorten von Problemen. Nie war ihr langweilig. Nie fühlte sie sich wirklich einsam. Der Gedanke, daß auch sie einmal »i. R.« sein würde, was auf Beamtendeutsch »im Ruhestand« hieß, ein Zustand, der keineswegs mehr ganze 30 Jahre auf sich warten lassen würde, sofern man die Altersgrenze nicht bald hochsetzte, erschien ihr plötzlich furchterregend. Was dann? Einem Bridgeclub beitreten? Die Seniorenuniversität besuchen? Kreuzworträtsel lösen? Gutes tun? Wahnsinnig werden – oder wenigstens depressiv?

Karen stellte sich zu der kleinen Menschenansammlung, die sich um vier ernst blickende Männer in schwarzen Anzügen gebildet hatte, die auf so imponierenden Instrumenten wie Tuba, Posaune, Trompete und Saxophon klassische Weisen spielten. Manchmal fürchtete sie, es würde sich spätestens mit der Pensionierung womöglich doch rächen, wenn es bis dahin niemanden in ihrem Leben gab, der *nicht* mit ihr nach Indien oder Ägypten fuhr.

Nach einer Stunde hatte sie genug von trödelnden Teenagern, bettelnden Alkis, brüllenden Kleinkindern und rasenden Radfahrern. Aber zu Hause war es auch nicht besser. Die Wohnung kam ihr zu groß vor und zu leer, selbst die neue CD von Celine Dion bei weit aufgedrehtem Verstärker half nicht. Das Badewasser, das sie sich hatte einlaufen lassen, stellte sie nach einer Viertelstunde wieder ab.

Und Lydia Herrmann freute sich jetzt schon auf den Vorvorruhestand… Wie machte die Frau das bloß?

Plötzlich merkte Karen, daß sie die Hände zu Fäusten geballt hatte und daß es weh tat, wenn sie die Finger wieder ausstreckte. Angelika Kämpfer war Konkurrenz, gut, damit mußte sie leben. Aber konnte es sein, daß die Frau mit der Unschuldsfrisur mehr war als das? Was, wenn sie dafür sorgte, daß Karen abgeschoben wurde? In eine andere Abteilung, an ein anderes Gericht, in eine andere Stadt? Ein Leben außerhalb Frankfurts, gar außerhalb Hessens schien Karen plötzlich unvorstellbar. In der Mitte der Republik versammelte sich eine Vielfalt menschlichen Lebens, und so vielfältig wie die Lebensweisen waren auch die Verbrechen. All die Fälle der letzten Jahre passierten ihr inneres Auge: Der muslimische Vater, der seinen Sohn halb totgeprügelt hatte. Die Tochter, die den Vater bestialisch umbrachte, und die Mutter, die sie vor der Strafe schützen wollte. Der Mordfall Caruso. Das Drama im Weindorf Wingarten. Der tiefe Fall des Frankfurter Bundestagsabgeordneten Alexander Bunge…

Wer ihr diesen Beruf vermieste, raubte ihr alles, was ihr im Leben wichtig war. Karen spürte eine raumfüllende Leere in sich aufsteigen. Sie drehte die Musik noch lauter und wartete fast sehnsüchtig auf das Klopfen von Hausmeister Stein in der Wohnung unter ihr.

Vielleicht sollte sie mal wieder aufs Land fahren, in Pauls stinkendes Kuhkaff, sich von großen Hunden besabbern und von halbdebilen Landkindern begaffen lassen. Mit Paul am Gartentisch sitzen und Obstler trinken. Unkrautjäten, Lydia Herrmann zum Trotz.

Sie wählte Pauls Nummer. Niemand antwortete. Wahrscheinlich war er Fahrradfahren oder auf dem Weiherhof, zum Reiten. Sie sah ihn vor sich, in der knielangen schwarzen Radlerhose, darüber die Windjacke, das Gesicht braungebrannt unter dem kurzen weißen Haar. Sie zögerte. Dann gab sie sich einen Ruck.

Sie griff sich Jeans und T-Shirt, zog Halbschuhe an, warf ihre Joggingsachen und einen Pullover in die Tasche, holte den Reisebeutel mit der Zahnbürste und der Hautcreme aus dem Bad und schloß die Wohnungstür hinter sich.

Auf der Autobahn und bei Tachostand 213 hob sich ihre Laune.

Vielleicht hilft es ja, über das Leben einfach mal *nachzudenken* statt durchzurauschen wie ein ICE, dachte sie.

# 11

*Beaulieu*

Ein Schrei. Ein unmenschlicher, ein markerschütternder Schrei.

Alexa spürte, wie sich die feinen Haare an ihren Armen aufstellten. Sie schwang sich aus dem Bett und lief auf nackten Füßen zum Fenster. Ein feister Mond erhellte die Nacht, das Geräusch der Zikaden schwoll hinauf, und unten vom Teich her hörte sie Frösche quarren. Sie lauschte in die Nacht. Ein Hund bellte in weiter Ferne. Kein Schrei.

»Felis?« Die Katze war nicht da. Etwas Kaltes klumpte sich in ihrer Magengrube zusammen. Sie lief durch die Diele, dann durch den Kaminraum und die Küche hinaus zur Veranda. »Felis?« Sie lauschte wieder. Nichts rührte sich.

Der nächste Schrei traf sie wie ein Schlag. Jemand schrie in höchsten Tönen, dann vergurgelte der Schrei in einem tiefen Knurren, dann war es wieder still. Alexa hielt sich die Hand vor den Mund. Sie stand wie gelähmt und merkte erst gar nicht, wie kalt ihre Füße geworden waren auf den Steinfliesen. Das schreckliche Geräusch war vom Eingang her gekommen. Sie lief die Treppenstufen hinunter. Kurz zögerte sie. Sollte sie wirklich das Tor öffnen mitten in der Nacht? Dann schob sie den Riegel zurück und ließ die schwere graue Tür zurückschwingen. Was sie sah, nahm ihr die Luft.

Am Tor hing der blutige Körper der Katze, das Maul mit den zurückgezogenen Lefzen so weit aufgerissen, daß man den rosa Rachen und die kleinen weißen Zähne sah. Über die offenen Augen hatte sich ein stumpfer Film geschoben, von den Pfoten tropfte Blut. Jemand hatte ihr durch jedes der Samtpfötchen einen dicken Nagel getrieben – und noch einen extra durch den einst so prächtigen Schweif. Alexa hatte das Gefühl, als ob ihr Herz aussetzte, als das Tier sich aufzubäumen schien, ein letztes Mal.

Dann sah sie es. Über dem gekreuzigten Tier hing ein Zettel, auf dem offenbar mit dem Blut der Katze geschrieben stand: »Nimm dich in acht, sonst…«

Auf Deutsch. Nicht auf Französisch.

Wieder hörte sie es schreien, aus weiter Ferne diesmal. Als sie hochfuhr im Bett, merkte sie, daß sie naß war vor Schweiß. Und dann erkannte sie im weichen Morgenlicht Felis, die sich zu ihren Füßen aufsetzte, einen Buckel machte und gähnte. Nach einer Weile stieg die Katze behutsam über die Bettdecke, schmiegte sich in Alexas Armbeuge und begann zu schnurren.

Noch nie hatte sie so intensiv geträumt. Sie erinnerte sich an keinen vergleichbaren Albtraum. Die Turmuhr schlug fünfmal. Alexa horchte auf ihr pochendes Herz. Sie war mit einem Schlag so wach, daß es weh tat. Tief Luft holen, redete sie sich zu. Langsam ausatmen. Entspannen. Nach einer Weile setzte sie sich auf, stopfte sich das Kopfkissen hinter den Rücken, schaute aus dem Fenster und sah zu, wie goldene Röte sich über das Morgengrau schob, bis der Horizont leuchtete. Als ein erster gelber Sonnenstrahl das Rot am Himmel wieder erblassen ließ, bettete sie die schlafende Katze ans Fußende, stand auf und ging ins Bad.

Ich muß mich von diesem Albtraum befreien, dachte sie, als sie im Spiegel die Schatten unter ihren Augen sah. »Schauen Sie hin!« hatte der Therapeut gesagt, dem sie gut zwei Jahre lang von ihren quälenden Ängsten und Schreckensvisionen erzählte. »Gehen Sie der Angst auf den Grund! Konfrontieren Sie sich!«

Prima Ratschlag. Tolle Idee.

Du mußt etwas tun, Alexa. Du kannst dich der Realität nicht immer entziehen, Alexa. Fang an zu leben, Alexa. Ben hatte in die gleiche Kerbe gehauen. Es war das einzige Mal, daß sie sich gestritten hatten. Es war schrecklich, sich mit ihm zu streiten.

Sie zog sich an und machte sich einen Milchkaffee. Auf der Terrasse balgten sich die Spatzen. Sie sah ihnen lange zu. Am späten Vormittag verließ sie das Haus.

Vor seiner Wohnung, dem schmalen Haus mit dem Erker, zögerte sie wieder. Weder an der Haustür noch neben dem Klingelknopf stand ein Name. Sie drückte auf den Knopf und wartete.

Als er endlich die Tür öffnete, war Philipp Persson keine Überraschung über ihren Besuch anzusehen. Er breitete die Arme aus, lächelte mit bubenhafter Verlegenheit und sagte: »Es tut mir leid, wirklich. Es war nicht so gemeint.«

Alexa war sprachlos.

»Ich meine es ernst. Es tut mir echt leid.« Er ließ sie vorangehen durch den dunklen Flur.

»Warum haben Sie auf mich geschossen?« Alexa hörte ihrer Stimme die unterdrückte Wut an. Persson schob sich an ihr vorbei, um die Tür zu einer großen, hellen Wohnküche aufzuhalten. Es roch nach kaltem Zigarettenrauch und Kaffee, eine Mischung, die ihr auf den Magen schlug.

»Ach was, hab ich doch gar nicht«, sagte er. »Ich hab dich nur erschrecken wollen.«

»Aber – warum?« Und warum duzen Sie mich? hätte sie am liebsten gefragt.

»Warum?« Er sah sie entgeistert an, gerade so, als ob er die Frage nicht verstanden hatte.

»Was haben Sie gegen mich?«

»Was ich gegen dich…« Er war noch immer ratlos. Dann ging ein Grinsen über sein Gesicht.

»Natürlich habe ich nichts gegen dich.« Er streckte die Hand aus, so, als ob er ihren Arm tätscheln wollte. »Ich mag nicht fotografiert werden. Das ist alles. Setz dich.« Er schob ihr einen Stuhl hin. »Ich war schon froh, daß Madame Silbermann nicht mehr dauernd mit dem Telerüssel auf mich zeigte – und dann kamst du. Espresso?« Er zeigte auf eine hochmoderne Maschine auf der Arbeitsplatte neben dem Herd.

Sie nickte. Irgendwann, nach irgendeiner der vielen Tassen dieses Gebräus, das man in diesem Lande ausschenkte, würde ihr Magen den langsamen Säuretod sterben. Was Persson servierte, roch wenigstens besser.

Er bereitete zwei Tassen zu und setzte sich ihr gegenüber. »Ich kann's nicht ändern: ich mag's einfach nicht.«

»Ich habe Sie nicht fotografiert.« Alexa blickte sich um, noch immer nicht versöhnt. Auf dem dunklen Tisch lagen Tabakkrümel neben einer Packung Zigarettentabak.

»Nein?« Er zog die Augenbrauen hoch. »Tja dann...«

Mit fast eleganten Bewegungen nahm er ein Zigarettenpapier aus dem Tabakpäckchen, legte Tabak darauf und drehte das Papier zwischen den Daumen und Zeigefingern, bis es Zigarettenähnlichkeit angenommen hatte. Dann leckte er das Papier an und drückte es zu. Er hielt ihr die Zigarette auf flacher Hand hin. Sie schüttelte den Kopf.

»Was machst du überhaupt hier in diesem gottverlassenen Kaff?« Er entzündete ein Streichholz, hielt es an die Zigarette und tat einen tiefen Zug.

»Und was machen *Sie* hier?« Er überhörte ihre Gegenfrage, runzelte die Stirn und sah einem Rauchkringel hinterher.

»Ihr habt euch da ein Haus ausgesucht...« Jetzt zog er die Mundwinkel herab und wiegte das Haupt.

»Was meinen Sie damit?« Alexa fragte sich, wieso sie sich eine Ähnlichkeit eingebildet hatte zwischen Persson und – *ihm*. Persson sah gut aus, für sein Alter. Aber...

Er wackelte wieder mit dem Kopf.

»Was ist mit dem Haus?« Sie wurde langsam ungeduldig.

Er hob die rechte Hand und zählte mit der linken ab: »Zwei junge Männer, die in diesem Haus geboren wurden, sind im ersten Weltkrieg gefallen. Vor Verdun. Ein weiterer Bewohner dieses Hauses hat im zweiten großen Krieg mit den Deutschen kollaboriert und ist dafür von der Resistance exekutiert worden. Und schließlich wohnte in diesem Haus eine Wiener Jüdin, deren Eltern die Nazis aus Österreich verjagt haben, zusammen mit einem französischen Juden, dessen deutscher Vater das Glück hatte, von den Franzosen nicht an die Gestapo ausgeliefert worden zu sein...«

Sie mochte das überlegene Lächeln nicht, mit dem er sie anzusehen schien.

»Und jetzt... du. Das nennt man Deutsch-Französische Freundschaft, oder?«

»Ich glaube nicht, daß das alles heute noch eine Rolle spielt«, hörte sie sich sagen und glaubte kein Wort. Sie hatte all das in der Aura des Hauses gespürt, von Anfang an.

»Glaubst du wirklich, du kannst hier wohnen bleiben – einfach so?« Er hatte die Augen zusammengekniffen und zerdrückte die Zigarettenkippe mit übertriebener Sorgfalt im Aschenbecher.

»Glaubst du wirklich, man mag das hier, daß du jetzt auch noch fotografieren willst, als ob du Ada Silbermann wärst?«

Sie hatte befürchtet, daß man die Dinge so wahrnehmen würde im Dorf.

»Sie sah, was andere nicht sahen...«

Was hatte Ada Silbermann gesehen? Alexa dachte an den Film, der noch seit Adas Zeiten in der Kamera lag.

Sie straffte sich plötzlich und sah dem Mann ins Gesicht. Er versuchte zu lächeln, aber sie glaubte unter seiner Maske aus Höflichkeit und Spott etwas anderes zu entdecken.

Angst?

»Mal gucken«, sagte sie und lächelte höflich zurück.

# 12

*Klein-Roda*

Paul Bremers Dorf war menschenleer und fast idyllisch ruhig. Nur Gottfrieds Zwergwyandottenhähne machten gurgelnde Geräusche, die man bei guter Laune auch als Krähen auslegen konnte. Und natürlich begann der Riesenbernhardiner der Beckers zu bellen, sobald Karen ausgestiegen war und die Autotür abschloß. Beruhigenderweise saß das Tier in Sicherheitsverwahrung, nämlich im Zwinger. Karen hielt die Nase in den Wind. Sie glaubte, feuchte Hundehaare und Hundekot zu riechen.

Dann öffnete sie das Gartentor. Vor Pauls Haustür lagerten grauweiße Fellknäuel, die sich als vier Katzen entpuppten, die bei ihrem Anblick in alle Richtungen davonsprangen. Auf dem Gartentisch lag eine Rosenschere, davor stand ein Eimer mit verblühten Rosenköpfen. Bremer konnte nicht weit sein. Sie setzte sich auf die Bank in der Gartenecke. Sie würde auf ihn warten – und wenn sie die Blattläuse an der Kapuzinerkresse zählen mußte, bis er kam.

Die Sonnenstrahlen brachen sich in den Zweigen des Apfelbaums. Bienen summten von Geißblattblüte zu Geißblattblüte. Eine Amsel kam vorbeigewandert und sah sie aus schwarzen Knopfaugen an. Karen lehnte sich zurück, blinzelte in den Himmel und schloß die Augen.

Vielleicht sah sie das alles zu pessimistisch. Vielleicht kam es doch noch zu einer guten Zusammenarbeit mit Kollegin Kämpfer. Vielleicht wurde es Zeit, auch andere Dinge im Leben wichtig zu finden außer dem Beruf. Es gab Frauen, die hatten Männer oder Kinder. Oder, nach Erreichen der diesbezüglichen Altersgrenze, wenigstens kleine häßliche Schoßhunde.

Als sie aufwachte, stand ein Mann vor ihr mit einem viel zu kleinen Anglerhut auf den dichten Haaren, eine Zigarette im Mundwinkel. Einen Moment lang wußte Karen nicht, wo sie war. Dann setzte sie sich auf. Sie saß in Bremers Garten, war in einer eher unbequemen Position eingeschlafen, und Paul war bis jetzt nicht zurückgekehrt.

Nachbar Willi nickte. »Der ist fort«, sagte er. »Schon vor Stunden.«

»Und wohin?«

Willi hob die Schultern und breitete die Hände aus. »Keine Ahnung.« Er sah sie abwartend an, so, als ob er von ihr höhere Kombinationsgabe oder göttliche Eingebung erwartete.

»Hmmm«, sagte Karen behelfsweise.

»Und wie lange er weg ist, hat er auch nicht gesagt.«

Karen nickte, als ob sie ihm folgen konnte.

»Zur Hochzeit von Carmen will er auf jeden Fall hier sein.«

»Hmmm«, sagte Karen und wartete, ob Willi ihr gnädigerweise auch mitteilen würde, wann Carmen in den heiligen Stand der Ehe trat.

»Das wäre dann heute in einer Woche.« Willi nahm einen letzten Zug aus der Zigarette, ließ sie auf den Fußweg fallen und zermalmte den Stummel mit der Fußspitze. »Tja – da kann man nichts machen«, sagte er und legte zum Abschied die Hand an die Mütze.

»Also...« Karen überlegte.

»Ich kann Ihnen den Schlüssel zum Haus geben, wenn Sie wollen«, sagte er im Weggehen.

»Hmmm«, machte Karen. In diesem Moment klingelte ihr Mobiltelefon.

Leise fluchend wühlte sie sich durch die geräumige Handtasche, von Marion »Müllbeutel« genannt. Endlich hatte sie das blinkende, fiepende und dabei auch noch vibrierende Teil in der Hand.

»Ja?« Nichts. Sie winkte Willi abwesend zu und rief »Wer ist da bitte?« Niemand. Schließlich guckte sie auf das Display. Sie hatte den falschen Knopf gedrückt, das Teil war stumm geschaltet. Irgendwann erwischte sie den richtigen.

»Hallohallohallo«, sang jemand am anderen Ende.

»Paul, verdammt. Wo bist du?«

»Vor deinem Haus. Und du?«

»Vor *deinem* Haus…«

Paul wollte sich ausschütten vor Lachen. Willi hatte sich wieder zu ihr hingedreht und schien zuhören zu wollen. »Es ist Paul«, rief sie ihm zu. »Alles in Ordnung!« Verstand man sich in Klein-Roda auf die Sache mit den winkenden Zaunpfählen?

»Willi«, sagte sie ins Telefon, »Willi hier sagt, du wärst fort, für mindestens eine Woche.«

»Ach was. Aber ich habe vorhin bei dir angerufen, in deinem Laden.« Paul machte eine Pause. Karen merkte, wie ihre Laune wieder einbrach.

»Dein Kollege Wenzel hat ein paar Andeutungen gemacht. Über eine neue Kollegin, die wohl einige Dinge anders sieht als du.«

»Zum Beispiel?« Ihre Stimme klang selbst in ihren Ohren spitz. Hör dir doch zu, dachte Karen. Du klingst schon jetzt wie eine Kampfhenne.

»Ich soll es dir wohl schonend beibringen. Sie will das Verfahren einstellen.«

Die Frage erübrigte sich, welcher Fall gemeint war. Angelika Kämpfer war schneller als die Polizei erlaubt, dachte Karen und spürte einen bitteren Geschmack im Mund. Die Akte Eva Rauch konnte sie höchstens geröntgt, nicht aber gelesen haben.

»Ich dachte – wir könnten uns heute abend treffen.« Paul klang auf rührende Weise besorgt. »Was essen. Was trinken.«

Guter, lieber Paul. »Ich bin in einer Stunde bei dir.«

»Halt dich ran«, sagte er und lachte leise. »Dann schaffst du es in 50 Minuten.«

# 13

*Beaulieu*

Auf dem Weg zum Bäcker fielen Alexa die vielen alten Herrschaften auf, die vor der Kirche standen mit grünen Zweigen in der Hand. Von weitem sah sie Lucien Crespin, er trug einen schwarzen Anzug. So hatte sie ihn noch nie gesehen. War jemand gestorben? In dem Alter, in dem die meisten waren, die da vor der Kirche standen und schwätzten, trug man wahrscheinlich alle naselang alte Freunde zu Grab. Alexa fühlte sich mit einem Mal mutterseelenallein. Man mußte nicht alt sein, um das Gefühl zu haben, daß man vereinsamte. Das ging auch schon mit 29.

Vor dem Café nahm man seinen Grand Crème in der Sonne, drinnen sah sie die Kampftrinker des Dorfes an der Bar stehen, beim ersten oder zweiten Pastis des Tages. Vor der Boulangerie stand ein junges Pärchen in Motorradkluft und schien sich zu streiten. Renoirs gescheckter Kater schlich einem Kätzchen hinterher, das sie entfernt an Felis erinnerte. Drei Fahrradfahrer in papageienbunter Kluft fuhren in gemütlichem Tempo über die Hauptstraße und unterhielten sich dabei. Für einen Moment hatte Alexa das Gefühl, sie vermisse etwas. So etwas wie Zugehörigkeit? Sie strich den Gedanken und ging die steile Treppe an der Kirche entlang hinunter zum Haus.

In der Küche legte sie das Brot auf den Tisch, nahm der Katze die Schinkenschwarte weg, mit der sie nur noch spielte, statt sie zu essen und machte sich ans Werk, von dem sie hoffte, es noch nicht völlig verlernt zu haben. Für wen hätte sie in den letzten Jahren Kuchen backen sollen? Die Künste einer höheren Tochter waren nicht gerade zeitgemäß. Wenigstens gute Französischkenntnisse hatte ihr die ungeliebte Schulzeit eingebracht, dafür konnte man dankbar sein, wenn es sein mußte.

Als der Kuchen abgekühlt, aber noch warm war, war es Kaffeezeit geworden. Sie stürzte ihn auf ein Brett und trug ihn hinüber zu Crespin.

Der Alte stand vor dem Torbogen, hinter dem es in den Keller ging. In der Mitte des Bogens, unter dem Schlußstein, hing ein dicker, vom Rost rotbraun gewordener Haken, daran ein Seil, daran eine Gießkanne, an deren Tülle ein weiteres Seil hing. Zu Crespins Füßen duckte sich der Hund. Das rote Fell von Ruby war weiß vor Schaum. Der Köter hatte den Schwanz zwischen die Beine geklemmt und quengelte leise, als er Alexa sah. Dann duckte er sich noch tiefer, als Crespin an der Strippe zog und der erste Schwall aus der Gießkanne über ihm niederging.

Crespins Gesicht erhellte sich, als er den Kuchen auf dem Brett in Alexas Hand sah. »Ich koche gleich Kaffee!«

Dann bekam der arme Hund die zweite Ladung Wasser über das schüttere Fell. Alexa konnte gerade noch zur Seite springen und die Treppe zu Crespins Haus hinaufhechten, als das Tier sich zu schütteln begann. Vom Kirchturm her schlug es vier Uhr. Nachdem Crespin den Hund mit einem Lumpen abgetrocknet hatte, kam er mit dem vor Erschöpfung zitternden Ruby hinterher. Wieder ertönten vier Glockenschläge.

»Warum zweimal?« fragte Alexa. Sie fragte sich das, seit sie hier wohnte.

Crespin ging voran in die Küche. »Für den Fall, daß jemand beim ersten Mal nicht zugehört hat«, sagte er.

Er füllte die Espressokanne und stellte sie auf den Herd. Als er Milchkännchen und Zuckerdose zum Küchentisch brachte, an dem Alexa bereits saß und den Kuchen anschnitt, grinste er, als ob jemand einen gelungenen Streich begangen hätte.

»Eines Tages – es war schon Herbst, es muß nicht lange nach der großen Überschwemmung gewesen sein –, eines Tages hörte die Glocke gar nicht mehr auf zu schlagen.«

Er schien auf irgend etwas zu warten, vielleicht auf ein entgeistertes »Nein! Sagen Sie bloß! Wie konnte denn das geschehen?«

»Hmmm?« machte Alexa und legte dem alten Mann ein Stück Kuchen auf den Teller.

»Ich war im Garten, hatte umzugraben, hab nicht gleich darauf geachtet. Aber als Gerard kam... Und Adèle...« Das halbe Dorf war offenbar auf dem Kirchplatz zusammengelaufen, um zuzuhören, wie die Glocke versuchte, sich heiser zu bimmeln.

»Der Küster war mit seinem Auto in der Werkstatt, der Pfarrer bei einer letzten Ölung, der Organist im Urlaub und der Gemeindehelfer nicht aufzufinden...« Crespin kicherte in sich hinein. »Adèle bekam einen Schreikrampf und lief mit den Händen über den Ohren die Straße hinunter. Und dann begann das Kind von Renoir zu brüllen. Alle Hunde fingen an zu jaulen, Ruby hier« – er klopfte dem Tier die feuchte Flanke, das ergeben neben ihm saß und die Nase in den Duftstrom hielt, der vom Kuchenteller herüberwehte – »Ruby machte den Anfang.« Der Hund hob stolz den Schwanz.

Der Alte schob den Stuhl zurück und stellte die Flamme unter der Espressokanne kleiner, in der es schon zu blubbern begonnen hatte.

»Schließlich stieg der junge Axel in den Turm hinauf. Du hättest das sehen sollen« – er goß ihr und sich die tiefschwarze Brühe in die Tassen – »wie wir da standen und nach oben stierten, alle gafften mit offenen Mündern zum Kirchturm hoch, der liebe Gott hätte seine Freude gehabt.«

Alexa schaute gebannt zu, wie Crespin sich drei Teelöffel Zucker in den Kaffee rührte.

»Und plötzlich« – Crespin pustete in die Tasse und nahm den ersten Schluck. »Und plötzlich...« Er setzte die Tasse ab, breitete die Arme aus und strahlte.

»Stille. Himmlische, wunderbare Stille.«

Alexa hatte zu ihrer Überraschung das ganze Stück Kuchen aufgegessen und nahm sich ein zweites.

»Als Axel wieder herunterkam, schlugen ihm alle begeistert auf den Rücken. Am nächsten Tag tat ihm die Schulter weh und ich hatte einen steifen Nacken.«

Crespin spießte ein großes Stück Kuchen auf die Gabel und zeigte damit in Alexas Richtung.

»Und willst du wissen, woran das Dauergebimmel lag?«

»Klar«, sagte Alexa.

Crespin schob sich die Gabel in den Mund, kaute und nickte anerkennend zu ihr hinüber.

»Die Uhr steht auf, sagen wir mal: vier Uhr und drückt einen Hebel herunter, der wiederum einen anderen Hebel hochdrückt, der ein Zahnrad freigibt. Das beginnt sich zu drehen und mit jedem Zacken ein Hämmerchen zu bewegen, das auf die Glocke schlägt.«

Crespin sah aus, als hätte er diese Erklärung lange und gründlich geübt. »Verstehst du?« fragte er, stand auf, ging zum Büffet und nahm einen Kugelschreiber aus der Vase. Dann setzte er sich wieder und begann, auf der Papiertischdecke zu zeichnen.

»Also der große Zeiger der Uhr steht auf voll, der kleine auf vier; dann drückt es diesen Hebel hier herunter, der drückt diesen hier hoch, der gibt das Zahnrad exakt viermal frei und das treibt den Klöppel an, der die Glocke schlägt.«

Alexa sah sie vor sich, die Männer des Dorfes, wie sie im Café an der Bar standen und die technischen Fakten des unerhörten Vorfalls erörterten, einander ins Wort fielen oder zunickten oder sich alte Esel schimpften. Nach mehreren solcher Diskussionen und vielen Zeichnungen auf Bistrotischdecken und Servietten wußte unter Garantie jeder männliche Erwachsene über achtzehn Jahren, wie ein Kirchenuhrwerk funktionierte.

Sie tat, als ob sie ihm folgen konnte.

»Was also war geschehen?« Crespin hatte die Hände vor der Brust zu einem Dach zusammengelegt und sah so bescheiden aus wie der Klassenbeste bei der richtigen Antwort.

»Der Hebel, der heruntergeht, um das Zahnrad freizugeben, ging nicht mehr hoch, um es anzuhalten.«

Alexa nickte.

»Und warum nicht?«

Alexa bemühte sich, interessiert zu gucken.

»Auf diesem Hebel, einem Hebelchen, saß eine verirrte Brieftaube und verhinderte mit ihrem Gewicht, daß er wieder heraufgehen konnte. Deshalb läutete die Glocke ununterbrochen.«

Muß eine ziemlich taube Taube gewesen sein, dachte Alexa und grinste. »Und was wurde aus dem Vogel?«

Crespin schaute sie sekundenlang an, als ob er »Weiber und ihre Fragen!« dachte und schüttelte dann das Haupt. »Die ist nach Hause geflogen, als sie Axel sah, nehme ich mal an.«

Beide schwiegen.

»Das ist eine schöne Geschichte«, sagte Alexa im selben Moment, in dem Crespin »Das ist ein wunderbarer Kuchen« sagte. Während er sich in das zweite Stück vertiefte, steckte sie Ruby heimlich einen Happen zu.

Ihr Blick ging zu den Bildern auf dem Kaminsims. »Ist das gut, daß jemand wie ich dort wohnt, ich meine: in meinem Haus?« fragte sie leise.

Crespins Gesicht war unergründlich geworden.

»Ich meine – nach all dem, was geschehen ist...« Sie kam sich ungeschickt vor. Sie wußte nicht, wie sie formulieren sollte, was Philipp Persson ebenso flüssig wie boshaft von den Lippen gegangen war.

»Wie – ist er gestorben?« Sie hätte fast gestottert. »Ich meine – Alphonse.«

Lucien Crespin nickte mit dem Kopf, als ob er diese und keine andere Frage erwartet hätte.

»Da drüben hat er gesessen«, sagte er und stützte die dünnen Ellenbogen auf den Tisch. »Kurz bevor sie ihn holten.«

»Wer?« Alexa spürte wieder das Unbehagen beim Gedanken an den Tod des Alphonse. »Ist er...?«

»Die Deutschen haben ihn geholt. Er sollte eine Aussage machen.« Crespins Hände spielten mit dem Kaffeelöffel. »Als er zurückkam, hatten sie ihn grün und blau geschlagen.«

»Ist er nicht umgebracht worden?« Ihr war flau.

Crespin sah noch immer nicht auf. »Ist er. Aber nicht von den Deutschen. Einen Monat später haben ihn die anderen geholt.« Sein Blick streifte sie, als ob er überprüfen wollte, daß sie ihm folgen konnte. »Die unseren. Pierre Ronsard war dabei. Und Marius. Und François. Sie haben sich nach dem Krieg als Helden des Widerstands feiern lassen.« Der alte Herr verzog den Mund.

»War er – ein Kollaborateur?«

Crespin stand auf, ging zum Herd und schenkte Kaffee nach. Dann rückte er den Stuhl heran und setzte sich wieder.

»Er war ein Dummkopf.«

Alexa sah ihn ungläubig an. Fast hätte sie gesagt, daß darauf nicht die Todesstrafe stehe.

»Die Deutschen hatten ihn beschuldigt, an einer Aktion gegen den Polizeipräfekten beteiligt gewesen zu sein.« Crespin schnaubte, als ob er allein die Idee schon unsinnig fand. »Aber er hatte ein Alibi.« Der alte Herr zog umständlich ein Taschentuch aus der Hosentasche und schneuzte sich.

»Beatrice hieß sein Alibi. Und das hat er den Deutschen auch noch gesagt. Und damit wußten es alle.«

Der Alte blickte gedankenverloren ins Taschentuch und knüllte es dann sorgfältig zusammen. »Beatrice Ronsard hatte ein Verhältnis mit Alphonse Champetier. *Das* war seine Kollaboration. Er hat mit der Frau seines besten Freundes im Bett gelegen.«

Alexas Gesicht mußte ihm gezeigt haben, daß auch diese Erklärung ihr nicht genügte.

Der Alte lachte. »Nein, Kindchen. Das bißchen Seitensprung war nicht das Drama. Aber daß er Beatrice verraten hat, der feige Hund – das war unverzeihlich.« Seine Augen gingen in weite Fernen. »Pierre soll ihm eigenhändig den Strick um den Hals gelegt haben.«

»Wo hat man seine Leiche gefunden?« Nicht im Haus, hoffte Alexa. Bloß nicht im Haus.

»Im Bois de Peyrebelle. In einer der Grotten. Man hätte ihn nie gefunden, wenn Madeleine nicht mit dem Hund nach ihm gesucht hätte.«

»Und Madeleine?«

»Madeleine…« Crespin schien noch immer die Wand hinter ihr zu fixieren.

Was mochte sie gefühlt haben, dachte Alexa – Champetiers Frau? All die Jahre mit Nachbarn zusammenzuleben, die ihren Mann auf dem Gewissen hatten – und die zugleich wußten, was für ein armseliger Feigling er gewesen war…

Der Alte sah aus, als dachte er etwas Ähnliches. Nach einer Weile begann sein schmaler Mund sich zu einem Lächeln zu verziehen. »Ada hat mir ein Loch in den Bauch gefragt nach der Geschichte des Hauses.«

Wahrscheinlich kennt sie auch andere grausige Details, an die ich gar nicht erst denken möchte, dachte Alexa mit einem Anflug von Eifersucht.

»Sie ist oft im Bois de Peyrebelle gewesen. Sie hat sogar behauptet, sie hätte die Grotte gefunden, in der Alphonses Leiche gelegen hat.« Crespins Lächeln verschwand. »Manchmal denke ich, auch sie ist dort verlorengegangen, an jenem Herbstnachmittag.« Er schüttelte den Kopf. »Aber das kann ja nicht sein.«

Alexa spürte, wie Neugier sich wieder in ihr regte. Und wenn sie Adas Spuren nachginge? Und wenn sie… Plötzlich hatte sie es eilig.

Als sie ins Haus zurückgekehrt war, fiel ihr ein, daß sie den alten Herrn gar nicht nach Philipp Persson gefragt hatte.

# 14

*Frankfurt*

Sie hätte sich nicht hinlegen sollen. Mittagsschlaf machte nicht wacher, im Gegenteil. Jetzt war es schon später Nachmittag und sie hatte einen ganzen der so seltenen freien Tage vergammelt. Dorothea v. Plato rollte sich aus dem Bett. Arme und Beine schmerzten, als ob sie seit Stunden »Händeschütteln beim Tag der offenen Tür« geübt hätte. Sie konnte sich keinen Muskel in ihrem Körper vorstellen, der nicht weh tat. Leise stöhnend ging sie ins Bad. Sie wusch sich das Gesicht, ohne sich dem Anblick mehr als nötig auszusetzen. Der Tee, den sie sich in der Küche machte, schmeckte wie abgekochtes Stroh.

Das Grußwort beim Benefizessen der »Liga gegen Brustkrebs« heute abend hatte sie absagen lassen. Daß sie sich krank fühlte, war noch nicht einmal gelogen. Ihr Zustand fühlte sich wie Hongkonggrippe an – nur, daß der Auslöser kein Virus war und nicht Hongkong hieß. Sondern Martin, den sie »Kleiner« nannte – wenn sie ihn kindisch fand.

Ihre Affäre damals war bei Helen auf schieres Unverständnis und bei anderen auf herablassendes Wohlwollen getroffen. Da hatten sich zwei getroffen, die zusammenpaßten wie der Arsch auf den Eimer. Zwei, die gleich schwer trugen an ihrer Herkunft. Zwei, die rauswollten aus dem Käfig. Und die völlig unterschiedliche Wege gingen dabei.

Sie – nun, sie hatte sich irgendwann vorgenommen, da anzukommen, wo sie jetzt war. Mindestens. Er…

Warum kannst du nicht Ruhe geben, Kleiner? dachte sie. Warum bleibst du nicht, wo du bist, läßt dir von alten Freunden und Bekannten regelmäßig einen Scheck zuschicken, liest ein gutes

Buch und freust dich an deinem Leben in Freiheit. Warum benutzt du nicht endlich einmal dein bißchen Verstand?

Aber so war er immer schon gewesen. Er dachte die Dinge nicht zu Ende. Er hatte es sowieso nicht sonderlich mit dem Denken. Alles Maulhurerei, pflegte er zu sagen, wenn jemand gescheit schwätzte. Die blicken's doch nicht. Zivilversager. Scheißintellektuelle. Die machen sich doch die Hosen voll, wenn es mal wirklich zur Sache geht.

Er hatte ja recht gehabt. Sie mochte auch keine Klugschwätzer und Sprücheklopfer. Das unterschied ihn so beruhigend von den anderen, in deren Gesellschaft ihr unwohl war, weil sie nicht wußte, ob sie ihr nicht womöglich doch überlegen waren mit ihren hochgestochenen Vokabeln, die Geheimwissen vorgaben. Vielleicht hatte er klarer als sie erkannt, daß da kein Geheimnis war, sondern heiße Luft in leeren Eierköpfen. Der Haken war nur: er wäre so gern einer gewesen. Einer von denen.

Dorothea schüttete den Tee weg und goß sich ein Glas Tomatensaft ein. Sie überlegte, ob sie einen Schuß Wodka dazutun sollte. Vor dem Abendessen? fragte ihre innere Stimme entgeistert. Was denn sonst? fragte sie zurück und holte die Flasche aus dem Eisfach. Und – welches Abendessen?

Tatsächlich hatten Martin und sie nichts, aber auch gar nichts gemein gehabt, höchstens die Verachtung für Gott und die Welt. Aber während das bei ihr ein gleichbleibendes, verläßliches Gefühl war, wurde seine Abwehr immer größer. Sie wuchs und wuchs, bis sie eine ungeheure Wut wurde. Sie kochte über, quoll aus ihm heraus, wollte sich ausbreiten wie der Brei aus dem Hirsetopf. Diese Wut wollte alles niedermachen.

Ich hätte es merken können, dachte Dorothea. Vielleicht hätte ich es sehen *müssen.*

Sie goß eine großzügige Dosis Wodka in den Tomatensaft, gab Salz und Pfeffer dazu und rührte um. Der erste Schluck erzeugte einen Hustenanfall. Danach war ihr endlich warm.

Sie hatte nichts begriffen. Hatte sie ihn sogar dort hingetrieben, wo er schließlich landete? Dorothea spürte, wie ihr der vertraute brennende Schmerz erst die Brust und dann die Kehle hochstieg. Sie nahm noch einen Schluck von der Bloody Mary.

Den Gedanken an ihre Mitschuld hatte sie all die Jahre zu vermeiden versucht. Damals schien man ihr zu glauben, als sie »Aber ich wußte doch nicht…« stotterte, mit hochrotem Kopf. Als sie behauptete, nicht geahnt zu haben, mit welchem Gedanken er sich heimlich trug. Als sie versicherte, nie mit ihm darüber geredet zu haben.

Das stimmte ja auch alles. Sie hatten schon lange nicht mehr miteinander geredet.

»Du hältst mich wohl für blöd?« hatte er eines Tages gebrüllt, als sie ihn ungeduldig korrigierte – wegen irgendeiner Kleinigkeit. Deutsch war nicht seine Stärke.

Normalerweise hätte sie ihn beschwichtigt. »Ja«, sagte sie diesmal.

Ab da begann das Spiel. Sie fuhr ihm in aller Öffentlichkeit über den Mund. Er rächte sich mit der Bemerkung, daß ihr Hirn größer als ihr Busen sei. Sie kritisierte ihn, sie nörgelte an seiner Kleidung herum. Er nannte sie spießig.

Sie demütigte ihn. Er beleidigte sie.

Sie begann, sich von ihm abzusetzen. Heute erkannte sie die Zeichen – es war wohl typisch für Aufsteiger, auf denen herumzutrampeln, mit denen sie eben noch innig im Bunde waren. Auf diese Weise hatte sie mehr als einen hinter sich gelassen. Bis sie sich nicht mehr abgab mit den Verlierern.

Nach einem erbitterten Streit war er mitten in der Nacht abgehauen und nicht wieder aufgetaucht. Daß er sie als Karrieristin und Hure bezeichnet hatte, gab ihr das moralische Recht, eher Genugtuung als Sorge um ihn zu empfinden.

Wäre es nur so geblieben. Wärst du nur für immer aus meinem Leben verschwunden, Kleiner, dachte sie. Du da, ich hier.

Aber er war wiedergekommen. »Du bist die einzige, die mir helfen kann«, hatte er gesagt, als er vor ihr stand, die Locken kräuselten sich über der Stirn, die Augen bettelten, alles an ihm appellierte an ihre Gefühle.

Er wollte nicht hereinkommen. Um was es ging, schien ihr seine Erregung nicht wert. »Wo ist das Problem?« hatte sie ihn kühl gefragt. Er wirkte beeindruckt von ihrer Ruhe. Aber die viel größere Veränderung an ihr hatte er nicht bemerkt. Sie hatte die Brille endgültig abgelegt, das Kassengestell mit den dicken Gläsern, und sich Kontaktlinsen anpassen lassen. Sie sah ihn, glaubte sie, zum ersten Mal scharf. Sie hatte Mitleid mit ihm.

Dorothea v. Plato mixte sich die nächste Bloody Mary und trug sie ins Wohnzimmer. Das war der Fehler – du warst noch nicht scharfsichtig genug, sagte sie sich. Sonst hättest du ihn fortgeschickt. Rechtzeitig.

Sie ließ sich in den Sessel fallen und betrachtete das Bild, das über der Vitrine hing. Die Frau auf dem Ölgemälde sah so aus, wie sie sich fühlen wollte. Souverän, selbstsicher.

Bleib, wo du bist, Kleiner. Laß mich in Ruh.

Dorothea leerte das Glas in einem Zug. Die Augen der Frau auf dem Ölbild schienen zu glitzern, ihr Blick wirkte kälter, ihr Mund strenger.

Sie würde nicht zulassen, daß er sich wieder in ihr Leben drängte. Reiz mich nicht, Martin. Glaub nicht, daß ich nichts zu verlieren hätte. Oder daß ich es kampflos hergeben würde.

# 15

*Frankfurt*

Das Fichtekränzi war voll wie immer. Draußen und drinnen saßen die Zecher und stemmten blaugraue Ebbelwei-Bembel.

»Dahinten.« Karen folgte Pauls Blick. Im Garten schien es noch eine Lücke zu geben an einem Tisch hinten in der Ecke, an dem ein knutschendes Pärchen, zwei gutfrisierte Damen und drei Jungmänner im dunklen Anzug saßen. Alle rückten bereitwillig zusammen. Die alten Damen guckten wohlgefällig auf Pauls kurzes weißes Haar. Der weibliche Teil des Liebespärchens musterte Karen, die sie um so charmanter anlächelte.

Sie bestellten zwei Handkäs' mit Musik, einen Zehnerbembel und eine Flasche Wasser.

»Schieß los«, sagte Paul, als der große Steinkrug vor ihnen stand und die Gläser voll waren.

Karen atmete tief durch.

»Die Kollegin ist mir unheimlich.«

»Sie scheint sich keine Zurückhaltung aufzuerlegen, was Konkurrenz mit anderen Frauen betrifft. Im Unterschied zu dir.«

»Sehr witzig!« Sie sah ihn strafend an. »Der Punkt ist: Sie kann die fraglichen Papiere in der kurzen Zeit gar nicht gelesen haben.«

»Du meinst die Akte R…«

Karen legte ihm den Finger auf den Mund. Man wußte nie, wer vor, hinter oder neben einem saß. »Und trotzdem will sie das Verfahren einstellen.«

»Muß ein Superhirn sein, die neue Kollegin.« Paul grinste.

Karen schüttelte den Kopf. »Man kann es auch anders sehen: Vielleicht brauchte sie für diese Entscheidung gar keine Akten.«

»Was soll das heißen?« Paul guckte verständnislos.

»Daß sie schon vorher wußte, was sie wollte.«

»Du meinst, der Beschluß stand fest?«

»Ich habe lange darüber nachgedacht. Vielleicht leide ich unter Verfolgungswahn, aber...«

Karen drehte den Kopf zur Seite. Die drei jungen Männer diskutierten den Weltmarkt und interessierten sich sichtlich für nichts anderes.

»Ich glaube – ich sollte kaltgestellt werden.«

»Und warum, um Himmels willen?«

»Weil ich die Pferde scheu gemacht habe. Im Trüben gefischt – du weißt schon.«

Bremer wiegte skeptisch den Kopf.

Karen sah in ihr Glas und schwenkte den Apfelwein, als ob es sich um einen Grand Cru handelte. Dann blickte sie auf.

»Es gibt keine andere Erklärung. Und, Paul...«

Jetzt schaute sie zur Seite. Der junge Mann neben ihr flüsterte in sein Handy.

»Ich glaube, der Befehl kam von ganz oben.«

»Meinst du den Kanzler? Oder gleich Gottvater?« Bremer lehnte sich zurück und guckte theatralisch in den Himmel.

»Paul, verdammt...«

»Warum sollte dich irgendeiner da oben oder da unten daran hindern, die Hintergründe des Todes einer Frankfurter Buchhändlerin aufzuklären?«

»Ssssst«, machte Karen. »Das Werkzeug, verstehst du.« Am liebsten hätte sie ihn geschüttelt. »Laut Verkaufswegfeststellung stammt es aus einer Aquise von 1978.«

»Sag doch gleich, daß die Knarre geklaut war«, flüsterte Paul deutlich hörbar zurück.

»Das LKA hat die Anfrage ans BKA weitergegeben. Und die haben für diese kleine Routineauskunft geschlagene vier Wochen gebraucht. Und mehr, verstehst du: mehr behaupten sie nicht zu wissen.«

»Vielleicht wissen sie wirklich nichts?«

Karen prustete, leerte ihr Glas und hob den schweren Bembel mit der linken Hand hoch. Es war das »Wer-hat-mehr-Muckis-Spiel«, das sie immer spielten, wenn sie hier zusammensaßen.

»Ich hab mal in ihrer Personalakte geblättert.«

Paul verzog das Gesicht.

»Nein, ich bin nicht eifersüchtig.« Karen rückte näher an ihn heran. »Aber sie war Referatsleiterin im Justizministerium. Was will die bei der Frankfurter Staatsanwaltschaft?«

»Karriereknick?«

»Da müßte sie schon goldene Löffel gestohlen haben.« Karen nahm die Unterlippe zwischen die Zähne. »Nein – ich glaube, sie sollte genau das tun, was sie auch getan hat: die Akte Eva Rauch schließen!«

»Eine Undercoveragentin?« Er erdreistete sich, spöttisch zu grinsen.

»Genau. Auf dringendes Ersuchen des BKA.«

»Komm, Karen. Dafür hast du keinen Anhaltspunkt.«

»Und wenn ich dir sage…«

»Frau Kämpfer konkurriert mit dir. Das ist ja wohl normal. Sie verhält sich so, wie es jeder Mann an ihrer Stelle auch täte: Angriff ist die beste Verteidigung.«

»Aber warum ausgerechnet gegen eine Frau?«

»Kennst du einen anderen ernst zu nehmenden Konkurrenten?«

Er mußte ihr angesehen haben, was sie dachte. »Und erzähl mir nichts von Solidarität und daß ihr Frauen so viel kooperativer seid als die Männer. Den Quatsch glaubt doch schon lange niemand mehr.«

Sie mußte lachen. »Aber…«

»Meinst du wirklich, das BKA schickt dir jemand auf den Hals, weil du dich für eine Frau Rauch interessierst?«

Karen schwieg und spielte mit dem Bierfilz. Nebenan stritt sich eine Gruppe Frankfurter Ureinwohner darüber, ob die Türken

Frankfurts sauberer seien als die Jugoslawen. Ein Mann mit einem großen Korb im Arm kam durchs Gartentor und klingelte mit einer Fahrradglocke. »Ei, der Brezzlbub!« riefen die beiden alten Damen am Tisch und winkten ihn heran. Während sich das Liebespärchen küßte, sah Karen fasziniert zu, wie das gefüllte Ebbelweiglas, das vor dem jungen Mann stand, erst wackelte, dann wieder stehenblieb und schließlich doch, wenn auch mit einer Geste des Bedauerns, umkippte.

»Wer hatte die Rippchen?« Der Kellner balancierte vier große Teller.

Die zwei Japaner am Nachbartisch sahen auf die Teller und dann einander an und hoben schließlich zaghaft die Zeigefinger.

»Also komm – glaubst du das wirklich?« fragte Paul.

Nein, dachte sie. Ja. Vielleicht.

# 3. BILD

# 1

*Beaulieu*

Alexas Gesicht brannte, als ob sie ihre Haut mit der Nagelbürste bearbeitet hätte. Ununterbrochen wehte der Wind, ein trockener, heißer Wüstenwind. Er roch nach Meer und schmeckte salzig. Die feinen Sandkörnchen, die er mitbrachte, drangen unter die Fingernägel, verklebten die Haare, knirschten auf den Zähnen. Wie Flaum lag der rotbraune Staub auf der Wäsche, die zum Trocknen auf der Leine hing, auf den Autos, auf Tischen und Stühlen, auf Büschen und Bäumen. Und stündlich wurde es heißer.

Lucien Crespin, der vor ein paar Minuten mit gerunzelter Stirn auf die Veranda getreten war, zu ihr herübergewunken und ohne hinzusehen ans Barometer geklopft hatte, lehnte sich plötzlich weit über die Brüstung und suchte mit den Augen den Himmel ab.

»Da kommen sie!« sagte er. »Hörst du?«

Sie hörte das tiefe Brummen, bevor sie die Flugzeuge sah. Vier, nein: fünf Propellermaschinen flogen in einer Linie am dunkler werdenden Horizont entlang.

Canadairs. Löschflugzeuge.

»Es brennt bei Lablanche.« Crespins Blick folgte den dickbauchigen Maschinen.

Es brannte seit Tagen in den Wäldern der Cevennen. Viel zu lange schon hatte es nicht mehr richtig geregnet; der Gewitterschauer am Mittwoch war verdampft wie nichts. Die Kiefern und Fichten und Pinien mußten trocken sein wie Zunder, das Unterholz ausgedörrt, das Gras vertrocknet. Viel gehörte nicht dazu, sie in Brand zu setzen – ein parkender Wagen mit heißem Katalysator, eine weggeworfene Zigarette. Oder ein Brandstifter.

Alexa glaubte, den scharfen Geruch in der Nase zu haben, den

Geruch von brennendem Holz, von versengtem Gras. Wie weit das Feuer wohl entfernt war vom Dorf?

»Da!«

Ihre Augen folgten Crespins ausgestrecktem Arm. Rechts vom Tour de Barzac sah sie den roten Vorhang, in den die Wasserflugzeuge hineinflogen. Kurze Zeit später schien er sich aufzublähen, nachdem die Maschinen eine nach der anderen wieder abgedreht waren, als ob die Tonnen Wasser, die sie aus ihren dicken Bäuchen über dem Feuer abgeworfen hatten, es angestachelt hätten.

»Und wenn das Feuer nicht zu löschen ist?« Sie merkte, wie sich auf ihren nackten Armen trotz der Wärme eine Gänsehaut bildete.

Crespin guckte kurz zu ihr hinüber, bevor er wieder auf den Horizont starrte.

»Zwischen Beaulieu und dem Feuer liegt der Fluß. Den hat noch kein Waldbrand übersprungen.« Der alte Herr schüttelte den Kopf und murmelte: »Die Idioten.«

»Brandstiftung?« fragte Alexa.

»Dummheit«, sagte der Alte. »Meistens ist es Dummheit.«

Alexa griff zum Fotoapparat und versuchte, das Feuer so nah wie möglich heranzuholen. Sie glaubte, die roten Flammenwände auflodern und wieder zusammensinken zu sehen. Aus der Ferne sah das Feuer wunderschön aus.

Nach einer Weile ging sie ins Haus und zog sich um. Catherine lud sie ab und an zum Essen ein ins Relais des Roses. Ohne das würde sie in ihrem Dornröschenschloß versauern. Die täglichen Gespräche mit Crespin über das Wetter mochten ja noch angehen. Aber an manchen Tagen sprach sie mit der Katze fast so viel wie mit sich selbst, und ab da ist es meist nur ein kurzer Schritt zu einem Zustand, in dem man Stimmen hört und göttlichen Einflüsterungen folgt. Sie strich Felis über die Nase und schloß das Tor hinter sich ab.

Auf dem Platz vor der Kirche hatte sich das halbe Dorf versammelt. Die durchdringende Stimme der Metzgersfrau übertönte das aufgeregte Gemurmel und Geraune.

»Aber mein Axel hat gesagt...«

Axel war das unbestrittene Oberhaupt der Freiwilligen Feuerwehr, die offenbar bereits ausgerückt war. Madame Renoir schien sich nicht entscheiden zu können, ob sie stolz sein oder Angst um ihren Sohn haben sollte. Alexa drängte sich durch die Menschenmenge vor.

»Brandstiftung«, sagte Monsieur André und nickte mit dem Kopf, die Hände in beide Hosentaschen gesteckt, als ob er jeden davor warnen wollte, ihm zu widersprechen.

»Erinnerst du dich an Pierre le Puce?« fragte eine helle Frauenstimme hinter Alexa.

»Maria und Joseph!« rief Adèle und knetete mit nervösen Fingern ihre nicht mehr ganz saubere Schürze. Monsieur André spuckte mit Nachdruck aus.

»Pierre le Puce war ein Genie«, flüsterte jemand. Alexa drehte sich erschrocken um. Crespin legte den Finger auf den Mund und lächelte. »Ein abgefeimtes, verbrecherisches Genie.«

»Was war los?« fragte Alexa.

»Es war im Spätsommer vor...« Crespin hob die Linke und berührte mit dem Zeigefinger der rechten Hand Daumen, Zeigefinger, Mittelfinger – »vier Jahren. Es hatte seit dem Frühjahr nicht geregnet, der Fluß war ein staubtrockener Geröllhaufen, sogar der See am Col de Lamar stand tief, und niemand wußte, wie lange die Wasserreserven reichen würden. Eines Tages brannte es an zwei Stellen, dann an vieren, dann an sieben Orten gleichzeitig. Der Wald von Chastre und die Ferienkolonie fackelten ab, bei St. Privat hätte die Feuerwalze fast das Dorf erreicht – eine Sache von ein paar hundert Metern. In Rochemaure hat es einen ganzen Weinberg erwischt.«

Der alte Herr schien Vergnügen an der Aufzählung des Schreckens zu finden. Alexa hätte ihm fast zugegrinst.

»Zwei, drei Selbstentzündungen oder Zigarettenkippen – das kommt schon mal vor. Aber sieben? Wir alle hatten nicht den geringsten Zweifel, daß es Brandstiftung war – nur: dann hätten mindestens fünf Täter zugleich auf die Idee kommen müssen. Die Brandherde lagen zu weit auseinander.«

Alexa versuchte sich vorzustellen, wie man in den unwegsamen Cevennen Brände legte, ohne dabei aufzufallen. Auf allen Anhöhen gab es Feuerwachen, die in den Sommermonaten rund um die Uhr besetzt waren. Die Dorfjugend meldete sich freiwillig zu diesem Dienst, wahrscheinlich, weil man so endlich mal unbeobachtet war. Was immer sie sonst treiben mochten: denen wäre kein Rauchkringel entgangen, auch nicht ein Auto, das den Ort über eine der einsamen Paßstraßen verließe.

»Axel ist ihm auf die Spur gekommen. Ihm ist ein Wagen aufgefallen mit dem Kennzeichen der Nachbarregion, das in diesem Sommer auffällig oft in unserer Gegend zu sehen war. Er meldete das weiter, man beobachtete den Mann und veranlaßte schließlich eine Hausdurchsuchung bei Pierre le Puce – *et voilà*! Der Mann war ein Genie.«

»Läßt sich ein Genie erwischen?« fragte Alexa. Aber Crespin schüttelte noch immer den Kopf vor Bewunderung.

»Weißt du, was er gemacht hat? Er hat die Häuser von Weinbergschnecken mit Sprengstoff gefüllt, sie an Stellen ins trockene Gras gelegt, die der Sonne besonders ausgesetzt waren, und ist dann weggefahren. Gebrannt hat es natürlich erst Tage oder Wochen später, als sich das Pulver entzündete. Mindestens ein Dutzend Waldbrände soll er auf diese Weise gelegt haben.«

Alexa hätte fast gelacht. Genial, in der Tat – wenn die Geschichte stimmte. Die Südfranzosen hatten ihren eigenen Begriff von Wahrheit.

Plötzlich strebte alles zur langen Mauer, die den Kirchplatz begrenzte und unter der es steil abwärts ging. Von hier aus hatte man den schönsten Blick im ganzen Dorf, wie sich das gehörte für den Platz vor dem Gotteshaus.

»Verdammt«, hörte sie Crespin hinter sich sagen, der jetzt ebenfalls nach vorne drängte. Alexa ließ sich mittreiben.

Alle sahen in die gleiche Richtung. Alexa konnte nichts erkennen. Dann zog Crespin sie heran.

»Da!« sagte er wieder.

Diesmal war es ganz nahe, vielleicht zwei Kilometer Luftlinie. Der rote Schein flackerte mitten im Bois de Peyrebelle, der Wildnis unterhalb von Beaulieu.

»Wo sind unsere Leute?« rief Monsieur Durand.

»Ausgerückt«, sagte Crespin hinter ihr. »Und jetzt könnten wir sie hier gebrauchen.«

Alle starrten auf den flackernden roten Fleck dort unten. Alexa war sich nicht sicher, aber er schien größer zu werden.

»Canadairs!« rief die dicke Sylvie und streckte den Arm nach oben. Jetzt hörte man das beruhigende Propellergeräusch – und dann enttäuschtes Murmeln, als die behäbigen Flugzeuge den nahen Brandherd rechts liegen ließen, um sich dem größeren am Horizont zu widmen.

»Geh«, sagte Crespin und legte Alexa die Hände auf die Schultern. Sie war überrascht, wie zart die Berührung war. »Wir können nichts tun. Und dein Essen wird sonst kalt.« Er hatte ja recht, aber sie wäre lieber geblieben. Bei Katastrophen rücken die Menschen zusammen – und sie spürte plötzlich, wie sehr sie dazugehören wollte.

Im Garten des Relais des Roses roch es nach Rosmarin und Lilien. Kein einziger Gast saß an den Tischen unter der von Wein und Geißblatt überwucherten Pergola, was Alexa wunderte, bis ihr einfiel, daß heute Ruhetag war und Catherine nur für sie kochte. Der dicke schwarzweiße Kater hockte auf einem Stuhl und schlug die Zähne in etwas, das wie ein Hühnerbein aussah. Das Tier zuckte noch nicht einmal mit dem Ohr, als es aus der Küche brüllte. »Sag das nochmal! Du... Fauler Sack! *Imbécile! Ivrogne!*«

Alexa blieb wie angewurzelt stehen. Dann schob sich Catherines üppiges Hinterteil in die Türöffnung.

»Glaub ja nicht, daß ich dir das durchgehen lasse, du verkommener Kerl!«

Alexa hörte inständiges Murmeln, Emile schien zu versuchen, seine Frau zu besänftigen. Catherine hob den Arm. Sie holte mit dem Hühnerskelett, das sie in der Hand hielt, aus und warf es mit aller Kraft in die Richtung, in der Emile zu vermuten war. Dann griff sie blindlings neben sich, der Hühnerkarkasse folgten eine mit roten Rosen gefüllte Tischvase, ein Salzstreuer, ein Wasserglas.

Alexa trat den Rückzug an. Sie war nicht das erste Mal Zeugin eines der Beziehungshöhepunkte im Hause Joly, zu denen es neuerdings immer öfter zu kommen schien.

Emile war ein Mann, der den Lilien auf dem Felde glich – obwohl er weniger gut roch. Während seine Frau von morgens bis abends zu tun hatte, traf man Emile im Café, am Bouleplatz, im Café, beim Tennisspielen, im Café. Das mochte seinen Charme haben – jedenfalls an der Mehrzahl der Tage. »Gut, daß er mir aus dem Wege ist«, pflegte Catherine zärtlich zu sagen, wenn sie gute Laune hatte. Wenn nicht –

Alexa hörte einen letzten erbitterten Schrei, dann war sie um die Ecke.

Das bleibt mir jedenfalls erspart, dachte sie, ein Gedanke, der sie nicht richtig tröstete. Zumal Ben weder ein Saufbold noch ein Faulpelz war. Als sie sich eines Tages laut darüber wunderte, daß er nicht nur bereitwillig abwusch und putzte, sondern auch noch kochte, wenn sie ihn ließ, hatte er gelacht. »Ich bin halt so erzogen worden.«

»Von deiner Mutter oder von deinem Vater?«

»Können Frauen kochen?« Er hatte vor ihr gestanden, das Geschirrtuch in den Hosenbund gesteckt, und spöttisch gegrinst. Und dann hatte er das erste Mal ein bißchen mehr von sich erzählt.

»Als Vater tot war, wollte meine Mutter nicht mehr leben.« Alexa stellte sich Tränen im abgedunkelten Zimmer vor, eine unaufgeräumte Wohnung, ungemachte Betten, leere Schnapsflaschen, gescheiterte Selbstmordversuche...

Aber Ben hatte mit den Schultern gezuckt, als ob ihn die Trauer seiner Mutter nicht weiter berührte. »Ich mußte mich um alles kümmern, einkaufen, kochen, für sie sorgen. Mir hat das nichts ausgemacht.« Er hatte ihr den Rücken zugedreht und das Fleisch in die heiße Pfanne gelegt. »Es war meine Rettung.«

Alexa holte tief Luft. Sie begann zu verstehen, was er gemeint haben könnte.

Als sie am Kirchplatz vorbeikam, waren alle fort. Wahrscheinlich essen, dachte sie mit knurrendem Magen und ging vor an die Mauer. Sie konnte nicht erkennen, ob auch nur einer der beiden Brandherde kleiner geworden war. Wieder glaubte sie, Brandgeruch in der Nase zu haben, bis sie merkte, daß ein Schwall von Zigarettenrauch zu ihr hinüberwehte. Alle waren nicht gegangen. Philipp Persson stand in der Ecke und sah ins Tal, in der Hand die glimmende Zigarette.

Sie hätte den Platz gemieden, wenn sie von seiner Anwesenheit gewußt hätte. »Beängstigend, oder?« sagte sie, um höflich zu sein. War nicht wenigstens der Brandherd am Horizont kleiner geworden?

Er sagte nichts. Sie glaubte zu sehen, daß er mit den Schultern zuckte.

»Vor allem, wenn man bedenkt, daß es Brandstiftung sein kann«, sagte sie tapfer.

Nach einer Weile antwortete er. Fast hätte sie ihn nicht verstanden, so leise war seine Stimme geworden.

»Ja«, sagte er. »Vor allem dann.« Sie hörte, wie er die Zigarette austrat. Dann drehte er sich um. Kaum war er aus dem Lichtkegel der Straßenlaterne herausgetreten, verschluckte ihn die Dunkelheit.

Als sie zu Hause ankam und das Tor aufschloß, grollte es von Ferne. In der Nacht gewitterte es, und in den Morgenstunden stürzten Wassermassen vom Himmel. Kurz wurde sie wach, räkelte sich wohlig und schlief mit dem Gedanken ein, daß das wohl ausreichen würde, um sämtliche Brände zu löschen.

# 2

*Frankfurt*

Heute morgen war der zweite Brief gekommen – per Eilpost. Gottlos früh. Dorothea hatte das Gefühl gehabt, gerade erst schlafen gegangen zu sein, als sie aus dem Bett sprang, sich den Morgenmantel überwarf und den Zusteller ins Haus ließ. Dann erkannte sie die Handschrift auf dem dicken Kuvert. Am liebsten hätte sie den jungen Mann von der Post zurückgerufen.

Nehmen Sie das wieder mit. Schicken Sie's zurück. Annahme verweigert.

Den ersten Espresso trank sie in der Küche im Stehen, den zweiten im Arbeitszimmer. Das Kuvert in der Tasche des Morgenmantels rieb sich durch den dünnen Stoff hindurch an ihrem Oberschenkel. Sie schaltete das Radio ein. Beruhigend, dachte sie, daß nur ein Brief von ihm gekommen war. Er hätte ja auch gleich selbst vor der Tür stehen können, mit Koffer und gewinnendem Lächeln: Ich bin's nur. Ich dacht', ich bleib' für ein Weilchen.

Sie stöhnte auf und nahm den Brief aus der Tasche. Die Briefmarken waren über die ganze Länge des Briefs geklebt, das Kuvert mit Tesafilm verschlossen. Mindestens acht Blatt, dachte sie. Wie rücksichtsvoll von ihm, mir das Nachporto zu ersparen. Dann schlitzte sie das Kuvert mit dem Fingernagel auf.

Im Radio meldeten sie anhaltenden Regen. Wegen der Messe gab es Staus rund um Frankfurt. Dorothea begann, die dichtbeschriebenen Seiten zu überfliegen.

Er hatte Heimweh. Es sei nun genug gebüßt. Er wolle sich »ehrlich machen«. Dorothea lachte auf.

Er brauchte Geld. Er wollte einen Anwalt. Er sehnte sich nach Frankfurt.

Dorothea schüttelte den Kopf.

Er wollte sie als Fürsprecherin. Er rühmte ihre guten Beziehungen. Er schickte subtile Drohungen.

Sie warf den Brief auf den Boden und stand auf. Er war verrückt.

Er ist verzweifelt, sagte die andere Stimme. Er ist einsam. Er hat sein Leben vertan. Er braucht...

Ach was. Er hat sich frei entschieden. Und dann kann man nicht einfach ankommen und jammern, wenn's schiefgegangen ist. Wie ein Echo hörte sie ihren Vater reden. Sie stellte das Radio lauter.

Im ersten Programm brachten sie eine Collage über all die Politiker, die in den letzten Jahren zurücktreten mußten. Bei über der Hälfte von ihnen hatte man einen dunklen Fleck in der Vergangenheit entdeckt.

Konnte man Martin einen dunklen Fleck nennen?

Fast hätte sie gelacht. Fleck ginge ja noch.

Man muß sich abschotten gegen Menschen und Gefühle, dachte sie, während sie im Bad mit dem Korrekturstift die Schatten unter den Augen abdeckte. Das macht unverletzlich. Man darf keine Kritik und keinen Vorwurf auch nur die Oberfläche ritzen lassen. Man darf nicht den kleinsten Selbstzweifel zulassen. Die Männer und Frauen, von denen im Radio die Rede gewesen war, sind nicht an ihrer Vergangenheit gescheitert, sondern an ihren schlechten Nerven.

Sie musterte ihr Gesicht, als sie fertig war. Sie sah jemanden, der keinen Zweifel hatte. Der auch im größten Sturm noch weitersegelte, als ob die See ruhig und die Winde günstig wären. Sie nickte sich zu. Sie würde auch Martin überstehen.

# 3

*Beaulieu*

Als Alexa aufwachte, war der Himmel bedeckt und es war spürbar kühler geworden. Sie sprang aus dem Bett, fuhr sich mit den Fingern durchs Haar und rannte noch vor dem Zähneputzen hinüber zum Bäcker. Bei Ronsard stand man Schlange. Adèle redete ohne Punkt und Komma, während sie die *flûtes* und *baguettes* aus dem Regal holte. Als Alexa sich dazustellte, war der Verkaufsraum voll.

»Schrecklich. Einfach schrecklich«, sagte Sylvie, schüttelte den Kopf und kramte in ihrem Portemonnaie nach Geld.

Adèle holte eine *flûte* für Monsieur Durand aus dem Regal, ohne ihren Redefluß zu unterbrechen. »Brandstiftung, das hat mir Axel heute morgen zugerufen, und der ist mit der Tochter von Boisset verlobt, Boisset von der Gendarmerie in St. Julien, du weißt schon…«

»Also wenn es nicht geregnet hätte…«, murmelte der alte Rogier.

Adèle machte eine wegwerfende Handbewegung. »Wenn man bei jedem Brand auf Regen angewiesen wäre, gäb's Beaulieu nicht mehr.«

Die Umstehenden nickten. Sylvie schien ihr Baguette fester zu packen. »Brandstiftung… Glaubst du wirklich?« fragte sie.

»Die Verbrecher und Verrückten sterben nicht aus«, sagte Adèle und blickte auffordernd in die Runde. Alle murmelten zustimmend.

»Aber wer…«

»Ja, das möchte die Polizei auch wissen.« Adèle bückte sich und wollte unter die Theke greifen. Man hörte einen wütenden Aufschrei, ein Klatschen und dann ein heiseres Jaulen. Das mußte Victor sein, der seine Nase wie üblich nicht aus den Backwaren halten konnte. Der räudige Köter gehörte zur festen Besetzung des Bäckerladens – ebenso wie die Dose Paral, mit der Madame im Sommer die Fliegen auf den Süßwaren vernichtete. Bloß nicht dran denken, dachte Alexa.

Schnaufend kam Adèle mit fünf bereits in Papier gewickelten Baguettes wieder hoch. »Bitte schön, Monsieur«, sagte sie zu dem hochaufgeschossenen Jungen mit der Baseballmütze, der verlegen grinste, als er den Packen entgegennahm.

»Man sollte mal die Feuerwehr fragen«, sagte der Mann rechts vorne, nach Kleidung und Klangfärbung ein Pariser zu Besuch. »Da gibt es immer mal welche, die vom Löschen nicht genug kriegen können.«

»*Unsere* Männer?« Adèles Augen blitzten und die beiden Frauen neben Alexa stimmten ein Protestgemurmel an. »Also Monsieur!«

Der Pariser hatte den Anstand, verlegen zu gucken. »Ein Scherz, Mesdames, Messieurs, ein Scherz!«

Adèle drohte ihm kokett mit dem Zeigefinger und packte dem Lehrling von »Elle et Lui« vier Eclairs ein.

»Jedenfalls wird der Brandherd im Bois de Peyrebelle heute gründlich untersucht. Dann wissen wir mehr.«

Alexa versuchte, sich den idealtypischen Brandstifter vorzustellen: War es der unscheinbare Typ, der sich ständig übergangen fühlte, und deshalb ein weithin sichtbares Fanal setzen will? Größenwahn, Machtphantasien, Gewaltrausch? Oder war es der diabolische, dem es Spaß machte zuzusehen, wie die ersten Flämmchen durchs Unterholz züngelten, um dann mit einem mächtigen Rauschen die ausgetrockneten Bäume hochzurasen?

»Madame?« Fast wäre ihr entgangen, daß sie dran war. Sie nahm ein Baguette und, nach kurzer Bedenkzeit, ein Eclair und ein Brombeertörtchen. Ausnahmsweise war ihr heute nicht schon beim bloßen Gedanken an Frühstück schlecht, im Gegenteil: sie fühlte sich mit einem Mal schwach vor Hunger.

Auf dem kurzen Weg nach Hause hatte sie das knusprige Ende

vom Baguette abgebrochen und verschlungen. Sie öffnete das Tor und rannte im Laufschritt die Treppe hoch. Dann stapelte sie auf dem Terrassentisch, was der Kühlschrank hergab. Felis sah milde interessiert zu, wie sie das Brot gleich mit zwei Scheiben Schinken belegte, ein gekochtes Ei und einen Joghurt in sich hineinschaufelte und schließlich Eclair und Brombeertörtchen folgen ließ. Der Anfall von Heißhunger mußte daran liegen, daß sie gestern abend nichts zu essen bekommen und nach dem ersten Glas Wein keine Lust mehr verspürt hatte, sich selbst etwas zu kochen.

Erst danach machte sie der geduldigen Katze eine Dose auf, wusch ab, füllte Apfelsaft und Mineralwasser in eine Thermosflasche, packte den Fotoapparat in den Rucksack und machte sich auf die Wanderung, die sie wegen der Hitze aufgeschoben hatte. Wer weiß, vielleicht sah sie den Brandherd und die versammelten Brandursachenforscher auf dem Weg durch den Bois de Peyrebelle. Dann hätte sie morgen beim Bäcker auch was zu erzählen.

Nach einem Kilometer Landstraße bog sie auf einen Wanderweg ab. In wenigen Minuten befand sie sich in einer anderen Welt. Eben noch war sie an verdorrten Wiesen und Bäumen mit mattem Laubwerk vorbeigekommen. Jetzt führte sie der Weg immer tiefer hinein in einen grünen, kühlen Dschungel. Krüppeleichen säumten den schmaler werdenden Pfad, rechter Hand türmten sich Felsplatten aufeinander wie die zarten Schichten und Wülste eines Baumkuchens. Auf dem hellen, ausgewaschenen Kalkstein breiteten sich rote und schwarze Flechten aus, in den Felsritzen wuchsen Farne und winzige purpurfarbene Blumen auf schlanken Stengeln, die aus einem grünen Blattkelch herausstiegen wie die Venus aus der Muschel. Höhlen taten sich auf rechts und links des Weges, einige niedrig, andere so hoch, daß man hätte hineingehen können.

Wenn man sich traute. Alexa traute sich nicht. Wer weiß, was sie dort erwartete. Ada Silbermann wäre nicht so feige gewesen, dachte sie, ein bißchen beschämt.

Der Weg schien immer weiter abwärts zu führen. Aber vielleicht waren es auch die Felsschichten rechts und links, die sich immer höher auftürmten. Am hellichten Tag herrschte hier tiefer, feuchter Schatten, das Reich der Moose und Farne. Sie strich mit der Hand über einen zarten Moosteppich, tupfte mit dem kleinen Finger den Tautropfen aus dem Blattkelch der Purpurblume und horchte auf einen Laut in der dämmrigen Stille.

Endlich wurden die Felsmauern wieder niedriger, unter den Krüppeleichen wuchsen Wacholder und Thymian, der Weg stieg an. Alexa war außer Atem, als sie die letzten Meter hochgeklettert war und nun auf einem Felsplateau stand, auf einer weißen, weiten Ebene aus ausgewaschenem Stein, zerklüftet und gespalten. Zwischen den Steininseln schien es tief hinunterzugehen. Sie stieg vorsichtig über die Abgründe. Mit einem Mal fühlte sie sich in atemberaubender Höhe, wie auf der Spitze eines Felsdoms. Ihr wurde schwindelig, sie mußte sich setzen.

Sie schlüpfte aus den Gurten des Rucksacks und nahm einen tiefen Schluck aus der Wasserflasche. Dann holte sie die Kamera heraus. Sie versuchte, die ungeheure Weite und die Höhe des Felsplateaus zugleich zu erfassen – das war natürlich unmöglich. Dann begann sie, sich die Gewächse näher heranzuholen, die in den Kerben und Buchten und Spalten der Felsen wucherten.

Das Moos sah aus wie ein vorsintflutlicher Wald, es fehlten nur noch die Dinosaurier. Der schrundige Fels wirkte wie die Marsoberfläche und die roten Flechten entpuppten sich als kristalline Strukturen. Wie gefärbte Schneeflocken, dachte sie und drückte auf den Auslöser.

Es klickte trocken, als der Verschluß sich öffnete und wieder schloß. Das Glücksgefühl, das dieses Geräusch in ihr auslöste, überraschte sie. Fast andächtig transportierte sie den Film weiter.

Sie drückte wieder auf den Auslöser. Die Kamera brachte die Welt auf ein handhabbares Format, sorgte für Nähe, ohne daß man den Dingen zu nah kommen mußte. Es war, als ob die Leica eine Tür wäre, durch die sie ins Freie gehen konnte.

Alexa ließ den Fotoapparat sinken und lehnte sich zurück. Ein Falke stieg auf und stand mit rüttelnden Flügeln im blassen Himmel über ihr. Sie schloß die Augen und lauschte in sich hinein. Kein Gedanke drängte sich vor, keine Ängste stiegen hoch, keine Bilder türmten sich auf. Was für ein wunderbares, seltsames, unheimliches Gefühl.

Nach einer Weile stand sie auf und ging weiter. Der Weg führte schier endlos über das weiße Felsenmeer. Die Sonne kämpfte sich durch den Dunst, langsam wurde es warm und schwül. Und dann hörte sie es, ein fernes Rauschen, das mit jedem Schritt lauter wurde. Sie folgte dem Geräusch, bis sich vor ihr ein Spalt auftat. Sie ging auf die Knie und versuchte, hinunterzuspähen. Die Kluft war tief, feuchte Kühle wehte zu ihr hoch. Und dann sah sie unten, im Schatten, weiße Schaumkronen. Ein Fluß, der nach ein paar Metern wieder im Dunkel des Felsens verschwand.

Sie setzte sich an den Rand der Kluft und holte Tomaten und Käse aus dem Rucksack. Man konnte im Bois de Peyrebelle seinen Frieden finden – auch den ewigen. Man konnte hier spurlos verschwinden. Wer in eine der Felsspalten stolperte oder gar in die tiefe Kluft vor ihr, würde nur durch Zufall jemals wiederentdeckt. Flüchtig dachte sie an die mumifizierten Hunde und Schafe, die man in unterirdischen Höhlen gefunden hatte und die jetzt im Museum standen.

Und wer untertauchen wollte, um irgendwo anders ein neues Leben zu beginnen, der konnte sich ebenfalls keinen besseren Ausgangsort aussuchen. Und wem das Leben nicht mehr lebenswert schien... Alexa spürte, wie sich ihr Herzschlag beschleunigte. Was wußte sie schon über Ada Silbermann, Jüdin, Fotografin, verheiratet? Nichts. Und dennoch war sie sich in diesem Moment sicher, daß Ada nicht lebensmüde gewesen war.

Und wenn sie unfreiwillig in einen der vielen Schächte gefallen wäre? Wenn sie noch gelebt hätte danach, tagelang, wochenlang? Ein verebbendes Leben. Alexa fühlte plötzlich ein tiefes Bedauern in sich hochsteigen. Auch sie würde niemand finden. Womöglich würde noch nicht einmal jemand nach ihr suchen.

Denkst du manchmal an mich, Ben? Kennst du mich noch? Und erinnerst du dich? An die Abende, an denen wir keine Worte brauchten, weil in der Umarmung schon alles gesagt war? Sie wischte sich die Feuchtigkeit aus den Augenwinkeln. Jetzt bloß nicht heulen, dachte sie und biß in die Tomate, die in ihrer Hand ganz warm geworden war. Nicht über romantische Illusionen. *Er* hat dich nicht getäuscht. *Du* hast an den wortlosen Einklang geglaubt. Du allein.

Und außerdem, fiel ihr wieder ein, war Ada nicht in den Bois de Peyrebelle gegangen, an dem Tag, an dem man sie zum letzten Mal sah. Am Tag, an dem sie ihren Rucksack zu Hause ließ. Also mußte man auch nicht fürchten, daß sie hier irgendwo gestorben war – womöglich lebendig begraben...

Sie packte alles wieder in den Rucksack, sprang auf und ging weiter. Schon nach wenigen Schritten war das Rauschen verebbt. Der Weg führte durch eine weitere Felsschlucht und senkte sich schließlich nach unten. Dann machte er eine Kurve. Von hier aus ging der Blick hinunter ins Tal, zu dürren Weiden und grauen Schafen. Am Wegesrand wuchsen Thymian und Buchs, Oliven- und Wacholderbäume zwischen Hügeln aus kleinen weißen Steinen. Daneben sah man große Steinplatten, die eine Kammer, eine Art Gruft bildeten. Ein Dolmen, sagte ihr die Erinnerung, eine der prähistorischen Grabstätten, von denen es hier viele gab.

Nach der nächsten Wegbiegung sah sie den Fluß, sah einen Bauernhof, Kastanienbäume, Kühe auf der Weide und schließlich eine Brücke, auf der ein Polizeiwagen stand. Und davor ein Wagen der Ambulanz. Alexa blieb stehen, legte den Kopf in den Nacken und schnupperte. Obwohl der Wind aus der anderen Richtung kam, war der Brandgeruch unverkennbar. Dort unten mußte der Brandherd gewesen sein. Bedeutete der Krankenwagen, daß man jemanden gefunden hatte? Einen Verletzten, einen Toten?

Als sie ein paar Schritte nach rechts trat, um besser zu sehen, wäre sie fast gestolpert. Sie war nicht allein. Weit unter ihr stand ein Mann am Wegesrand, der ebenfalls wie gebannt nach vorne starrte. Er kauerte hinter einem Felsblock, als ob er nicht gesehen werden wollte. Sie nahm ihn ins Visier. Als er ihr sein Profil zuwandte, drückte sie ab. Es war Philipp Persson.

Was machte er hier? Sie versuchte, mit der Kamera zu erkennen, was er zu beobachten schien. Kurz bevor der Weg auf die Brücke mündete, stand eine halb eingefallene Hütte, daneben dichtes Buschwerk, das ihr den Blick versperrte. Als sie die Leica wieder zu Persson schwenkte, guckte er suchend um sich. Instinktiv versteckte sie sich hinter einem hohen Wacholderbusch. Hatte er etwas gemerkt?

Und wenn es so wäre? Alexa ärgerte sich mit einem Mal über ihre Feigheit, richtete sich auf und trat wieder auf den Weg. Persson war verschwunden – auch Polizeiauto und Ambulanz waren abgefahren. Ob er gemerkt hatte, daß sie ihn fotografierte? Sie drehte sich um und lief den Weg wieder hoch. Niemand begegnete ihr auf dem Rückweg.

Alexa war verschwitzt, müde, hungrig und auf eine unerklärliche Weise glücklich, als sie nach Beaulieu zurückkehrte. Vor dem Maison de la Presse, wo sie sich eine Wanderkarte kaufen wollte, parkte ein Polizeiauto. Ein flüchtiger Blick durch die Fensterscheibe in den Laden des Monsieur Durand ließ eine mittlere Volksversammlung erkennen. Sie zögerte. Dann ging sie weiter.

Auch vor und im Café von Monsieur André redeten Männer mit ausgebreiteten Armen und geballten Fäusten aufeinander ein. Alexa machte ein Foto von den drei alten Herren, die, schräg gegenüber vom Café, vor der Kirche saßen – zwei auf der Mauer an der großen Freitreppe, der dritte auf der Bank gegenüber. Keiner bemerkte sie, was sie, für einen kurzen Moment erschrocken über ihren Mut, beruhigte. Noch immer kam ihr das Fotografieren von Menschen wie ein gefährlicher Zauber vor.

Als sie nach Hause kam, saß Crespin vor dem Tor, neben sich Ruby, der die Schnauze auf die Pfoten gelegt hatte und matt zu ihr hochblinzelte. Der alte Herr lächelte in die Linse, als sie die Kamera hob. Sie drückte auf den Auslöser. Nichts tat sich.

»Du wirst den Film verschossen haben«, sagte Crespin. »Wie Ada.«

Alexa hockte sich neben ihn und erzählte von ihrem Ausflug.

»Du warst im Bois de Peyrebelle?« Crespin richtete sich auf. Sie sah ihn fragend an. Dann ließ er sich zurücksinken.

»Es ist gefährlich dort. Du hättest nicht allein gehen sollen.«

»Aber Monsieur...« Sie legte ihm beschwichtigend die Hand auf den Arm. Ihr waren während des Heimwegs all die Geschichten durch den Kopf gegangen – von den jähen Abgründen und den hinter Brombeerranken getarnten Kaminen, *Les puits du mort* genannt, durch die man hinabstürzen konnte in die Welt, die dort unter der Oberfläche lag, eine Welt, die das Wasser im Laufe der Jahrtausende aus dem Kalkstein gewaschen hatte, das Reich der Grotten und unterirdischen Flußlandschaften.

Seit einiger Zeit gab es staatlich bestellte Expeditionsteams, die das unterirdische Reich vermessen sollten. Grotten so groß wie Kathedralen wurden dort unten vermutet – und Zeichen früher menschlicher Zivilisation. Erst vor zwei Jahren war eine Höhle entdeckt worden, in der es Wandmalereien gab, die angeblich über 30 000 Jahre alt waren.

Crespin war noch immer ernst. »Die Ambulanz ist hier vorbeigefahren. Und die Spurenermittler von der Polizei. Sie müssen etwas gefunden haben.«

»Einen Verletzten? Wer ist es?«

Jemand wie du, sagte eine innere Stimme spitz, der mit dem Fotoapparat vor dem Schädel wie Hans-Guck-in-die-Luft durch die Gegend läuft, ohne zu sehen, wo er hintritt.

»Oder einen Toten«, sagte Crespin.

»Ein Opfer des Brandes? Der Brandstifter? Ein Selbstmörder?«

Ihr fiel Persson ein. Hatte der einen Grund gehabt, sich auf die Lauer zu legen, oder war er nur neugierig, wie alle im Dorf, Alexa eingeschlossen?

»Die Brandstelle ist nicht weit vom Ort entfernt, an dem man damals Alphonse gefunden hat.« Crespins Augen blickten ins Weite, als ob sie in die Vergangenheit sehen könnten. »Seit Tausenden von Jahren haben sich die Menschen im Bois de Peyrebelle versteckt. Priester und Hugenotten, Rebellen, Diebe, Mörder, verfolgte Juden, Mitglieder der Resistance. Und was ist nicht alles in den Höhlen und Grotten gefunden worden, Diebes- und Schmuggelgut, Waffen, Sprengstoff.«

Hatte Ada Silbermann etwas gefunden auf ihren Expeditionen durch den Bois de Peyrebelle, etwas, das ihr gefährlich geworden war? Alexa dachte an die Aufnahmen, die Ada mit der Leica gemacht hatte. Ob man darauf etwas erkennen konnte? Sie mußte den Film entwickeln lassen.

»*Allez*«, sagte Crespin und erhob sich mit würdevoller Sorgfalt. Der Hund rappelte sich mühsam auf. »Vergiß nicht: Es ist gefährlich, Alexa.«

Sie nickte brav. Er sah sie mit zusammengekniffenen Augen an und grinste schließlich.

»Mach, was du willst. Ich geh' auf einen kleinen Schwarzen zu André.«

Alexa sah ihm nach. Nie wäre sie auf die Idee gekommen, sich ihm anzuschließen. Das Café war Männersache. Draußen durften die Frauen sitzen, im Sommer. Aber drinnen? Einmal hatte sie sich hineingetraut, nach Ladenschluß, als ihr die Streichhölzer ausgegangen waren. Erst hatten alle mißbilligend hochgeguckt, dann hatten sie so getan, als ob sie nicht da wäre, die Dorfveteranen, die Karten spielten, während der Fernseher lief, klatschten und tratschten und Pastis tranken.

Sie betrachtete die Leica. Sie brauchte einen neuen Film. Aber wo legte man ihn ein? Und wie? Und wie lange dauerte es, bis der alte Film entwickelt war? Alexa zögerte. Sie hatte keine Lust, vor aller Augen bei Durand einzulaufen. Kurz entschlossen machte sie kehrt, setzte sich ins Auto und fuhr nach St. Julien.

Im Fotoladen bewunderte man die Kamera, zeigte ihr, wie man Filme einlegte, und versprach, den Film bis morgen mittag zu entwickeln. In der Papeterie nebenan kaufte sie eine Wanderkarte und eine deutsche Zeitung. Unschlüssig stand sie vor einem Laden, in dessen Schaufenster buntes provençalisches Geschirr auslag. Schließlich landete sie in einem Café an der Hauptstraße, trank, umgeben von Auspuffgasen, flirtenden Jugendlichen, röhrenden Motorrädern und sonnenverbrannten Touristen, einen großen Milchkaffee und versuchte, sich auf die Zeitung zu konzentrieren. Zu Hause stritt man wieder einmal über die deutsche Vergangenheit. Die Nachrichten aus aller Welt meldeten das Gerücht, daß Prince Charles endlich seine Camilla heiratete. Und die Wettervorhersage für Deutschland: regnerisch und für die Jahreszeit zu kühl.

Alexa streckte sich in der Wärme des französischen Sommerabends. Es schien ihr mit einem Mal nicht mehr völlig aussichtslos, dem Leben etwas abzugewinnen.

Haben Kameras eine Seele? Alexa legte die Hand auf das Kamerafutteral mit den Initialen »A. S.«. Die eine Frage war so gut wie die anderen: Gibt es Gespenster? Führen Häuser ein Eigenleben? *Er* hätte zu allen drei Fragen nein gesagt. Hirngespinste. Folklore.

Alexa winkte nach dem Kellner.

*Sie* war sich da nicht so sicher.

Auf der Rückfahrt nach Beaulieu kam ihr ein Pulk schwitzender Radfahrer entgegen. Der Mann, der das Schlußlicht bildete, drehte sich nach ihr um. Sie verfolgte ihn im Rückspiegel. Sein Gesicht... Sie trat so heftig auf die Bremse, daß der Renault ins Schleudern geriet. Fast wäre sie von der Straße abgekommen und im Graben gelandet.

Dann hatte sie den Wagen abgewürgt. Die Radfahrer waren hinter einer Kurve verschwunden. Sie holte tief Atem, startete wieder und fuhr langsam weiter. Du bist wirklich nicht mehr ganz dicht, dachte sie. Die Augen des Mannes waren hinter der Sonnenbrille gar nicht zu erkennen gewesen – und wer hatte nicht alles ein Grübchen im Kinn! Er war es nicht. Er konnte es gar nicht sein.

Vergiß ihn endlich.

Felis legte ihr eine Maus zu Füßen, als sie zu Hause ankam. Diesmal war der Fang tot. Sie lobte die Katze überschwenglich, lenkte sie mit Dosenfutter ab und beförderte das arme Mäuschen in den Müll. Hoffentlich war es schnell gegangen. Als sie sich auf die Terrasse setzte und die Beine streckte, spürte sie, wie ihre Muskeln schmerzten von der langen Wanderung. Nach zwei belegten Broten und einer halben Flasche Wein ging sie mit dem Glücksgefühl tiefer Erschöpfung ins Bett.

# 4

*Frankfurt*

Als sie merkte, daß sie den Bericht über einen Kunstraub mit anschließender Erpressung bereits zum zweiten Mal las und der Kaffee lauwarm war, faltete Karen die Zeitung zusammen und schob die Tasse von sich. Durchs Küchenfenster blickte sie in einen grauverhangenen Himmel. Ihr war kalt. Normalerweise war Frankfurt um diese Jahreszeit zum Ersticken heiß. In den Sommermonaten schätzte sie sogar die Klimanlage im Büro, die sie an Tagen mit klarem Verstand ebenso innig zu verfluchen pflegte. Aus diesem Sommer aber schien nichts werden zu wollen.

Dann stand sie auf. Es half alles nichts: Sie war für das süße Leben nicht geschaffen. Sie ging auf nackten Füßen hinüber ins Arbeitszimmer und nahm die Fotokopien aus der Klarsichthülle, die auf dem Schreibtisch lag. Das wenigstens hatte sie sich nicht nehmen lassen, bevor sie die Akte an die Kämpfer weiterreichte: Sie hatte sich aus der Mappe Eva Rauch den Bericht über die Tatwaffe und das ballistische Gutachten kopiert. Ein zweifellos nicht ganz korrekter Akt, dachte sie und grinste in sich hinein. Aber seit Kollegin Kämpfer die Untersuchung eingestellt hatte, billigte sich auch Karen in Sachen Recht und Ordnung einen größeren Ermessensspielraum zu.

Ungewöhnlich war nicht nur, daß Eva Rauch sich erschossen hatte (»vermutlich«, korrigierte Karen sich im stillen). Seltsam war auch die Geschichte der Tatwaffe – eine ungarische Pistole von Fegyver, eine FEK Kaliber 7,65. Seit dem Fall des Eisernen Vorhangs wurden Waffen in den Westen gespült, die man hier lange nicht gesehen hatte; funktionsfähige Museumsstücke oft, die jeder, der ein bißchen Bescheid wußte, im Frankfurter Bahnhofsviertel erwerben konnte. Das allein war noch nichts Besonderes, obwohl – wie kam eine ältliche Buchhändlerin an einen Waffenhändler im Bahnhofsviertel? Auffallend aber war, daß das bei der Toten gefundene Exemplar zu den acht Waffen und Gewehren gehört hatte, die 1978 einem Schweizer Waffensammler gestohlen worden waren. Von den anderen fehlte bislang jede Spur. Und noch auffallender fand Karen, daß man beim BKA so verdammt lange gebraucht hatte, bis man mit dieser Information rausgerückt war.

Woher hatte Eva Rauch diese Waffe? Karen betrachtete die schlechte Kopie einer Kopie eines Fotos der FEK und blies sich eine Strähne Haar aus der Stirn. Und wußte man wirklich nichts über den Verbleib der anderen? Möglich, daß der Dieb oder die Diebe das Raubgut an alle möglichen Kunden verkauft hatten. Dann wäre die Frage nicht weiter wichtig. Andererseits hatte die Schweizer Polizei damals einen terroristischen Hintergrund vermutet – in den 70er Jahren klauten terroristische Gruppen aus dem In- und Ausland alles, was sich zum Töten gebrauchen ließ.

Hatte Eva Rauch Kontakte zur Terroristenszene? Immerhin wies ihre Biographie Lücken auf. Und sie hatte in Paris gelebt und dort geheiratet. Einen Mann aus dem arabischen Kulturkreis...

Kurz entschlossen griff sie zum Telefon.

»Manfred Wenzel? Der ist in einer Besprechung«, sagte Elisabeth im besten Sekretärinnenton. Sie hörte sich reserviert an. Das ging aber schnell, dachte Karen.

»Sag ihm bitte, er möge mich anrufen. Dringend.« Sie merkte, wie die Ungeduld in ihr hochstieg wie Sprudel mit zuviel Kohlensäure.

»Und – wo?«

Karen mußte unwillkürlich lachen. »Elisabeth, ich befinde mich nicht in einer Strafkolonie und auch nicht auf dem Mars, sondern in meiner Wohnung in Frankfurt am Main.«

»Man fragt ja nur«, sagte Elisabeth und legte auf.

In der nächsten halben Stunde räumte Karen den Schreibtisch

auf, lief wie ein eingesperrter Tiger durch die Wohnung, traute sich nicht aufs Klo, weil dringende Anrufe ja immer gerade dann kommen, und holte sich schließlich, das ultimative Eingeständnis eines seelischen Ausnahmezustands, ein Tuch, um in den Bücherregalen Staub zu wischen. Dann, endlich, klingelte es.

»Bist du es, mein Schatz?«

»Natürlich, Mutter.« Wer sollte es sonst sein? Die Tage, als mal ein Mann ans Telefon gegangen war, schienen endlos lange her.

»Kommst du nun am Wochenende? Du weißt doch, Tante Gerda besucht mich.«

Reichte das nicht? Normalerweise ersetzte Tante Gerda eine ganze Talkrunde. »Mutter, ich weiß es noch nicht. Wirklich nicht.«

»Aber wo du doch Urlaub hast – und nichts zu tun! Da kannst du dich doch endlich mal erholen!«

Mutter würde nie begreifen, daß ein Besuch bei ihr nicht Vergnügen, sondern harte Arbeit war und mit Erholung nichts zu tun hatte.

»Also ganz so, wie du glaubst...« Karen war das erste Mal seit langem um eine Ausrede verlegen.

»Und außerdem brauche ich deine Hilfe, du weißt ja, es geht nicht mehr alles so wie früher...«

Mutter verfügte über eine verblüffende Bandbreite seelischer und körperlicher Zustände. Am schlechtesten ging es ihr, wenn sie etwas wollte.

»Ich tue, was ich kann, Mutter.« Karens Haß auf Angelika Kämpfer vervielfachte sich. Dank dieser Schlange war sie auch noch dem Zugriff von La Mamma schutzlos ausgeliefert. »Okay?«

»Aber denk dran...«

»Ja, Mutter.« Sie hörte der alten Dame noch eine Weile zu bei der Aufzählung dringender Angelegenheiten, die einen Besuch ihrer Tochter unumgänglich machten, und legte schließlich mit einem matten »Laß es dir gutgehen« auf.

Erst zwei Stunden später rief Wenzel an.

»Tut mir leid, aber Elisabeth hat mir eben erst...«

»Das hätte ich mir denken können.« Elisabeth war bekannt für ein ausgeprägtes Gespür, was die gerade aktuellen Machtverhältnisse betraf.

»Mach dir nichts draus«, sagte Wenzel. »Weiber.«

Diesmal stimmte sie ihm aus vollem Herzen zu. »Tust du mir einen Gefallen?«

»Ich bemühe mich.« Er wußte, daß er ihr seit dem Fall Bunge etwas schuldig war.

»Die Pistole, mit der die Rauch erschossen wurde...«

»Karen! Es ist doch gar nicht...«

»Egal. Ich will nur wissen, ob etwas vorliegt über die anderen Waffen aus diesem Raub. Ist jemals eine wieder aufgetaucht und wenn ja, wo?«

Wenzel zögerte.

»Manfred! Ein Blick in den Computer! Ein Anruf bei Steiner!« Der BKA-Waffenexperte war mit einem Erinnerungsvermögen ausgestattet, das sich in vielen Fällen schon als weit verläßlicher herausgestellt hatte als die Elektronik.

»Also gut«, sagte Wenzel. Und nach einer Weile: »Kämpf nicht auf verlorenem Posten, hörst du?«

Fast hätte seine Fürsorglichkeit sie gerührt.

»Zerbrich dir nicht meinen Kopf. Ich weiß schon, was ich tu. Du weißt doch: alles Intuition.« Dieses Wort hätte ihn früher zur Weißglut gebracht. Wenzel hielt nichts von »Esoterik«, wie er es nannte, bei ihm zählte nur Nachweisbares.

Diesmal lachte er und legte auf.

# 5

*Beaulieu*

Alexa wußte nicht genau, was sie auf die Schnapsidee gebracht hatte, bei Persson vorbeizugehen. Der Mann war ihr nicht geheuer. Andererseits machte er sie neugierig. Aber vielleicht lag seine Anziehungskraft auch nur darin, daß er der einzige war, mit dem sie deutsch sprechen konnte.

Fast wäre sie weitergegangen, nachdem er auf ihr Klingeln und Klopfen nicht sofort aufmachte. Und als er die Tür öffnete, hätte sie sich am liebsten gleich wieder verabschiedet. Er sah sie mit gerunzelter Stirn an und sagte schließlich: »Komm rein.«

Im Flur war es angenehm kühl. Von irgendwoher hörte man Whitney Houston singen – »One moment in time«, das Lied von der Olympiade 1988, das sie damals immer und immer wieder aufgelegt hatte, in der Hoffnung, sie würde es wenigstens im Theaterkurs in der Schule mal zu einer Spitzenleistung bringen.

Er hielt ihr die Küchentür auf und verbeugte sich leicht. »Und wie komme ich zu der Ehre?«

Alexa sah sich verlegen um. Er schob ihr einen Stuhl hin.

»Setz dich. Ich bin gleich wieder da.«

Sie hörte aus dem Nebenzimmer die typischen Geräusche einer Computertastatur. Dann brach das Lied ab.

Alexas Blick fiel auf das Bücherregal. Sie würde einfach behaupten, sich ein Buch von ihm ausleihen zu wollen. Vor dem Regal legte sie den Kopf schräg, um die Titel auf den Buchrücken lesen zu können. Einen Leinenband nahm sie heraus. Rilke. Gedichte. Daneben Heinrich Mann, Flauberts Madame Bovary, Benn. Weiter hinten Schullektüre aus dem Leistungskurs Deutsch: Arno Schmidt. Dann sah sie das Foto. Es zeigte einen jüngeren Persson, einen dunkel gelockten, gutaussehenden Mann, der einer elegant gekleideten Frau, die Alexa bekannt vorkam, die Wagentür aufhielt. Sie nahm das Foto in die Hand und versuchte, die Widmung zu entziffern. »Für meinen tapferen Freund Martin«, glaubte sie zu erkennen. Und die schwungvolle Signatur: »S. S.«

Persson rumorte noch immer im Nebenzimmer. Wer war Martin? dachte sie flüchtig. Sie stellte das Bild zurück. Auf dem Regalbrett über ihr stand ein Bild mit zwei lachenden Kindern in Karnevalskostümen und daneben stapelten sich Zeitschriftenhefte. Sie nahm das oberste auf. »Visier. Das internationale Waffenmagazin«. Darunter eine Computerzeitschrift.

»Na? Was Spannendes gefunden?« Er stand im Türrahmen und grinste spöttisch zu ihr hinüber. »Schon das Geschenk unseres Oberpolizisten gesehen?« Mit ein paar Schritten war er neben ihr und holte ein langes schwarzes Etwas aus dem obersten Fach. Der Gummiknüppel sah gefährlich und obszön aus.

Persson ließ das Ding auf den Küchentisch fallen. »Wasser? Wein? Milch? Espresso?« Er wartete nicht auf die Antwort, sondern drückte auf den Knopf an seiner Espressomaschine. »Und – glücklich hier?« fragte er über die Schulter.

Fast wäre Alexa keine Antwort eingefallen. »Doch«, sagte sie schließlich.

»Ich nicht. Ich hab das Kaff hier satt bis oben hin.« Er setzte sich zu ihr an den Küchentisch. »Ein Haufen Debiler, Inzüchtiger und Gauner.«

Alexa spürte das dringende Bedürfnis, ihr Dorf mit glühenden Worten zu verteidigen. »Aber…« sagte sie lahm.

Persson rollte sich eine Zigarette. Heute, fiel ihr auf, zitterten seine Hände.

»Jaja, ich weiß, die französische Idylle. Rotwein und Baguette und *oh là là*!« Er sah sie an. Seine Pupillen waren dunkel, fast schwarz. Er brauchte drei Streichhölzer, bis er die Zigarette angezündet hatte. Dann stand er abrupt auf und begann hin- und herzulaufen.

»Ich hab das auch mal geglaubt.« Er schnippte die Asche von der krummen Selbstgedrehten und fuhr sich durch die kurzgeschnittenen Locken. »Vor verdammt vielen Jahren.«

Alexa wurde vom bloßen Zusehen nervös. »Warum gehen Sie nicht weg? Ich dachte… ich meine…«

Persson lehnte an der Tür zum Nebenzimmer, durch die mildes Sonnenlicht fiel. »Fragen Fragen Fragen. Ihr Frauen müßt immer fragen fragen fragen, oder?« Seine Stimme klang amüsiert. Aber Alexa entging nicht die Unruhe, mit der er an seiner Zigarette zog. Dann begann er wieder hin- und herzugehen.

»Wie Ada?«

Persson blieb wie angewurzelt stehen. Dann atmete er geräuschvoll aus.

»Wie Ada. Genau. Die hatte auch immer was zu fragen. ›Woher kommst du? Was machen deine Eltern? Hast du eine Freundin?‹ Fragen Fragen Fragen. Immer mit dem sanftesten Lächeln.«

»Sie waren – befreundet?«

Persson grinste. »Aha! Schon wieder eine Frage!«

Alexa lächelte zaghaft.

»Ja, lautet die Antwort. Sofern man mit Ada Silbermann befreundet sein konnte. Sofern man ihre Neugierde aushielt. In Paris war sie gefürchtet. Sie sah alles, hörte alles, wußte alles. Und erzählte alles weiter – nein, nicht alles. Nur das, was sich gut machte bei den Zeitschriften und Agenturen, die ihre Bilder kauften.«

Persson zerdrückte den Zigarettenstummel im Aschenbecher und drehte sich gleich wieder eine neue.

»Das Foto vom Sohn des Präsidenten im Gespräch mit einem Koksdealer – das stammte von Ada. Das hat sie auch nicht beliebter gemacht.«

Er fuhr mit der Zungenspitze über das Zigarettenpapier.

»Und deshalb mußte sie sterben?« fragte Alexa.

Diesmal brauchte Persson nur ein Streichholz. »Wieso sterben? Wie kommst du denn darauf?«

Weil es das Naheliegende ist, dachte Alexa und sagte: »Ich muß gehen.«

Er sah sie erstaunt an, so, als ob er fragen wollte, warum sie überhaupt gekommen war. Dann hob er die geöffneten Hände und sagte: »Tu, was du willst.«

Er ließ sie allein den dunklen Flur hinunter zur Haustür gehen. Als sie die Tür öffnete, standen zwei Gendarmen in blauer Uniform davor, der eine, der erste, hatte seine runde, steife Mütze abgesetzt und hielt sie wie einen Puffer vor die Brust.

Er zog die Augenbrauen hoch, als er Alexa sah. »Bernard Boisset, Madame, von der Gendarmerie St. Julien. Ist – Monsieur Persson, ist er da?«

»*Voilà*«, sagte sie und wies nach hinten, zur Küche.

»*Après vous.*« Der Gendarm streckte einladend die Hand aus.

»Aber…« Alexa schüttelte den Kopf. Doch der Mann in Blau lächelte so ausdauernd, daß sie aufgab und den beiden Polizisten vorausging.

»Besuch.«

Sie öffnete die Küchentür.

Persson war bereits auf den Beinen.

»Bernard!«

Er strahlte. Boisset strahlte zurück. Er faßte Persson an die Schultern und küßte ihn erst rechts, dann links, dann wieder rechts auf die Wange.

»Philipp! *Tu vas bien*?«

Alexa hatte Mühe, dem Wortschwall der beiden zu folgen. Bernard schlug Philipp auf die Schulter, Philipp legte den Arm um Bernard, Bernard strich ihm mit der Hand über den Arm, Philipp flüsterte ihm verschwörerisch etwas ins Ohr. Der andere Gendarm verfolgte das Spektakel ausdruckslos. Erst nach einigen Minuten kamen die Männer zur Sache.

»Es geht um Ada Silbermann, du erinnerst dich.«

»Natürlich«, sagte Persson und guckte betroffen.

»Du warst doch einer der letzten, der Ada Silbermann gesehen hat...«

»Nicht direkt. Ich weiß nur, daß sie von einer Wanderung gesprochen hatte.«

Boisset nickte und nahm seinen Hut wieder auf, den er auf den Küchentisch gelegt hatte.

»Und – sie hat auch gesagt, wohin...?«

»Sie wollte hinunter nach Rochepierre gehen, wenn ich sie richtig verstanden habe.«

Boisset nickte wieder und drehte die Hutkrempe zwischen den Fingern. »Aber da ist sie nicht hingegangen.«

Persson legte dem Gendarmen wieder die Hand auf den Arm. »Sag – habt ihr etwa....«

Boisset nickte feierlich. »Wir haben sie gefunden. Das heißt ihre sterblichen Überreste.«

»Und wo?«

Der Gendarm kratzte sich am Nacken. »Sie ist exakt in die andere Richtung gegangen, zum Bois de Peyrebelle. Sie lag in der Nähe des Brandherds, den wir gestern bekämpft haben. In einer Höhle. Reiner Zufall, daß sie gefunden wurde. Die Leute, die den Brand untersucht haben...« Er wandte sich zu Alexa und deutete eine Verbeugung an. »Es war übrigens Brandstiftung.«

»Ada – tot?« Persson klang ehrlich entsetzt. »Ist das sicher?«

»Ziemlich. Ihr Mann ist unterwegs, zur Identifizierung. Aber wir haben eigentlich keine Zweifel an der Identität der Leiche.«

»Armer Ernest.«

»Ja, sie ist kein schöner Anblick. Sie liegt schon lange da.«

»Ist sie... Ich meine – wie...« Alexa glaubte plötzlich zu wissen, warum sie die Anwesenheit Ada Silbermanns im Haus zu spüren schien. Wenn ein Verbrechen geschehen war, kamen die Toten nicht zur Ruhe.

»Wir müssen die Ergebnisse der Obduktion abwarten. Derzeit können wir nur alle hier im Dorf fragen, ob sie jemand gesehen hat, damals, am...« Boisset blätterte in seinem Notizbuch, »am 19. oder 20. Oktober.«

Persson zuckte mit den Schultern. Boisset tippte mit der Krempe des Huts an sein Kinn und starrte ins Leere.

Nach einer Weile nickte er wieder und sagte: »Das war's wohl.«

»Tja«, sagte Persson. »Wenn ich dir weiterhelfen könnte...«

Boisset schlug ihm auf die Schulter. »Kommst du zum Training? Nächste Woche?«

»Um dich auf die Matte zu legen? Mit Vergnügen.« Persson grinste zurück.

Der Polizist deutete eine Verbeugung an und sagte: »Vielen Dank, daß Sie mir Ihre Zeit geschenkt haben, Mademoiselle, Monsieur.« Beim Herausgehen entdeckte er den Gummiknüppel auf dem Tisch, ergriff ihn und drohte spielerisch zu Persson hinüber. Der breitete die Arme aus und lachte. Der Uniformierte lachte zurück.

Dann drehte er sich noch einmal zu Alexa um.

»Sie wohnen im Haus der Silbermanns, Mademoiselle, *n'est-ce pas*?«

Sie nickte.

»Irgend etwas dort gefunden, etwas, das uns Aufschluß geben könnte?«

Sie zögerte. Boisset sah sie abwartend an. Sollte sie von den Fotos erzählen, von den Aufnahmen auf dem Film, der sich noch in der Kamera befunden hatte?

»Nein«, sagte sie mit fester Stimme. Boisset setzte den Hut auf und schlug die Tür hinter sich zu.

»Schön, wenn man einen guten Draht zur örtlichen Polizei hat, oder?« Persson saß wieder am Küchentisch und lachte in sich hinein. »Wir sind zusammen im Judoclub, Boisset und ich. Den Gummiknüppel hat er mir zum Geburtstag geschenkt.«

Alexa starrte ihn an. Perssons Heiterkeit war gespielt. Er lachte zu laut, und er rauchte zu hastig. Und er fand kein Wort des Bedauerns über Ada.

Nach einer Weile schüttelte sie den Kopf, drehte sich um und ging.

»Auf Wiedersehen!« rief er betont höflich hinter ihr her.

Als sie am Haus von Crespin vorbeikam, stand das Tor zu seinem Keller offen. Ruby lag wie ein aufs Gnadenbrot gesetzter Zerberus davor und klopfte matt mit dem Schwanz. Aus dem Keller roch es sauer, nicht unangenehm, aber durchdringend.

»Die Fässer müssen leer werden«, sagte Crespin und winkte sie heran. »Damit die neue Ernte Platz hat.« Drei Fässer standen an der Stirnseite des Kellers, alte, dunkelbraune Veteranen, aus deren Spundlöchern Holzkeile ragten, die mit nicht gerade appetitlich aussehenden Lappen umwickelt waren.

»Willst du probieren?«

Er schwenkte einen dünnen roten Schlauch und ein Glas. Sie zögerte. Aber er hatte schon das eine Ende des Schlauchs in eine Öffnung oben auf dem ersten Faß geschoben, das andere Ende in den Mund gesteckt, kräftig dran gezogen, den Schlauch mit Daumen und Zeigefinger zugeklemmt und dann ausgespuckt. Er hielt das Glas unter den Schlauch und ließ eine trübe Flüssigkeit hineinlaufen, die die Farbe von mürbe gewordenem roten Samt hatte. Dann ließ er die Flüssigkeit kreisen, hielt die Nase über das Glas und reichte es hinüber.

Alexa tat es ihm nach und nahm den ersten Schluck. Der Wein war nicht sehr stark, und er hatte wenig Säure. Sie hatte schon Schlimmeres getrunken.

»Trink aus!« sagte Lucien und stopfte den dünnen roten Schlauch ins nächste Faß. »Das war der Merlot. Und dies ist« – er spuckte aus und hielt sein Glas unter den Schlauch – »der Syrah.«

»Sie haben Ada gefunden«, sagte sie, während er das Glas schwenkte und die Nase darüber hielt.

»Ich weiß.«

Natürlich. Er wußte alles – Neuigkeiten schienen sich in diesem Dorf per Gedankenübertragung zu verbreiten. Aber warum wirkte er so unbeteiligt? Tat ihm Adas Tod nicht leid? Empfand er gar nichts dabei?

Er nahm einen tiefen Schluck, grunzte zufrieden und schenkte dann ihr ein. »Es ist ein guter Anlaß, sich zu betrinken.«

Sie sah ihm in die Augen. Ganz nüchtern war er nicht mehr.

»Weißt du«, sagte der Alte nach einer Weile. »Ich hab es immer schon befürchtet. Ada hätte Ernest nie ohne ein Wort verlassen. Sie mußte tot sein, sonst hätten wir von ihr gehört.«

»Ein Unfall.«

»Wenn sie in eine Felsspalte gefallen wäre« – der alte Herr wiegte den Kopf. »Aber daß sie sich in eine Höhle zum Sterben hinlegt – unwahrscheinlich.«

»Hatte sie Feinde?« Alexa hatte Perssons Bemerkung im Ohr.

»Ich weiß es nicht. Sie sah alles, sie hörte alles, und sie wollte alles wissen. Manche Menschen mögen das nicht.« Crespin leerte sein Glas und blickte in die Ferne. Dann ließ er das Glas wieder vollaufen. Auch Alexa trank tapfer aus und hielt ihm das Glas wieder hin.

»Wußte sie zuviel?«

Crespin sah sie erstaunt an.

»Philipp Persson deutete so was an.«

»Ich weiß nicht.« Der Alte schüttelte den Kopf. »Und Philipp – der erzählt auch viel, wenn der Tag lang ist.«

Er drehte ihr den Rücken zu und zapfte das dritte Faß an. Als er ihr Glas füllte, sah sie, daß er Tränen in den Augen hatte.

»Ich versteh nichts von Kunst. Von Fotografie. Aber Ada – wenn sie fotografiert hat, dann hast du hinterher die Welt anders gesehen. Sie hat Dinge in den Gesichtern der Menschen entdeckt, die man sonst nicht zu sehen bekommt, die andere Seite der Medaille, wenn du verstehst, was ich meine. Die Ängste, die Wünsche, die Narben...« Crespin wischte sich die Nässe aus dem Augenwinkel. »Vielleicht hat sie die Seele eines Menschen gesehen, wenn sie fotografierte. Wer weiß.«

Alexa trank aus, obwohl sie den Alkohol langsam spürte.

»Sie hat mehr gesehen als andere. Und in deinem Gesicht...«

Er sah sie forschend an, die blaßblauen Augen leicht gerötet unter den weißen Wimpern.

»Sie hätte gesehen, was noch nicht einmal du weißt. Nicht nur deine Einsamkeit und deine Trauer.«

Was denn noch? dachte Alexa und wich unwillkürlich zurück. Reicht das nicht?

»Sie hätte...« Crespin versuchte, sich zu konzentrieren. Dann grinste er verlegen. »Na ja – ich bin wohl nicht Ada.«

Der Alte füllte die Gläser nach, mit nicht mehr ganz sicherer Hand. Eigentlich hatte sie nicht weitertrinken wollen, aber Alexa fühlte sich plötzlich leicht wie ihr Kopf, der ein paar Zentimeter über seinem angestammten Platz zu schweben schien. Schließlich saßen sie gemeinsam auf der Bank vorm Haus und leerten einen großen Krug mit Wein, den er abgefüllt hatte.

Ruby schlief. Die Mauersegler flogen tief. »Es gibt ein Gewitter«, sagte Lucien Crespin.

Den Rest des Abends verbrachte Alexa in einem seltsam lichten Dämmerzustand auf der Terrasse. Was hatte Ada Silbermann gewußt – oder gesehen? Was war auf den Fotos, die sie mit der Leica gemacht hatte?

Das Haus atmete Ruhe. Wenn Ada Silbermanns Geist dort umgegangen war, dann hatte er jetzt seinen Frieden gefunden. Alexa bekreuzigte sich. Dann nickte sie ein.

# 6

*Frankfurt*

Mitten in der Nacht wachte Dorothea v. Plato auf. Ihr Herz raste und vom Magen strahlte ein dumpfes Brennen aus. Sie tastete nach der Brille auf dem Nachttisch, machte das Licht an und setzte sich auf. Zuviel getrunken gestern abend. Zu oft an die Vergangenheit gedacht.

Das Fenster mit den samtroten Vorhängen war ein dunkler Schemen, der Biedermeierschrank ein schwarzes Loch. Sie setzte die Brille auf. Es war drei Uhr früh. Um sechs mußte sie wieder raus.

Sie hatte geträumt. Von einer Dorothea ohne das kleine v mit Punkt vor dem Namen. Von Dorothee Köppen, auch Doro oder Dorle genannt, die sich später »Koeppen« schrieb, weil sie glaubte, das sei irgendwie schicker.

Im Spiegel über dem Schminktisch sah sie jemanden nicken, der exakt so aussah wie damals Dorothee Köppen: ungeschminkt, die Haare wirr, die Augen groß wie Untertassen durch die Brille mit den dicken Gläsern. Eule hatten sie alle in der Schule genannt.

Dorothea v. Plato seufzte. Sie hatte die Brille gehaßt und sie abgesetzt, so oft sie konnte. Den Führerschein hatte sie damals noch nicht gemacht, warum also sollte sie alles sehen müssen und das auch noch scharf? Es hatte ihr gefallen, halb blind durch die Gegend zu laufen. Die Farben und das Licht und die Konturen waren sanfter, sie konnte sich Straßen und Häuser und Menschen und Bäume schöner, tiefer, geheimnisvoller vorstellen. Insgeheim hatte sie wahrscheinlich geglaubt, niemand werde sie wahrnehmen, wenn sie selbst nichts sähe von ihrer Umgebung. Wie ein Kind, das die Hände vor die Augen hält und glaubt, es sei unsichtbar.

Am wunderbarsten war die Welt nachts. Sie hatte sich angewöhnt, nicht mehr tagsüber durch die Großstadt zu gehen – tagsüber mußte sie studieren und abends sich etwas dazuverdienen zum Stipendium. Nachts lief sie durch die Straßen und die Parks.

Vor allem durch die Parks. Dort trugen die Laternen eine zauberische Aureole, das Gras glitzerte, und die Parkbäume wirkten wie freundliche Riesen, die schützend ihre Arme über das Reich unter ihnen breiteten.

Alles war intensiver nachts. Alle Sinne strengten sich an, ihr einen Eindruck von der Welt zu übermitteln, die sie kaum sah. Die Gerüche. Die Geräusche. Der Hauch, den man spürt, wenn sich in nächster Nähe etwas bewegt.

Sie hatte nie Angst gehabt. Noch nicht einmal, als ihr einer gefolgt war, so leise, daß sie ihn nicht hörte, bis er hinter ihr war, ihr die Hand auf den Mund legte, sie ins Gebüsch zog und sich auf sie legte. Er atmete schnell. Sein Gesicht war so nah und das Licht so matt, daß sie nicht erkennen konnte, wie er aussah. Nach einer Weile ließ er sie los, murmelte irgend etwas, stand auf und ging davon. Sie schrie nicht. Sie fragte sich seltsamerweise, ob er sie häßlich gefunden hatte.

Dorothea spürte, wie das saure Brennen ihr die Kehle hochstieg, und griff zu den Tabletten auf dem Nachttisch. Was für ein Schaf sie gewesen war.

Naiv, sagte ihr Alter ego. Verletzlich. Sehnsüchtig. Unsicher. Einsam.

Dorothea lächelte mit dünnen Lippen. Selbst dran schuld. Dorothee hatte geglaubt, die Welt wäre freundlicher, wenn man sie nicht so genau in Augenschein nähme. Das Gegenteil war richtig: Viele fanden sie arrogant, hielten sie für unhöflich, stoffelig, provinziell, beschränkt, weil sie noch auf das freundlichste Lächeln mit unbewegtem Gesicht reagierte, die Augen weit aufgerissen.

Damals war sie einsam gewesen. Heute war sie nur noch allein – was etwas ganz anderes war. Allein ist man freiwillig.

Sie versuchte, langsam und ruhig zu atmen, um dem Mittel dabei zu helfen, ihre Magennerven zu beruhigen.

Eines Tages war sie vor dem Schaufenster eines Optikers stehengeblieben, in dem für Kontaktlinsen geworben wurde. Ein Wunder, daß sie sich getraut hatte, hineinzugehen und danach zu fragen. Schließlich waren die Dinger so teuer gewesen, daß sie an ihr Heiligstes gehen mußte – an ihr Sparbuch.

Die ersten Tage mit den Linsen waren eine einzige riesengroße Qual. Ihre Augen waren trocken und brannten wie die Hölle, röteten sich, schwollen an. Sie zwang sich, jedesmal ein paar Minuten länger durchzuhalten, bevor sie sich die dünnen Glaslinsen wieder von den Augen schälte.

Erst nach vier Wochen traute sie sich das erste Mal damit auf die Straße. Es war Herbst, es war dunkel, die Luft war feucht nach einem sanften Regen. Wind streichelte und kühlte ihre Augen, mit denen sie plötzlich eine andere Welt sah. Und die kam ihr seltsamerweise genauso wunderbar vor wie das nächtliche Zauberreich, diese neue, geordnete Welt mit ihren sauberen Linien und verläßlichen Grenzen. In diesem Moment trat sie aus ihrem Kosmos der Träume und Vermutungen heraus und hinüber in eine geordnete Umgebung, in der sie sich zurechtfand, als ob sie in die Heimat zurückgekehrt wäre. Alles war klar und übersichtlich, klar wie die Gesetzestexte, die sie studierte, und übersichtlich wie die Bilanzen, die sie zu lesen lernte. Das war der Moment, in dem sie sich löste von der Frau, die sie einmal gewesen war. Sie hatte sich geschworen, nie mehr zurückzuschauen. Orpheus verlor Eurydike, als er hinter sich blickte. Lots Weib erstarrte zur Salzsäule. Vorwärts!

Einmal noch hatte sie Martin gesehen, mit anderen Augen, sozusagen. Dann hatte sie nichts mehr von ihm gehört bis zu dem Tag, an dem sein Foto um die Welt ging. Mit Grauen dachte sie an das Verhör, das sie damals hatte über sich ergehen lassen müssen, bis man ihr endlich glaubte, daß sie so unwissend und naiv war, wie sie aussah.

Schon ein Jahr später hätte ihr das niemand mehr abgenommen.

»Und wenn er wirklich zurückkäme – könnten wir nicht...« Die innere Stimme klang zaghaft.

Ach Dorothee, dachte Dorothea. Du weißt doch, wohin dich deine Gutmütigkeit gebracht hat. Weich sein hilft nicht. Und er hat es noch immer verstanden, bei hingehaltenem Finger die ganze Hand zu nehmen. Erinnerst du dich nicht?

Plötzlich standen ihr die Tränen in den Augen. Sie lehnte sich ins Kissen zurück und schloß die Augen. Das mußte Übermüdung sein. Sie hatte zuviel gearbeitet in der letzten Zeit. Das Geschäft lief nicht, wie sie es gewohnt war. Die Konjunkturprognosen waren nicht gut, die Anleger hielten sich zurück, die Nachrichten aus Amerika...

Sie trocknete sich die Augen mit der Bettdecke. Die innere Stimme schwieg.

# 7

Karen hatte unruhig geschlafen. In den Morgenstunden träumte sie von Verfolgungsjagden, Schüssen, Messerstechereien und einem Mann, der sie heldenhaft rettete. Noch vor dem Happy-End wachte sie auf. Schade, dachte sie.

Sie nahm ein ausgiebiges Bad, das Mobilteil des Telefons stets griffbereit. Sie lackierte sich die Fingernägel und die Fußnägel. Sie musterte kritisch ihre Garderobe. Vielleicht sollte sie sich mal wieder in die Stadt zum Einkaufen wagen. Sie setzte sich an den Schreibtisch und versuchte nachzudenken. Sie goß die Blumen und dachte kurz daran, die Vorhänge abzunehmen und in die Waschmaschine zu tun. Sie erwischte sich dabei, wie sie an den frischlackierten Fingernägeln kaute. Und sie hätte am liebsten Marion angerufen – aber erfahrungsgemäß kamen die wichtigen Anrufe immer dann.

Endlich rief Wenzel an.

»Der Computer gibt nichts her, Karen. Nicht mehr, als wir schon wissen: Die Fegyver stammt aus einem Raub von 1978, sie ist eine von insgesamt acht Pistolen und Gewehren, darunter – Moment.« Sie hörte ihn mit Papier rascheln. »Eine Makarov, eine Sig Sauer, eine Smith & Wesson, dann eine CZ 27 – eine tschechische Pistole, nehme ich an. Und…«

Sie hörte ihn leise lachen.

»Eine voll funktionsfähige Mauser 0.8 aus dem ersten Weltkrieg.«

Eine hübsche Sammlung. Aber sie hatte auf mehr gehofft. »Und Steiner?«

»Steiner hat ein Problem mit der Elektronik. Er hat, wie immer, irgend etwas im Hinterkopf, kann es aber im Computer nicht verifizieren. Ein Rätsel, hat er gesagt, aber wie ich ihn kenne, wird er alles daransetzen, das Rätsel zu lösen.«

»Weiß er, für wen er das tut?«

»Na für mich natürlich!« Er lachte.

»Findest du das vernünftig?« Es reichte, daß sie sich in Dinge einmischte, die sie nichts mehr angingen.

»Du kennst Steiner. Er hält den Mund.«

Auch wahr. Und außer ihr interessierte sich sowieso niemand für die Angelegenheit. »War das alles?«

»Nein.«

»Nein?« Dann spuck's aus, Wenzel, verdammt.

»Wenn mich nicht alles täuscht, ist eine weitere der Waffen aus dem Raub gefunden worden. Es gab eine Anfrage.«

»Wo?« Karen merkte, wie ihr Puls sich beschleunigte.

»Bei einer Frauenleiche. In der französischen Provinz, irgendwo im Süden. Bei einem Kaff namens Beaulieu.«

»Wer ist die Frau?«

»Das steht noch nicht mit Sicherheit fest.«

»Laß mich raten: Die Frau war bei ihrem Tod um die Fünfzig.«

Wenzel lachte. »Woher weißt du das?«

»Intuition«, sagte sie mit mühsam unterdrückter Genugtuung. Sie hatte auf den Busch geklopft und ins Schwarze getroffen. Die beiden Fälle hatten miteinander zu tun, es *mußte* eine Verbindung geben. Beides Frauen, beide etwa gleichaltrig: Das war das Muster, wonach sie gesucht hatte – das und der gemeinsame Ursprung der Tatwaffen.

»Es gibt da einen Haken.« Sie hörte Wenzel mit Papier rascheln. »Es sieht nicht so aus, als ob die Frau mit der Waffe erschossen worden wäre.«

Karen dachte nach. Spielte das eine Rolle? Nein.

»Ich fahre nach Beaulieu.«

»Aber Karen, es gibt keinen…«

»Keinen Dienstauftrag, ich weiß. Ich mache Urlaub. Wo ist das Kaff, sagtest du?«

»Am Fuß der Cevennen. Nächstgrößter Ort: St. Julien.«

»Sagst du mir, was Steiner herausgefunden hat?«

»*Wenn* er etwas herausgefunden hat.« Wenzel hörte sich an, als ob er begann, seine Hilfsbereitschaft zu bereuen.

»Manfred, bitte.«

Er seufzte auf. »Okay. Okay.«

»Du kannst mich jederzeit erreichen, ich nehme mein Mobiltelefon mit, in Ordnung?«

»Nimm lieber deinen Kopf mit.« Sie hörte Wenzel »Frauen!« murmeln, bevor er auflegte.

Karen legte die Beine auf den Schreibtisch und dachte nach. Nach Beaulieu fahren war sicherlich eine prima Idee, zumal alle Welt sie in den Urlaub schicken wollte. Der Haken war nur, daß sie gerade mal wußte, wie man »Puligny Montrachet« aussprach. Schon bei den schlichtesten Fragen ermittlungstechnischer Natur versagte ihr Französisch. Wenn Frank Euler nicht verheiratet wäre... Er reiste mit seiner Familie Jahr um Jahr nach Frankreich, als ob es kein anderes Land auf der Welt gäbe, und vermochte sogar Gedichte von Verlaine vorzutragen. In romantischen Momenten.

Paul Bremer konnte immerhin ganze Speisekarten entziffern.

Sie griff zum Telefon. Besetzt.

Und soweit sie wußte, hatte er einen Urlaub geplant, der daran gescheitert war, daß Anne wieder einmal Wichtigeres zu tun hatte.

Sie drückte die Wahlwiederholung. Immer noch besetzt. Sie schaltete auf automatischen Rückruf und ließ die Tür auf, damit sie hörte, wenn die Verbindung zustande kam, während sie im Schlafzimmer alles in den Koffer warf, was sie für ein paar Tage in Südfrankreich zu brauchen glaubte. Als sie fertig war, setzte sie sich wieder an den Schreibtisch und versuchte, ihre Ungeduld zu dämpfen. Endlich war er dran.

»Paul, wir müssen nach Frankreich.«

»Wer – wir?«

»Du und ich.«

Er lachte.

»Was ist daran komisch?«

»Ich dachte, du machst dir nichts aus Urlaub.«

»Mach ich auch nicht. Es ist nur...« Sie biß sich auf die Lippen. Wenn sie ihm die Wahrheit sagte, würde er die Stimme der Vernunft erheben, und das konnte dauern.

»Paul, frag nicht. Es hat sich da was ergeben.«

Er hielt die Luft an und atmete dann langsam wieder aus. »Verdammt, Karen, wenn es sich um Eva Rauch handelt...«

»Nicht direkt.«

»Um was dann? Du bist nicht im Dienst!«

»Ich bin immer im Dienst!«

Paul prustete.

Widerwillig erzählte sie ihm alles. Wenigstens unterbrach er sie nicht.

»Und was soll ausgerechnet ich dabei?«

»Hast du was anderes zu tun?« Er hatte gerade ein Buch abgeschlossen, Anne hatte ihm den Urlaub verhagelt, also konnte ihm gar nichts Besseres passieren, als in Karens Gesellschaft nach Frankreich zu fahren. Fand Karen. Aber Paul zierte sich.

»Gib mir einen guten Grund.«

»Du hast das größere Auto.«

»Stimmt. Aber das ist kein Argument.«

»Zick nicht rum, Paul.«

»Das ist erst recht keins.« Sie hörte seiner Stimme an, daß es ihm Spaß machte, sie zappeln zu lassen.

»Soll ich auf den Knien rutschen?«

»Du sollst dich um ein einleuchtendes Argument bemühen, das ist alles.«

»Ich kann kein Französisch.«

Er stöhnte auf. »Das laß ich gelten. Also gut. Und wann?«

»Kannst du in einer Stunde hier sein?«

»In siebzig Minuten.«

Karen legte den Hörer auf und strich sich die Haare hinter die Ohren. Paul war ein Freund, der beste, den man haben konnte.

Und trotzdem sehnte sie sich einen Moment lang danach, mit Frank Euler in den Urlaub fahren zu können. Oder, besser noch, mit jemandem, der *kein* guter Freund war.

# 8

*Beaulieu*

Alexa lief durch St. Julien, ohne nach rechts oder links zu sehen. Sie hatte kein Auge für das romantische Stadtschloß, die barocke Kirche, die Straßencafés, den Gitarrespieler am Brunnen, die blühenden Kletterrosen vor der Buchhandlung. Sie hatte den Film abholen wollen, er mußte längst entwickelt sein, sie konnte jederzeit beim Fotoladen vorbeigehen. Statt dessen umkreiste sie ihn in weitem Bogen.

Sie blieb vor der Epicerie stehen und sah im Schaufensterglas vor einer Kulisse aus Flaschen mit exotischen Etiketten und Gläsern mit Eingemachtem ihr blasses Gesicht. Ihr war unbehaglich beim Gedanken an den Film. Es war, als ob man einige ihrer letzten Augenblicke mit der Toten teilen würde. Und plötzlich erinnerte sie alles an damals, an die abgestürzte Piper und an Kriminalkommissar Walter.

*»Wir haben das Flugzeug Ihrer Eltern geborgen.« Der Mann von der Polizei stand vor der Haustür und sah verlegen aus. Sie wußte, daß sie ihn eigentlich hereinbitten sollte.*

*»Warum habt ihr sie nicht in Ruhe gelassen?« fragte sie statt dessen. Der Gedanke an das Wrack der Piper und die nassen leblosen Körper ihrer Mutter und von Edwin Schwarz machte sie mit einem Mal beinahe wütend.*

*»Fräulein Senger…« Er machte eine Geste, die sie, wenn auch immer noch unwillig, beiseite treten ließ, um ihn einzulassen.*

»Frau *Senger, bitte.« Sie konnte sich diesen unnötigen Akt der Emanzipation nicht verkneifen.*

*»Verzeihen Sie, aber wir müssen die Opfer eines solchen Unfalls bergen. Auch ist die Nordsee an dieser Stelle nicht tief, es wäre gefährlich, wenn das*

*Wrack dort liegen bliebe. Und Sie wollen doch sicherlich ein richtiges Grab für Ihre Eltern ...«*

*Nein, wollte sie nicht. Sie wollte kein Grab und keine Trauerfeier und keinen Rechtsanwaltstermin und kein Erbe. Sie wollte die beiden zurück – lebend.*

*»Sie müssen sie nicht identifizieren.« Er glaubte offenbar, sie würde sich davor fürchten.*

*Alexa schüttelte stumm den Kopf. Das war es nicht. Aber das würde er nicht verstehen.*

*Am übernächsten Tag stand er wieder vor der Tür. Walter hieß er – mit Nachnamen, nicht mit Vornamen.*

*»Ihre Eltern werden nach der Obduktion überführt. Die technische Überprüfung des Flugzeugs wird noch dauern. Das Reisegepäck können wir Ihnen zustellen lassen.«*

*Es war ihr völlig egal.*

*»Ach ja – der Fotoapparat. Wir haben den Fotoapparat Ihrer Eltern gefunden, eine Nikonos, Sie wissen ja, die ist wasserdicht. Das Gehäuse sieht unbeschädigt aus, aber garantieren kann ich natürlich für nichts.«*

*Auch darauf legte sie keinen Wert – auch wenn das Ding wahrscheinlich die teuerste Kamera war, die man kaufen konnte. Edwin Schwarz sparte an so was nicht.*

*»...der Film ist überwiegend belichtet, es besteht die Möglichkeit – aber machen Sie sich keine falschen Hoffnungen ...«*

*Er war ein netter Mann mit sandfarbenem Haar und einem weichen Schnauzer unter der Boxernase, ein Vatertyp, und für einen kurzen Moment dachte Alexa daran, sich an seine Brust zu werfen und endlich wieder zu weinen.*

*»Unser Labor könnte versuchen, ihn zu entwickeln.«*

*Da erst verstand sie, worum es ging. Ihr entsetztes »Nein!« ließ Kriminalkommissar Walter einen Schritt nach hinten tun.*

*»Fräulein Senger!« sagte er fast flehentlich. »Es sind womöglich die letzten Fotos Ihrer Eltern, ich meine ...«*

*»Nein!«*

*Er sah schockiert aus, befremdet, gekränkt.*

*Was sollte sie ihm sagen, wie all das erklären? Sie wollte keine Fotos. Sie wollte das innere Bild behalten, das sie von beiden hatte.*

Alexa war wieder beim Fotoladen angekommen und beobachtete von der anderen Straßenseite aus, wie ein Touristenpärchen mit umgehängten Kameras hineinging und nach einer Weile wieder herauskam. Sie verstand ihr Zögern nicht. Was hatten ihre Erinnerungen mit den Fotos von Ada Silbermann zu tun, einer Frau, die sie schließlich gar nicht kannte? Und warum fürchtete sie sich mit einem Mal vor dem, was sie auf diesen alten Aufnahmen sehen könnte? Wie kam sie überhaupt darauf, es könnten die letzten Fotos sein, die die Fotografin gemacht hatte?

Wenn *er* jetzt hier wäre, hätte sie nicht gezögert – schon, um ihm keine Gelegenheit zu geben, über ihren Aberglauben zu lachen. »Ich fürchte mich vor den Lebenden, nicht vor den Toten«, hatte er einmal gesagt.

Vor den Lebenden. Sie gab sich einen Ruck. Nicht vor den Fotos Ada Silbermanns. Sie setzte den Fuß auf die Straße. Erst als sie das Geräusch quietschender Reifen hörte, sah sie nach links. Durch die Windschutzscheibe eines weißen Renaults blickte sie in das erschrockene Gesicht eines dunkelhaarigen jungen Mannes, der den Arm um die Schulter seines Mädchens gelegt hatte und wahrscheinlich viel zu schnell gefahren war. Alexa hob entschuldigend die Hand und ging weiter. Erst auf der anderen Straßenseite spürte sie ihre Knie zittern.

Man *guckt*, bevor man über die Straße geht, dachte sie. Es sei denn, man ist lebensmüde. Zumal kein Ben in der Nähe war, der sie hätte retten können.

Die Frau vom Fotoladen hatte aus dem Fenster gesehen und schüttelte den Kopf, als Alexa die Ladentür öffnete. »Immer diese jungen Leute!« sagte sie und »Das hätte auch schiefgehen können!«

»Es war meine Schuld«, antwortete Alexa.

Die grauhaarige Frau schüttelte wieder den Kopf und reichte ihr den Umschlag. Ob sie die Abzüge überprüfen wolle? Alexa schüttelte den Kopf, suchte sich eine Postkarte mit Sonnenuntergang hinter dem Col de Barzac aus, bezahlte und ging.

# 9

Paul Bremer stellte die Kaffeetasse ab, lehnte sich zurück und blinzelte in die Morgensonne. Obwohl er seit gestern abend und bis vor einer Stunde am Steuer gesessen hatte, spürte er keine Müdigkeit. Während Karen neben ihm geschlafen hatte, war seine Euphorie mit jedem Kilometer gewachsen. Er war lange nicht mehr nachts gefahren. Die Autobahnen waren leer, über ihnen ein tiefer Sternenhimmel, und hinter Lyon schon wehten mit der warmen Luft die Gerüche des Südens durchs Wagenfenster hinein.

Sie hatten ein kleines Hotel gefunden, direkt in Beaulieu. Karen wollte erst duschen, während er den Tag mit einem Grand Crème im örtlichen Café begann. Das Café lag an der Hauptstraße, neben Bäcker, Metzger, Maison de la Presse. Die Schiebetüren waren geöffnet, dort, wo er saß, hatte er die Straße ebenso im Blick wie den Innenraum des Cafés, das eher nach einer Bar aussah, jedenfalls standen drei Männer am Tresen und leerten ihre Gläser. Ohne zu fragen, schenkte der Wirt aus der Pastisflasche nach. Irgend etwas schien die Männer zu erregen, er kriegte nicht genau mit, um was es ging.

Auf dem Boden lagen zerknülltes Papier und Zigarettenstummel. Der Tresen war mit Plastikfolie beklebt, die nach Holz aussehen sollte, so, wie man es in den 60er Jahren schätzte, darauf ein Fries aus bunten Mosaik- und Goldsteinchen. An der Decke hingen ein Ventilator und zwei Leuchtstoffröhren, der Fernseher, auf einem Brett oben an der Wand, lief ohne Ton, dafür plärrte das Radio.

An einem Tisch in der Ecke saßen zwei alte Männer mit schwarzen Pudelmützen auf dem Kopf, den Gesichtszügen und dunklen Augen nach Araber, und spielten Schach.

Vor dem Café, an einem der Seitentische, lehnten sich drei Männer in die Plastikstühle, Touristen, so wie sie aussahen, und lächelten mit dem entrückten Blick derjenigen, die endlich im Urlaub angekommen waren. Am Nebentisch saß ein bäuerlich wirkender Mann in einem ausgewaschenen blauen Pullover – Bremer schätzte ihn auf jenseits der Sechzig –, der in einem zerfledderten, an den Rändern vergilbten Notizbuch blätterte und ab und an etwas in ein anderes, deutlich weniger benutztes schrieb. Immer, wenn die Brille ihm auf die unförmige Nase rutschte, schob er sie mit dem Zeigefinger wieder nach oben. Neben seiner Kaffeetasse lag ein angebissenes Croissant.

Der Mann, der sich von der Kirche her näherte, war lang und schlank, mit einem Kranz von weißen Haaren um das schmale Gesicht, und hielt sich kerzengrade. Er ging mit der Gründlichkeit eines Menschen, der sich nicht mehr beeilen muß.

Der Mann grüßte den Mann mit den Notizbüchern, der stumm zurückwinkte, und nahm am Nachbartisch Platz. Der Wirt eilte sofort herbei, er hatte noch nicht einmal das rotblaue Geschirrtuch beiseite gelegt, mit dem er sich die Hände abtrocknete.

»Das übliche?«

»Ja, André, sei so nett.« Monsieur nickte und lächelte.

Aus dem Maison de la Presse nebenan schlenderte ein weit jüngerer Mann herbei, ein melancholischer Typ mit schlaffem Gesicht. Wie auf ein geheimes Kommando kamen sie plötzlich alle heran, auch die Männer von der Bar, und saßen oder standen um den alten Herrn herum. Der Mann schien das örtliche Orakel zu sein.

Einer der Männer schwenkte sein Glas, als wolle er die Republik ausrufen. Der Mann aus dem Zeitungsladen fuhr ihm in die Parade. »Quatsch doch nicht, Marius, wenn es ein Unfall gewesen wäre, hätte man sie nicht in einer Höhle gefunden, auf dem Rücken liegend, mit gefalteten Händen!«

»Und wenn sie wußte, daß es ans Sterben geht?«

»Und du glaubst, sie hätte sich damit abgefunden und auch noch fromm die Hände gefaltet dabei? Ada?«

Kaum angekommen und schon in der Mitte des Geschehens, dachte Bremer und konnte sich ein Grinsen nicht verkneifen. Es ging offenbar um die Frauenleiche, bei der man eine der von Karen gesuchten Waffen gefunden hatte.

»War sie überhaupt in der Kirche?« fragte der Mann mit der Lesebrille und dem zerfledderten Notizbuch. Bremer gefiel die Vorstellung, daß hier der Pfarrer saß, um eine alte Rede zu überarbeiten.

»Natürlich nicht. Als Jüdin?«

Der alte Herr mit dem geraden Rücken hob beschwichtigend die Hände. »Erstmal muß doch wohl festgestellt werden, woran sie eigentlich gestorben ist. Dann sehen wir weiter.«

»Boisset sagt, man habe eine Pistole in der Nähe gefunden.« Ein junger Mann mit nicht ganz sauberer Metzgersschürze hatte sich zu der Gruppe Diskutierender hinzugesellt, er hatte einen großen, blonden Halbwüchsigen dabei, der behindert wirkte. Bremer tippte auf mongoloid.

»Das schon, aber sie ist nicht erschossen worden.«

»Und woher willst du das wissen?«

»Sagt Boisset.«

Nun redeten alle durcheinander.

»Na-aa«, sagte der Halbwüchsige. Der Metzger nahm ihn beruhigend in den Arm. Der Mann mit den Notizbüchern hielt sich das mit den älteren Gebrauchsspuren dicht vor die Augen, knurrte etwas Unverständliches und schrieb dann wieder ins andere der beiden Heftchen.

»Mal langsam.« Der weißhaarige Herr sprach, und alle waren still. »Wer sollte sie denn umbringen?«

»Na wer wohl. In den meisten Fällen ist der Täter...«

»Ernest Silbermann? Der hätte noch nicht einmal einem Huhn den Kopf umdrehen können!«

»Er hat sich verdammt schnell damit abgefunden, daß sie nicht wiederkommen würde!«

»Woher weißt du das?«

»Na, er hat doch das Haus verkauft, in Nullkommanix!«

»War doch nur das Ferienhaus. Also – ich glaub nicht daran.«

Der Behinderte gab einen Unmutslaut von sich und ballte die Fäuste.

»Ruhig, Loulou.« Der junge Metzger legte den Arm um seinen Schützling und blickte warnend in die Runde.

Alle lächelten und nickten Loulou zu. Den möchte ich nicht erleben, wenn er mal ausrastet, dachte Bremer. Die offenbar ziemlich empfindliche Seele des Jungen steckte in einem verdammt kräftigen Körper.

»Aber wer soll es sonst gewesen sein?« Der Mann vom Maison de la Presse knetete sich nervös das Kinn.

Betretenes Schweigen.

»Ich meine, sie konnte einem ja ganz schön auf den Wecker gehen«, sagte nach einer Weile der, den sie Marius nannten. Bremer merkte, daß diese Bemerkung Unruhe auslöste. Man brachte gemeinhin niemanden um, nur weil er nervte. Sogar der Mann mit den Notizbüchern blickte kurz auf.

»Du glaubst doch wohl nicht, daß einer von hier…« Der junge Metzger unterbrach sich verlegen. Er hatte zu spät gemerkt, daß er im Begriff war, ein Tabu zu brechen.

»Was ist mit Paris? Wer weiß schon, ob sie nicht da…«

»Hat sie nicht den Sohn des Präsidenten dabei fotografiert, als er mit einem Drogenhändler…?« Die Erleichterung war mit Händen zu greifen. Das war das erlösende Stichwort – Paris, das Sündenbabel.

»Und wer weiß, über wen sie sonst noch geheime Informationen gesammelt hat. Wer zuviel sieht…« Der Mann vom Zeitungsladen schürzte die Lippen und schüttelte das Haupt. Alle waren froh, daß das Verbrechen – so es denn eines war – endlich am richtigen Ort angekommen war. In der Hauptstadt, wo es hingehörte.

»Wenn man zu neugierig ist…«

»Wer weiß, wem sie noch gefährlich wurde...«

»Internationales Verbrechertum...«

Die Männer von Beaulieu berauschten sich an ihren Theorien über den üblichen Verdächtigen, den Fremden aus der Großstadt. Mein Dorf soll sauber bleiben, dachte Bremer. Wie vertraut das doch ist.

»Aber es hat niemand einen Verdächtigen gesehen, damals!« Einer durchbrach den Konsens.

»Also komm, François, was heißt hier verdächtig? Wir haben Fahrradfahrer, Touristen, jede Menge Fremder hier herumlaufen. Da kann doch auch ein Mörder drunter sein, wem würde das schon auffallen?«

Bremer guckte fasziniert zu, wie der Mann mit den Notizbüchern mit der einen Hand schrieb und sich mit dem Zeigefinger der anderen in der Nase bohrte.

»Sie ist im Oktober verschwunden. Da gibt es hier keine Touristen mehr.«

Die Männer redeten immer hitziger aufeinander ein, bis der junge Loulou protestierende Geräusche machte. Endlich gelang es Bremer, den Wirt auf sich aufmerksam zu machen. Der Mann riß sich nur mit Mühe los, um ihm hinter der Bar einen zweiten Grand Crème einzugießen.

Paul Bremer genoß die Szene. Er war auf Anhieb richtig gelandet. Er wußte sogar schon den Vornamen der Toten – Ada – und, daß sie Jüdin und Pariserin war.

Das Gespräch stockte. Loulou hatte den Kopf zurückgelegt und blinzelte dem Kondensstreifen hinterher, den ein unsichtbares Flugzeug an den Himmel zeichnete. Der Mann mit dem weißen Haar räusperte sich.

»Seltsam, daß es ausgerechnet dort gebrannt hat, wo Ada lag.«

»Zufall.«

»Schon, aber – wann brennt es schon mal im Bois de Peyrebelle? Dort ist es meistens zu feucht. Und Boisset...«

»Boisset hat von Brandstiftung gesprochen, das stimmt.«

Wieder redeten alle durcheinander.

Der Wirt hatte Bremer den Kaffee vor die Nase gestellt, ohne ihn anzusehen dabei. »Der Mörder ist zurückgekehrt«, verkündete er düster.

»Aber André! Wieso sollte ausgerechnet der Mörder ein Interesse daran haben, daß die Leiche gefunden wird?«

»Frag doch mal anders herum: Wer wußte, wo sie liegt, außer dem Mörder?«

Alle schwiegen.

Schließlich stand der weißhaarige Mann auf, klopfte sich die Krümel von der Jacke und sagte: »Ein Trauergottesdienst für Ada ist das mindeste.«

»Aber Lucien! Wenn sie doch nicht katholisch...« Der Weißhaarige brachte den Vorwitzigen mit einem strengen Blick zum Schweigen. Der Mann mit den Notizbüchern schrieb weiter und murmelte: »Sonntag, 11 Uhr.«

Nachdem der alte Herr, den alle Lucien nannten, gegangen war, verschwanden die Männer einer nach dem anderen. Auch die Gruppe von Touristen war fort. Bremer blickte in den blauen Himmel und glaubte zu spüren, wie sich die Hitze hoch über dem Dorf sammelte, bevor sie sich unerbittlich herabsenken und für den Rest des Tages alles Leben dämpfen würde.

Der Wirt stand noch immer an die Schiebetür gelehnt und sah in Ermangelung von Alternativen zu seinem einzigen verbliebenen Gast hinüber.

»Auf Urlaub?« fragte er.

Bremer beantwortete die üblichen Fragen nach dem Woher und Wie lange. Schließlich fragte er nach der Toten. Der Wirt hob die Schultern und ließ sie theatralisch wieder fallen.

»Es ist furchtbar, ganz furchtbar«, sagte er. »Das hat es bei uns noch nie gegeben. Wo soll das bloß hinführen?«

Bremer nickte mitfühlend. »Sie war nicht von hier?«

»Neinnein – die Silbermanns hatten ein Ferienhaus in Beaulieu. Sie kamen aus Paris. Und Ada....« Monsieur André sah aus, als wolle er ein exquisites Geheimnis mit ihm teilen. »Ada war eine berühmte Frau. Kommen Sie mit«, sagte er.

Paul folgte dem Mann in den Gastraum der Bar. Die Wände waren früher einmal weiß gewesen, über der abgeschabten braunen Wandtäfelung hingen Bilder, Schwarzweißfotos aus alten Zeiten, »1913« stand unter einem Foto, das die Außenansicht der Bar zeigte. Viel schien sich seither nicht verändert zu haben.

»Hier«, sagte Monsieur und zeigte auf ein sichtlich neueres Foto, auch das schwarzweiß. Der Monsieur mit den weißen Haaren saß an dem Tisch, an dem er auch heute gesessen hatte. Maître André lehnte an der geöffneten Schiebetür, gerade so wie vorhin, um seinen Gästen zuzuhören. Zu seinen Füßen lag ein struppiger, grauer Köter. Auf seinem Gesicht spiegelte sich zufriedene Bürgerlichkeit. Und noch etwas anderes. Etwas nicht ganz so Angenehmes. Geiz?

»Das war sie. Ich meine – das hat sie gemacht. Ada Silbermann konnte verdammt gut fotografieren.«

Ich sehe was, was du nicht siehst, dachte Paul. Er konnte sich plötzlich vorstellen, warum man sich vor Ada Silbermann fürchtete.

# 10

*Frankfurt*

Dorothea v. Plato merkte erst am erschrockenen Gesicht der Sekretärin, daß sie laut geworden war. Laut? Sie mußte den jungen Mitarbeiter angebrüllt haben, der daraufhin wie ein gehetzter Hase aus dem Zimmer gelaufen war. Und nun stand Irene in der Tür und sah sie an, als ob sie sich ernstlich Sorgen machte.

Dorothea lehnte sich im Schreibtischsessel zurück und atmete tief durch.

»Ich hab dem armen Kerl wohl den Schrecken seines Lebens eingejagt.« Natürlich hatte der Knabe alles verbockt, was sie ihm aufgetragen hatte. Aber das war kein Grund, ihn anzubrüllen. Dorothea v. Plato brüllte nie, vor allem nicht, wenn es Untergebene waren. »War's sehr schlimm?«

Irene lächelte hilflos. Sie hat mich noch nie so erlebt, dachte Dorothea. Noch nie in all den Jahren.

Sie ließ den Stuhl zurückfedern, stand auf und ging zum Fenster. Draußen war der Himmel stahlgrau, wahrscheinlich würde es gleich wieder regnen. Hier drinnen merkte man nichts vom Wetter. Und kein Laut drang von der lebhaften Straße hinauf ins Büro.

»Was liegt heute noch an? Was ist mit morgen? Kannst du mir den Rücken freihalten?« fragte sie leise. Sie spürte, wie Irene sich einen Ruck gab. Dann kam sie herein und schloß die Tür hinter sich mit Nachdruck.

»Was ist los?« fragte sie. Sie waren ein eingespieltes Paar: wenn Dorothea sie duzte, war Krise.

Dorothea drehte sich um und sah ihr in die Augen. »Ich weiß nicht.« Das war noch nicht mal gelogen.

Irene hob die Hände und guckte zur Decke. »Also – das Essen

mit Trautmann ist heute abend, morgen früh Konferenz, dann der Vertreter der IHK, die Journalistin von…«

»Kann man das canceln?«

»Klar, aber…«

»Erfind irgendwas. Sag, ich sei krank.«

Dorothea nagte an ihrer Unterlippe, eine Unsitte, von der sie geglaubt hatte, sie hätte sie sich vor zwanzig Jahren für immer abgewöhnt. Sie hatte die Entscheidung den ganzen Tag vor sich hergeschoben. Aber sie mußte reagieren auf seinen dritten Brief, der heute früh gekommen war. Völlig sicher war sie sich nicht, aber es sah ganz so aus, als drohte er ihr.

»Was jetzt kommt, bleibt unter uns, ja?«

»Aber selbstverständlich.« Irene sah noch immer besorgt aus.

»Ich muß für ein paar Tage verreisen. Persönliche Angelegenheiten.« Dorothea drehte sich wieder zum Fenster. »Ich brauche einen Flug nach Lyon, am Flughafen einen Leihwagen.« Wo zum Teufel lag das Nest, in dem Martin hauste? »Morgen, so früh wie möglich.« Und ein Hotel. Gab es so was in dem Kaff? »Rückflug offen.«

»Einen Mercedes?«

Was denn sonst, hätte Dorothea fast geantwortet. Dann fiel ihr ein, weshalb sie nach Südfrankreich flog.

»Um Himmels willen. Irgendwas Unauffälliges.«

»Kein Problem.« Irene tippte sich mit dem Bleistift gegen die Vorderzähne, eine Angewohnheit, die Dorothea nicht schätzte.

»Würdest du bitte…« begann sie.

Dann sah sie, daß Irene Tränen in den Augen hatte. War die gute Seele überfordert? Verlangte sie zuviel von ihr? War sie gekränkt, weil sie die Beherrschung verloren hatte?

»Kann ich dir sonst noch irgendwie helfen?« fragte die Sekretärin leise.

Nach einer Schrecksekunde fragte sich Dorothea, womit sie soviel Loyalität verdient hatte.

»Danke«, sagte sie. »Ich danke dir.«

# 11

*Beaulieu*

Die schwarzen Krallen ragten vorwurfsvoll in den Himmel, der nackte Hals mit der Federkrause bog sich anmutig nach hinten, der Kamm lag schlaff auf der Seite, und der gelbe Schnabel war leicht geöffnet, als ob das Huhn noch hatte protestieren wollen. Alexa setzte das Messer an und schlitzte den gerupften Vogel auf. Dann griff sie in die Bauchhöhle. Es kam ihr stets wie ein Wunder vor, wie wohlgeordnet so ein Huhn im Inneren ist. Unter gelben Fettklumpen lagen Leber und Nieren und Herz sowie der Magen mit der kleinen giftgrünen Gallenblase. Sie löste die Innereien von der Karkasse und legte sie auf das Küchenbrett. Felis tanzte schon aufgeregt auf dem Kühlschrank. Alexa schnitt ihr den Hühnermagen in kleine Stücke.

Dann kappte sie mit der Geflügelschere die Flügel des Vogels knapp unterhalb dessen, was beim Menschen der Ellenbogen gewesen wäre, und trennte Hals und Kopf vom Leib. Aus dem Kropf quollen Getreidekörner und halbverdaute Grashalme.

Die Brustfilets schälte sie von der Karkasse, trennte die beiden Schenkel am Gelenk ab und legte alles beiseite. Gerippe, Hals und Flügel zerteilte sie grob und warf sie in den Topf, in dem bereits Lorbeerblätter und Möhren, Wacholderkörner und Lauch, eine Zwiebel, ein Zweig Rosmarin und eine rote Pfefferschote kochten.

Felis, die schon wieder bettelte, bekam auch noch das Herz. Das Fleisch kam in den Kühlschrank. Die Suppe würde sie zwei Stunden leise köcheln lassen. Alexa wusch sich die Hände und trocknete sie ab. Erst in Frankreich hatte sie gelernt, wie ein Huhn gebaut ist. Auf dem Markt kaufte man Geflügel, das noch danach aussah.

Vom Kirchturm schlug es 12 Uhr. Jetzt schlossen alle Läden. Zu spät, um nach St. Julien zu fahren.

Alexa legte den Deckel auf den Suppentopf und ging hinaus auf die Terrasse. Ein Schwarm von Meisen stieg aus der Kletterrose. Um die Buddleia torkelten verzückte Schmetterlinge. Am Himmel zogen Wolkenfetzen vorbei. Vielleicht hätte sie nicht so lange hochsehen sollen – plötzlich war ihr schwindelig. Als sie sich zum Liegestuhl vorgetastet hatte, fühlte sie, wie eine große Mattigkeit sie umfaßte, in die sie sich hineinsinken ließ, als habe sie auf nichts anderes gewartet.

Sie schloß die Augen und legte sich die Hand auf den Bauch. Wenn sie weiter so zunahm, sah sie bald so aus wie die Frau auf den Fotos, die ihr gestern entgegengegrinst hatte. Alexa verzog den Mund. Stundenlang war sie um den Umschlag mit den Fotos herumgeschlichen wie die Katze ums Vogelnest und dann, als sie sich endlich überwunden hatte, das: Urlaubsfotos, auf denen man eine nicht gerade schlanke Frau im allzu knappen Bikini sah, aus verschiedenen Blickwinkeln, aber meistens lasziv hingestreckt, in der einen Hand die Zigarette, in der anderen ein Glas. Daneben das übliche – die Uferpromenade in Nizza, eine Strandansicht von St. Tropez, die Corniche. Sie hatte die Fotos flüchtig durchgesehen und dann wieder in den Umschlag gesteckt. Das waren nicht ihre, nicht Adas Aufnahmen. Es sah ganz so aus, als ob sie nie erfahren würde, was Ada Silbermann fotografiert hatte, bevor sie starb. Und wie wohl ihre eigenen ersten Versuche geworden waren?

Felis sprang neben ihren Kopf und schnurrte sie an. Träge kraulte sie das Tier, bis es sich neben ihr zusammenrollte. Alexa schloß die Augen. Sie mußte nach St. Julien fahren, heute noch, und versuchen, den Film und die Abzüge umzutauschen.

Vor ihrem inneren Auge zogen gelbe Kornfelder vorbei und roter Mohn, grüne Wiesen und silberne Flußläufe. Unter einem Baum mit silbriggrünen Blättern stand ein Mann und winkte. Als sie zurückwinken wollte, sah sie die Frau. Die Frau mit der Leica.

# 12

Der dreiarmige Leuchter an der Zimmerdecke schwankte in der Zugluft, als Bremer die Tür zu Karens Hotelzimmer öffnete. Vom Bett flogen großzügig beschriebene oder mit Diagrammen versehene Blätter auf. Karen stand am weit geöffneten Fenster und drehte sich um, als sie ihn hörte.

Bremer schloß die Tür, bückte sich und sammelte die Blätter wieder ein. »Sherlock Holmes kam ohne Rechercheplan aus.«

»Dafür hatte er schließlich seinen Protokollführer«, sagte sie, gespielt vorwurfsvoll. »Wo warst du die ganze Zeit?«

Bremer legte die Blätter aufs Bett. »Bei der Arbeit. Als Entschädigung habe ich dir den neuesten Klatsch und Tratsch mitgebracht.«

Karen lehnte am Fenster, während er die Cafégespräche zusammenfaßte. »Den Ehemann schließen die meisten aus. Und natürlich glaubt niemand, daß es jemand aus dem Dorf war.«

Karen nickte. Nach einer Weile sagte sie: »Einige scheinen zu vermuten, sie habe irgend etwas gesehen – oder etwas gewußt.«

»Sie hat den Präsidentensohn zusammen mit einem Koksdealer fotografiert.«

»Aber was hat das mit Eva Rauch…«

»Wahrscheinlich nichts, Karen.« Aber damit würde sie sich nicht zufriedengeben.

Karen zögerte einen Moment. Dann hatte sie einen Entschluß gefaßt. »Wir gehen.«

»Aye, aye, Capt'n. Und wohin?«

Sie grinste ihn an. »Zur zuständigen Polizeidienststelle. Du übersetzt.«

»Das heißt hier Gendarmerie. Und woher weiß ich, wo die zuständige Gendarmerie…«

»Du fragst.«

Karen warf die roten Haare nach hinten und guckte kämpferisch. Bremer seufzte und schaute ihr zu, wie sie mit dem altmodischen Schlüssel im Türschloß des Hotelzimmers kämpfte. Folgsam ging er hinter ihr her. Sie trug enge, dreiviertellange Jeans, dazu rote, hochhackige Cowboystiefel und ein helles Leinenjackett, das gerade so eben ihr nicht wirklich schmales Hinterteil bedeckte. Über der rechten Schulter hing der großräumige Beutel, den sie Handtasche nannte. Sie marschierte den Flur und die Treppe herunter, als ob sie die französische Befreiungsarmee gegen die Engländer anführte.

Auf der Terrasse vor dem Hotel saßen ein paar deutsche Touristen und unterhielten sich leise, aber hörbar über La Douce France.

»Wer hätte das vor ein paar Jahren gedacht, daß die Franzosen heute so gute Autos bauen«, sagte der eine, ein Mann mit stahlgrauen Locken auf dem Kopf. Die anderen nickten.

»Und die Landschaft ist traumhaft.« Die Frau in der engen Fahrradjacke räkelte sich auf ihrem Stuhl.

»Hmmm«, machte die andere neben ihr und hielt das Gesicht mit halbgeschlossenen Augen in die Sonne.

»Das Paradies auf Erden. Nur...« Der Mann machte eine Pause, die auf einen oft bewährten Witz schließen ließ. »Nur – eines können sie nicht.« Allgemeines Aufstöhnen folgte.

»Kochen!«

Bremer grinste in sich hinein. Auf dem Platz vor dem Hotel war keine Menschenseele zu sehen, nur ein roter Kater saß auf einem der Tische und schielte sehnsüchtig zu einem Haus hinauf, auf dessen Terrassenmauer eine graue Katze paradierte, die ihren buschigen Schwanz aufreizend schwenkte.

»Und *wen* soll ich fragen?« sagte Bremer in aller Unschuld, während Karen an der Tür zur Apotheke rüttelte. Die hatte geschlossen. Auch das Café sah verwaist aus. Und an der Tür zur

Bäckerei hingen zwei Uhren aus Pappe, deren Zeiger die Öffnungszeiten markierten. Man hatte Mittagspause – bis halb drei. Jetzt war es zehn nach zwölf.

»Du meinst, die klappen ihre Bürgersteige erst in drei Stunden wieder runter?« Karen hatte die Fäuste in die Seiten gestemmt und sah ihn vorwurfsvoll an.

»In knapp zweieinhalb Stunden, Karen.«

Sie schnaubte verächtlich. »Dann ist der Tag ja vorbei!«

»Zügle dich. Dem Südländer ist die Siesta heilig.« Plötzlich war ihm selbst nach einem geruhsamen Mittagsschläfchen.

Aber Karen wirkte von Minute zu Minute entschlossener. »Was ist die nächstgrößere Stadt? Die Polizei schläft nie!«

Bremer hätte nicht darauf gewettet. »St. Julien, vermute ich.«

»Hol schon mal den Wagen.« Sie stiefelte die schmale Gasse hinunter.

Der gepflasterte Weg öffnete sich auf den großen Platz vor dem Hotel, auf dem unter Platanen Bremers Auto stand. Es war so friedlich und mittäglich still, daß ihn der gewaltige Akkord traf wie ein Schlag in den Nacken. Auch Karen war stehengeblieben und drehte sich suchend um die eigene Achse.

»Die Musik kenne ich doch… Beethoven?« sagte sie und blinzelte gegen die Sonne in die Richtung, aus der die Musik kam. Bremer folgte ihrem Blick. Auf der Brüstung eines schmalen Balkons saß ein Mann, die Augen geschlossen, den Kopf an die Säule hinter seinem Rücken gelehnt, und gab mit der rechten Hand den Takt an.

»Während der heiligen Mittagszeit! Daß die den noch nicht gelyncht haben!«

Karen sah aus, als ob sie ernstlich überlegte, den Mann nach der nächsten Gendarmerie zu fragen. Wahrscheinlich laut brüllend, über den ganzen Platz hinweg. Hastig entriegelte Bremer das Auto und hielt ihr die Tür auf. Dann fuhren sie los.

Die schwere Tür zur Gendarmerie in St. Julien ließ sich tatsächlich aufdrücken. Nach der Sommerhitze draußen war das düstere Entrée mit dem staubigen Ficus angenehm kühl. Ein von einer Wand zur anderen verlaufender Tresen trennte den Vorraum von der Polizeiwache. Die Verglasung darüber ließ in der Mitte eine Art Pförtnerluke frei.

Niemand der Männer hob den Kopf, als Bremer grüßte. Der eine blätterte in einem Aktenordner, der andere versuchte, ein offiziell aussehendes Formular in eine Schreibmaschine einzuziehen, obwohl daneben ein Computer stand.

Schließlich sah der Mann mit der Akte auf. Bremer versuchte, ihm Karens Anliegen plausibel zu machen – ein auch ohne die nötige Übersetzung ins Französische nicht sonderlich einfaches Unterfangen.

Der Mann hörte mit zur Seite gelegtem Kopf zu. Dann sah er auf und lächelte Karen an.

»Ich bin selbstverständlich hocherfreut über Ihren Besuch, Madame. Wir stehen Ihnen zur Verfügung mit allem, was wir haben« – seine ausgebreiteten Arme umfaßten den Raum und die nüchternen Büromöbel, den Kalender an der Wand mit den ländlichen Motiven, den Papierkorb und die Wanduhr mit den roten Leuchtziffern, als ob hier die Lounge des Negresco wäre. Er machte eine erwartungsvolle Pause.

Karen sah hilflos zu Paul herüber. »Er hat dich höflich begrüßt«, sagte Bremer.

»Vielen Dank«, sagte Karen und lächelte dem Mann zu.

»Wir freuen uns, hiersein zu dürfen in diesem wunderbaren Land und bedanken uns für die außerordentlich entgegenkommende Begrüßung«, übersetzte Paul.

Der Mann strahlte, klappte ein Stück vom Tresen hoch und lud sie mit galanter Geste ein näherzutreten. Sein Kollege hämmerte auf der Schreibmaschine herum ohne aufzusehen. Vorsichtshalber grüßte Bremer auch in seine Richtung.

Der Gendarm, dessen Namensschild ihn als »BOISSET Bernard« auswies, rückte ihnen zwei Stühle heran. »Was kann ich für Sie tun?«

Paul versuchte zu erklären, daß Karen von der Staatsanwaltschaft in Frankfurt am Main sei und was sie hier wollte. Der andere hörte höflich zu und schrieb mit einem abgekauten Bleistift irgend etwas auf einen kleinen Spiralblock.

Als Bremer glaubte, die ganze wirre Geschichte einigermaßen nachvollziehbar geschildert zu haben, kratzte der Gendarm sich mit dem Bleistift hinter dem Ohr, schüttelte den Kopf, ohne aufzuschauen, und sagte schließlich: »Selbstverständlich tun wir alles, was in unserer Macht steht.«

Karen, die immer unruhiger auf dem Stuhl hin und her rutschte, flüsterte im Befehlston: »Sag ihm, ich wüßte gerne Näheres über die Waffe!«

Bremer übersetzte unter Wahrung der landesüblichen Höflichkeitsformen.

»Die Waffe, natürlich, aber selbstverständlich, Madame, die Waffe...« Monsieur Boisset kniff – nach einem weiteren strahlenden Lächeln in Richtung Karen – seine Augenbrauen zusammen, als habe er Zahnschmerzen, und überschüttete Bremer mit einem Schwall von Worten, in denen wiederholt sein tiefes Bedauern zum Ausdruck kam, ebenso wie der dringende Wunsch, einer geschätzten – tja, also: Kollegin – nützlich zu sein.

»Man ermittelt noch«, übersetzte Bremer. »Er weiß leider gar nichts, und das, was er weiß, darf er nicht sagen.«

»Wer ist der ermittelnde Staatsanwalt?« Karen versuchte erst gar nicht, mit Boissets wortreichem Charme zu konkurrieren.

Bremer zögerte. »Karen, ich weiß nicht...«

»Der mauert doch, dein Franzose«, zischte sie.

»Klar – aber würdest du jedem hergelaufenen...« Sie sah ihn an, die Augen protestierend aufgerissen. Und plötzlich spürte Bremer, daß der große, stabile Fels in der Brandung neben ihm unterspült war; daß Karen sich hilflos und ausgeliefert fühlte. Karen Stark war nicht mehr in ihrem Element. Karen Stark hatte nichts mehr zu sagen. Karen Stark war ohnmächtig.

In ihren Augen las er, daß sie das längst, wenn auch widerwillig, begriffen hatte. Sie seufzte. »Kann er mir wenigstens etwas über die Tote sagen?«

Bernard Boisset hob theatralisch die Hände und ließ sie dann sanft segnend über den Laufmappen und Papierstapeln auf seinem Schreibtisch schweben. »Wir sind alle tief bestürzt. Die Trauer der Freunde, der Anverwandten. Und das ausgerechnet hier, bei uns, in unserem schönen Landstrich!« Der Mann schüttelte den Kopf und sah gen Himmel, der an der mit breiten Lichtkästen versehenen Decke des Revierzimmers endete.

Bremer guckte zu Karen hinüber. Er sah ihrem Gesicht an, daß ihre Ohnmacht sie wütend machte.

»Beruhige dich«, zischte er. »Der Mann ist bloß höflich.«

»Er will mich demütigen.«

Boisset sah mit feierlichem Gesicht erst Paul, dann Karen an. »Es ist eine Schande. Wo soll das noch enden.«

»Ada Silbermann...«

»Ein großer Verlust. Ein furchtbarer Verlust.« Der Mann war hingerissen von den eigenen Gefühlen.

Als Karen Anstalten machte, etwas zu sagen, legte Bremer ihr warnend die Hand auf den Arm. Boisset hatte den Kopf über seinen Notizblock gesenkt. Dann riß er das oberste Blatt heraus, knüllte es zusammen und schnippte es, mit sichtbarer Freude über das offenbar gründlich eingeübte Kunststückchen, in den großen Papierkorb unter dem Fenster.

Als er sich dem Besuch wieder zuwandte, war sein Lächeln schmaler geworden. »Wenn Madame vielleicht veranlassen könnte, daß Ihre Dienstbehörde uns etwas Schriftliches zukommen läßt – nichts Großartiges, natürlich.« Er sah Karen entschuldigend an.

»Eine Anfrage auf dem Dienstweg über Paris. Etwas, was unsere Bürokraten lochen und abheften können.«

Wieder umfaßte Boissets Hand den ganzen Raum mitsamt den Regalen voller Aktenordner. Dann beugte er sich zu seinen Besuchern herunter und flüsterte beschwörend: »Etwas *Offizielles*…«

# 13

*Auf dem Weg nach Beaulieu*

»Was willst du, Kleiner, verdammt?« Sie mußte laut gesprochen haben, denn der Mann, dem sie an der Mautstation hinter Pouzin ihre Kreditkarte hinhielt, sah sie belustigt an und wünschte ihr eine *besonders* gute Fahrt.

Die eine Möglichkeit: Er wollte wirklich nach Hause kommen. Er wollte sich stellen, den Prozeß hinter sich bringen und nach guter Führung bald wieder entlassen werden. Natürlich würde das die ganze alte Geschichte wieder nach oben spülen, mitsamt der pikanten Details, darunter einige, die sie betrafen und die man heute, anders als damals, womöglich ungeheuer aufschlußreich finden würde. Dorothea rutschte tiefer in den ausgeleierten Kunstledersitz des Leihwagens. Wenn sie glaubhaft machen wollte, daß sie damals wirklich nichts gewußt hatte, würde sie ziemlich dämlich dastehen – genauso beschränkt, wie sie ja auch gewesen war. Versuchte sie, Haltung zu bewahren, würde man von ihrer jetzigen Machtposition auf die Vergangenheit schließen. Wer käme da nicht auf die Idee, sie für einen der damaligen Drahtzieher zu halten? Sowohl die eine als auch die andere Vorstellung hatte eine Säureattacke ihres Magens zur Folge.

Martin zurück in Deutschland – das war die schlimmste aller Möglichkeiten. Aber was war, wenn seine Wünsche viel banaler waren? Vielleicht wollte er sie bloß erpressen. Wenn sie Glück hatte, wollte er Geld.

»Ich brauch' Patte«, hörte sie ihn sagen. Beim ersten Mal hatte sie ihn entgeistert angestarrt. »Was, bitteschön?« Sie kannte den Ausdruck nicht. »Schotter, Mäuse, Knete!« Er hatte sich an ihrer Begriffsstutzigkeit geweidet. »Ohne Moos nix los!« Mit großem Unbehagen hatte sie ihm damals Geld geliehen und damit gerechnet, es nie wiederzusehen.

Dorothea spielte auch diese Variante durch. Was brauchte man in Südfrankreich schon zum Leben? Wenn er keine Unsummen verlangte, würde ihr das den Schlaf nicht rauben. Die Frage war nur, ob er sich damit zufriedengeben würde. Die meisten Erpresser wollen mehr, immer mehr. Das hieße, sie würde ihn nie loswerden. Und wenn dann doch irgendwann irgend jemand hinter die Geschichte käme...

»Also Sie haben von nichts gewußt«, hörte sie eine ölige Stimme sagen, die sie an die des Mannes erinnerte, der sie damals, vor mehr als zwanzig Jahren, verhört hatte. »Sie waren unschuldig.« Sie sah sich wie betäubt mit dem Kopf nicken, sah den anderen breit grinsen, bevor er die Falle zuschnappen ließ. »Und – warum haben Sie dann gezahlt?«

Dorothea fuhr wie in Trance über die baumbesäumte Landstraße, auf die grün und braun schimmernde Bergkette zu. Der Landkarte zufolge waren es noch knapp achtzig Kilometer bis Beaulieu. Die Straße stieg steil an und schraubte sich in engen Serpentinen in die Höhe. Immer, wenn es in ihrer Richtung auf zwei Spuren weiterging, wurde sie von ungeduldigen Autofahrern überholt; der eine in einem schwarzen Citroën machte eine obszöne Handbewegung, als er an ihr vorbeipreschte. Schuldbewußt gab sie Gas, um in der nächsten Kurve wieder abzubremsen. Ihr Kopf war mit anderem beschäftigt als mit Autofahren.

Was wollte Martin wirklich? Was konnte sie ihm gegebenenfalls entgegenhalten? Konnte sie ihm drohen? Ihn kaufen? Ihn überreden? Wie konnte sie ihn ruhigstellen?

Oben auf dem Paß fuhr sie auf einen Parkplatz mit Aussicht. Sie stieg aus und hielt das Gesicht in die heiße Sonne und den kühlen Wind. Hinter ihr, tief unten, lag das Rhônetal; am Horizont ballten sich dichte graue Wolkenbänke. Dort war der Regen, durch den sie noch vor kurzem gefahren war. Und vor ihr, da, wo sie hinwollte, lag eine Gartenlandschaft im Sonnenlicht, umringt von hohen Bergen, die sich beschützend über die grünen Matten und silbrigen Flüsse zu beugen schienen.

»Was immer *er* will – was willst eigentlich *du*?« Irgendwann während der Fahrt hatte Dorothee Köppen die Regie übernommen. Und sie stellte die einzig wirklich wichtige Frage. Was Martin wollte, war sein Problem. Was aber wollte sie? Ihren Ruf retten? Ihn einschüchtern? Ihm helfen? Alte Wunden heilen?

Sie streckte sich und machte einige halbherzige Lockerungsübungen. Autofahren war Gift für den Rücken. Das Wort »Sühne« zog durch ihren Kopf. Unsinn, dachte sie und stieg wieder ein.

Nach einer Stunde erreichte sie die Abzweigung nach Beaulieu. Die schmale Straße führte durch einen lichten Kastanienwald, an Weiden und Weinbergen vorbei, bis man das Dorf sah, das auf dem Berg hockte wie ein Räubernest. Noch unterhalb der Kirche gelangte sie zu einem geräumigen Platz unter schattenspendenden Platanen. Das kleine Hotel namens Auberge du Sud hatte noch ein Zimmer für sie frei.

Für Dorothea v. Plato wäre die ziemlich bescheidene Absteige nichts gewesen. Dorothee Köppen aber fühlte sich, als ob sie in der Heimat angekommen wäre, und bestellte in einem Anfall von Übermut einen Gin Tonic bei dem Patron, der, wie sie mit wohligem Schauer dachte, ein bißchen an Anthony Perkins in »Psycho« erinnerte. Sie schlürfte das kühle Getränk auf dem Zimmer, auf der Kante eines Bettes hockend, dem man ansah, daß es schon länger diente. Wahrscheinlich würde sie heute abend in die Mitte der durchgelegenen Matratze rutschen. Seltsamerweise dachte sie mit Vorfreude an die behagliche Kuhle – und an das weiße gestärkte Leinentuch, das knisterte, als sie vorhin die Decke zurückgeschlagen hatte.

Doch erst war noch einiges zu erledigen. Sie wußte nicht, wo Martin wohnte. Sein Brief nannte nur den Ort, aber keine Straße und keine Hausnummer. Würde sie ihn wiedererkennen? Sie war sich dessen sicher. Aber wo sollte sie ihm begegnen? Beim Bäcker? Im Café? Spielte er noch Billard? Drehte er den Kassettenrecorder im Auto immer noch auf äußerste Kraft?

Mit einem Mal spürte sie, wie hungrig sie war – ein Hunger, der sich nicht, wie sonst, mit einem brennenden Gefühl im Magen ankündigte. Das Gefühl, essen zu können, wie und wonach sie gerade Lust hatte, kannte sie gar nicht mehr. Sie trank das Glas aus und ging hinunter an die Bar. Die Terrasse des Hotelrestaurants ging auf den Platz mit den Platanen hinaus, ein Garten schloß sich linker Hand an. Über den Platz trabte eine Katze, ein Schwarm Tauben stieg mit aufgeregtem Gurren hoch. Drei Männer saßen auf einer Bank und sahen drei anderen zu, die mit großer Konzentration und ebenso großen Gesten Boule spielten. Dorothee blinzelte durch die Glastür. Vor dem Restaurant saßen Leute, sie glaubte, neben Kaffeetassen und Biergläsern auch Teller zu erkennen.

»Gibt es eine Kleinigkeit zu essen?«

Marc Dutoit hieß der Patron, wie man auf einer gerahmten Auszeichnung für Verdienste um die Gastronomie lesen konnte, die, nach dem Datum der Urkunde zu schließen, schon ziemlich verjährt waren. Er war ein schlanker Mann mit dichtem dunklen Haar und war offenbar weit älter, als er auf den ersten Blick wirkte. Er antwortete mit all der Ernsthaftigkeit, die eine solche Frage verdiente: »Croque Monsieur, Quiche Lorraine, Sandwich Jambon, Sandwich Fromage.«

Dorothea bestellte ein Schinkenbrot und ein Bier und ging hinaus.

Der hohe blaue Himmel, die Platanen, die ihre Äste über den Platz breiteten, das helle Licht – sie kniff die Augen zusammen und wartete eine Weile, bis sie sich an die Helligkeit gewöhnt hatten. Dann suchte sie sich einen Platz am Rande der Terrasse. Das Klacken der Boulekugeln, das Juchzen der Kinder, die im Garten nebenan auf der Schaukel saßen, das leise Gemurmel der anderen Gäste und das unermüdliche Sägen der Zikaden – das alles war der

Inbegriff von Frieden. Nur die Stimmen in ihrem Inneren paßten nicht dazu, die Stimmen der beiden Frauen, von denen die eine hart und unbeugsam, die andere zweifelnd und verletzlich klang.

Hatte sie etwas wiedergutzumachen? Nein, sagte die eine bestimmt. Ja, sagte die andere. Du hast ihn seinen Weg gehen lassen. Du hast ihm sogar geholfen dabei.

Sie ließ die Bilder zu, die sie jahrelang aus dem Gedächtnis verbannt hatte. Bilder, die um die Welt gegangen waren, damals: der blutüberströmte Körper auf der Bahre, das Lächeln auf dem weißen Gesicht mit den halbgeschlossenen Augen, die zum Siegeszeichen erhobene Hand.

Jeder hat ein Recht auf seinen historischen Moment, auf den Augenblick des Ruhms, hatte irgend jemand mal behauptet. Aber zu welchem Preis?

Dann hörte sie die Musik.

# 14

Im Fotoladen in St. Julien war man erleichtert, als Alexa kurz vor Ladenschluß aufkreuzte. Man hatte schon auf sie gewartet und den Umschlag mit dem richtigen Film und den richtigen Abzügen bereits beiseite gelegt – er war von einem erbosten Ehepaar zurückgewiesen worden, die ganz anderes, gewiß nicht »so was« fotografiert hatten.

»Wenn Sie doch gleich hineingeguckt hätten«, sagte die Frau hinter der Ladentheke mit säuerlichem Lächeln, nahm den einen Umschlag entgegen und wartete, bis Alexa den anderen Umschlag geöffnet hatte.

Sie war enttäuscht, als sie auf den ersten beiden Fotos abstrakte Muster in Schwarz-, Grau- und Weißtönen sah. Auf dem nächsten Bild erkannte sie immerhin eines der von ihr fotografierten Motive wieder: der Schornstein, der ihr wie ein gemütlicher Kahn vorgekommen war, sah auf dem Foto wie ein hochseetauglicher Eisbrecher aus.

»Das sind die richtigen.« Alexa steckte die restlichen Fotos hastig wieder in den Umschlag, obwohl die Frau hinter der Theke mißbilligend guckte, und ging.

In Beaulieu war Lucien Crespin damit beschäftigt, die Kletterrosen mit einem übelriechenden Stoff einzunebeln, der Blätter und Hauswand in ein ungesundes Blau tauchte.

»Sie wollen uns wohl vergiften, Lucien!« Alexa rümpfte die Nase.

Der alte Herr grinste und spritzte weiter. »Dann wäre ich schon dreimal tot.«

Fast hätte sie sich ihm anvertraut. Für einen kurzen Augenblick wünschte sie sich, ganz kindlich, die Fotos nicht allein ansehen zu müssen.

Crespin stellte den Zerstäuber ab und wischte sich mit dem

Handrücken den Schweiß von der Stirn. »Sonntag um elf«, sagte er und sah plötzlich müde aus. »Gedenkgottesdienst für Ada.«

Alexa nickte ihm zu und schloß das Tor auf. Was sollte sie ihn belasten mit den letzten Fotos von Ada – oder gar mit ihren kindischen Ängsten. Vielleicht, nein: gewiß enthielt der Film nichts Aufschlußreiches oder sonst irgendwie Spannendes. Sie hatte sich in etwas hineingesteigert – typisch für jemanden, der an Spukhäuser glaubt und daran, daß der Geist Ada Silbermanns dort umgeht und nicht eher Ruhe findet, als bis ihr Tod endlich gesühnt ist.

Von den Kellergewölben her strömte ihr kalte Luft entgegen, die nach feuchten Wänden und verschüttetem Wein, nach verrotteten Kartoffelsäcken und Mäusekacke roch. Sie nahm die Treppe im Laufschritt. Felis lag auf der Terrasse, auf Alexas Lieblingsplatz, und gähnte ihr entgegen.

»Verwöhntes Vieh!« sagte Alexa und tätschelte Felis den Bauch. Das Tier hatte in den letzten Tagen mindestens so zugelegt wie sie selbst. Aufopfernd rückte sie sich den anderen Stuhl an den Terrassentisch heran. Dann ließ sie die Abzüge aus der Fototasche auf den Tisch gleiten.

Ihre ersten Versuche mit dem Medium fielen, fand sie, enttäuschend aus. Das Moos glich einem Kaffeefleck und keinem antediluvianischen Wald, wie immer der auch aussehen mochte. Die kristalline Struktur der roten Steinflechten war ebensowenig zu erkennen wie der Tautropfen im grünen Blattkelch. Nur die drei alten Herren auf dem Kirchplatz waren gut getroffen – und Philipp Persson, dessen Profil sich deutlich vom Hintergrund abhob.

Auf Ada Silbermanns Bilder konnte sie sich keinen Reim machen. Sie sahen aus wie hastig abfotografierte Zeitungsausschnitte, es war schwer zu erkennen, worum es da ging und was sie abbildeten. Alexa konnte ein paar nichtssagende Bildunterschriften entziffern. Das Foto eines behördlichen Dokuments war dabei, dann ein weiterer Zeitungsbericht, noch ein schlecht zu erkennendes Zeitungsfoto, das ihr dennoch seltsam vertraut vorkam.

Und dann war da noch ein Foto von Philipp Persson, ebenfalls im Profil. Alexa wunderte sich. Hatte sie zweimal abgedrückt? Als sie die beiden Fotos nebeneinander legte, fiel ihr der Unterschied auf. Auf ihrem Bild sah Persson wachsam und angespannt aus. Auf dem anderen, das Ada Silbermann gemacht haben dürfte, sah er weicher aus, entspannter. Voller Hoffnung, dachte Alexa. Sie blätterte durch die restlichen Aufnahmen. Wieder ein Foto von Persson, diesmal en face. Und jetzt war Wut in seinem Gesicht, so, als würde er gleich der Fotografin den Apparat aus der Hand schlagen. So wütend, wie kürzlich, als er mit dem Luftgewehr aufgetreten war. Sie erinnerte sich peinlich berührt an die Panik, mit der sie damals reagiert hatte. Andererseits: War das wirklich so selbstverständlich, daß ein Mensch, der eine Waffe auf jemanden richtet, im Grunde nur in die Luft schießen will?

Warum wollte Persson partout nicht fotografiert werden? Weil er es nicht mochte? Oder weil er was zu verbergen hatte? Was wußte Ada über ihn? Hatte er etwas mit ihrem Tod zu tun? Ohne nachzudenken, sammelte sie die drei Fotos von Persson ein und lief aus dem Haus.

# 15

»Du kannst nicht erwarten, daß die Leute hier mit jemandem kooperieren, der keine offizielle Funktion hat.« Paul Bremer versuchte, beruhigend zu klingen.

»Da ist was faul, ich schwör's. Ich spüre das.« Karens Augen schimmerten verräterisch – aus Wut? Oder aus Ohnmacht?

»Eine Verschwörung bis ins ferne Südfrankreich?« Fast hätte Bremer gelacht. Aber das hätte sie ihm nie verziehen.

»Warum nicht?« Der Trotz ließ ihre Stimme jung und verletzlich klingen.

»Denk doch mal nach, Karen. Die beiden Frauen haben nichts miteinander zu tun, außer daß sie beide über fünfzig sind.«

»Beide haben in Paris gelebt.«

Die eine nur kurzfristig – und auch das ist schon lange her, dachte Paul.

»Und bei beiden sind Waffen gefunden worden, die aus ein und demselben Raubüberfall stammen.«

Das war im Grunde der einzige Anhaltspunkt, den sie hatte. Und ausgerechnet damit war sie keinen Schritt weiter gekommen. Er hatte mit einer Mischung aus Mitleid und Bewunderung zugesehen und -gehört, wie sie den ganzen Nachmittag über versucht hatte, Manfred Wenzel zu erreichen, immer wieder, mit dickköpfiger Geduld. Die Sekretärin wimmelte sie ab. Und Kollege Wenzel hatte nie zurückgerufen.

»Und es wird nicht bei diesen beiden Morden bleiben.«

»Karen – du weißt doch gar nicht, ob...«

»Du wirst sehen.«

Seit einer halben Stunde zog sich der Himmel langsam zu, und es wurde kühler unter den Platanen auf der Terrasse vor dem Hotel.

Der Patron hatte »das Barometer fällt« gemurmelt, als er Paul den Milchkaffee und Karen ein Mineralwasser brachte. Bremer hätte das Ganze als unverdienten Urlaub genossen, wenn Karen neben ihm nicht immer unruhiger geworden wäre.

Ihre Augen suchten beständig den Platz ab und die Häuserfront, die sich dahinter erhob, eines der mächtigen alten Steinhäuser höher als das andere. Vor einer Viertelstunde war wieder Musik aus dem Haus mit dem Erker herübergeweht, dann war sie abgebrochen, seither war es still. Die Ruhe vor dem Sturm. Selbst die Vögel hatten sich zurückgezogen.

Plötzlich, als der ferne Donner näher gekommen war und es aussah, als ob es gleich regnen würde, packte Karen seinen Arm.

»Siehst du, was ich sehe?« flüsterte sie. »Das kann doch nicht...?«

Sie zeigte mit dem Finger nach links.

»Ich kann nichts erkennen«, sagte Bremer.

Karen ließ sich zurücksinken in den weißen Plastikstuhl. »Hast ja recht. Ich sehe wahrscheinlich Gespenster.«

Jetzt bemerkte auch Bremer etwas. »Du meinst das Mädchen da drüben?« Eine schlanke Gestalt mit dunklen Haaren stand vor der Gasse, die hoch zum Haus des rabiaten Musikliebhabers führte. Bremer hörte die ersten Regentropfen auf die großen Blätter der Platanen pochen. Das Mädchen drehte sich um und verschwand hinter dem überdachten Waschplatz.

Karen schüttelte den Kopf. »Welches Mädchen?«

»Es fängt an zu regnen, Karen.« Sie tat ihm plötzlich leid. »Laß uns reingehen.«

»Ich hätte schwören können...« murmelte sie, schüttelte wieder den Kopf und folgte ihm wie ein Lamm.

Monsieur Dutoit hatte die Leuchtstoffröhren über der Bar und dem Gastraum angemacht. Es roch nach gekochtem Hammel. Der Raum wirkte nackt und leer. »Möchten Sie essen, Madame, Monsieur?« Dutoit hatte zwei Speisekarten in der Hand. »Meine Mutter kocht.«

»Ist das eine gute oder eine schlechte Nachricht?« flüsterte Karen mit mattem Lächeln.

Sie ließen sich an einen Tisch am Fenster geleiten. Wenigstens konnte man von hier aus dem Gewitter zusehen. Nach und nach kamen andere Gäste, die meisten naß vom Regen. Karen würdigte niemanden auch nur eines Blickes. Seltsamerweise beängstigte ihn das am meisten.

# 16

Als sie die steile Calade hinter dem Waschplatz heruntergelaufen war und auf dem Platz vor der Auberge du Sud ankam, da, wo die nächste Gasse wieder hochführte zu Perssons Haus, traf Alexa der erste Regentropfen. Jetzt erst sah sie nach oben: Der Himmel hatte die Farbe von Bimsstein angenommen, an den Rändern waren die zur Faust geballten Wolken von einem ungesund aussehenden bräunlichen Gelb. Dann grollte es am Horizont.

Sie blieb stehen. Plötzlich war ihr unbehaglich. Was für eine Schnapsidee, mit Persson reden zu wollen. Worüber? Über ein paar Fotos? Das würde ihn nur wütend machen. Sie drehte sich um und lief zum Haus zurück. Kurz bevor der Regen losbrach, erreichte sie das Tor, zog es hinter sich zu und drehte den Schlüssel um. Felis kam ihr schnurrend entgegen, als sie die Küchentür öffnete, und strich ihr um die Beine. Nachdem sie dem Tier den Freßnapf gefüllt hatte, legte sie sämtliche Fotos eins nach dem anderen auf den Küchentisch. Ihre eigenen Aufnahmen kamen zuletzt. Die Lampe über dem Tisch leuchtete alle Einzelheiten aus. Und plötzlich hatte sie das Gefühl, daß die Bilder ihr eine Geschichte erzählten.

Das Foto aus der Zeitung war ihr vertraut – aber seit wann? Und woher? Sie legte die anderen offenkundig aus einer Zeitung abfotografierten Dokumente auf die eine, die Fotos, die Ada Silbermann von Persson gemacht hatte, auf die andere Seite. Auf den ersten Blick gab es nichts, was beides verband. Höchstens eines…

Der berstende Donnerschlag ließ sie zusammenfahren. Felis, die auf der Anrichte gesessen und ihr zugeschaut hatte, sprang mit ausgestreckten Pfoten auf den Tisch, rutschte auf den Fotos aus und auf dem glatten Tisch immer weiter, bis sie am anderen Ende beinahe heruntergefallen wäre.

»Das ist doch nur ein Gewitter!« sagte Alexa und nahm die Katze auf den Arm. Als das Tier sich beruhigt hatte, sortierte sie die Fotos neu und zog die Küchenlampe noch ein bißchen weiter herunter. Was hatte sie gesehen, bevor Felis in Panik geraten war?

Das Gewitter hörte sich an, als tobe es direkt über ihrem Kopf. Draußen bogen sich die Bäume im Schein der Blitze, der Donner rollte ohne Pause, das Licht flackerte. Als der nächste Donnerschlag Felis in wilder Flucht von ihrer Schulter springen ließ, ging das Licht aus.

Alexa stand hastig auf. Sie hatte eine Eingebung gehabt, einen Gedanken, just in dem Moment, in dem die Beleuchtung ihren Geist aufgab. Sie knipste den Lichtschalter aus und wieder an. Nichts. Sie tastete sich zum Flur, versuchte dort, das Licht einzuschalten. Auch nichts. Sie ging zum Fenster und schob die Gardine zur Seite. Es schüttete erbarmungslos. Die Straßenlampe schwankte im Wind, aber sie leuchtete noch. Das Problem mußte im Haus liegen. Wahrscheinlich war die Sicherung herausgesprungen.

Alexa ging zur Tür und nahm die Taschenlampe vom Garderobenhaken. Sie haßte es, nach unten in den Keller zu gehen, vor allem bei Dunkelheit. Warum man den Sicherungskasten nicht an einem gemütlicheren und leichter zugänglichen Ort untergebracht hatte, war ihr ein Rätsel.

Sie lief die Treppe hinunter und drückte den Lichtschalter am Eingang zu den Kellergewölben. Nichts – natürlich. Aus dem rabenschwarzen Gang schlug ihr feuchte Luft entgegen. Sie spürte, wie sich die Härchen an ihren Armen aufrichteten. Dann tastete sie sich an der Wand entlang. Im Kegel des müden Lichts der Taschenlampe sah sie nur unebene Steine, Staub und die Pfotenspuren der Katze.

Mit einem Mal war ihr, als ob das Haus sie verschluckt hätte. Sie hörte weder das Donnern noch den Regen rauschen, statt dessen ein Wispern und Flüstern und Rascheln um sich herum. Sie hätte schreien mögen – aus Angst und aus Ärger über ihre eigene Zimperlichkeit. Es *gab* keine Geisterhäuser. Aber der Gedanke ließ sich nicht abschütteln, daß das Haus lebte; daß es beseelt war vom Geschick all der Menschen, die jemals in ihm gelebt hatten. Daß Ada Silbermann noch immer anwesend war.

Quatsch, dachte sie.

Ihre innere Stimme widersprach. Er ist noch nicht gefunden worden, flüsterte sie – Adas Mörder.

Eine Windbö fegte vom Eingang her in den dunklen Gang und ließ die schweren alten Kellertüren erzittern. Links ging es zu einem Teil des Hauses, in den sie sich noch nie hineingetraut hatte. Hier schienen alle Vorbesitzer Schutt und Steine und Balken gelagert zu haben. In der Mitte, an der Stirnseite des Ganges, lag der Raum, in dem sie ihren Wein lagerte. Er war in den nackten Fels gehauen, glänzender Schiefer, aus dem die Feuchtigkeit tropfte. Rechts lag der Keller, in dem die Sicherungen und der Wasserboiler untergebracht waren, die leeren Gasflaschen und Wasserkisten.

Mit dem nächsten Windstoß zerriß der Klangteppich der Kellergeräusche, der sie eingehüllt hatte, und sie hörte wieder, wie der Donner rollte und grollte. Oben knallte die Küchentür. Und jetzt nahm sie auch den Regen wahr, der mit Urgewalt herunterrauschte. Der Bach war sicher längst aus seinem Bett gestiegen und hatte die Straße unten vor der Auberge du Sud in einen trägen Strom verwandelt.

Es war immer zugig hier unten, doch heute hatte sie das Gefühl, als ob ganze Heerscharen von Luftgeistern durchs Haus rasten. Als etwas Weiches ihr Bein berührte, schrie sie auf. Fast hätte sie hysterisch gelacht, als sie merkte, daß es Felis war, die aufgeregt maunzte und an der Tür zum Weinkeller kratzte. Wahrscheinlich eine Maus, dachte Alexa und stieß die schwere Tür auf. Felis raste hinein in die Dunkelheit. Alexa folgte ein paar Schritte und tastete auf dem Boden nach dem Stein, mit dem man die Tür offenhalten konnte. Zugleich leuchtete sie mit der Taschenlampe die Gewölbedecke ab. Als sie das erste Mal allein hier unten war, hatte sie sich zu Tode erschrocken, weil ihr eine aufgestörte Fledermaus entgegengeflattert und so nah an ihrem Gesicht vorbei aus der Kellertür geglitten war, daß sie den Luftzug spürte.

Sie mußte beide Hände zur Hilfe nehmen, um den großen Wacker in Position zu bringen. Mit dem Hinterteil hielt sie die Tür auf, die Taschenlampe legte sie auf den staubigen Steinboden und dann packte sie zu. Im selben Moment hörte sie es rascheln und dann quieken. Mit einem Schrei stob Felis an ihr vorbei, wieder hinaus aus dem Keller, dem quiekenden Etwas hinterher. Vor Schreck ließ Alexa den Stein fallen. Als sie nach der Lampe greifen wollte, geriet die schwere Tür in Bewegung. Draußen krachte der Donner. Eine weitere mächtige Luftbö rauschte durch die Gewölbe. Die Tür fiel mit einem Geräusch ins Schloß, dessen Echo sich durch den ganzen Keller fortpflanzte.

In der Stille nach dem hallenden Knall hörte Alexa draußen vor der Tür ein Klirren. Und dann klirrte es drinnen. Mit der Taschenlampe leuchtete sie dorthin, wo die Klinke sein mußte. Nichts. Durch die Türritzen fauchte der Wind.

# 4. BILD

# 1

*Beaulieu*

Paul Bremer zögerte vor der Tür zu Karens Hotelzimmer. Sollte er sie wecken? Oder ließ er sie besser ihren Rausch ausschlafen?

»Es gibt nichts Schöneres als die deutsche Justiz.« Das war nach der ersten Flasche Merlot gewesen, die sie gestern abend gemeinsam auf Karens Zimmer getrunken hatten. »Gewaltenteilung – geregelte Verfahren – im Zweifel für den Angeklagten – keine Willkür…« Sie hatte die Arme ausgebreitet und ihn von unten angeguckt, eine Mischung aus Gläubigkeit und Selbstironie im Gesicht. Sie war rührend. Er hätte sie küssen mögen.

»Oder kennst du was Besseres?«

Natürlich nicht.

»Jetzt findest du mich albern, stimmt's?«

Niemals.

»Du verstehst doch, ja?«

Klar verstand er. Er hörte den Vortrag alle paar Monate und konnte ihn nachbeten. Fehlte noch die Ode an die freie Gesellschaft und an die Gerechtigkeit – sie kam wie verabredet beim letzten Drittel der zweiten Flasche. Karen hatte leuchtende Augen und gerötete Wangen.

Sie führten die Debatte seit Jahren, weshalb er sich den alltagspraktischen Hinweis schenkte, daß sich das Ideal der Wirklichkeit zu beugen hatte. Nicht umgekehrt. Und daß es nicht gerade förderlich war, sich in den Rechtsstaat zu verlieben anstatt endlich in einen vernünftigen Mann.

Aber diesmal hörte sich ihre Liebeserklärung an die deutsche Justiz an wie Pfeifen im Keller. Sie klang vielmehr, als ob sie im Begriff war, ihren Glauben an die gepriesene Institution zu verlieren. Karen war in Tränen ausgebrochen, als sie ihm ihr zukünftiges Leben ausmalte. In der Abteilung für Jugend- und Jugendschutzsachen. Zu Tode gelangweilt bei der Generalstaatsanwaltschaft. Oder, mit Buschzulage, im Balkan – Hilfe beim Aufbau von Recht & Gesetz... Er hatte ihr das Glas aus der Hand genommen, sie ins Bett geschickt und war schlafen gegangen.

Bremer klopfte leise. Drinnen rührte sich nichts.

Auch recht, dachte er, ging die Treppe hinunter, überquerte den Platz vor dem Hotel und nahm das gepflasterte Gäßchen hoch zum Café, die Zeitung unter dem Arm. Es gehörte zum Gefühl des Ausnahmezustands, im Urlaub über das Wetter zu Hause in der Zeitung von gestern zu lesen.

Vor der Boulangerie gegenüber vom Café sah er die Menschen bis auf die Straße Schlange stehen. Das Café war heute, am Samstag vormittag, noch voller als gestern. Drinnen stand man drei Mann tief vor der Bar, draußen räkelten sich bleiche Neuankömmlinge in den Plastikstühlen, ein unerschrockenes Kleinkind versuchte, einen großen gescheckten Kater am Schwanz zu ziehen, und ein Mädchen, das wie eine einzige pubertäre Herausforderung aussah, maulte auf niederländisch seine Eltern an. Bremer schlängelte sich an Tischen und Stühlen und menschlichen Schicksalen vorbei nach innen. Gerade ein Tisch war noch frei.

Der alte Herr, den sie Lucien nannten, saß an seinem Stammplatz – allein. Er starrte vor sich hin und schien nicht zu merken, daß seine unruhigen Finger das Croissant neben der leeren Kaffeetasse zu Spatzenfutter zerkleinerte. Er blickte erst auf, als der Wirt ihn auf die Schulter tippte.

»Noch einen Kaffee?« fragte Monsieur André.

Sein Stammkunde schüttelte den Kopf.

»Reg dich nicht auf, Lucien. Sie ist nur einkaufen gefahren.« Andrés Gesichtsausdruck ließ erkennen, daß er den alten Herrn kindisch fand.

»Ihr Auto steht da, wo es immer steht. Ich habe nachgesehen.«

»Dann ist sie spazierengegangen.«

»Die Katze.« Der Weißhaarige schüttelte wieder den Kopf. »Die Katze jammert schon den ganzen Morgen vor der Küchentür. Alexa hätte sie niemals ausgesperrt. Oder vergessen, sie zu füttern.«

»Bist du denn mal rübergegangen?«

»Was denkst denn du? Das Tor ist abgeschlossen.«

Der Wirt beäugte das zerkrümelte Croissant, drehte die Augen himmelwärts, tätschelte dem Alten die Schulter und nahm die Bestellungen der Gäste am Nebentisch auf, die schon nach ihm winkten.

»Ist jemand verschwunden?« fragte Bremer, als Monsieur André ihm den Milchkaffee brachte.

»Ach was. Lucien Crespin hat einen Narren an seiner jungen Nachbarin gefressen, das ist alles.« André hatte schon gehen wollen, als er sich wieder umdrehte zu Paul. »Alexa Senger – kennen Sie sie? Sie ist auch Deutsche.«

Deutschland hat über 80 Millionen Einwohner, hätte Paul fast geantwortet. Aber es kam ihm so vor, als hätte er den Namen tatsächlich schon einmal gehört.

Kurz entschlossen nahm er seine Tasse und ging hinüber zu Monsieur Crespin. Der alte Herr nickte höflich, aber abwesend, als er ihn fragte, ob er sich zu ihm setzen dürfe.

»Entschuldigen Sie bitte, daß ich zugehört habe, Monsieur.«

Crespin wischte die Entschuldigung mit einer Handbewegung fort und sah Loulou hinterher, der mit ernster Miene einen Einkaufswagen mit Werbeprospekten hinter sich herzog und in jeden Briefkasten an der Straße eine oder, offenbar je nach persönlicher Zuneigung, drei oder vier bunte Broschüren stopfte.

»Ihre Nachbarin ist verschwunden?«

Crespins Schultern strafften sich. »Wahrscheinlich ist sie spazierengegangen«, sagte er und guckte an Bremer vorbei.

Der gescheckte Kater hatte das kindliche Interesse an seinem Schwanz nicht lange geduldet, wie vorherzusehen war. Und jetzt schrie der Kleine wie am Spieß.

»Die Tote, die man kürzlich gefunden hat.« Bremer wartete eine Weile, bis er Crespins Aufmerksamkeit hatte. »Ada Silbermann. Sie war Fotografin, nicht wahr?«

Crespins Gesicht klarte auf.

»Sie war großartig.« Dann senkte er die Stimme. »Und jetzt hat Alexa begonnen, zu fotografieren. Mit Adas Leica.«

Die Eltern hatten ihr Kleinkind eingesammelt und waren gegangen. Man hörte nur noch das übliche Straßencafégemurmel, Stühlerücken, Lachen, Geschirrklappern. Bremer starrte den alten Herrn sprachlos an.

Crespin lächelte, als ob das alles selbstverständlich sei. »Sie wohnt im Haus, das Ada und ihrem Mann gehört hat, wissen Sie.«

Nichts wußte er. Aber plötzlich schien es ihm nicht mehr ganz so unwahrscheinlich, daß Crespins Nachbarin etwas passiert war.

»Allein?« fragte er.

Crespins Finger griffen wieder nach den Croissantkrümeln. »Sie ist zu oft allein. Das viele Geld – schön und gut. Aber erst lauter Familientragödien. Und dann verschwindet auch noch der Freund von einem Tag auf den anderen.«

Bremer schloß seinen Mund, als er merkte, daß er ihm offenstand. Kein Wunder, daß ihm der Name vertraut vorgekommen war. Die Geschichte vom »Pech im Glück der Millionenerbin Alexa Senger«, einer jungen Frau, die erst auf tragische Weise ihren Vater und dann, nicht minder tragisch, Mutter und Stiefvater verlor, hatte vor einigen Jahren die Boulevardpresse wochenlang beschäftigt. Der Fall Senger wurde dem niederen Volk als anschauliches Beispiel für die Binsenweisheit dargeboten, daß Geld allein auch nicht glücklich macht.

Der würdige alte Herr lächelte wie ein Vater, der vor Stolz auf die Streiche seiner Kinder schier platzte. »Daß auch Alexa plötzlich mit einem Fotoapparat durch die Gegend läuft, gefällt allerdings nicht jedem hier.«

Einer plötzlichen Eingebung folgend, schilderte Paul Monsieur

Crespin die junge Frau, die er gestern gesehen hatte – auf dem Place des Platanes, dort, wo das Gäßchen links zur Hauptstraße hochführt.

»Das ist sie. Sie wollte wahrscheinlich zu Philipp Persson.« Plötzlich war Crespin hellwach – ein Hund, der eine Fährte aufgenommen hat.

»Philipp Persson?«

»Auch ein Deutscher.« Crespin klang, als ob ihm eben erst aufgefallen wäre, wie viele Deutsche es in Beaulieu gab. »Gehen wir?«

Bremer wollte nach Monsieur André winken, aber Crespin legte ihm die Hand auf den Arm. »André – alles auf mich!« rief er zur Bar hinüber und stand schon draußen auf dem Platz, während Bremer sich noch an Tischen und Stühlen vorbeifädelte.

Crespin ging voraus. Vor der graugestrichenen Tür eines Steinhauses, das neben den anderen Giganten rechts und links schmal und unscheinbar wirkte, blieb er stehen. Bremer sah hinauf. Im obersten Stock war der Balkon zu sehen, auf dem gestern der Mann gesessen hatte, der Beethoven liebt. Heute saß niemand dort oben, war keine Musik zu hören. Ohne abzuwarten, ob jemand auf sein Klingeln reagierte, drehte der alte Herr den ovalen gußeisernen Griff, mit dem man die Türfalle bewegte. Die Tür ließ sich öffnen.

»Philipp?« Crespins Stimme klang plötzlich heiser. »Philipp? Bist du da?«

»Er schließt ab, wenn er unterwegs ist«, sagte er, zu Bremer gewandt. Paul folgte ihm in den dunklen Gang. Das Haus war weit größer, als es von außen schien.

Durch die halbgeöffnete Tür rechter Hand sah man ein ungemachtes Bett, davor ein aufgeklappter Koffer, darin und daneben Pullover, Hemden, Hosen und Unterwäsche.

»Philipp? Philipp!« Crespin ging schneller. Hinter der Tür am Ende des Gangs lag die Wohnküche, ein großer, freundlicher Raum mit Bücherregalen und einem langen einladenden Tisch. Links davon schien es zu einem weiteren Zimmer zu gehen; rechts, durch eine weit offen stehende Flügeltür, strömte Sonnenlicht in den Raum und tanzte über die dünne Staubschicht auf Büffet und Regalen.

»Philipp?« Crespin ging hastig durch die Flügeltür, Bremer folgte ihm. Das Sonnenlicht fiel durch zwei Fenster und eine verglaste Balkontür in einen nicht sehr großen Raum. Paul blieb verblüfft im Türrahmen stehen. Nicht, daß er viel davon verstand – aber die Musikanlage sah nach HiFi der Luxusklasse aus. Auch die Stapel von Platten und CDs sprachen für eine ziemlich kostspielige Leidenschaft. Das rechte der beiden Fenster stand offen, auf dem Boden davor eine Wasserlache. Es hatte offenbar hereingeregnet. Das sprach dafür, daß seit dem großen Regen gestern abend nicht mehr aufgeräumt worden war. Und niemand hatte das Fenster geschlossen – also stand es wahrscheinlich bereits vor dem Beginn des Gewitters offen. Mindestens seit sieben Uhr abends, hieß das. Dann sah er die zerbrochene Blumenvase. Und das Küchenhandtuch, das über der Lehne des Sessels hing. Bremer faßte danach. Es war naß.

Sein Blick wanderte über Verstärker und Plattenspieler und Boxen. Neben dem Sessel stand ein Tischchen, darauf ein halbgefülltes Weinglas. An der Wand hing ein Poster von Che Guevara, das berühmte, auf dem der bolivianische Revolutionär wie ein Popstar aussieht. Crespin neben ihm atmete nervös ein, als ob er Witterung aufnahm. Dann stieg auch Bremer der Geruch in die Nase. Es roch vertraut, ein bißchen so, wie abgestandener Kaffee riecht, nur süßlicher.

Crespin machte einen Schritt zur Seite, und dann flüsterte er etwas, das wie eine Mischung aus Fluch und Gebet klang. Jetzt sah Bremer es auch. Halb verborgen vom Lehnstuhl lag jemand, man sah Füße in braunen Sandalen, Beine in Jeans.

»Philipp?« Crespin wollte hinübergehen.

»Nichts anfassen«, sagte Bremer und kam sich albern vor. Das hier war keine Fernsehserie. Aber er wußte mit einer Gewißheit, die er nicht für eine Sekunde bezweifelte, daß dort eine Leiche lag. Der

Mann war nicht auf natürliche Weise gestorben – etwas, das wie eine Pistole aussah, lag neben ihm. In diesem Raum waren nur Paul Bremer und der alte Herr am Leben, der hilflos den Kopf schüttelte.

»Aber sollten wir nicht…«

Und die Fliegen – zwei dicke Brummer, nach dem Geräusch zu schließen. »Wer immer da liegt, ist tot. Glauben Sie mir.«

Crespin atmete tief ein. »Bernard«, sagte er. »Ich muß Bernard Boisset anrufen.«

Karen, dachte Bremer. Sie wird mir nie verzeihen, daß ich bei der Entdeckung der von ihr vorhergesagten Leiche dabei war und nicht sie.

# 2

Dorothea v. Plato saß kerzengerade auf der Bettkante. Sie saß dort schon seit den frühen Morgenstunden, nach einer kurzen unruhigen Nacht. Stillhalten, dachte sie. Das Vernünftigste, was man jetzt tun kann. Nur wer nichts macht, macht auch nichts falsch.

Aufstehen, packen, bezahlen und abfahren wäre natürlich auch keine schlechte Idee gewesen. Aber das empfahl sich nicht für jemanden, der vom Bett aus noch nicht einmal das Muster auf der Tapete erkennen konnte. Sofern die Tapete überhaupt eins hatte.

In den ersten Stunden vor Morgengrauen hatte die Panik sie gelähmt. Doch je heller es wurde, desto mehr genoß sie das fast vergessene Vergnügen, nichts in ihrer Umgebung klar erkennen zu können. Die alltäglichen Gegenstände hatten endlich wieder ein Geheimnis.

Waren es Tränen gewesen, gestern abend, oder die Sturzbäche vom Himmel – oder die Ungeduld, mit der sie sich die Nässe aus den Augen gewischt hatte? Irgendwo auf dem Weg zurück ins Hotel waren ihr die Kontaktlinsen abhanden gekommen. Beide. Eine Katastrophe. Nicht, daß sie kein Ersatzpaar hatte – das lag zu Hause in Frankfurt, sicherheitshalber, ebenso die Brille. Ohne Sehhilfe aber war an Autofahren nicht zu denken, auch nicht an andere größere Unternehmungen, höchstens an maßvolle Ausflüge in die nähere Umgebung – sagen wir: Frühstücksraum oder Terrasse. Vielleicht gab der Patron sich als Blindenhund her.

Die Situation war comedyreif. Wenn man Spaß an Behindertenwitzen hatte.

Damals, als ihr das erste Mal so etwas passiert war, hatte sie nicht gelacht. Es war erst das zweite Rendezvous gewesen mit ihm, wie immer er hieß; sie waren tanzen gegangen. Er roch nach Pfeifentabak, Lavendelseife und Cognac – komisch, dachte sie, das wenigstens vergißt man nicht. Und auch nicht den weichen dunkelblauen Pullover mit Rollkragen, den er trug, ein Jackett wäre spießig gewesen. Und daß er mindestens 20 Zentimeter größer war als sie. Und daß es dämmrig war in der Tanzbar, daß man irgendeine Engtanzschmonzette spielte und daß sie für einen Moment den Kopf an seine Brust gelehnt hatte.

Ihr Schrei hatte alle auf der Tanzfläche schlagartig erstarren lassen. Irgend etwas mußte ihnen vermittelt haben, daß das Leben der jungen Frau davon abhing, daß keiner einen falschen Schritt tat. Es mußte urkomisch ausgesehen haben, wie alle stocksteif herumstanden und gebannt auf die hysterische Person guckten, die auf den Knien über die Tanzfläche kroch und mit der Hand wischende Bewegungen machte – eine Ewigkeit lang, wie es ihr im nachhinein schien. In einer der demütigendsten Positionen, die sie sich vorzustellen vermochte. Und alles wegen eines gerade mal fingernagelgroßen gläsernen Gegenstandes, den man auch mit scharfen Augen nicht auf Anhieb sah. Für sie das Versprechen auf ein neues Leben, das ein Vermögen gekostet hatte.

Und dann, irgendwann, seine Stimme, von oben, belustigt, ironisch, wahrscheinlich beides. »Suchst du das hier?« Sie hatte aufgesehen, immer noch auf den Knien hockend. Er zeigte grinsend mit dem Finger auf ein silbern glitzerndes Etwas, das an seinem Pullover hing. »Da sind wir uns aber ganz schön nahe gekommen, findest du nicht?«

Die anderen um sie herum hatten wieder zu tanzen begonnen. Sie mußte knallrot im Gesicht gewesen sein vor Scham. Ohne ihn eines Blickes zu würdigen, pflückte sie das Objekt von seinem Pullover, ging zum Waschraum, setzte die Linse wieder ein und wischte sich die verschmierte Wimperntusche vom Gesicht.

»Doro! Was hast du denn? Es ist doch nichts passiert!« Sie marschierte mit erhobenem Kopf an ihm vorbei. Ich hasse es, wenn man mich Doro nennt, hatte sie gedacht und war, ohne sich von ihm zu verabschieden, zur nächsten Straßenbahnhaltestelle gelaufen.

Dorothea v. Plato schüttelte den Kopf. Was war sie für eine humorlose Zicke gewesen. Kein Wunder, daß das nichts wurde mit den Männern. Aber die Erinnerung brachte sie auf eine Idee. Sie streckte die Hand nach dem Telefon aus. Sie konnte sich mit dem Taxi zum Flughafen bringen lassen.

Sie ließ die Hand wieder fallen.

Es war zu spät. Irgendwann würden sie ihn finden, irgendwann auf Naheliegendes kommen, irgendwann würde sie Schritte hören, die vor ihrer Tür haltmachten. Dorothea preßte die Hände zusammen und spürte mit einem leisen Ekelgefühl, wie kalt und klamm sie waren. Dabei gab es, nüchtern betrachtet, gar keinen Anlaß für Panik. Nur ein Kommissar Maigret käme auf die Idee, Schlüsse zu ziehen, die alles andere als naheliegend waren. Niemand kannte sie hier, niemand würde Zusammenhänge herstellen.

Aber wenn dich einer gesehen hat gestern abend? fragte die ängstlichere der beiden Seelen in ihrer Brust.

Quatsch. Bei *dem* Wetter?

Doch da war jemand gewesen, kurz vor dem großen Regen. Sie erinnerte sich an die weit aufgerissenen braunen Augen, die dunklen Locken, die wie elektrisiert um das blasse Gesicht standen, die schmale Figur, die weißen Finger. Die junge Frau war hübsch gewesen – nein, verbesserte Dorothee, sie war schön –; in einem Alter, in diesem begnadeten Alter, in dem noch alles möglich war, alles offen stand, die Zukunft schwerer wog als das bißchen Vergangenheit, das man schon hinter sich gebracht hatte…

Dann hatte sich die Gestalt umgedreht und war verschwunden. Dorothea hatte einen Moment verloren an der Straßenecke gestanden und zugehört, wie schwere Regentropfen auf dem Pflaster aufschlugen. Der Gedanke machte sie unendlich traurig, wie schnell das verspielt war, die Zukunft. Verschenkt – für einen Moment angemaßter Größe. Martin mußte etwa so alt gewesen sein wie die junge Frau, als sich das Tor zur Zukunft vor ihm schloß.

Ein Leben ohne Zukunft, hörte sie Dorothee flüstern. Kannst du dir das vorstellen? Das ist wie der Mann ohne Schatten...

Sie legte den Kopf in den Nacken und atmete tief durch. Das Problem war nicht, ob sie blieb oder ging. Sie hatte im Grunde keine Wahl. Sie steckte fest. Es gab kein Vor und kein Zurück.

Wie damals, auf der Hochzeitsreise mit Arnold in Barcelona.

»Komm, Dorle, das macht doch einen Riesenspaß!« Arnold v. Plato hatte eine kindliche Freude daran, sie mit dem verhaßten Spitznamen anzureden. Sie betrachtete die Schlange von Menschen, die vor der Tür zum Turm der Sagrada Familia stand, und versuchte mit einem flauen Gefühl im Magen abzuschätzen, wie hoch er wohl war. »Das schaffst du! Und herunterfallen kannst du auch nicht!«

Sie machte sich nicht die Mühe, ihm zu erklären, daß der unangenehme Zustand, den man Vertigo nennt, nichts mit einer wirklichen Gefahr zu tun hat, sondern mit dem Vorstellungsvermögen. Da es ihm genau daran fehlte, war es müßig, auf sein Verständnis zu hoffen.

Bis zur 112. Stufe der schmalen Treppe ging alles gut. »Na siehst du.« Sie hörte ihn hinter sich schnaufen. »Du bist ja schneller als erlaubt.« Um so schneller ist es vorbei, dachte sie und zählte weiter. Und dann, von einer Sekunde auf die andere, ging gar nichts mehr. Sie klammerte sich an die Wand gegenüber einem schießschartenschmalen Fenster, schloß die Augen und konzentrierte sich darauf, sich nicht zu übergeben.

»Dorothea, verdammt, wir halten alle auf«, flüsterte Arnold hinter ihr. Sie schüttelte den Kopf wie ein störrischer Esel. »Dann geh wenigstens zurück.« Er verstand nicht. Sie konnte einfach nicht. Sie konnte nicht hoch und nicht runter. Erst nach einer quälenden halben Stunde gelang es ihr, zurückzukriechen, immer an der Wand lang, wie ein Kind, das im Keller Angst hat. Ihm war die Sache entsetzlich peinlich gewesen.

Dorothea ertappte sich dabei, wie sie den Finger auf die Nasenwurzel legte, so, als ob sie eine heruntergerutschte Brille wieder hochschieben wollte. Ihr Büro in Frankfurt war weiter entfernt als die tausend Kilometer, die zwischen hier und dort lagen. Die erfolgreiche Fondsmanagerin Dorothea v. Plato kam ihr plötzlich vor wie eine Kunstfigur aus einem Frauenroman.

Sie steckte fest. Und sie wußte nicht, wie sie sich befreien sollte.

Erst, als unten längst kein Frühstück mehr serviert wurde, nahm sie Strohhut und Sonnenbrille und ein Wirtschaftsmagazin und ging hinunter zur Terrasse. Es würde geschehen, was geschehen mußte.

# 3

Die Kirchturmuhr schlug drei, als Bremer die Place des Platanes überquerte. Es roch nach Rosen und Mittagessen, ein einsamer Vogel gab einsilbige Geräusche von sich. Das ganze Dorf schien zu verdauen.

Die Terrasse vor dem Hotel lag im Schatten der Platanen. Ein Sonnenstrahl, der sich durchs Laubdach geschmuggelt hatte, ließ Karens Haare kupferrot aufleuchten. Sie hatte die Füße auf einen der Stühle gelegt und las in einer Zeitschrift. Als er vor ihr stand, sah sie auf und blinzelte ihn an.

»War ich womöglich ein bißchen betrunken gestern abend?«

»Also wenn du es genau wissen willst…«

»So betrunken, daß du mir den halben Tag lang aus dem Weg gehen mußtest?« Sie brachte es fertig, sowohl gekränkt als auch unschuldig und reumütig zu gucken. Ihr Haar sah frisch gewaschen und auf Hochglanz gebürstet aus, offenbar hatte sie sich sogar die Nägel lackiert. Über der Jeans trug sie ein weißes T-Shirt. Auf dem Tisch stand eine große Flasche Mineralwasser, ein Glas und eine Schale Eiswürfel.

Plötzlich wünschte er, sie hätten beide Urlaub und müßten sich weder über die Justiz noch über unklare Todesfälle den Kopf zerbrechen. Es gab im Leben auch noch anderes als das Wohl und Wehe des Rechtsstaats. »Komm, wir fahren ans Meer«, hätte er am liebsten gesagt, ohne überhaupt nur zu erwähnen, was sie auf der Suche nach Alexa Senger gefunden hatten. Aber das würde sie ihm niemals verzeihen.

Bremer ließ sich auf den Stuhl neben sie fallen. Das Verhör durch die beiden Gendarmen war oberflächlich, aber umständlich gewesen und hatte Zeit gekostet. Dabei war die Polizei erstaunlich schnell zur Stelle gewesen.

Sie mußte ihm irgend etwas angesehen haben. Ihr Gesichtsausdruck veränderte sich in Sekundenschnelle. »Was ist los?«

»Du hattest recht.«

Sie zog die linke Augenbraue hoch. »Ist ja nichts Neues. Aber womit?«

»Mehr oder weniger jedenfalls.« Denn die jüngste Leiche war keine Frau – sondern ein Mann. »Erinnerst du dich an den Kerl, der das Dorf mit Beethoven beschallte? Philipp Persson – er ist tot.« Dann erzählte er ihr die ganze Geschichte.

Sie lehnte sich zurück und sah einer einschwebenden Ringeltaube hinterher. Ihre gelassene Reaktion wunderte ihn. Hatte sie nicht gestern noch einen weiteren Todesfall prophezeit, als ob die Pythia ihr Orakel verkündet?

»Hmm«, sagte sie endlich und ließ die zusammengeschmolzenen Eiswürfel in ihrem Glas kreisen. »Erschossen, sagst du?«

»Jedenfalls lag neben ihm eine Pistole.«

»Pistole oder Revolver?«

»Wo ist der Unterschied?«

Sie biß sich auf die Lippen und sah zur Seite. Als er ihrem Blick folgte, sah er sie. Eine ältere Frau mit Sonnenbrille und breitkrempigem Hut, eine Zeitschrift auf dem Schoß.

»Ich muß nachdenken«, sagte Karen und senkte die Stimme. »Hast du übrigens gesehen…« Sie deutete mit dem Kinn zum Nebentisch.

»Das ist nebenbei nicht alles.« Bremer merkte, daß er sich über ihr Desinteresse zu ärgern begann. »Offenbar ist eine weitere Deutsche verschwunden, die in Beaulieu ein Haus hat. Alexa Senger – sagt dir der Name was?«

Karen sah wieder zum Nachbartisch hinüber. »Ich hab's doch gewußt, als ich sie gestern das erste Mal gesehen habe.«

»Karen! Alexa Senger war…«

»Erkennst du sie nicht?« Karen deutete mit dem Kinn zur lesenden Frau hinüber.

Bremer wurde von Sekunde zu Sekunde wütender. »Hör mir endlich zu. Die Senger war…«

»Das *ist* Dorothea v. Plato.« Karen senkte die Stimme auf konspirativen Flüsterton. »Und ich frage mich, was sie ausgerechnet in diesem Kuhkaff macht.«

Paul sah ungläubig nach links. Die Frau hatte das richtige Alter, ohne Zweifel, und die richtige Figur. Aber nicht die richtige Kleidung. Die schlanken Beine steckten in einer kurzen Hose, wie sie wandernde Touristen bevorzugten, an den gepflegten Händen fehlten die Ringe und die schulterlangen blonden Haare waren unter dem Hut versteckt. Sofern sie schulterlange blonde Haare hatte. Sofern sie überhaupt Dorothea v. Plato war.

»Wie zum Teufel kommst du darauf, daß die Frau da drüben…«

»Weil sie mir aufgefallen ist. Und ich mich gestern schon gefragt habe, was sie hier will.«

»Urlaub machen, was sonst!«

»*Hier*? In diesem Hotel?«

Unwahrscheinlich, in der Tat. »Aber was…«

»Eva Rauch war 53 Jahre alt, Ada Silbermann war ebenfalls über fünfzig und die v. Plato – das käme hin…«

Bremer sah sie an und schüttelte stumm den Kopf. Er wußte, daß Karen sich wie ein Terrier in einen Fall verbeißen konnte. Aber daß und wie sie eine ausgesprochen schwache Vermutung über den Zusammenhang zwischen einem Tod in einem Frankfurter Buchladen und dem in einem Naturschutzgebiet in Südfrankreich aufrechtzuerhalten versuchte, ohne auch nur einen Gedanken an einen anderen Tod zu verschwenden, nämlich den eines ortsansässigen Deutschen (mal abgesehen, dachte Paul, vom Verschwinden einer jungen Frau mit viel Geld und einer an Katastrophen reichen Vergangenheit) – das wollte ihm nicht in den Kopf.

»Karen, ein *Mann* ist tot, Philipp Persson heißt er, und das scheint mir verdammt noch eins bedeutsamer zu sein als deine aktuellen Lieblingshypothesen über Serienmord an Frauen über fünfzig!« Er mußte laut geworden sein, denn die Frau am Nachbartisch klappte die Zeitschrift zu, legte sie auf den Stuhl neben sich und stand auf, den Rücken ihnen zugewandt.

Karen starrte mit gerunzelten Augenbrauen der Doppelgängerin von Dorothea v. Plato hinterher, die ins Hotel zurückging. Sie schien nicht zu merken, daß auch Paul aufgestanden war. »Ich bin in einer halben Stunde wieder da«, sagte Bremer, der sich nicht wunderte, daß er keine Antwort bekam. Er drehte sich um und ging über den Platz hinweg hoch ins Dorf.

Das Haus, in dem Philipp Persson gelebt hatte und gestorben war, war noch immer abgesperrt. Vor der Absperrung standen die Klatschbasen des Dorfes, überwiegend Männer, und erörterten die Lage.

»Erst Ada und dann Philipp. Es ist eine Schande.«

»Wer tut so was? Warum?« Die einzige Frau in der Runde, die Frau aus der Bäckerei, war den Tränen nahe. Neben ihr stand Loulou, der große Kerl mit der empfindsamen Seele, schaute zu Boden und stieß mit der Fußspitze nach einem eingetrockneten Hundehaufen.

»Kopfschuß, sagt Boisset. Mit einer Pistole.« Der Mann vom Maison de la Presse blickte noch melancholischer als sonst.

»Hat er noch gelebt?«

»Nicht, als Crespin und der Deutsche ihn gefunden haben.«

»Was hatte denn der da überhaupt zu suchen?« Das war François, Stammgast aus dem Café des Monsieur André.

»Pschscht!« machte der Mann namens Marius, der Bremer längst gesehen hatte.

»Aber warum? Und wer? Also die Vorstellung, daß in Beaulieu ein Mörder…« Die Bäckersfrau schüttelte den Kopf.

»Es ist nicht ausgemacht, daß es ein Mord war, Adèle«, sagte die ruhige Stimme des alten Lucien Crespin, der hinzugetreten war und Paul zur Begrüßung freundlich zunickte.

»Was denn dann?« Niemand sagte etwas. Aber man konnte auf

den Gesichtern der Umstehenden die Antwort lesen. Mord war schon schlimm genug, aber Selbstmord, ohne daß einer der Nachbarn irgend etwas geahnt hätte, war auch nicht viel besser.

Als ob man solche Vorstellungen bannen wollte, kippte das Gespräch um.

»Also von Autos verstand Philipp was. Er hat mir einmal – ich weiß nicht, ob ihr euch noch an den Wagen erinnert, den ich von René Dubois gekauft habe, ihr wißt schon, die Flunder…«

»Es gab nichts, was er nicht wußte. Als die Tochter von Boisset einen Computer brauchte, hat er…«

»Im Judoclub, erinnert ihr euch…«

»Zweimal hat er Joseph Deleuze aus der Patsche geholfen…«

Nur Marius unterbrach das tugendhafte Spiel der guten Nachrede. »Sein Fimmel mit der klassischen Musik, voll aufgedreht, egal, ob es Mittagspause war oder Abend, also das konnte einem verdammt auf den Wecker gehen.«

Bremer registrierte belustigt, wie einige es sich mit Mühe untersagten, zustimmend mit dem Kopf zu nicken.

»Du willst doch wohl nicht behaupten, daß ihn einer deshalb…« Der junge Metzger hielt sich den ausgestreckten Zeigefinger an die Schläfe und machte »Paffff«. Diejenigen, die sich ob dieses Scherzes ein Grinsen nicht verkneifen konnten, guckten angemessen verlegen.

Marius nahm Crespin ins Visier. »Du hast Philipp doch gefunden, Lucien. Was meinst du?«

»Wenn es Mord war, müßte er sich doch gewehrt haben!« Der Mann vom Maison de la Presse hob die geballten Fäuste.

»Wo lag die Pistole? In seiner Nähe?«

»Philipp war ein hervorragender Schütze. Der hätte doch jeden, der ihm was wollte…«

»Und wenn er den Mörder kannte?«

Und wenn es eine Mörderin war? dachte Bremer. Er erinnerte sich gut, wie der Tote ausgesehen hatte, als sie ihn auf der Bahre vorbeitrugen. Es sah so aus, als ob Philipp Persson in den letzten Sekunden seines Lebens gelächelt hatte.

»Vielleicht. Möglich ist alles«, sagte Crespin. »Aber das Zimmer sah völlig normal aus und Spuren eines Kampfs habe ich nicht gesehen. Ich tippe auf Selbstmord.« Er wandte sich um und ging das steile kopfsteingepflasterte Gäßchen hoch zur Oberstadt, wahrscheinlich, wie immer, ins Café.

Bremer sah ihm nach. Selbstmord befriedigt die Sensationslust der Bevölkerung zwar am wenigsten – aber ansonsten war das die beste Lösung. Man fühlte sich zwar ein bißchen schuldig – »hat denn wirklich *keiner* etwas gemerkt?« –, aber man mußte weder seine Nachbarn verdächtigen noch sich vor einem der vielen »Fremden« fürchten. Und keiner würde sich mehr fragen, ob das Verschwinden der Alexa Senger nicht einen ganz und gar naheliegenden Grund hatte.

# 4

Es konnte nicht mehr lange dauern.

Dorothea legte den Kaschmirpullover zuoberst in die elegante Reisetasche, der, wie der Rest ihrer Garderobe, so überhaupt nicht das war, was man hier brauchte – die Gegend verlangte nach Gummistiefeln und Regenjacke. Die Halbschuhe, die sie gestern abend getragen hatte, waren noch immer klatschnaß.

In ihrem Kopf spielte das Orchester die Takte aus dem Mittelteil des zweiten Satzes des 4. Klavierkonzerts von Beethoven. Das hatte sie gestern auf die Spur gebracht – eine Leuchtrakete auf hoher See. Die Musik durchströmte das ganze Dorf. Beethoven, äußerste Kraft, egal, was die Nachbarn dachten. Er hätte ihr nicht deutlicher zeigen können, wo er zu finden war. Sie hatte ihn schließlich sogar gesehen, wie er mitdirigierte, oben auf einem Balkon im Erker eines schmalen, hohen Steinhauses, die Augen geschlossen, den Kopf zurückgelegt, mit diesem seligen Lächeln, das ihr noch immer vertraut war.

Sie hatte das Haus umkreist wie ein einsamer Wolf das Lagerfeuer. Die Wahrheit war, daß sie im Grunde nicht wußte, was sie von ihm wollte. Er sollte sie in Ruhe lassen, natürlich. Das war einfach. Aber das hätte sie ihm auch schreiben können. Garniert mit ein paar Drohgebärden – rechtliche Konsequenzen und so weiter.

Nur: Womit konnte man einem wie ihm noch drohen? Mit den deutschen Ermittlungsbehörden? Schön – und wie sollte sie denen erklären, woher sie seinen Aufenthaltsort kannte, ohne ihnen ein Bündel Briefe in die Hand zu drücken, aus denen man allerhand schließen konnte, vor allem, daß sie schon länger wußte, wo er sich versteckt hielt?

Dorothea seufzte und faltete das dunkelblaue Seidenjackett akkurat zusammen. Sie mußte gestern abend das Dorf mindestens zweimal durchquert und einmal umrundet haben. Und dann kam der Regen.

Regen? Wassermassen stürzten vom Himmel. Sie hatte sich in die Kirche geflüchtet, die oben auf dem Scheitelpunkt des Dorfes stand. Wie es Verzweifelte und Gesetzesbrecher seit jeher tun, hatte sie blödsinnigerweise noch gedacht.

Im Inneren empfing sie Dämmerlicht, bis ein Blitz Farbkaskaden durch die beiden bunt verglasten Fenster an der Stirnseite schickte, wo sie die Umrisse des Altars wahrzunehmen glaubte. Als sich ihre Augen an das Licht gewöhnt hatten, sah sie über sich eine bizarre Skulptur, ein grünes, gräßliches Ungeheuer mit triefenden Lefzen und langen spitzen Krallen, über dem mit mildem Lächeln ein geflügelter Held schwebte, einen langen Stab in der Hand. Der heilige Georg und der Drache. Sie ließ den Blick an die Decke des Gewölbes aus rotem Backstein wandern. Romanisch. Pilaster und Kapitelle mit Dämonenköpfen. Ein schmales Mittelschiff, zwei Seitenschiffe. Der Gekreuzigte und die Madonna. Sie ging den Mittelgang ein paar Schritte entlang. Das Geräusch ihrer Absätze auf den Steinplatten hallte durch den Raum.

Die Luft war frisch. Es roch nach Geschichte – nicht nach Weihrauch oder nach Andächtigen, nicht nach Kerzen und noch nicht einmal nach den Blumen, die rechts vor einer bunten Marienskulptur und in der Mitte vor dem Altar standen. Wer wohl die Kirche mit Blumen versorgte?

Sie setzte sich auf eine der Kirchenbänke. Es blitzte und donnerte unaufhörlich, der Regen rauschte nur so herab, weshalb sie es fast überhört hätte. Und als sie es endlich hörte, konnte sie nicht sagen, woher es kam. Sie sah niemanden, nicht auf den Kirchenbänken, nicht in den Seitenschiffen vor den beiden Altären, nicht vorne am Hochaltar.

Doch als der Regen eine Pause machte, hörte sie mit einem Mal nichts anderes mehr. Das Echo vervielfachte und verstärkte die

Frauenstimme, die in der Mitte der Kirche zu schweben schien. Sie sprach Französisch, mehr war nicht zu verstehen. Obwohl Dorothea die Worte nicht erkannte, war ihr der Rhythmus vertraut. Jemand betete.

Zuerst hatte sie an ein Gebet vom Band gedacht. Machte man das nicht heute so in den Kirchen? Dann unterbrach ein lautes Husten die Litanei. Da betete jemand leibhaftig, seufzte plötzlich tief auf, fast war es ein Schluchzen, versuchte sich zu fassen, stolperte wieder voran. Dorothea bildete sich ein, eine Männerstimme zu hören. Die Frauenstimme schwankte, schien zu antworten und schwang endlich wieder ein in den Rhythmus des Gebets.

Dorothea glaubte an nichts außer an ihren eigenen Willen. Trotzdem erfaßte sie in diesem Moment eine seltsame Scheu. War es eine Beichte, der sie lauschte, ohne es zu wollen? War, was sie hörte, eine Totenklage? Wie unangenehm, wenn man sie hier entdeckte – eine Zuhörerin wider Willen. Sie stand auf, zog die Schuhe aus und ging auf Strümpfen zum Ausgang. Als sie die schwere Tür aufstemmte, setzte der Regen mit Gewalt ein, heftiger noch als zuvor. Hastig schlüpfte sie wieder in die Schuhe und drückte sich in den Kircheneingang. Vor der Tür lagen Herzchen aus weißem Papier, an denen der Regen zupfte, bis sie wegzuschwimmen begannen.

Keine Ahnung, wie lange sie dort gestanden hatte. Das immer ferner klingende Donnergrollen wurde plötzlich übertönt von einem anderen, nicht weniger dramatischen Ton. Triumphierend, so, als ob eine Sünderin den Weg heim zu Gott gefunden hätte, begannen über ihr die Glocken zu läuten, ein schwingender, jubelnder Dreiklang, der schließlich verebbte, als ob sich ein Engel einer Glocke nach der anderen mit seinen Flügeln entgegengestemmt hätte.

Irritiert über die Rührung, die sie empfand, zog sie die Jacke enger um sich, senkte den Kopf und lief hinaus in den nur wenig sanfter gewordenen Regen. Wenigstens ein Handtuch für die Haare konnte Martin ihr leihen, und wenn er sonst nichts zu bieten hatte. Ihr war wie eine göttliche Eingebung der schlichte Gedanke erschienen, ihn einfach erstmal anzuhören, bevor sie weitere Mutmaßungen darüber anstellte, was er wollen und welche Gefahr von ihm ausgehen könnte.

Dorothea seufzte, legte den leichten Sommermantel auf die Reisetasche und setzte sich daneben. Es war wie im Film gewesen, wie in einer der alten deutschen Edgar-Wallace-Klamotten, die Szene gestern abend, als sie, in einer schlechtbeleuchteten Gasse, klatschnaß vor Martins Haus stand. Auf die Klingel reagierte niemand, schließlich ging sie hinein, die Tür war unverschlossen gewesen. Auf ihr Rufen antwortete auch keiner. Im Flur war es dunkel, es roch nach kaltem Zigarettenrauch. Daß in dem, was sie für das Schlafzimmer hielt, ein halbgepackter Koffer lag, beschleunigte ihren Herzschlag. Er hatte also wirklich vor, zurückzukehren. Im Raum am Ende des langen Flurs, einer Art Wohnküche, war ebenfalls niemand zu sehen oder zu hören. Wieder hatte sie gerufen, nicht nur seinen Namen, sondern auch »Bonsoir!« und »Ist da jemand?« Vielleicht hatte sie sich geirrt und war im falschen Haus gelandet.

Als sie den Raum betrat, in den eine Flügeltür rechts von der Wohnküche führte, wußte sie, daß sie richtig war. Die Schallplattensammlung, der Sessel mit dem halbleeren Glas, das Poster von Che – alles erinnerte sie fast schmerzhaft an alte Zeiten. Wie sie neben ihm im Bett gelegen, Mahlers 4. Sinfonie gehört, eine Zigarette geraucht und zugesehen hatte, wie die Rauchwölkchen Commandante Che Guevaras Stirn bekränzten… Neben dem Bett lag damals immer eine kleine rote Mao-Bibel mit abwaschbarem Einband. Sie hatte ihm einmal daraus vorgelesen und geprustet vor Lachen. Beleidigt hatte er ihr die Worte des Großen Vorsitzenden aus der Hand genommen.

Auch hier war niemand zu sehen. Nur der Geruch fiel ihr auf, es war nicht Zigarettenrauch, nein, es roch verqualmt, so, wie es riecht, wenn man einen Feuerwerkskörper abbrennt. Dorothea war mit ein paar Schritten beim Fenster, riß es auf und atmete die kühle feuchte Luft tief ein. Und plötzlich hörte sie die Stimme – seine Stimme. Vor Schreck fiel ihr die Vase, die auf dem Fenstersims gestanden hatte, aus der Hand.

Er klang verträumt, so, als hätte sie ihn aus einem tiefen Schlaf gerissen. Endlich sah sie ihn. Sein Gesicht war blaß, eine Locke kringelte sich über seine Stirn. Er hatte die linke Hand gehoben und schien zu winken. Und dann lächelte er verklärt.

# 5

Als Bremer zurückkehrte in die Auberge du Sud, tobte eine Schar von Kindern über den Spielplatz im Garten. Fast hätte Marc Dutoit ihn umgerannt, der mit einem vollbepackten Tablett aus dem Restaurant sprintete. »Cola!« krähte ein kleines Mädchen an einem der Tische und ein Mann in Motorradfahrerkluft winkte herrisch.

Im Restaurant schnitt Madame Dutoit Kuchen vom Blech, der betörend duftete. Der rote Kater saß vor dem Tresen und sah hingebungsvoll zu ihr auf. Bremer bestellte ein Stück und setzte sich dann draußen an einen der Tische.

Vom Steinofen hinter dem Haus wehte der Geruch von Holzfeuer herüber. Seltsamerweise lieben die Franzosen italienische Pizza – oder das, was sie dafür halten. Dutoit schleppte ein Tablett mit riesigen Eisbechern vorbei. Und dann schwebte die alte Madame heran und stellte mit konspirativem Lächeln einen Teller mit zwei Stück Kuchen vor Bremer hin. Sie schien zu glauben, daß er es nötig hatte. Dankbar lächelte Paul zurück.

Er war bei einer Karaffe Viognier angelangt, ein lokaler Weißwein, der gar nicht schlecht war für die Gegend, als Karen endlich auftauchte.

»Und? Hast du nachgedacht?«

»Telefoniert habe ich. Aber samstags ist das aussichtslos. Immerhin habe ich eines in Erfahrung gebracht: Philipp Persson ist nicht einschlägig bekannt.«

Und Alexa Senger? wollte Bremer fragen, als sich jemand neben ihm räusperte.

»Pardon, M'sieudames, ich bitte höflichst um Vergebung für die Störung, aber ich hätte da eine Frage...«

Bremer sah überrascht auf, während Karen keine Miene verzog.

Der Gendarm drehte seinen Hut zwischen den Händen und sah verlegen aus.

»Was will er?« fragte Karen im Ton äußersten Desinteresses.

Bremer blickte M. Boisset fragend an.

»Der Tote, Sie wissen ja, der Mann, den Sie und Lucien Crespin gefunden haben...«

Paul nickte. Ihm war während der kurzen Vernehmung am Tatort aufgefallen, wie mitgenommen der Polizist wirkte. Wahrscheinlich gab es in dieser Gegend so selten Mord und Totschlag, daß zwei Todesfälle kurz hintereinander die ermittlerische Kapazität der örtlichen Gendarmerie völlig überforderten.

»Er hat eine Frage, was den Toten betrifft, den wir heute morgen...«

»Wir sind nicht auskunftsberechtigt«, sagte Karen vornehm und machte ein kerzengrades Kreuz. »Sag ihm das. Wir...«

Der Gendarm deutete eine Verbeugung in ihre Richtung an und sagte: »Die Pistole, die man bei Ada Silbermann gefunden hat, war eine deutsche Mauser 0.8, die Waffe im Fall Persson eine tschechische CZ 27, gnädige Frau – falls es das ist, was Sie wissen möchten.«

Karen drehte ihm trotzig die Schulter zu.

»*Ich*«, sagte Bremer bestimmt. »Ich bin gefragt. Du erlaubst?« Er wartete keine Antwort ab, sondern nickte dem Gendarmen zu. Boisset griff in die rechte Tasche seiner Dienstjacke und holte eine Klarsichthülle mit einem dunkelroten Reisepaß heraus.

»Hier, sehen Sie.« Er nahm das amtliche Dokument aus der Hülle, klappte es auf und legte es Bremer vor. Paul spürte belustigt, wie Karen ebenfalls nach dem Paß schielte. Boissets kleine braune Augen blinzelten spöttisch. »Hier, Madame, Sie können ruhig hinschauen.«

»Philipp Persson, geboren am...« Bevor Bremer zu Ende lesen konnte, hatte der Gendarm ihm das Schriftstück wieder weggezogen. Dann griff er in seine andere Jackentasche und holte einen Plastikbeutel hervor. Darin lag ein weiteres Dokument, grau, speckig, abgegriffen, unansehnlich. Wahrscheinlich mehrfach in der Gesäßtasche einer Jeans durch die Waschmaschine gewandert. Genauso, wie bundesrepublikanische Führerscheine aus den 70er Jahren auszusehen pflegten.

Der Junge auf dem ausgebleichten Bild trug einen Vollbart und hatte die Haare aus dem Gesicht stramm nach hinten gekämmt. Wahrscheinlich waren sie, wie damals üblich, im Nacken zu einem Pferdeschwanz gebunden. Er sah nur entfernt dem Mann auf dem Foto im Reisepaß ähnlich, aber man konnte zur Not auf die Idee kommen, daß der eine die jüngere Version des anderen war.

»Und dann...« Boisset legte einen Zettel auf den Tisch, einen Einkaufszettel, dem ersten Eindruck nach.

»›Konto‹«, las Bremer laut vor.

»Das versteh ich«, sagte Boisset und tippte mit dem Finger auf das Wort danach. »Aber das?«

»›Patrone für Tintenstrahldrucker BJC 80‹.«

Boisset machte eine Bewegung, als ob er ein Gewehr anlegte.

Bremer schüttelte den Kopf und versuchte zu erklären. Währenddessen las Karen den Rest des Zettels vor: »›Dorothee!! Briefumschläge! Kaffeebohnen!!!!‹ – ein Einkaufszettel, das ist alles.«

Boisset seufzte. Dann legte er ein Foto auf den Tisch. Der Mann, der da einer Dame den Schlag aufhielt, sah dem toten Philipp Persson ziemlich ähnlich – nur jünger schien er zu sein. Die Dame...

»Simone Signoret«, flüsterte Karen neben ihm. »Und der Mann ist...«

»Für meinen Freund Martin«, las Bremer laut vor. Wieso Martin?

Er hörte, wie Karen neben ihm geräuschvoll die Luft ausstieß.

»Martin Schmid«, sagte sie. »Gelernter Klempner. Geriet nach 1978 in die Terroristenszene. Beim Überfall auf die Deutsche Botschaft in Ankara 1981 schwer verwundet. Nach Tripolis ausgeflogen.

Gut ein Jahr später ausgestiegen – er hat sogar ein Buch darüber geschrieben. Und es ging durch die Presse, daß er sich eine Zeitlang als Chauffeur oder Bodyguard von der Pariser Schickeria durchfüttern ließ. Dann ist er verschwunden.«

Boisset runzelte die Stirn. »Sie kennen den Mann?«

»Was heißt hier kennen? Er war ein besonders schillerndes Exemplar«, sagte Karen, ohne Boisset anzusehen. Als Bremer übersetzte, wurde das Gesicht des Gendarmen starr.

»Wir werden der Sache nachgehen, Madame, Monsieur«, sagte er, »ich danke Ihnen für Ihr unschätzbares Entgegenkommen.« Der Gendarm verneigte sich, drehte sich schneidig um und marschierte von dannen.

# 6

Es war noch nie Dorothea v. Platos Lieblingsbeschäftigung gewesen, tatenlos herumzusitzen und auf das Schicksal zu warten. Aber sie machte seit Stunden nichts anderes, die Hände in den Schoß gelegt, die Augen in weite Fernen gerichtet. Martin war tot, sie hätte sich befreit fühlen müssen. Aber sie spürte etwas anderes. Mitleid. Trauer. Schuldgefühle.

Es hatte ihr das Herz zusammengezogen, ihn so zu sehen. So hatte er auch damals auf der Bahre gelegen, als sie ihn wegtrugen nach dem Massaker. Genauso, mit diesem verklärten Lächeln, die eine Hand auf den Bauch gepreßt, da, wo es ihn erwischt hatte, die andere erhoben im schwachen Versuch, das Siegeszeichen zu machen.

Das Siegeszeichen.

Sie hatte damals geglaubt, die Welt sei verrückt geworden. Vom Attentat auf den amerikanischen Präsidenten über den Anschlag auf den Papst bis zur Ermordung des ägyptischen Staatspräsidenten – alles Schreckliche war plötzlich möglich. Und in ihrer Erinnerung gab es immer irgend jemanden, der nach einer Bluttat triumphierend die Finger zum »V« erhob.

Die Gewalt schien täglich näher zu kriechen. Marianne Bachmeier erschoß den Mörder ihres Kindes im Gerichtssaal. Der hessische Wirtschaftsminister verblutete im Bett. Und der schlimmste Tag in diesem gewalttriefenden Jahr 1981... Sie erinnerte sich an die Kälte, die ihr damals in die Knochen gekrochen war, als sie die Bilder sah. Der deutsche Botschafter, der, Haltung bewahrend, vor dem geöffneten Fenster im zweiten Stock der Botschaft stand und dann plötzlich lautlos und langsam nach vorne kippte. Die Frau im schwarzen Kopftuch, die mit einer Maschinenpistole um sich ballerte. Und dann der Mann auf der Bahre.

»Während sich die anderen Geiseln noch in der Hand der Kidnapper befinden, wird der deutsche Terrorist Martin Schmid, der bei dem Feuergefecht durch einen Bauchschuß schwer verletzt wurde, ins Krankenhaus nach Tripolis ausgeflogen. Sanchez, wie sich der Anführer der Terroristenbande nennt, hat mit der Erschießung weiterer Geiseln gedroht, falls Schmid nicht binnen acht Stunden dort eingetroffen ist.« So oder so ähnlich faßte der Sprecher der Tagesschau die Ereignisse zusammen. Sie hatte damals zusammengekrümmt auf der unbequemen Couch in ihrer Hinterhofwohnung gehockt, im dunklen, ungeheizten Wohnzimmer. Sie hätte sich längst eine neue Wohnung leisten können. Aber sie brauchte ihr Geld für Wichtigeres. Das Überkronen der oberen Zahnreihe – »Ihr neues Lächeln«, wie der Zahnarzt scherzte – kostete mehr, als sie erwartet hatte.

Das Schlimmste waren nicht die Bilder. Das Schlimmste waren die Schuldgefühle, die von ihr Besitz ergriffen, je länger sie auf den Bildschirm starrte. Wieso hatte sie die Zeichen nicht ernst genommen, warum hatte sie Martins Abgleiten in den Terrorismus nicht rechtzeitig bemerkt? Hätte sie ihn zurückhalten können? Der zweite Gedanke war noch unbehaglicher: Hatte er sie womöglich längst hineingezogen in den terroristischen Untergrund? War sie, ohne es zu wissen, zur Täterin geworden? Sie sah sich im Gefängnis. Endstation aller Lebenspläne.

Dorothea spürte wieder das Kältegefühl, das sie damals packte, eine Kälte, die von innen kam und nichts mit der Raumtemperatur zu tun hatte.

»Was ist passiert?« hatte sie ihn gefragt, gestern abend, in seinem Haus in Beaulieu, während sie sich mit einem Küchenhandtuch die Haare trocknete. Er hatte hochgeschaut, immer noch lächelnd, das Gesicht vielleicht noch blasser als zuvor. Dann sagte er etwas, das sie nicht verstand, er sagte es fast flüsternd, wie eine Liebkosung.

Sie hatte ihn fragend angesehen, während sein Lächeln immer strahlender wurde. Er sagte es nochmal. Und schließlich verstand sie.

»Alexa«, hatte er geflüstert. »Alexa.«

# 7

»Ich muß nachdenken.« Das war alles, was Karen eingefallen war gestern abend, bevor sie auf ihr Zimmer ging. Als sie nach einer Stunde noch nicht wieder aufgetaucht war, wechselte Bremer, der Madames Küche in der Auberge du Sud zur Genüge zu kennen glaubte, ins Relais des Roses und bestellte bei der Wirtin, die sich ihm vertraulich als Catherine vorstellte, das teuerste Menü auf der Speisekarte.

Vor dem Nachtisch, als nur noch zwei Tische besetzt waren, setzte sie sich zu ihm und horchte ihn aus. Er erzählte alles, was er am »Tatort« gesehen hatte, und noch ein paar Kleinigkeiten mehr. Daß das Handtuch naß gewesen sei, das auf dem Stuhl hing, hob er besonders hervor.

»Und Sie meinen, er ist noch vor dem Beginn des Gewitters umgebracht worden…« Catherine schien davon auszugehen, daß man Philipp Persson (Martin Schmid, korrigierte er sich) ermordet hatte. »Aber wieso war dann das Handtuch naß?«

Er hob die Schultern. »Es kann auch Selbstmord gewesen sein.«

Sie guckte ungläubig.

Und dann fiel ihm etwas ein, an das er noch nicht gedacht hatte. Etwas, das der Selbstmordhypothese widersprach. »Aber wissen Sie was, Catherine: Er war dabei, seinen Koffer zu packen.«

Catherine brachte dem Pärchen am Nachbartisch die Rechnung, dem einsamen Mann am Fenster einen Digestif und kam an Bremers Tisch zurück mit einer Flasche und zwei Gläsern. Der Wein war vorzüglich, ein Syrah aus dem Languedoc. Als die letzten Gäste gegangen waren, öffnete sie die zweite Flasche.

Ab da wurden ihre Hypothesen zum Tod des Philipp Persson immer gewagter. An eine besonders absurde erinnerte er sich noch, sie hatte irgend etwas zu tun mit einer Frau aus Perssons Vergangenheit, der er einmal unrecht getan hatte – Lore-Roman, hatte er noch gedacht –, dann riß der Faden. Er mußte ziemlich betrunken vor dem Hotel angelangt sein, wo er feststellte, daß er den Hausschlüssel vergessen hatte. Die alte Madame lächelte zahnlos, tätschelte ihm die Schulter und sagte augenzwinkernd »Männer!«, als er sie nach drei Minuten Dauergebimmel endlich herausgeklingelt hatte.

Am Sonntagmorgen weckten ihn die Kirchenglocken. Karen saß noch nicht am Frühstückstisch, wohl aber die Frau, die sie für Dorothea v. Plato hielt. Bremer grüßte hinüber.

Auf dem Weg ins Café begegnete er einer Prozession von Menschen, die meisten trugen Schwarz, einigen Männern sah man an, daß der Anzug vor vielen Jahren fürs ganze Leben angeschafft worden war. Am Aufgang zur Kirche, bei der Bank unter der Linde, stand ein Pult, bedeckt mit einem schwarzen Tuch, auf das ein weißes Kreuz und ein Olivenzweig eingestickt waren. Auf dem Pult lag ein aufgeklapptes Buch. Einige der Trauergäste schrieben etwas hinein.

Der Priester stand am Kirchenportal und begrüßte jeden einzeln. Bremer erkannte ihn wieder: Es war der ungepflegte Mann aus dem Café mit den Notizbüchern, dem alten und dem neuen. In seiner Soutane sah er erstaunlich würdig aus. »Sonntag, 11 Uhr«, hatte er vorgestern im Café verkündet – also war das hier die Totenmesse für Ada Silbermann.

Alle redeten aufeinander ein während der langsamen Prozession zur Kirche. Erst als es erneut läutete, erstarben die Gespräche eins nach dem anderen.

Bremer glaubte, solche Töne noch nie gehört zu haben: zwei Glockentöne, die vom Kirchturm herabschwebten wie fallende Rosenblätter. Der eine Ton stand dünn und zitternd in der Luft, bis der andere, ein wenig tiefer, ihn ablöste. Fast quälend lange zögerte der erste Ton, bis er wieder anklang und auf den zweiten wartete. Es mußten die Totenglocken sein, die jemand mit Gefühl, ja mit Liebe anschlug. Jemand läutete Ada Silbermann heim.

Als der letzte Ton verklungen war, redeten alle ungerührt weiter. Der alte Crespin winkte zu ihm hinüber. Bremer schloß sich dem Zug an, in dem man weniger zu trauern denn mit Hingabe zu klatschen schien. Ada Silbermann war nicht das Thema. Doch wer gestern noch Nettigkeiten über Philipp Persson gesagt hatte, dem fiel heute zu Martin Schmid nur Häßliches ein.

»Ich hab immer gewußt, daß mit ihm was nicht stimmt. Er ging ja kaum noch aus dem Haus.«

»Da kenn ich noch einige andere, mein Lieber, die schon seit Jahren mal gründlich gelüftet gehören.« Maître André sah spöttisch auf den alten Rogier herab.

»Und woher kam das Geld, das Madame Dementier ihm Monat für Monat brachte?« fragte Monsieur Durand vom Maison de la Presse.

»Bernard Boisset ist fuchsteufelswild.« Diese Bemerkung lenkte alle Aufmerksamkeit auf den jungen Metzger, der ein bescheidenes Lächeln aufgesetzt hatte. »Seine Tochter hat es mir erzählt.«

»Na dann muß es ja wohl stimmen«, sagte die Bäckersfrau spöttisch.

»Also wundert euch das? Man stelle sich das vor: Bernard bringt einen international gesuchten Terroristen mit in den Judoclub! Was sagt man dazu?«

»Aber was kann Bernard…«

»Der Mann war sein Freund! Ich meine: wen das nicht an der Menschheit verzweifeln läßt…« Marc Dutoit von der Auberge du Sud guckte tieftraurig.

Einige murmelten Zustimmung.

»Interessanter ist doch wohl die Frage, wer ihn umgebracht hat.«

»Boisset schließt Selbstmord nicht mehr aus«, sagte Axel und lächelte noch ein bißchen bescheidener.

»Und warum?« Der alte Crespin war plötzlich hellwach.

»Vielleicht hat er deine kleine Freundin auf dem Gewissen.« Der hämische Ton, den Marius anschlug, entging niemanden.

»Unmöglich«, hörte Bremer sich sagen. »Ich habe Alexa Senger kurz vor dem Gewitter noch gesehen – und nicht viel später war er tot. Wo soll er sie denn versteckt haben in so kurzer Zeit, wenn er ihr was angetan hat?«

Alle sahen ihn erstaunt an. Fast wäre Bremer errötet. Man hielt sich als Fremder besser heraus aus den Angelegenheiten anderer.

»Aber die Katze«, sagte Crespin übergangslos. »Sie hätte niemals die Katze allein gelassen. Ich höre sie schon die ganze Zeit jammern.«

Einige guckten verständnislos, andere mitleidig. Nicht jeder hier nahm Haustiere wichtig.

»Und jetzt wissen wir auch, warum er sich immer aufgeregt hat, wenn Ada mit dem Fotoapparat kam. Warum er partout nicht fotografiert werden wollte.« M. Durand blickte so finster, wie es sein gutmütiges Gesicht erlaubte. »Und warum Ada sterben mußte.«

»Genau!«

»Du meinst, er hätte Ada...«

Wieder redeten alle auf einmal.

»Dann hätte der Lump jetzt wenigstens seine gerechte Strafe bekommen«, sagte Marius.

Um ihn herum nickten die Köpfe. Marius war nicht der einzige, der viel von höherer Gerechtigkeit hielt.

Bremer gab sich Mühe, nicht zu grinsen. Das war natürlich die perfekte Lösung: Philipp Persson alias Martin Schmid hatte Ada Silbermann umgebracht, weil sie ihm auf die Schliche gekommen war, und als Adas Leiche gefunden wurde, beging ihr Mörder aus Angst vor der Entdeckung Selbstmord. Im Dorf hatte sich niemand mehr unbequemen Fragen zu stellen. Das Böse machten die Fremden untereinander aus. Diese Erklärung schlug mehrere Fliegen mit einer Klappe und ließ nur eine Frage offen: Wo war Alexa Senger?

Crespin packte ihn am Unterarm. »Sehen Sie dort: Ernest Silbermann!«

Der Witwer fiel auf unter den Leuten vom Dorf. Der schwarze Anzug saß makellos, das Gesicht unter dem schwarzen Hut war nicht zu erkennen. Der Mann hielt sich abseits. Die anderen schienen zu spüren, daß ihr ehemaliger Nachbar allein sein wollte, niemand begrüßte ihn oder kondolierte.

Als Crespin Anstalten machte, Paul mit in die Kirche zu ziehen, winkte er ab. Ihm war nicht nach Weihrauch und Gesängen. Stattdessen ging er die Hauptstraße hinunter, aus dem Dorf hinaus, abwärts ins Tal, der Hügelkette am Horizont entgegen.

Beim Anblick eines Trupps älterer Herren, die mit aufgepumpten Waden zum Dorf hochradelten, spürte er eine heftige Sehnsucht nach seinem Rennrad. Hier durch die Gegend fahren, hoch auf die Pässe und dann lange Abfahrten hinunter, vor diesem Himmel, diesen Bergen, diesen Farben...

Als ob sich jemand über seine Träume lustig machen wollte, führte die Straße nach einer Kurve auf einen einsamen Hof zu, an dessen Mauern sie lehnten, in jeder Farbe, Größe und Altersgruppe: Fahrräder, klein, groß, gelb, blau, rot oder silbern. Die meisten offenbar Veteranen, gebaut weit vor der Zeit, als Tom Simpson bei der Tour de France kurz vor dem Mont Ventoux tot vom Rad fiel. Ein Peugeot-Damenrad. Ein Gitane für Kinder. Ein grünes Helium, ein weißes Manufranck, ein metallblaues Pinarello. Sorgfältig wieder hergerichtet, jedes mit einem handgemalten Preisschild versehen. Eine Mobylette, ein Motobécane.

Und ganz vorne, wenn ihn nicht alles täuschte... Aber das konnte nicht sein. Das lindgrüne Rennrad sah haargenau so aus wie das Folgorissima von Bianchi, das man in »Paris Roubaix« umbenannte, nachdem Fausto Coppi die Tour 1949 gewonnen hatte.

Paul Bremer setzte sich auf die Mauer gegenüber am Straßenrand, sah dem Mann zu, der das Hinterrad eines Kinderfahrrads aufpumpte, und ließ dann den Blick nach oben gleiten, zu den beiden Kondensstreifen am Himmel, die immer breiter und durchscheinender wurden, bis sie sich ins Blaue auflösten. Vor seinem inneren Auge trug Eddie Merckx das gelbe Trikot über den Col de la Madeleine. Für einen Moment fühlte sich Bremer, als sei er dabei.

# 8

Dorothea setzte die Sonnenbrille auf, mit der sie noch schlechter sah als ohne, und tastete sich nach unten. In der hintersten Ecke des Gastraums ließ sie sich nieder und bestellte bei Dutoit einen Kaffee. Auf dem Zeitschriftenstapel am Fenster lag unter alten Heften von Côté Sud und Maisons & Décors eine deutsche Klatschzeitschrift. Sie stürzte sich wie eine Süchtige auf das Heft. Es war das einzige, was ihre Mutter gelesen hatte, immer dann, wenn die Nachbarin einen Schwung aussortierter Blätter vorbeibrachte. Geld hätte sie für »so was« nicht ausgegeben, und »das ist nichts für dich, Dorle«, pflegte sie jedesmal zu sagen. Aber sie duldete es immerhin, daß ihre Tochter sich neben sie setzte und die »Praline« las und die »Neue Revue« und die »Bunte«. Und »Constanze«, »Das grüne Blatt« oder »Heim und Welt«. Es waren, dachte Dorothea manchmal, die einzigen friedlichen Zeiten, die sie jemals mit ihrer Mutter verbracht hatte.

Alle diese Zeitschriften boten einem heranwachsenden Mädchen nützliche Informationen, über den weiblichen Orgasmus, das richtige Make-up und die beste Art, sich einen reichen Mann zu angeln. Dorothee Köppen hatte sich manchmal geniert für den Heißhunger, mit dem sie die bunten Blätter verschlang.

Später hatte sie Wichtigeres zu lesen und im Hause v. Plato war man zu distinguiert für »Küchenmädchenlektüre«, wie Arnold das nannte. Aber auch heute noch griff Dorothea beim Friseur immer als erstes zu »Bunte« oder »Gala« – noch immer mit der gleichen Neugier auf die ferne Welt, die ihr dort entgegentrat. Mit dem einen Unterschied, daß das, was ihr früher glamourös vorgekommen war, ihr später absonderlich erschien. Mittlerweile gehörte sie selbst zur Prominenz – allerdings zu einer, die in solchen Blättern selten vorkam.

Marc Dutoit stellte den Kaffee vor sie hin und sah ihr über die Schulter. Das Foto zeigte den Bundespräsidenten auf dem Presseball.

»Haben Sie schon gehört?« fragte Dutoit, der aus ihrer Lektüre zu schließen schien, daß sie sich auch für anderen Klatsch interessierte. Schamhaft legte Dorothea das Blatt beiseite.

»Ein Landsmann von Ihnen. Ein flüchtiger Terrorist. Selbstmord. Die Frau mit den roten Haaren, die draußen sitzt« – er deutete mit dem Kinn auf die Terrasse – »ist Staatsanwältin. Aus Frankfurt.«

Seltsamerweise beunruhigte sie diese Nachricht nicht – im Gegenteil: Sie war erleichtert. Wie nach einem Zahnarztbesuch.

»Und dann ist eine weitere Deutsche verschwunden – Alexa Senger. Die Millionenerbin, Sie kennen sie vielleicht...?«

»Nein«, wollte Dorothea schon antworten. Aber das stimmte nicht. Den Namen würde sie nie vergessen. Sie erinnerte sich nur zu gut an den Abend, als sie die Nachricht von der Flugzeugentführung zum ersten Mal hörte. Und, Tage später, an das Bild des Mannes, der vor Captain Mahmed kniete, dessen »Kommando Märtyrer Sayad« das Flugzeug entführt hatte, um einige Topterroristen frei- und vor allem das nötige Bargeld zu erpressen. Der Mann hieß Hans Senger. Der Vater des Mädchens. Sie hatte sich damals mit Bangen gefragt, ob Martin nicht vielleicht doch wieder dabeigewesen war – bei einer weiteren dieser sinnlosen, tollwütigen Aktionen. Sie beruhigte sich damit, daß er zu diesem Zeitpunkt bereits seinen Abschied aus der Terroristenszene verkündet hatte – mit viel Dramatik, wortreichen Erklärungen und gutgemeinten Appellen.

Und jetzt war Alexa Senger verschwunden, die es ausgerechnet hierhin verschlagen hatte, nach Beaulieu, einem kleinen Kaff am Rande der Cevennen, in dem – was für ein Zufall – ein untergetauchter Terrorist Zuflucht gefunden hatte, der seinen Ausstieg aus der Terroristenszene vielleicht nur deshalb so laut verkündet hatte, um dann umso ungenierter... Sie schüttelte den Kopf. Soviel Verstellung traute sie Martin nicht zu.

Und dann erinnerte sie sich an die Begegnung gestern abend, vor dem großen Regen, in der Gasse, die zu Martins Haus hochführte.

»Wie sieht sie aus?«

Dutoit sah sie erstaunt an. Sie strich sich das Haar aus der Stirn und versuchte zu lächeln. Wahrscheinlich wirkte sie ziemlich absonderlich.

»Sie ist sehr hübsch. Lange Locken, braune Augen, schlank...«

Eine Allerweltsbeschreibung – aber sie paßte. Und jetzt drängte sich ein anderes Bild nach vorn.

»Alexa«, hatte Martin gestern geflüstert, mit diesem beseelten Lächeln auf dem Gesicht. Alexa Senger. Wen konnte er sonst gemeint haben?

»Verdammt«, sagte sie ins Leere. Der Patron sah sie fragend an, stand noch einen Augenblick unschlüssig neben ihrem Tisch und ging, als er keine Antwort bekam, zurück in die Küche. Dorothea rührte geistesabwesend in der Kaffeetasse und versuchte, einen klaren Gedanken zu fassen. Schließlich schlug sie die Frauenzeitschrift wieder auf, blätterte von hinten nach vorne, bis sie die Seite mit den Horoskopen fand. Zwillinge, 2. Dekade. »Liebe: Springen Sie über Ihren Schatten! Sie machen einen anderen Menschen glücklich«, las sie da. Und unter »Erfolg« stand: »Befreien Sie sich aus Ihrer Lähmung! Tun Sie etwas, auch wenn es keine Garantie gibt, daß es das Richtige ist!«

»Ich bleibe noch eine Woche«, sagte sie im Vorübergehen zu Marc Dutoit, während sie hoch in ihr Zimmer ging. Dort packte sie die Reisetasche wieder aus und hängte die Kleider in den Schrank. Dann ging sie hinunter, mit einer Sicherheit, die sie selbst überraschte.

Draußen auf der Terrasse redete die Frau mit den roten Haaren, die Staatsanwältin, auf einen etwa gleichaltrigen Mann mit Bürstenhaarschnitt ein. Dorothea setzte sich ein paar Tische hinter sie. Die beiden schienen sie nicht bemerkt zu haben. Sie bestellte bei

Marc Dutoit einen Campari Orange und eine Schachtel Zigaretten und ließ sich Feuer geben. Eigentlich vertrug ihr Magen keinen Orangensaft. Und außerdem rauchte sie nicht, seit mehr als zwanzig Jahren.

Sie inhalierte tief. Der Kick war großartig.

Natürlich, redete sie sich ein, wollte sie der Staatsanwältin und ihrem Begleiter nicht zuhören. Aber sie war auch nicht traurig darüber, daß sich das gar nicht vermeiden ließ.

»Ich kann niemanden erreichen.« Die Frau, die ihr Begleiter Karen nannte, klang frustriert. »Immerhin wissen wir jetzt, was für Waffen im Spiel sind. Eine Fegyver bei Eva Rauch, eine Mauser 0.8 bei Ada Silbermann und eine CZ 27 bei Martin Schmid – genau solche Waffen sind 1978 in der Schweiz geklaut worden. Ein Zusammenhang ist also nicht auszuschließen.«

»Wenn alle Waffen tatsächlich aus einem Raub stammten, der womöglich wirklich einen terroristischen Hintergrund hatte…«

»Alte Genossen liquidieren Verräter. Das könnte es sein.«

»Nach über zwanzig Jahren?«

»Es gibt Menschen, für die ist Rache ihr Leben.«

Eine furchtbare Vorstellung, dachte Dorothea.

»Aber wie wahrscheinlich ist es, daß Eva Rauch ebenfalls zur Szene gehörte?«

»Möglich wär's. Lange Jahre in Paris, verheiratet mit einem gewissen Herrn Sayazadeh, erst nach Jahren wieder in Deutschland – das paßt.«

Dann eine Pause. Und dann fielen sich die beiden ins Wort.

»Aber Ada Silbermann…«

»Und wieso hat Angelika Kämpfer…«

Die Rothaarige hatte einen Stapel von Bierdeckeln vor sich liegen, die sie zu beschriften und dann in irgendeine Ordnung zu bringen schien. »Wie eine Pariser Fotografin da hineinpaßt, ist mir auch nicht klar.«

»Sie war eine *Fotografin*, Karen. Sie konnte *sehen*…«

»Du meinst, sie hat ihn erkannt?«

»Möglich. Daraufhin hat er sie getötet, um nicht aufzufliegen – und aus Rache wurde er jetzt erschossen.« Der Mann fuhr sich durch das kurze weiße Haar. »Er war übrigens beim Gedenkgottesdienst. Ernest Silbermann. Adas Mann.«

Die Staatsanwältin spielte mit den Bierdeckeln. Nach einer Weile sagte sie: »Ich weiß nicht, Paul. Das gefällt mir alles nicht.«

»Andere Möglichkeit: Im Dorf hat man sich mittlerweile mit dem Gedanken angefreundet, daß Persson Selbstmord begangen hat – weil Adas Leiche gefunden wurde und er Entdeckung befürchtete.«

»Selbstmord? Wie der Selbstmord von Eva Rauch?« Sie sprach das Wort »Selbstmord« aus, als ob man es nur mit spitzen Fingern anfassen dürfe.

Der Mann zuckte mit den Schultern. »Warum nicht? Andererseits: Wer am Kofferpacken ist, bringt sich normalerweise nicht um.«

»Er hatte die *Koffer* gepackt? Kannst du das nicht gleich sagen?«

Die Staatsanwältin lehnte sich weit zurück und schüttelte den Kopf mit den glänzenden Haaren. Sie war eine große Frau mit einer ausgeprägten Vorliebe für üppige Farben. Und, dachte Dorothea, mit einem Hang zur Rechthaberei.

Aber endlich begriff sie, warum Martin nach Deutschland zurückkommen wollte. In Frankreich hätte er eine Anklage wegen Totschlags zu erwarten gehabt. Von wegen »sich ehrlich machen«, dachte sie und fühlte sich seltsamerweise hintergangen.

Die andere beugte sich wieder vor. »Der Mann ist ermordet worden. Und wie im Fall Rauch möchte jemand nicht, daß über Mord auch nur nachgedacht wird.«

»Klarer Fall: der Mörder!« Der Mann versuchte, einen Scherz zu machen. Dorothea hätte ihm, wäre sie gefragt worden, davon abgeraten. Mit der Frau scherzte man nicht.

»Sicher. Und seit wann sitzt der Mörder in den Ermittlungsbehörden?« Man hörte, wie die Staatsanwältin auftrumpfte.

»Aber Karen...« Der Mann klang gequält.

»Ich folge lediglich deiner Logik. Oder kennst du jemand anderen, der ein Interesse am Vertuschen hat?«

Die beiden, die eben noch so einträchtig Hypothesen entwickelt hatten, vertieften sich jetzt in ihre eigenen Gedankenspiele.

»Aber es gibt noch so viele andere Möglichkeiten«, sagte der Mann schwach.

»Und welche?« Die Staatsanwältin mischte die Bierdeckel wie ein Kartenspiel, fächerte sie auf und begann, sie aufs neue auf dem Tisch zu verteilen.

»Da ist Ernest Silbermann, Ehemann eines Opfers. Dann Alexa Senger. Die Tochter eines Terroropfers. Späte Rache, panische Flucht.«

»Und woher wußte sie, wer Philipp Persson wirklich war?«

»Die Steckbriefe hingen damals überall.«

»Meine Güte, Paul! Das ist fast zwanzig Jahre her! Da war sie noch ein Kind. Und Schmid war in die Aktion, bei der ihr Vater ermordet wurde, gar nicht verwickelt.«

»Soweit wir wissen.«

»Wir wissen es.«

»Und wenn ihr das völlig egal ist? Er ist ein Terrorist, punktum. Und dem wünscht sie den Tod. Und dann...«

»Legt sie ihn um mit einer Waffe, die aus einem Raubüberfall...«

»Vielleicht war es gar nicht ihre Waffe. Vielleicht war es seine.«

»Und er wäre dann derjenige, der Eva Rauch erschossen hat? Höchst unwahrscheinlich.« Die Staatsanwältin schüttelte den Kopf. »Wenn Alexa Senger überhaupt etwas mit der Sache zu tun hat, dann war sie mit größerer Wahrscheinlichkeit eine unbeteiligte Zeugin, die beseitigt werden mußte.«

»Kann sein. Ich habe sie jedenfalls am Abend gesehen, etwa um die Zeit, zu der Martin Schmid umgekommen sein muß.«

Ich auch. Aber um diese Zeit hätte man auch mich sehen können, dachte Dorothea v. Plato und spürte der seltsamen Unruhe nach, die mit jedem Zug aus der mittlerweile dritten Zigarette anwuchs. Und ich hatte ein weit besseres Motiv.

Der Mann beugte sich plötzlich vor und griff nach dem Arm der anderen. »Karen!« Dorothea hörte die Anspannung in seiner Stimme. »Du vergißt die Opfer! Du weißt nicht, was das heißt, wenn man den Vater verliert und womöglich die Mutter gleich noch dazu!«

»Natürlich weiß ich, was du meinst.« Das sollte ihn wohl beschwichtigen, aber es klang eher ungeduldig.

»Nichts weißt du. Kinder begreifen noch nicht, daß die Welt eigene Gesetze hat. Alles kreist in ihrer Vorstellung um sie selbst. Der kindliche Größenwahn läßt sie annehmen, es läge an ihnen, wenn Vater und Mutter verschwinden.«

»Grundkurs Küchenpsychologie«, murmelte die Frau.

Der Mann seufzte. »Alexa war zehn Jahre alt, als ihr Vater nicht zurückkehrte. Glaubst du, das Kind hätte schon verstanden, warum er fort war?«

»Meinst du nicht, daß man den Tod des Vaters irgendwann einmal im Leben überwunden hat?« Die Staatsanwältin klang erstaunt.

»Nicht, wenn sich die Trauer mit Schuldgefühlen verbindet. Das solltest du eigentlich wissen. Als meine Mutter…«

»Paul! Ich kenne deine Geschichte.«

Ihr Gegenüber lehnte sich zurück und schüttelte den Kopf. »Aber du verstehst sie nicht.«

Ich auch nicht, dachte Dorothea und ließ das Glas kreisen, in dem sich Orangensaft und Campari zu einem satten Abendsonnenrot vermischt hatten. Sie hätte gut auf ihn verzichten können, auf den schlechtgelaunten alten Mann, der ihr Vater war. Der mittags schon mit dem Schnapstrinken anfing und seinen Lebensabend vor dem Fernseher verdämmerte, bis man ihn, drei Monate nach dem Tod seiner Frau, mit den Füßen zuerst heraustrug aus dem engen Haus in Grünau.

Aber was wäre gewesen, wenn ihr Vater ein anderer gewesen wäre

– ein Mann wie Hans Senger? War es vorstellbar, einen wie ihn so zu lieben, daß man ihn noch nach all den Jahren würde rächen wollen?

Als der Mann vor ihr aufsprang und winkte, sah auch Dorothea wieder hoch. Über den Place des Platanes näherte sich ein seltsames Paar: ein aufrechter alter Herr hinter einem ebenfalls schon älteren Hund mit schütterem roten Fell, der ihn ungeduldig an der Leine vorwärtszog.

»Das ist Lucien Crespin. Irgend etwas scheint nicht in Ordnung zu sein.« Paul ging dem alten Herrn entgegen.

Dorothea sah Karen zu, wie sie das seltsame Trio beobachtete, das über den Platz schritt und dann die Gasse ins Dorf hinaufstieg. Als ob sie den Blick gespürt hätte, drehte die Staatsanwältin sich um. Für einen Moment schien sie zu stutzen. Dann nickte sie.

»Frau v. Plato.«

»Darf ich mich zu Ihnen setzen?« Dorothea stand auf.

# 9

»Es ist Ruby«, sagte Crespin entschuldigend. Der Hund legte ein beachtliches Tempo vor, dafür, daß er sichtlich nicht mehr der Jüngste war. »Er benimmt sich so komisch.«

Nach der Rasse des Hundes zu fragen, schien Bremer müßig zu sein. Das Tier sah aus wie eine etwas groß geratene Mischung aus Spitz, Mops und Dackel mit einer Prise Irish Setter. Aber der Name kam ihm seltsam vor. »Warum heißt der Hund Ruby?«

Lucien guckte ihn verständnislos an. »Ruby? Na, nach dem Mann, der John F. Kennedy erschoß!«

Bremer sagte nichts. Es erschien ihm schon merkwürdig genug, daß der liebenswürdige alte Herr seinen Hund nach einem Präsidentenmörder nannte – da tat es nichts zur Sache, daß der gar nicht Ruby hieß.

In der Gasse vor Alexa Sengers Haus beschleunigte Ruby, sofern das noch möglich war. Die Leine zwischen Herrn und Hund jedenfalls war straff gespannt, die Rute des Tieres gerade nach hinten ausgestreckt, die Ohren gespitzt. So sah ein Hund aus, der eine Fährte aufgenommen hatte.

Vor dem Tor zu Alexa Sengers Haus setzte er sich auf die Hinterläufe, hob die Schnauze mit den grauen Barthaaren gen Himmel und heulte. Als er Luft holte, hörte man hinter der Tür eine Katze jammern.

»Das macht er neuerdings immer, wenn wir hier vorbeigehen.« Crespin kratzte sich am Hinterkopf.

»Keine Spur von Ihrer Nachbarin?«

»Keine Spur.«

Bremer betrachtete das Tor, das ihm ziemlich solide vorkam, und rüttelte am Türknauf.

»Na ja«, sagte der alte Herr neben ihm und räusperte sich. Bremer sah auf. Crespin versenkte die Hand in die Hosentasche, eine Mischung aus Scham und List auf dem Gesicht, und holte einen großen Schlüsselbund hervor.

»Ich habe noch einen Schlüssel zum Haus. Aus der Zeit, als Madeleine hier wohnte.« Und dann fügte er, leiser, hinzu: »Und Alphonse.«

Bremer grinste den alten Herrn an. »Und worauf warten wir dann noch?«

Der Schlüssel sah handgeschmiedet aus und hatte einen eindrucksvollen Bart. Er bewegte sich wie geschmiert im mindestens so alten Schloß. Dann schwang das Tor auf. Und während Ruby hineinstürmte, den dunklen Gewölben entgegen, die sich vor ihnen auftaten, sprang die Katze die Treppe hinauf nach oben. Bremer folgte ihr. Das Tier mußte ausgehungert sein.

Vorsichtshalber rief er »Frau Senger«, als er oben die unverschlossene Tür öffnete. Die Katze raste zwischen seinen Beinen hindurch hinein, bog nach links, in eine kleine, gut eingerichtete Küche, von der aus man ins Eßzimmer sehen konnte, und sprang auf den Küchentisch. Schwanger, dachte Bremer und tätschelte ihr den Bauch. Er fand eine Dose Katzenfutter im Küchenregal, kippte den Inhalt auf einen Unterteller und setzte ihn auf den Boden. Das Tier stürzte sich aufs Futter. Bremer ging ins Eßzimmer und rief wieder nach Alexa Senger. Dann fiel sein Blick auf den Klostertisch mitten im Raum.

Auf der dicken, dunklen Holzplatte lagen Schwarzweißfotos, angeordnet in drei Reihen. In der ersten Reihe identifizierte er Schornsteine und irgendwelche Pflanzen. Die Fotos in der Mitte zeigten Zeitungsausschnitte. Die Bilder ganz rechts waren Porträts eines Mannes.

Bremer stockte der Atem. Er sah genauer hin. Es waren insgesamt drei Fotos des Mannes, der sich Philipp Persson genannt hatte und Martin Schmid hieß. Schmid gelöst, Schmid grimmig, Schmid von der Seite – und… Bremer nahm eines der offenbar aus einer Zeitung abfotografierten Bilder in der mittleren Reihe auf und sah näher hin. Er erinnerte sich plötzlich wieder an das Foto, das Foto ging damals um die Welt. Martin Schmid auf der Bahre. Der schwerverletzte Terrorist hatte es fertiggebracht, auf dem Weg ins Krankenhaus selig zu lächeln und Zeige- und Mittelfinger der linken Hand der Kamera entgegenzuhalten – zum V gespreizt, für »Victory«.

Alexa Senger wußte es also. Die Tochter von Hans Senger, dem von Terroristen ermordeten Flugkapitän, dem »Helden von Amman«, war in einem kleinen Dorf in Frankreich auf Martin Schmid getroffen, auf einen, der auch mal dazugehört hatte zur internationalen Terroristenszene. Sie hatte ihn wiedererkannt. Entweder hatte sie ihn umgebracht. Oder sie war sein Opfer geworden.

Mit einem Mal traute Bremer sich nicht mehr, weiterzugehen, durchs Eßzimmer hindurch ins nächste Zimmer. Das Haus schien zu atmen, die Atmosphäre war wie aufgeladen, und die Spannung wuchs von Minute zu Minute. Er fürchtete sich vor dem, was er womöglich finden würde. Fast mit Erleichterung hörte er draußen den Schrei und lautes Hundegekläff.

Er lief hinaus, die Treppe hinunter in den kleinen Hof, in dem er vorhin Crespin zurückgelassen hatte.

Der alte Herr saß auf dem Boden neben der Treppe und hielt sich die Hand vors Kinn. Ruby stand heiser kläffend am Tor, drehte sich wie schuldbewußt zu seinem Herrchen um und lief dann entschlossen auf die Straße.

»Ruby!«

Als der alte Mann die Hand vom Gesicht nahm, sah Bremer, daß er blutete.

# 10

»Ich bin Karen Stark«, sagte die Frau und hielt ihr die Hand hin. »Schön, Sie kennenzulernen.«

Dorothea setzte die Sonnenbrille ab. Wieder landete ihr Zeigefinger auf der Nasenwurzel, als ob da eine andere Brille wäre, die sie hochschieben müßte.

Karen Stark musterte sie mit einer Direktheit, die ihr unter anderen Umständen unangenehm gewesen wäre. »Ich frage mich die ganze Zeit, was Sie in ein so schlichtes südfranzösisches Dorf wie Beaulieu verschlagen hat. Und...« – die Frau grinste entwaffnend – »...und wie es Ihnen in der Auberge du Sud gefällt!«

Dorothea hätte am liebsten zurückgegrinst. Aber sie wußte nicht mehr, was sie eigentlich sagen wollte. Ich habe Martin Schmids letzte Worte gehört, und die hießen »Alexa«?

Vielen Dank, würde die Staatsanwältin sagen, mein Freund legt mir auch dauernd die junge Senger als Täterin nahe.

Und was sollte sie darauf antworten? Etwa: Lassen Sie doch das arme Kind in Ruhe! Und außerdem hatte ich ein viel besseres Motiv als Alexa Senger! »Ich war die Freundin von Martin Schmid, kurz bevor er in den Untergrund ging«, sagte sie schließlich.

Karen Stark nickte, so, als ob sie das nicht weiter überraschte. »Sie wissen also von seinem Tod.« Sie schien nachzudenken. »Und – Sie haben ihn hier besucht?« fragte sie vorsichtig.

»Ich hatte es jedenfalls vor.« Wie unsicher das klang. Wie schuldbewußt. Wenn sie wirklich den Verdacht auf sich lenken wollte, war ihr das jetzt sicher gelungen.

»Haben Sie ihn oft gesehen in den letzten zwanzig Jahren?« Die Frau klang sachlich interessiert, mehr nicht. Dorothea schüttelte den Kopf.

»Nicht ein einziges Mal. Aber seit einigen Wochen schrieb er mir Briefe. Und darin ging es vor allem um eines: Er wollte sich stellen, er wollte zurückkehren, wieder in Deutschland leben.«

»Und dabei wollten Sie ihm helfen?«

Dorothea hätte fast losgelacht. »Im Gegenteil. Ich wollte ihn von diesem Unsinn abbringen.«

Karen Stark sah sie unverwandt an. Dann machte sie »Hmmm.«

»Er hätte mit einigen Jahren Haft rechnen müssen.«

»Aber vielleicht wollte er diesen Preis bezahlen – um wenigstens für den Rest seines Lebens nicht mehr auf der Flucht zu sein?«

»Vielleicht.«

»Und *warum* wollten Sie ihm dabei nicht helfen?« Die Stark klang echt erstaunt.

Verstehe. So einem hilft man. Würde ja jeder machen, dachte Dorothea mit mildem Grimm. Vor allem, wenn man als Dorothee Köppen etwas für ihn getan hat, das Dorothea v. Plato auf alle Zeiten erpreßbar macht. Aber das konnte sie einer Staatsanwältin schlecht erzählen.

»Du bist die einzige, die mir helfen kann, Thee.« Sein Besuch war unerwartet gewesen, mindestens so unerwartet wie der Kosename, mit dem er sie seit Monaten nicht mehr angeredet hatte.

Er guckte sie auf eine Weise an, die sie früher unwiderstehlich gefunden hatte: den Kopf zur Seite gelegt, die Augen groß und dunkel.

»Es ist nur eine Kleinigkeit«, sagte er dann. »Nicht weiter wichtig. Macht nichts, wenn du nicht willst.«

Sie hatte ihn lange gemustert. Er hatte sich die Locken geschnitten, so daß sie sich eng um seinen Kopf legten. Es tat ein bißchen weh, zu spüren, wie attraktiv sie ihn noch immer fand. Aber dann sah sie die Linien um seinen Mund und die Unruhe in seinen Augen. Alles sah sie seit kurzem schärfer. Auch den Druck, unter dem er stand, trotz seiner zur Schau getragenen Lässigkeit.

Und plötzlich hatte sie Mitleid mit ihm. Das mußte an ihrem neuen Selbstbewußtsein gelegen haben – ein offenbar weit übertriebenes Hochgefühl, das leichtsinnig machte.

»Kein Problem«, hatte sie mit coolem Lächeln gesagt. Ihr war aufgefallen, daß er ein bißchen zu erleichtert wirkte angesichts dessen, daß es doch angeblich nur um eine »Kleinigkeit« ging. Dennoch hatte sie es auf sich genommen, mit dem Koffer, den er ihr eines Nachts in die Wohnung schleppte, in den Zug zu steigen und nach Belgien zu fahren, um das schwere Gepäckstück in Namur in ein Schließfach zu stellen und den Schlüssel in einem Briefumschlag bei der Post zu hinterlegen – auf den Namen eines gewissen Dr. Sigismund.

Eine Woche später versuchte jemand im nicht gerade weit entfernten Mons, US-General Alexander Haig in die Luft zu sprengen. Ein Koffer aus Namur kam in den Berichten über den Anschlag zwar nicht vor. Aber nachdem Martin kurze Zeit später untergetaucht war, begann die Angelegenheit sie bis in ihre Träume zu verfolgen. Es mußte einen Zusammenhang geben – denn sogar, daß der Anschlag nicht gelungen war, würde zu Martin passen.

Schließlich begann sie Schlaftabletten zu nehmen. Schlechte Träume von Martin Schmid paßten nicht in ihr neues Leben.

Als sie die Augen wieder öffnete, sah sie ins Gesicht der Staatsanwältin. Karen Stark wirkte jetzt nicht mehr milde interessiert, sondern neugierig.

»Wieso kann der Mann Ihnen dadurch schaden, daß er vor unvordenklicher Zeit einmal Ihr Liebhaber war?«

Danke für das Kompliment, dachte Dorothea und zupfte unwillkürlich an ihrer Frisur. »Das liegt doch auf der Hand: Martin Schmid stellt sich, es kommt zu einem Verfahren, in dessen Verlauf Zeugen befragt werden, die ganze Vergangenheit wird erneut durchgekaut und – denken Sie doch einfach mal an den deutschen Außenminister mit der militanten Vergangenheit! Wochenlang hätte man darüber berichtet, was Dorothea v. Plato mit Kriminellen und Terroristen getrieben hat, als sie noch Dorothee Köppen hieß.«

»Hmmm.« Die andere nickte mit dem Kopf.

»Also…« Dorothea lachte. »Ein besseres Motiv als Alexa Senger habe ich allemal.«

»Sofern man Pauls These vom anhaltenden Rachegefühl der Kinder der Opfer nicht vorzieht«, murmelte Karen Stark. Dann lehnte sie sich zurück und sah Dorothea mit gerunzelter Stirn an. »Und außerdem hat Ihre Argumentation einen Schönheitsfehler: Wenn Sie ihn wirklich umgebracht haben und mir das auch noch alles erzählen, bekommen Sie unter Garantie die Schlagzeilen, die Sie eigentlich vermeiden wollten.«

Gut beobachtet, dachte Dorothea, holte eine Zigarette aus der Schachtel und zündete sie an, ohne die andere auch nur fragend anzusehen. Sie nahm den ersten Zug wie eine Süchtige. »Es ist ja auch nur eine Hypothese.«

»Natürlich.« Karen Stark nickte. Ihr Lächeln sah belustigt aus.

»Ich meine nur: Ich hätte ein weit besseres Motiv gehabt als ein junges Mädchen, das Martin Schmid noch nicht einmal persönlich kannte. Sie wird ja wohl kaum angenommen haben, daß Martin am Tod ihres Vaters schuld war.«

»Weiß man's?« Karen Stark hörte sich spöttisch an.

»Ich bitte Sie! Warum soll ein junges Mädchen, das finanziell keine Sorgen hat, sich um alles bringen, was das Leben lebenswert macht – nur aus verspäteter und verfehlter Rache?« Ja, warum? Das genau war die Frage. Martin hatte »Alexa« geflüstert, bevor er starb. Und das konnte nur eines heißen.

»Rache ist immer verfehlt«, sagte Karen Stark. »Aber es gibt offenbar Menschen, die einen Verlust nicht verwinden können.«

Dorothea merkte, wie ihr bei diesen Worten die Tränen in die Augen stiegen. Jetzt nicht weinen, dachte sie. Bitte nicht. Das wird ja langsam zur Angewohnheit. Sie hatte nichts zu verwinden. Was hatte sie denn schon verloren, verflixt? Sie grub in ihrer Handtasche nach einem Tempo.

Liebe? Gefühle? fragte die innere Stimme.

Sie fand kein Taschentuch und wischte sich mit der Hand die Tränen aus dem Gesicht.

Leichtigkeit? Freude? Vielleicht hast du dich selbst verloren?

Der Tränenstrom schwemmte lange vergessene Wünsche und Sehnsüchte an den Tag. Den Wunsch nach Weichheit und Wärme und Ruhe, nach Frieden und nach Stille. Die Sehnsucht nach einem Menschen.

Darf es sonst noch was sein, dachte sie und ließ sich von Karen Stark eine Serviette reichen. Sie schneuzte sich und tupfte die Nässe von den Augen. Hoffentlich verlief die Wimperntusche nicht.

»Frau v. Plato.«

In Karen Starks Augen sah sie Mitleid. Auch das noch.

»Vielleicht war es ja tatsächlich Selbstmord.«

Dorothea schluckte den nächsten Tränenschwall hinunter und schüttelte den Kopf.

»Ich halte das ja auch für unwahrscheinlich. Aber…«

Dorothea kämpfte gegen die Tränen an, die herausdrängten, als ob sie auf diese Gelegenheit schon seit Jahren warteten.

»Wäre es nicht auch denkbar, daß – nun ja…« Die Staatsanwältin nahm eine Serviette vom Nebentisch und reichte sie herüber.

Sie wischte sich die Nase und ließ die Serviette unter den Tisch fallen.

Karen Starks Stimme senkte sich. »Er wollte zurückkommen, sagten Sie.«

Dorothea nickte.

»Wäre es nicht vorstellbar, daß es auch andere gibt, denen das ganz und gar nicht recht wäre?«

Wer sollte das sein? Sie schüttelte begriffsstutzig den Kopf.

In diesem Moment kam Karen Starks Begleiter zurück. Was sie in seinem Gesicht las, ließ Dorothea das letzte Restchen Zuversicht verlieren. Der Mann sah zufrieden aus, nein: er sah selbstzufrieden aus. Wie einer, der sich bestätigt fühlt.

Wie einer, der recht gehabt hatte.

Arme Alexa, dachte sie. Und: Schade.

# 5. BILD

# 1

*Beaulieu*

Alexa ließ sich zurücksinken auf das Lager aus leeren Weinkartons, die sie gegenüber der Kellertür zusammengetragen hatte, legte die Hände hinter den Kopf und starrte in die Dunkelheit. Sobald sich die Augen daran gewöhnt hatten, war der Keller nicht mehr finster, sondern ein Reich der Halbschatten. Da war keine bedrohliche Schwärze, sondern samtige Dämmerung, die auch Alltagsgegenstände verzauberte. Die leere Gasflasche, die schon längst hätte umgetauscht werden müssen, neben dem Haufen Steine rechts von der Tür, große, behauene Quader, erinnerte an einen Leuchtturm auf einer Felseninsel. Und das, was an der Längsseite des Kellers hockte wie ein Gnom, war ein alter Stuhl, auf dem ein Weinfäßchen stand.

Sie hatte kein Gefühl dafür, wie lange sie schon hier unten war. Wann würde man nach ihr suchen? Nach wie vielen Tagen würden Catherine oder Crespin beginnen, sich ernsthaft Sorgen zu machen? Sie schloß die Augen. Seltsamerweise beschäftigte sie die Frage nicht wirklich. Sie hatte keine Angst, schon längst nicht mehr. Nur in den ersten Schrecksekunden hatte sie so etwas wie Panik empfunden. Doch dann war eine große Ruhe über sie gekommen.

Das Haus umschloß sie wie eine schützende Hülle. Irgendwann hatte sie geglaubt, es atmen zu hören, zu spüren, wie sich der Raum um sie herum zusammenzog und wieder ausdehnte.

Und dann begann sie, Bilder zu sehen, die wie ein Film an ihr vorbeizogen. Erst sah sie das Tier, einen großen, schmutzigweißen Schafskopf mit melancholischen Augen und hängenden Ohren. Dann sah sie den kleinen Jungen. Und dann das Lamm, das er in den Armen hielt. Der Junge trug eine kreisrunde Mütze mit schmaler Krempe, die er weit nach hinten geschoben hatte. Ein anderer, nur wenig älterer Junge stolperte fast unter dem Gewicht des Heuballens, den er auf eine Heugabel gespießt hatte und heranschleppte. Er schob den Ballen vor das Schaf, das die Nase in das Heu steckte und zu malmen begann.

Das nächste Bild zeigte eine Katze, deren Schweif unruhig aufs Stroh klopfte. Sie lag auf der Seite, den weißen Bauch nach oben gewölbt. Sie säugte drei kleine Katzen, zwei Männerhände streichelten sie. Die beiden Knaben waren erwachsen geworden. Sie trugen Soldatenuniform.

Und nach einer Weile sah sie eine weinende Frau.

Auch als sie aufwachte, fühlte sie sich nicht verloren und verlassen. Der Verstand teilte ihr mit, daß sie, abgesehen von Asseln, Flöhen, Spinnen und Mäusen, das einzige Lebewesen in dem feuchten Keller war. Aber sie empfand tiefen Frieden – als ob ihr Körper beruhigende Signale an sie aussandte: Du bist nicht allein.

Nein, sie war nicht allein. Alle hatten sich versammelt, die ihr nah waren: Sie war neun Jahre alt und fiel juchzend ihrem Vater um den Hals, der braungebrannt vor der Wohnungstür stand, zurück von einem Überseeflug. Sie spielte mit Jonny unten am Fluß. Cousine Maria kam zu Besuch, zusammen mit ihrem Bruder, einem gräßlichen kleinen Angeber. Schließlich sah sie ihre Mutter vor sich, Hand in Hand mit Edwin Schwarz.

Und dann Ben. Sie sah sein Gesicht, im Profil, das Kinn angespannt, das rechte Auge zugekniffen. Jeder der sechs trocken peitschenden Schüsse war ein Treffer. Die Frau warf ihm einen ausdruckslosen Blick zu, lud das Gewehr nach und reichte es ihm wieder. Sie verließen die Schießbude mit einem dicken Strauß bunter Plastikrosen.

Ben, dachte sie und spürte, wie die Unruhe wieder in ihr aufstieg. Ohne Ben wäre sie vor das Auto gelaufen, damals vor einem Jahr, an einem leuchtenden Sonnentag im Oktober. Sie hörte das Quietschen der Bremsen, spürte den harten Griff, mit dem er sie zurückhielt. »Man guckt erst rechts, dann links, bevor man über die

Straße geht«, sagte er ihr ins Ohr. Als sie sich umdrehte, sah sie ihn grinsen. Ihr war die feine Narbe in seiner Unterlippe aufgefallen. Und die Augen, die erst fast schwarz aussahen und im Licht der Herbstsonne bernsteinfarben schimmerten.

»Mein schönster Zufall«, nannte er sie. Denn als ob sie sich verabredet hätten, liefen sie einander schon am nächsten Tag wieder in die Arme. Sie war auf dem Weg zum Zeitungskiosk gewesen. Und er? Sie wußte es nicht – wie so vieles, was sie nicht wußte von ihm.

In ihrer Erinnerung leuchteten die Herbstfarben den ganzen Oktober über, waren selbst die ersten Herbststürme warm und erregend. Wie durch ein Wunder trafen sie nach der ersten Begegnung jeden Tag aufeinander: vor dem Kiosk, beim Blumenladen, im Kaffeegeschäft. Er wird sich nie mit mir verabreden, hatte sie schon gedacht. Alexa lächelte.

Er hatte Zeit und Geduld. Sie war froh gewesen, daß er sie nicht in ein teures Restaurant einlud oder versuchte, Eindruck auf sie zu machen – auf einem Rummelplatz war sie seit Jahren nicht mehr gewesen. In der Achterbahn legte er den Arm um sie. Und nachdem er sie im Riesenrad geküßt hatte, als ihre Kabine ganz oben stand, warfen sie den ganzen Strauß Plastikrosen, den er ihr geschossen hatte, wie alberne Kinder hinunter.

War sie glücklich gewesen? Wahrscheinlich. Er war da. Er blieb tagelang fort. Sie wußte nicht, wo er wohnte. Er rief nicht an. Er schickte Rosen, kaufte Champagner. Sie hatte keine rechte Vorstellung davon, womit er sein Geld verdiente. Er brachte ihr den Kaffee ans Bett morgens. Ließ dann wieder tagelang nichts von sich hören.

Das war der Grund, warum du dich in ihn verlieben konntest, Dummchen, dachte sie. Er kam dir nicht zu nahe. Er kannte dich besser als du.

Alexa drehte sich auf die Seite auf ihrem Lager aus Weinkartons. »Mein schönster Zufall.« War auch das ein Zufall, daß sie zu ihrem ersten gemeinsamen Urlaub an Ostern nach Beaulieu fuhren? Und war das wirklich ihre Idee, ins Maklerbüro zu gehen, oder vielleicht doch seine?

Ich weiß nichts über dich, Ben, dachte sie.

Du hast auch nie gefragt, hörte sie ihn spöttisch antworten. Du schaust nicht hin. Du läufst blind durchs Leben. Du willst viel zu viel nicht wissen.

Dann schlief sie wieder ein. Der Traum, aus dem sie aufschreckte, war kurz und beängstigend.

Sie sah einen Mann knien in der geöffneten Tür eines Flugzeugs. Sein weißes Hemd war aus der Hose gerutscht, die Ärmel hatte er hochgekrempelt, das Haar hing ihm ins Gesicht. Neben ihm stand ein Vermummter, er hatte eine schwarze Skimaske übers Gesicht gezogen, nur für Mund und Augen gab es Schlitze. Der Schwarze richtete eine Pistole auf den Mann.

Und dann sah sie die Augen. Die Augen des schwarzen Mannes. Die Augen von Philipp Persson. Die Augen von Ben.

Als die Kellertür mit einem berstenden Laut aufsprang und gegen die Wand knallte, schrie sie auf. Ein kalter Luftzug wehte hinein und das Tageslicht blendete sie.

»Alexa! Um Himmels willen!«

Der Mann war mit drei Schritten neben ihr, kniete sich hin und nahm sie in den Arm.

»Wo warst du?« fragte sie mit zitternder Stimme. »Ich hatte einen Albtraum.«

»Schscht«, machte er. »Beruhige dich.«

Sie lehnte sich zurück, sah ihn an und seufzte tief auf.

»Wir kriegen ein Kind, Ben.«

# 2

*Frankfurt*

»Elisabeth! Ich habe jetzt schon dreimal angerufen, und...«

»Moment!« Die Stimme klang ungeduldig. Offenbar hatte Elisabeth die Hand über das Mikrofon des Telefonhörers gelegt, aber Karen verstand sie trotzdem deutlich. »Sofort, Frau Dr. Kämpfer, ich muß nur erst...« Dann polterte der Hörer auf den Schreibtisch. Karen hörte Papier rascheln, das Geräusch, den der metallene Sicherheitsbügel macht, wenn man einen Aktenordner öffnet. Dann blättern, seufzen. Ein Feuerzeug klickte, jemand zog tief an einer frisch angezündeten Zigarette.

»Elisabeth!« Karen hätte am liebsten ins Telefon gebrüllt.

Immerhin wurde der Hörer wieder aufgenommen. »Sorry, Karen, ich hätte dich fast vergessen.« Elisabeth hatte ein Lächeln in der Stimme. Die Schlange, dachte Karen.

»Du hast mich offenbar heute nicht das erste Mal vergessen.«

»Ach, Karen, du weißt doch: Hier ist immer die Hölle los. Und dann kommen ausgerechnet die, die Urlaub machen, und haben es besonders eilig!«

Karen merkte, daß ihr der subtile Boykott der Sekretärin allmählich an die Nerven ging. Elisabeth, die früher immer auf gute Freundschaft machte – von Frau zu Frau –, hatte mit fliegenden Fahnen die Seite gewechselt. Mit sicherem Gefühl für die Macht. Und Angelika Kämpfer war schließlich auch eine Frau.

»Ist Manfred...«

»Eben war er noch in seinem Zimmer«, flötete Elisabeth. »Ich geh mal nachschauen.« Diesmal legte sie den Hörer nicht neben das Telefon. Diesmal legte sie auf.

Karen schloß die Augen und hörte sich tief ein- und wieder ausatmen. Ruhig, redete sie sich zu. Ganz ruhig. Als sie die Augen wieder öffnete und zur Kaffeetasse auf dem Nachtschränkchen griff, merkte sie, wie ihre Hand zitterte. Niemand vermag eine Frau so perfekt zu demütigen wie eine andere Frau. Du hast mir gar nichts mehr zu sagen, signalisierte Elisabeth. Es war zu befürchten, daß sie recht behielt.

Nach zehn Minuten nahm Karen ihren ganzen Trotz zusammen und rief erneut an. »Bevor wir so rüde unterbrochen wurden«, begann sie, in der Hoffnung, Elisabeth mit deren eigenen Waffen schlagen zu können.

»Moment, ich verbinde.« Karen hatte erwartet, gleich wieder aus der Leitung katapultiert zu werden. Aber tatsächlich meldete sich Manfred Wenzel.

»Karen, es tut mir leid, aber...«

»Ich weiß, du hast alle Hände voll zu tun.«

»Natürlich, du kennst das ja, aber...«

»Weißt du, daß Elisabeth mich auflaufen läßt? Seit eineinhalb Stunden schon?«

»Karen, ich...«

Auch du, Brutus. Karen spürte, wie ihr flau wurde im Magen. So standen die Dinge also.

»Manfred, ich verlange doch nichts Unsittliches!«

»Du hast hier nicht nur Freunde, Karen.« Er hatte die Stimme konspirativ gesenkt. »Moment – ich mach mal schnell die Tür zu.«

Natürlich nicht. Wer hatte das schon. Trotzdem tat die Bemerkung weh.

»Du seist rechthaberisch und profilsüchtig, heißt es. Du verschwendest deine Zeit mit aussichtslosen Fällen, während die anderen die Routinesachen mitzuerledigen hätten.«

Karen holte tief Luft. »Das ist ja wohl...«

»Ich erzähle dir nur, was hier die Runde macht.« Manfred Wenzel klang nicht richtig empört über die Botschaft, zu deren Überbringer er sich machte. Das wunderte Karen nicht. Es wunderte sie höchstens, daß es sie schmerzte.

Manfred Wenzel und sie hatten sich gestritten, seit er nach Frankfurt berufen worden war. Er kritisierte ihre Impulsivität und das, was er spöttisch ihre »Intuition« nannte, sie fand ihn knöchern und phantasielos. Erst der Fall Bunge hatte sie einander nähergebracht – selbst Wenzel entpuppte sich als Mensch aus Fleisch und Blut. Aber nur sentimentale Weiber schlossen daraus gleich auf Freundschaft.

»Bist du neuerdings auf der Seite derjenigen, die möglichst nicht behelligt werden wollen von dem, was man Gewissen nennt?« hätte sie ihn am liebsten gefragt.

Karen atmete noch einmal tief ein. Es hatte keinen Sinn, sich mit ihm zu streiten. Sie brauchte ihn. Und wenn er im guten nicht wollte, würde sie ihn daran erinnern müssen, daß er ihr für ihr Schweigen in Sachen Bunge noch einen Gefallen schuldete.

»Manfred, du wolltest bei Steiner nachhaken, was es mit den in der Sache Eva Rauch und hier in Beaulieu gefundenen Waffen auf sich hat. Gerade ist übrigens ein weiteres Exemplar aufgetaucht, das zu den 1978 geklauten Waffen passen würde – neben einem Ex-Terroristen namens Martin Schmid, der seit Jahren unerkannt im französischen Exil lebte.« Und einen Reisepaß besaß, der nicht nach Fälschung aussah, hätte sie beinahe hinzugefügt. »Möglich immerhin, daß jemand aus der Terrorszene Rache an einem Aussteiger genommen hat. Vielleicht sollte man auch Eva Rauch in Hinblick auf eine einschlägige Vergangenheit noch einmal überprüfen.«

Sie sah Wenzel am Schreibtisch sitzen, wie immer im grauen Anzug, weit zurückgelehnt, die Augen auf das Stückchen blauen Himmels gerichtet, das man durch das Oberlicht des Fensters sehen konnte. Dann hörte sie ihn seufzen, tausend Kilometer entfernt in seinem Hamsterställchen in der Frankfurter Staatsanwaltschaft.

»Der Fall Eva Rauch ist von Kollegin Kämpfer eingestellt worden, Karen. Daran sollte man besser nicht rühren.«

Jetzt war sie es, die seufzte. »Dann frag wenigstens Steiner, ja?«

»Karen, ich verspreche es. Ich kümmere mich drum, o.k.?«

»Bis wann?«

»Bis...« Wenzel schien in irgend etwas zu blättern. Doch nicht etwa in seinem Terminkalender! Karen merkte, wie ihr die Hitze ins Gesicht stieg. Wenn er ihr das antat, dann...

Sie setzte sich kerzengerade auf. »Nicht, daß ich ein besonders großes Mitteilungsbedürfnis hätte, Manfred, du kennst mich ja.«

Wenn er noch ein Fünkchen Humor hatte, dann würde er jetzt grinsen.

»Aber es gibt hier einen Journalisten, der sich sehr für die Geschehnisse interessiert. Du kannst dir das ja vorstellen: Ein ganzes Dorf ist entsetzt, weil sich ein guter Nachbar als etwas anderes entpuppt – der plötzliche Tod eines ehemaligen deutschen Terroristen im französischen Exil ist natürlich erstklassiger Stoff für eine Reportage...«

Sie hörte es am anderen Ende der Leitung leise lachen. Fröhlich klang es nicht.

»Du gewinnst. Ich werde sehen, was ich herausfinden kann. Bis heute abend nach Dienstschluß.« Wenzel klang resigniert. »Ich tu mein Bestes.«

# 3

*Beaulieu*

Loulou stand in der Mitte des Platzes und brabbelte fröhlich vor sich hin. Er wiegte den Packen Papier im Arm, als ob es das liebe Jesulein wäre. Bremer mußte an ihm vorbei auf dem Weg ins Café. Ein bißchen unheimlich war ihm der große Kindskopf schon.

»Aaahhhh!« machte Loulou strahlend und hielt Paul eines der Flugblätter hin. Bremer hätte niemals gewagt, es nicht entgegenzunehmen.

Vor dem Café waren die üblichen Verdächtigen versammelt, heute nicht so entspannt wie sonst. Die Männer standen im Halbkreis, leicht vornübergebeugt, als ob sie ein spannendes Fußballmatch betrachteten. Als Bremer näher kam, sah er in der Mitte des Kreises zwei Männer wie kampfbereite Bullen voreinander stehen, mit gesenkten Schädeln, die Fäuste geballt – Stammgast Marius und Axel, der Metzgerssohn.

»Laß Loulou raus aus deinen schmutzigen Angelegenheiten!« Axel war blaß vor Wut. »Wenn du nachts die halbe Region mit deinen blöden Parolen verpesten willst – bitteschön! Aber Loulou…«

Marius grinste breit und tänzelte ein paar Schritte zur Seite.

Bremer guckte flüchtig auf das Blatt, das er noch immer in der Hand hielt, und dann auf die Linde an der Feierabendbank, dort, wo es hoch zur Kirche ging. An den Baum hatte jemand ein professionell aufgemachtes Plakat geheftet.

»Wir wollen Sicherheit!« stand darauf, in großen, natürlich blutroten Lettern.

Die gleiche Überschrift krönte das Flugblatt. »Beaulieu als Refugium für deutsche Terroristen – und was tut die Polizei?« lautete die Unterzeile. Der Text ging weiter mit einer Frage, die sich von selbst beantwortete: »Was ist das für ein Land, in dem illegal eingereiste

Terroristen dem von der Polizei gegründeten Judoclub beitreten dürfen?«

»Loulou tut das gern, Axel, das weißt du doch!« Marius lächelte milde.

Unter den Umstehenden wurde Protestgemurmel laut.

»Er *weiß* nicht, was er tut, du Idiot!«

»Und was spricht dagegen, daß auch ein... daß auch ein Bursche wie Loulou seine patriotische Pflicht tut?«

»Faschoscheiße!« rief einer aus der Menge.

»Ich sage nur meine Meinung! Dies ist ein freies Land, oder?« Marius breitete die Arme aus und blickte in die Runde. Einige nickten.

Bremer drehte sich um und ging ins Café. »Parteien«, erklärte Monsieur André, als ob er über Küchenschaben und ihre rückstandslose Vernichtung spräche. »Jeder versucht sein Süpplein zu kochen. Und Marius...« Er hob die Hände, um den bösen Zauber abzuwehren.

Bremer nickte unverbindlich. Verbrechen sind immer gut für Demagogen, die Ordnung versprechen. Dann bestellte er einen Grand Crème.

Es wehte ein lauer Wind, man hörte die versammelte Mannschaft draußen streiten. Er hatte Karen allein gelassen im Hotel, weil ihre Hilflosigkeit kaum noch auszuhalten war.

»Warum läßt du dir keine Vollmacht erteilen? Schließlich ist der letzte Tote deutscher Staatsbürger, müssen dir die Franzosen da nicht Amtshilfe leisten?«

Sie hatte ihn mitleidig angesehen. »Du meinst ein förmliches Rechtshilfeersuchen.«

»Was auch immer.«

»Erstens brauche ich dazu einen plausiblen Grund, zweitens die Unterstützung meiner Abteilung, und drittens muß ich präzise darlegen, mit welchen Beweismitteln ich ermitteln will. *Dann* geht der ganze Krempel an einen Rechtshilfesachbearbeiter, dann ans Landesjustizministerium, dann ans Außenministerium – übersetzt werden muß es auch....«

Sie hatte sich zurückgelehnt auf dem Bett, von wo aus sie telefonierte, da die Schnur des unmodernen Telefons nur bis zum Nachttisch reichte, hatte mit beiden Händen in den Haufen vollgekritzelter Blätter gegriffen, die auf dem Bett lagen, sie in die Luft geworfen und wieder runterflattern lassen.

»Das einzige, was noch hilft, ist die zweifelhafte Bereitschaft des Kollegen Wenzel.« Ihre Hände machten scheuchende Bewegungen. »Nun geh schon, Paul.«

»Bist du sicher, daß...«

Sie hatte ihn angesehen und einmal fest mit dem Kopf genickt. Da war er gegangen.

Aussichtslos, Karen, dachte er beim ersten Schluck Milchkaffee. Völlig aussichtslos. Sie werden dich mit deinen fixen Ideen auflaufen und abtropfen lassen, bis du reif bist für die Urschreitherapie. Und noch nicht einmal das Naheliegende fragst du: Warum Alexa Senger, die seit dem gewaltsamen Tod Martin Schmids nicht mehr gesehen wurde, plötzlich wieder auftaucht und gleich darauf erneut verschwindet. Zusammen mit ihrem Freund, der sie zwar vor Wochen schon verlassen hat, aber plötzlich so viel Sehnsucht nach ihr verspürt, daß er den armen alten Crespin zur Seite stößt. Nur, um ein paar Sekunden schneller bei ihr zu sein.

Wenn er Lucien Crespin nicht hätte zum Arzt bringen müssen, hätte er sie sich noch einmal angesehen, die Fotos auf Alexa Sengers Küchentisch – von Martin Schmid alias Philipp Persson. Die älteren hatte nicht Alexa gemacht; sie mußten von Ada Silbermann stammen – offenbar hatte sie gewußt, wer Philipp Persson wirklich war. Gut möglich, daß ihr das zum Verhängnis geworden war. Und was, wenn Alexa zu den gleichen Schlußfolgerungen gekommen war wie die Fotografin? Was, wenn sie sich im Unterschied zu Ada Silbermann gewehrt hatte?

Aber wie war sie an die Pistole gekommen?

»Hallo, mein Lieber«, sagte eine undeutliche Stimme schräg hinter ihm. Bremer sah sich um. Der alte Crespin grinste ihn an. Er sah trotz geschwollener Backe und Pflaster über dem rechten Mundwinkel bester Laune aus.

»Warum hat der Vollidiot Sie niedergeschlagen?« Bremer rückte dem alten Herrn einen Stuhl heran und winkte Monsieur André, der schon bereitstand.

»Bring mir dein bestes Betäubungsmittel, André, sei so lieb.« Crespin deutete mit dem Finger auf seine Wange.

Dann sah er Paul an und lächelte. »Aus Liebe, weshalb sonst. Ist es nicht immer die Liebe?«

# 4

*Auf dem Weg nach Beaulieu*

Auf einer sattgrünen, sich sanft den Hang hinaufschwingenden Wiese, unterhalb einer Baumgruppe, die vor dem dunkelblauen Himmel wie ein Scherenschnitt aussah, stand eine Tür.

»Fahr langsamer, Ben.« Alexa legte ihm die Hand aufs Knie. Sie fand den Anblick immer wieder atemberaubend. Die Tür sah aus wie ein Tor zu einer anderen Welt. Sie war nicht schön, sie war nicht alt; das futuristische Design – drei gelbe Glassplitter, fächerförmig in einen rechteckigen Rahmen eingefügt – galt in den 50er Jahren als letzter Schrei. Sie erinnerte sich, daß die Tür im Frühjahr noch den Hauseingang eines halbverfallenen Steinhauses im Tal verschlossen hatte. Bis Monsieur Lafont, den alle nur »Rigolo« nannten, eines Tages auf die Idee kam, sie auf die Wiese zu stellen.

Ob Rigolo ein armer Irrer war oder ein Genie, war in Beaulieu umstritten. In Alexas Augen fügte sich seine neueste Idee perfekt ein in den verrückten Traum, in dem sie lebte.

Nach der hastigen Flucht von gestern fuhren sie heute nach Beaulieu zurück. Sie sah ihn von der Seite an. Sein Gesicht war angespannt. Am liebsten hätte sie ihm die schwarzen Gedanken aus dem Kopf gepustet. Wovor fürchtete er sich? Sie hatte keine Angst.

Sie hatten das Thema gestern endlos lange durchgekaut.

»Ben. Da ist doch was. Was ist los?«

Er hatte nur stumm den Kopf geschüttelt, wie ein Pferd, das die Fliegen abwehrt.

»Warum willst du nicht zurück?«

Er hatte sich lange gewunden und war erst dann mit der Sprache herausgerückt: Philipp Persson alias Martin Schmid war tot, und sie könnte in Verdacht geraten.

Die Nachricht von Philipps Tod schockierte sie. Aber daß sie damit etwas zu tun haben könnte…

»Natürlich hast du ihn nicht umgebracht. Aber…«

»Warum sollte ich auch?« Sie hatten das Gespräch im Hotel geführt, lange nachdem sie sich in den Armen gelegen und geliebt hatten, als wäre er nie fort gewesen.

»Du hast ihn erkannt.«

»Ich habe irgendwann eins und eins zusammengezählt. Genauso wie Ada.« Mit Respekt dachte sie an die Fotografin, die nicht weggucken wollte, auch dann nicht, als es womöglich gefährlich wurde, zuviel zu sehen. »Aber ihn erschießen…«

»Dein Vater…«

»Du meinst, ich hätte ihn Vaters wegen umgebracht?« Sie hatte sich in seine Armbeuge geschmiegt und leise gelacht. »Sehe ich aus wie ein Racheengel?«

Er hatte sie auf die Stirn geküßt und »Manchmal schon!« gemurmelt.

»Im Ernst, Ben: Bringt mir das meinen Vater wieder?«

Sie hatte gemerkt, wie er plötzlich alle Muskeln anspannte. Dann schüttelte er den Kopf, sah ihr in die Augen und küßte sie auf den Mund.

»Also wir fahren«, murmelte sie nach einer Weile. »Niemand verdächtigt mich. Und außerdem muß ich mich um Felis kümmern.« Wenn das Tier überhaupt noch da war. Seit vorgestern hatte niemand nach der Katze gesehen. Was konnte nicht alles passiert sein in ihrer Abwesenheit!

Wenigstens Ben war zurückgekehrt.

Irgendwann schliefen sie ein, Arm in Arm. Am nächsten Morgen war er ohne weitere Diskussion mit ihr zurück nach Beaulieu gefahren. Und jetzt war sie es, die sich fürchtete: vor den neugierigen Blicken und den besorgten Fragen. Wo warst du? Hast du mitbekommen, daß Philipp…? Und da ist ja Ben! Wo hast du dich herumgetrieben, Alter? Catherine würde ihm einen schmelzenden

Blick zuwerfen und »Das wurde aber auch Zeit!« rufen, M. André würde ihm erstmal einen ausgeben wollen, Adèle skeptisch gucken, Crespin…

Sie sah Ben wieder an von der Seite. Es gab so viel zu fragen. Wo warst du? Warum hast du dich nicht gemeldet? Liebst du mich?

Sie lehnte sich zurück in den Sitz und schloß die Augen. Im Geiste ging sie durch Rigolos Tür.

# 5

*Beaulieu*

»Er hat sie verlassen, der gute Ben, von einem Tag auf den anderen. Und plötzlich ist er wieder da, aus heiterem Himmel, schreit herum, stößt mich aus dem Weg, stürmt an mir vorbei, tritt gegen die Tür – *et voilà*!«

Crespin erzählte das alles mit Schwung und einem leisen Glitzern in den Augen. Er hätte gekränkt sein müssen, dachte Bremer, zornig, vielleicht auch eifersüchtig. Aber es schien, als ob er dem Auftritt des treulosen Liebhabers applaudierte. Das mußte die sprichwörtliche Leidenschaft der Südfranzosen für Liebesdramen sein.

»Also sie war im Keller? Eingeschlossen?«

»Muß wohl.«

»Aber seit wann? Ich habe sie am Freitagabend noch gesehen – du weißt: auf dem Weg zu Persson.«

»Also irgendwann danach.« Crespin zuckte mit den Schultern. Das Problem war ihm sichtlich egal. Dabei war es ziemlich erheblich für das, was man Alexa Sengers Alibi nennen würde, gäbe es im Fall Persson/Schmid Ermittlungen.

Hatte sie sich im Keller versteckt, weil sie Schmid getötet hatte? Oder hatte sie etwas gesehen bei oder in Schmids Haus? Versteckte sie sich vor dem Mörder?

»Das gleiche ist Madeleine mal passiert. Herrgott, hat die geschimpft!«

»Was?« Bremer verstand nicht.

»Die Tür zum Weinkeller – also früher war da mal der Stall –, die Tür hat seit ewigen Zeiten eine kaputtes Schloß. Alphonse hat immer mal daran herumgebastelt, aber genutzt hat's nichts. Irgendwann hat er statt der alten Türfalle eine Klinke drangebaut, aber das hat auch nicht weitergeholfen – die paßt nämlich nicht richtig.«

Crespin winkte auffordernd zu Bremer hinüber und machte dann mit Daumen und Zeigefinger jene Bewegung, mit der man den Kellner bittet, die Rechnung zu schreiben. Nach einer Schrecksekunde verstand Bremer und reichte ihm den Kugelschreiber, den er in der Brusttasche seines Hemdes trug.

»Sehen Sie – so.« Crespin malte ein paar Striche auf die Cafétischdecke. »Hier – dieses Teil steckt man auf der einen Seite durch die Tür, und jenes Teil steckt man auf der anderen Seite darauf. Und dann sichert man das ganze mit einem Nagel – so.«

Bremer nickte. So funktionierten Türklinken noch heute.

»Aber es fehlte das Loch, durch das man den Nagel steckt. Und Alphonse kam nie dazu, es zu bohren. Und das lange Ende der Klinke steckte draußen, verstehen Sie?«

Paul schwante langsam etwas. »Das heißt – wenn die Tür hinter einem zuschlug, wenn man im Keller war, und die Klinke fiel dabei auf der anderen Seite herunter, dann…«

»Konnte man die Tür nicht mehr öffnen. Genau. Madeleine hat mindestens zwei Stunden da unten gesessen und an die Tür gehämmert und nach ihrem Nichtsnutz von Mann gerufen, der in der Zwischenzeit einen trinken gegangen war.«

Crespin versuchte, entrüstet zu gucken, aber er hatte wieder dieses Glitzern in den Augen.

»Und das ist Alexa passiert?«

»Vielleicht, wer weiß?« Crespin hob die Arme, als ob er den Himmel um Verzeihung bitten wollte. »Hätte ich bloß daran gedacht!«

Bremers Finger spielten mit dem Kugelschreiber. So konnte es gewesen sein, klar. Aber auch ganz anders. Und wieso kam der verschollene Liebhaber der Heldin gerade im richtigen Moment des Weges, um sie bühnenreif zu retten?

»Was ist mit dem Freund Ihrer Nachbarin?«

Crespin hob die Hand und formte mit Daumen und Ringfinger einen Halbkreis, ein Zeichen, das Maître André offenbar verstand, denn er drehte sich um und ließ einen Ricard ins Glas laufen.

»Ben? Mittelgroß, durchtrainiert, kurzes blondes Haar, sehr *boche*, würde ich sagen.« Crespin grinste. »Braune Augen, eine Narbe in der Unterlippe.«

»Typ Glücksritter?«

Crespin wiegte den Kopf und schüttelte ihn dann. »Der hätte Alexa auch genommen, wenn sie arm wie Aschenputtel wäre.«

»Und warum verläßt er sie dann?«

»Ich hatte immer den Eindruck, daß ihm etwas auf der Seele brennt, Paul.« Crespin schüttelte wieder den Kopf.

Bremer wunderte sich. Jetzt verteidigte er den Mann auch noch, der ihn rabiat aus dem Weg gestoßen hatte.

»Marius behauptet, er hätte ihn gesehen, vorletzte Woche. Als alle Welt in Beaulieu war, um dem Eselsrennen zuzusehen.« Crespin seufzte. »Kann sein – kann auch nicht sein. Hauptsache, es ist alles wieder gut. Und ich geh jetzt nach Hause, Wäsche waschen.«

Diesmal ließ der alte Herr Bremer bezahlen und sich von ihm begleiten – die Gasse herunter, an Persson/Schmids Haus vorbei, ein kurzes Stück über die Place des Platanes und wieder hinauf in die Straße, in der Crespins Haus an Alexas grenzte.

Das Tor zu Alexas Haus stand offen, unter dem Torbogen stand Ruby und kläffte in den höchsten Tönen. Eine schlanke Gestalt mit wehendem dunklen Haar trat heraus und hielt dem Hund etwas hin. Ruby japste noch einmal und fraß ihr dann manierlich aus der Hand.

»*Mon Dieu*, was für ein bestechlicher Köter«, sagte Crespin.

Alexa Senger redete auf die rotbraune Promenadenmischung ein, als wäre das Tier ein verwunschener Prinz, und sah erst auf, als sie nur noch ein paar Schritt entfernt waren. Bremer war wie vom Donner gerührt. Er hatte sie einmal flüchtig gesehen, im Dämmerlicht. Trotzdem hatte er sie sich anders vorgestellt, so, wie man sich reiche Erbinnen eben vorstellt: makellos frisiert und irgendwie unwirklich. Statt dessen stürzte ein Schneewittchen mit wilden Locken und großen braunen Augen auf Crespin zu und fiel ihm um den Hals. So sieht keine Mörderin aus, dachte Bremer – auch wenn er wußte, daß das eine mit dem anderen nichts zu tun hatte. Vielleicht hatte Persson ja tatsächlich Selbstmord begangen?

Alexa Senger gab sich redlich Mühe, alles auf einmal zu erzählen. Wie sie Gespenster gesehen hatte im Keller, Halluzinationen von der Vergangenheit des Hauses. Und wenn Ben nicht zurückgekommen wäre...

»Es war Ruby. Ruby hat nach dir gesucht«, sagte Crespin, hielt sie auf Armeslänge von sich und betrachtete sie prüfend. Bremer sah, wie sich plötzlich ihre Augen weiteten.

»Was haben Sie gemacht, Lucien?« Sie berührte mit dem Zeigefinger das Pflaster neben seinem Mund.

»Ach das...« Crespin guckte verlegen zur Seite.

Bremer platzte der Kragen. »Ihr Freund hatte es sehr eilig, Sie wiederzusehen«, sagte er spitz. »Lucien Crespin stand zufällig im Weg.«

Ihr Blick traf ihn wie das Finale von »Dr. Schiwago«. Sie sah unsicher und gekränkt und verletzt und besorgt und zweifelnd aus, dies alles zugleich, und dabei auch noch so schön, daß er am liebsten alles zurückgenommen, »Verzeihen Sie Ihrem armseligen Diener, Madame« gemurmelt und sich untertänigst zurückgezogen hätte.

»Es ging alles so schnell... Ich habe gar nichts mitgekriegt. Ich wollte nur raus, raus aus dem Keller, ins Licht.« Sie hatte die dichten Augenbrauen zusammengezogen und machte ein unendlich trauriges Gesicht. Ruby, ein gefühlvoller Köter, sprang an ihre Seite und leckte ihr die Hände.

»Mußte das sein?« murmelte der alte Herr, als sie weitergingen, einen seligen Hund im Schlepptau, der gemächlich hinter ihnen hertrottete und noch gemächlicher mit dem Schwanz wedelte.

»Sie waren der einzige Freund, den sie hatte, während der Kerl sich sonstwo amüsiert hat«, sagte Paul.

»Eifersüchtig?« Crespin grinste ihn an.

»Sie nicht?«

Lucien stutzte, blieb stehen, kratzte sich im Nacken und blickte hinunter zu Ruby, der mit Hundegrinsen zu ihm hochschaute.

# 6

Karen Stark hatte sich wohl noch nie so nutzlos gefühlt. Das und das triste Hotelzimmer verdüsterte ihre Stimmung. Sie zerknüllte einen der vollgeschriebenen Papierbögen nach dem anderen, zielte und warf ihn in Richtung Waschbecken.

Es mußte eine Lösung geben, eine völlig klare und eindeutige Lösung. Und die hieß weder Alexa Senger noch Dorothea v. Plato.

Natürlich hatte die Senger ein Motiv. Und daß sie zeitgleich mit Schmids Tod verschwunden war, dann wiederaufgetaucht und erneut fortgefahren war, machte sie in der Tat einigermaßen verdächtig. Aber sie konnte mit Eva Rauchs Tod nichts zu tun haben. Sicher, sie hätte die Tatwaffe bei Martin Schmid vorgefunden und von ihr an Ort und Stelle Gebrauch gemacht haben können. Aber dann hätte Schmid/Persson der Mörder von Eva Rauch gewesen sein müssen. Und der war nachweislich seit Monaten nicht fortgekommen aus seinem kleinen Kaff.

Karen stand auf, ging zum Kleiderschrank und öffnete die Tür.

Ada Silbermann, dachte sie, die Hand am Türgriff. Sie schien Perssons wahre Identität entdeckt zu haben. Hatte er sie deshalb umgebracht? Aber warum sollte Persson/Schmid eine Waffe in ihrer Nähe lassen, mit der er sie gar nicht erschossen hatte? Hatte er damit eine falsche Spur legen wollen?

Oder hatte jemand anderes eine Spur zu Martin Schmid legen wollen? Der Gedanke machte sie unruhig. Denn das hieße, daß der Ex-Terrorist einem von langer Hand geplanten Verbrechen zum Opfer gefallen war.

Andere Möglichkeit: Hatte sich Alexa Senger Jahre nach dem Tod ihres Vaters zur Rache an allen der Gerechtigkeit entkommenen Terroristen entschlossen? Und wer war dann der nächste?

Karen machte die Schranktür wieder zu. Ihr war entfallen, warum sie sie geöffnet hatte.

Irgendwo in ihrem Gedankengebäude blockierte etwas. Irgendwo steckte ein Denkfehler. Sie setzte sich aufs Bett. Was, wenn es die Waffen nach dem Raub in alle Winde verstreut hatte und sie mit einer Reihe von Zufällen konfrontiert war?

Sie stand wieder auf. Die Wahrscheinlichkeit einer solchen Reihe von Zufällen war auch mit der Lupe nicht mehr zu erkennen.

Blieb Dorothea v. Plato. Sie hatte durchaus ein Motiv, ihren Ex-Geliebten Martin Schmid aus dem Wege zu räumen. Sie hätte theoretisch auch Eva Rauch töten können – ein Heimspiel in Frankfurt. Aber warum sollte sie? Und mit Ada Silbermann verband sie gar nichts – jedenfalls nichts, wovon Karen wußte.

Sie ging wieder zum Schrank, holte ein weißes T-Shirt heraus und zog sich um.

Aber warum lenkte sie dann selbst den Verdacht auf sich? Im Vollgefühl des Glaubens an die eigene Unverwundbarkeit?

»Keine Chance«, sagte Karen laut.

Sie fuhr sich mit dem Kamm durch die Haare und ging nach unten. Madame Dutoit begrüßte sie mit strahlendem Lächeln, der Sohn blinzelte ihr verschwörerisch zu. Auf der Terrasse saßen Touristen, eine französische Familie, zwei Fahrradfahrer in voller Montur, über eine Karte gebeugt. Und, an einem Tisch im Schatten, Dorothea v. Plato. Heute trug sie weder Sonnenbrille noch Hut. Ihre Frisur ließ nichts von der gewohnten Eleganz erkennen. Sie lächelte vage vor sich hin und hielt sich dann die Getränkekarte im dicken Kunstledereinband ganz nah vor die Augen. Sie ist kurzsichtig, sagte sich Karen und dachte im gleichen Moment: Und so jemand will einen Mann mit einem Schuß erledigt haben?

Sie schlängelte sich durch die Reihen, bis sie vor v. Platos Tisch stand. Die Frau lächelte noch immer, als sie aufsah.

Karen guckte unbewegt zurück und setzte sich ohne Gruß.

Für einen Moment erinnerte die andere an die alte, bekannte Dorothea v. Plato, so kühl und hoheitsvoll kommentierten ihre Augen die Verletzung der guten Manieren. Doch dann lächelte sie wieder.

Schwungvoll stellte M. Dutoit einen gefüllten Teller vor sie hin. Mit leiser Stimme orderte v. Plato Tomatensaft und Wodka. Dutoit zog die Augenbrauen hoch und nickte dann mit geneigtem Kopf.

Das Essen sah nicht so aus, als ob man dazu guten Appetit wünschen sollte. Karen beschloß, ohne Umwege zum Punkt zu kommen. »Also wenn ich das alles ernst nehmen soll, was Sie mir da erzählt haben, Frau v. Plato...«

»Wenn Sie erlauben?« Die Frau deutete auf den Teller. Sie lächelte noch immer.

»Aber bitte sehr.« Und, dachte Karen, das Essen sieht auch nicht so aus, als ob man bedauern müßte, wenn es nach einer Viertelstunde kalt ist.

»Sie haben mir in unserem letzten Gespräch nahegelegt, Sie im Todesfall Martin Schmid unter die Verdächtigen zu zählen.«

v. Plato hatte den ersten Bissen genommen und kaute mit konzentriertem Gesicht.

Die Frau hat Haltung, dachte Karen. »Ihr Motiv ist in der Tat nicht von der Hand zu weisen. Aber warum mußte auch Eva Rauch dran glauben?«

Dorothea v. Plato ließ Messer und Gabel sinken und nahm einen tiefen Schluck aus dem Glas.

»Und was hat Ada Silbermann mit Ihrer und Martins Geschichte zu tun?«

Dorothea v. Plato schüttelte stumm den Kopf.

»Und woher hatten Sie die Tatwaffe? Apropos: Was war das überhaupt für eine Knarre, mit der Sie auf Martin Schmid geschossen haben?«

Die andere sah ratlos aus.

»Und wenn Sie das alles nicht wissen – und Sie wissen es natürlich nicht: Warum bestehen Sie dann darauf, daß Sie die Mörderin Martin Schmids sein könnten?«

Dorothea schob den Teller von sich weg, winkte nach dem Patron und bestellte eine Flasche Badoit.

Karen wartete, bis die andere sie wieder ansah, und senkte dann die Stimme. »Und sollte es Ihre Absicht sein, Alexa Senger zu schützen, dann weise ich Sie darauf hin, daß Sie damit erst recht den Verdacht auf sie lenken. Was wissen Sie über sie?«

Dorothea v. Plato sah auf. Sie hatte klare Augen, aus denen jede Spur von Verlegenheit verschwunden waren. »Sie haben recht«, sagte sie mit fester Stimme. »Es ging mir wohl mehr um mich als um sie.«

So geht es wahrscheinlich den meisten von uns, dachte Karen spöttisch.

»Manchmal bildet man sich ein, es gäbe etwas gutzumachen.«

»An Alexa Senger?«

Dorothea v. Plato schüttelte eine Zigarette aus der Packung. Sie raucht, dachte Karen. Das paßt gar nicht zu ihr.

»Vielleicht – an Martin. An anderen wie er, die glauben, man müsse seine eigene Vorstellung von Gerechtigkeit durchsetzen, zur Not mit Waffengewalt.«

Noch nie, dachte Karen, hat das die Welt auch nur ein bißchen besser gemacht.

»Wir waren beide zornig auf die Gesellschaft, die uns kalt und ungerecht vorkam. Aber Dorothee Köppen hatte beschlossen, sich durchzusetzen, und wurde irgendwann hart gegen sich selbst. Er richtete seine ganze Kraft, seinen Zorn, seinen Willen gegen alle anderen.«

»Und daran hätten Sie ihn hindern können?«

Dorothea v. Plato hatte die kurzsichtigen Augen in die Ferne gerichtet und tastete nach dem Aschenbecher.

»Vielleicht. Ich weiß bis heute nicht, warum sich der eine für diesen Weg, der andere für den anderen entscheidet. Soweit ich weiß, gab es auf meinem Weg keine Toten.« Die Frau senkte den Kopf und zündete sich eine Zigarette an.

Karen sah ihr zu, wie sie den ersten Zug nahm. »Und Sie? Hat Sie das nie gereizt – der bewaffnete Kampf?« Nicht wenige Frauen hatten damals geglaubt, ihre Vorstellung von Gerechtigkeit mit der Kalaschnikoff in der Hand durchsetzen zu können.

Dorothea v. Plato lachte leise. »Ich hatte andere Wege, mein Machtbedürfnis zu befriedigen. Er kannte nur den einen. Und er glaubte sich damit auch noch auf der besseren Seite. Es ließ sich doch alles so schön legitimieren mit höchsten Werten, Kampf für Gerechtigkeit, gegen die Armut, für die Freiheit... Während ich...« Sie verzog das Gesicht. »Ich wurde eine Agentin des Finanzkapitals. Da können Sie mal sehen.«

Am Nachbartisch brach eine Frau in lautes Gelächter aus. In nicht allzuweiter Ferne warf jemand den Rasenmäher an. Karen kam plötzlich alles unwirklich vor. Was machten sie hier? Gehörten sie nicht beide ganz woanders hin?

»Vielleicht muß man es ja so sehen«, sagte Dorothea leise. »Ein kleiner Klempnerlehrling, von seinem Stiefvater endlos gedemütigt und von seiner depressiven Mutter verlassen, ist mit einem Male Cäsar, der den Daumen hebt oder senkt, der über Gut und Böse entscheidet. Martin wollte immer herausragen aus der Masse. Geschichte machen. Einen Moment der Außerordentlichkeit erleben. Und das ist ihm gelungen.«

Karen Stark runzelte die Stirn, als sie an das Siegeszeichen dachte, das Martin Schmid schwerverletzt der Welt entgegengehalten hatte. Solche Leute töteten und zerstörten ohne Rücksicht auf sich selbst und waren sogar noch stolz darauf.

»Und dieser eine Moment hat seinem Leben womöglich lange Zeit Glanz gegeben – bis er hat merken müssen, daß es ein Leben im Nichts war.«

»Hat er das geschrieben, in seinen Briefen an Sie?« fragte Karen.

Die Augen der älteren Frau wurden dunkel. »Ich glaube ja. Aber ich habe es nicht verstanden.«

Karen leerte ihr Glas und goß es gleich wieder voll. Man konnte das vielleicht ausgleichende Gerechtigkeit nennen: Martin Schmid hatte, bevor er gestorben war, nur halb gelebt. »Aber sind das nicht alles gute Gründe für Selbstmord?«

Dorothea zeichnete mit der Gabel die Muster auf dem Tischtuch nach. »Ich glaube nicht, daß er sich selbst erschossen hat.«

»Warum nicht?«

»Weil er noch lebte, als ich am Freitagabend in sein Haus kam. Er hätte gewußt, wie man es richtig macht.«

# 7

Felis schien Ben nicht wiederzuerkennen. Alexa sah das mit einer gewissen Genugtuung. Während sie das Tier fütterte, hörte sie Ben durchs Haus gehen. Sie fand ihn auf der Terrasse, vor sich den lodengrünen Rucksack von Ada Silbermann.

»Du hast ihn gefunden«, fragte er. Seine Stimme klang seltsam.

»Im Gewölbe, unter all dem Gerümpel. Aber woher wußtest du…«

Er zuckte mit den Schultern. »Ich habe ihn Schmid alias Persson abgenommen.«

»Was? Wann?« Ihre Gedanken überschlugen sich. Was hatte Ben mit dem deutschen Terroristen zu tun?

»Schon länger her. Adas Leica gehört zum Haus, findest du nicht?«

»Aber…« Sie schüttelte langsam den Kopf.

Ben lächelte sie unbefangen an, griff in den Rucksack und holte die Kamera hervor. »Sind das Adas Fotos, die auf deinem Küchentisch liegen?«

Auch, wollte sie sagen. Aber sie brachte keinen Ton heraus.

»Sie hat ihn erkannt.« Er lächelte nicht mehr. Seine Stimme war leise geworden. Felis sprang auf Alexas Schoß und schob ihr den Kopf in die Hand. Alexa kraulte sie unkonzentriert. Sie verstand nicht. Woher wußte er das?

»Und wann hast du es gemerkt?« Er sah sie an.

Ich habe eine verdammt lange Leitung gehabt, dachte sie. »Ich habe es mir zusammengereimt.« Ben mußte ihrer Stimme anhören, wie verwirrt sie war. Sie wich seinem Blick aus, stand auf, holte die Gartenschere und begann, die verblühten Rosen abzuknipsen. Eine Weile hörte man nur das Klacken der Gartenschere und das Geräusch, mit dem die Rosenköpfe auf den Boden fielen. Er schwieg. Irgendwann holte er tief Luft.

»Ich habe gedacht…« Das erste Mal, seit sie ihn kannte, schien er um Worte verlegen zu sein. »Als ich die Fotos auf dem Tisch liegen sah… Und du warst nirgends zu finden…«

Alexa hätte fast die noch blühenden Rosen mit abgeknipst. Was hatte er gedacht? Daß sie zu Schmids Haus gegangen war, um Rache zu üben? Was für eine absurde Idee!

»Du hast wirklich geglaubt, ich hätte ihn umgelegt?« *Das* war es also. Ihr wurde warm vor Erleichterung. Er hatte sich Sorgen gemacht, das war alles. Aber er hatte sie gefunden.

Sie drehte sich um und lächelte ihn an. »Wahrscheinlich wäre ich verdurstet, wenn du nicht gekommen wärst.«

»Verdursten? In einem Weinkeller?« Er zog die Augenbrauen hoch.

Sie legte die Schere beiseite, trat hinter seinen Stuhl und umarmte ihn. »Nimmst du etwa einen Korkenzieher mit, wenn du eigentlich nur in den Keller nebenan zum Sicherungskasten willst?«

»Aber da unten liegen sechs Flaschen Champagner! Für die braucht man keinen Korkenzieher!«

Der aufkommende Wind wehte Blütenblätter über die Terrasse. Eine Amsel setzte sich auf die Telefonleitung und begann zu singen. Aus dem Haus strömte ein warmer Luftzug.

»Es sind nur noch fünf«, sagte sie und dachte: Wir kriegen ein Kind. Alles wird gut. Es ist nichts geschehen.

Ben steckte die Kamera wieder in den Rucksack, verschloß ihn und stellte ihn behutsam neben ihren Stuhl. »Man nimmt an, daß Martin Schmid sich mit Ada Silbermann stritt und sie dabei versehentlich tötete. Nachdem ihre Leiche gefunden wurde, muß er die Nerven verloren und sich selbst erschossen haben.«

Alexa nickte stumm.

»Es steht eine Flasche Champagner im Kühlschrank«, sagte sie nach einer Weile. Sie lag da seit ihrem letzten Abend, seit er gegangen war vor sieben Wochen. Jetzt konnten sie anstoßen. Auf das Leben.

# 8

»Ich verstehe nicht ganz, wo du noch Ermittlungsbedarf siehst, Karen.« Manfred Wenzel klang schlechtgelaunt.

»Na hör mal! Und was ist mit Martin Schmid?«

»Selbstmord.«

Karen hielt die Luft an. »Das ist eine völlig willkürliche...«

»Erkenntnis der französischen Staatsanwaltschaft in Übereinstimmung mit der ermittelnden Polizei.«

»Die ermittelnde Polizei, lieber Manfred, besteht in diesem Fall aus einem Exfreund des lieben Toten, dem es hochnotpeinlich ist, mit so einem befreundet gewesen zu sein, und der nicht daran denkt, sich länger als nötig mit dem Fall zu befassen.«

»Wie auch immer. Aber um deine Frage zu beantworten: Auch die Waffe, mit der Schmid sich erschossen hat« – angeblich, dachte Karen zähneknirschend – »auch die CZ 27 stammte aus dem Raubüberfall von 1978. Sie lag nach Auskunft von Steiner...« Wenzel räusperte sich. Schön, daß Freund Steiner im BKA seine Elektronik wieder im Griff hat, dachte Karen.

»Nach Auskunft von Steiner wurden alle Waffen aus dem besagten Raub in einem Erdversteck gefunden. 1984.«

Gefunden? Von wem? Karen mußte ein unorthodoxes Geräusch gemacht haben, jedenfalls fügte Manfred Wenzel hastig hinzu: »Der Tip kam von einem Aussteiger.«

»Von Martin Schmid?«

»Kann schon sein. Schmid plante seinen Ausstieg um die Jahreswende 1982/83. Offiziell hat er nicht geredet, er wollte bei seinen Exgenossen nicht als Verräter gelten. Aber er bekam sichere Papiere. Irgend etwas wird er dafür schon geboten haben.«

Wenzel schien Karens Schweigen mißzuverstehen. »Du weißt

doch: Solche Deals gab es immer wieder. Die Rauch hat auch geplaudert, als sie nach der Wende ihr Exil in der DDR aufgeben mußte.«

»Nichts davon habe ich in der Akte gelesen.« Karen war entgeistert.

»Rauch ist ihr Mädchenname. Ihre Aussagen machte sie unter dem Namen ihres Mannes. Sayahzadeh.«

Und so was wollte eine funktionierende Ermittlungsbürokratie sein, dachte Karen. »Sonst noch was?« fragte sie matt.

»Na ja.« Wenzel zögerte. »Also...« Karen hörte es leise quietschen. Er schien auf seinem Stuhl vor und zurück zu wippen.

»Die Waffen sind damals nicht an die zuständige Staatsanwaltschaft zurückgegeben worden, sondern im BKA geblieben. In der Asservatenkammer. Steiner erinnert sich plötzlich ganz genau an den Fall.«

»Manfred! Von dreien dieser Waffen wissen wir, daß sie nicht mehr dort liegen!«

Wenzel seufzte auf. »Vielleicht ist ein Fehler passiert bei der Identifizierung.«

»Einen Fehler würde ich akzeptieren. Aber drei?« In Karens Kopf herrschte ein Tumult aus Frage- und Ausrufezeichen.

»Mehr kann ich nicht für dich tun, Karen, das weißt du.« Wenzels Stimme klang nervös, so, als ob er sich vor dem Klopfen an der Tür fürchtete, das den diensthabenden Justizwachtmeister mit der Vorladung zum Disziplinarverfahren ankündigte.

»Aber...« Was war mit Wenzel los? »Darüber kannst du doch nicht einfach so hinweggehen!« sagte sie.

»Komm, Karen!« Er klang gequält.

»Zwei inoffizielle Informanten der deutschen Ermittlungsbehörden werden mit Waffen umgebracht, die aus der Asservatenkammer des BKA stammen. Ich meine: Klingelt es da nicht bei dir? Willst du mir immer noch was von Selbstmord erzählen?«

»Karen.« Wenzel klang gequält. »Du meinst doch nicht im Ernst...«

»Ich meine gar nichts«, sagte Karen. Aber es war ihr Ernst. Das überhastete Schließen der Akte Eva Rauch. Die Tatsache, daß sowohl Rauch als auch Schmid Informanten der deutschen Ermittlungsbehörden waren. Und schließlich die Waffen. Was gab es wohl zu enthüllen, wenn sich eine Behörde soviel Mühe machte, es zu vertuschen?

# 9

Paul Bremer hatte das hellgrüne Kunstwerk lange umrundet. »1000 FF« nannte der ausgebleichte Zettel, der mit Bindfaden am Lenker festgebunden war. Die Rahmenhöhe käme hin. Er war schließlich nicht groß. An die Schaltung würde er sich gewöhnen müssen.

DELEUZE Joseph stand an der in sanft vergehendem Taubengrau gestrichenen Werkstattür. Eine Glocke schepperte, als er die Tür öffnete. Der Raum, den er betrat, schien in ein anderes Jahrhundert zu führen. Willkommen in der Vergangenheit, dachte Bremer. Er war im Paradies für Fahrradenthusiasten gelandet. Auf den Tischen lag, an den Wänden hing alles, was man brauchte, um Alltagsräder auf Touren zu bringen und Rennräder in alter Pracht wiederauferstehen zu lassen.

Doch dann sah er hinten in einer dunklen Ecke ein vertrautes Flimmern. Der Mann, dessen Augen sich nur unwillig vom Computerbildschirm lösten, trug einen blauen Werkstattkittel und einen schmalen, nicht sehr modischen Schnurrbart. »Monsieur«, sagte er, blickte nochmal kurz auf den Bildschirm und betätigte dann irgendeine Taste.

An diesem Ort begegneten sich offenbar zwei Zeitzonen. Der Mann stand vom Schreibtisch auf und kam näher. Er sah nicht aus wie einer aus der Computergeneration. Und jung war er auch nicht mehr. Es war der Mann, den er beim Aufpumpen eines Kinderfahrrads gesehen hatte, als er das erste Mal vor dem Haus gestanden und sehnsüchtig die Fahrräder betrachtet hatte.

»Monsieur Deleuze?«

Der andere nickte, ohne das Gesicht zu verziehen.

»Ist das da draußen ein Folgorissima von Bianchi?«

»Kann schon sein«, antwortete Deleuze und guckte desinteressiert.

»Es sieht dem Original verdammt ähnlich.«

»Schon.« Der Mann klopfte eine Camel aus der Packung und hielt sie Bremer hin, der dankend ablehnte. »Aber die Schaltung ist neu.«

Nur einen Museumseinkäufer würde das abschrecken. Aber es erklärte den günstigen Preis. Er bezahlte mit Euroscheinen.

Monsieur Deleuze betrachtete die Scheine mit melancholischem Gesicht, schüttelte den Kopf, murmelte »Scheißgeld« und steckte es in die Kitteltasche. »Die Reifen sind aufgepumpt«, sagte er, als er das Rennrad von der Kette löste.

Bremer schwang sich hinauf, als bestiege er das magische Einhorn. Und tatsächlich: Wie gewohnt veränderte die Welt vom Sattel aus ihr Gesicht. Die Bergkette am Horizont rückte näher. Der Bach unter der Straßenbrücke murmelte wie ein marokkanischer Geschichtenerzähler. Das Gras duftete süß, der Wind fächelte ihm den Gesang der Insekten und Vögel zu. Bremer fuhr die sanften Schleifen und Kehren der Straße hinunter und hätte fast gejuchzt, als er an ihrem Tiefpunkt wie ein Vogel wieder aufstieg, dem nächsten Dorf entgegen. Von der fernen Kirchturmspitze leuchtete eine weiße Madonna.

Er ließ sich vom Rausch der Fortbewegung den Kopf frei blasen. Auf dem Hochplateau hinter Notre Dame des Gras stieg mit der Hitze der Duft von Wacholder und Thymian auf. Im Hohlweg schließlich, den zerborstene, bemooste Mauern und dichte Krüppeleichen bildeten, hatte er das Unbehagen, das ihn seit Tagen umtrieb, zu fassen gekriegt. Karen war auf der falschen Spur. Sie sah Politik und Verschwörung und höhere Mächte am Werk. Das war Stoff für sozialkritische Kriminalromane. Hinter den meisten Verbrechen aber steckte das Allerpersönlichste: Verletzte Ehre, verletzte Gefühle. Rache. Menschliche Schwäche.

Eine scharfe, riesige Mondsichel schob sich über den bewaldeten Hang. Bremer fuhr auf der Hauptstraße in Beaulieu ein, stieg bis zum höchsten Punkt des Ortes auf, zur Kirche, und kurvte dann die schmale Calade hinunter zur Place des Platanes. Karen saß auf der Terrasse, vor sich eine Karaffe Wein, und schien den Mauerseglern hinterherzuschauen, die in Kampfgeschwaderstärke ihre Abendmahlzeit aus der Luft schnappten.

»Es gibt Neuigkeiten.« Ihre Augen leuchteten.

Während er ihr zuhörte, spielten ihm seine Sinne Gerüche und Geräusche zu. Marc Dutoit brachte ein großes Glas Bier, das er gierig zur Hälfte leerte. Das Fahrradfahren vermochte sogar ein Kronenbourg zu veredeln.

»Was sagst du nun? Entweder wollen sie nicht, daß alle Welt erfährt, was für Schlampereien beim BKA möglich sind. Oder es ist noch schlimmer.«

Er setzte das Glas ab. »Und das wäre?«

Ihre Wangen waren gerötet. »Sie legen ihre ehemaligen Informanten um, damit die nichts ausplaudern können über die lange und vertrauensvolle Zusammenarbeit zwischen Staatsgegnern und Staatsverteidigern.«

»Glaubst du das wirklich?« Gestern noch verliebt in den Rechtsstaat – heute bei den finstersten Verschwörungstheorien? Bremer hätte fast gelacht. Im Unterschied zu ihr hatte er als geborener Zyniker schon immer alles für möglich gehalten. »Verstehe ich dich richtig: Du glaubst, ein vom BKA entsandter Killer hätte Eva Rauch und Martin Schmid auf dem Gewissen?«

Sie nickte, ein wenig verlegen.

»Aber warum? Seit der Kronzeugenregelung ist die Zusammenarbeit mit Überläufern völlig legal, wenn auch vielleicht nicht immer appetitlich.«

»Aber er hat nicht offiziell geplaudert. Er wollte bei seinen Exgenossen nicht als Verräter gelten.«

Bremer winkte nach Dutoit und zeigte auf sein leeres Glas. Der Patron nickte zurück. »Du siehst das Naheliegende nicht, Karen.«

Sie guckte abwehrend.

»Du übersiehst die Opfer.«

»Welche Opfer? Eva Rauch? Martin Schmid?«

»Du brauchst nicht ironisch zu werden. Du weißt, wen ich meine. Die Opfer des Terrors.«

»Meinst du Alexa Senger? Was hast du eigentlich gegen sie?« Karen hatte den Mund spöttisch verzogen.

Gar nichts, dachte Bremer und sah weiße Haut und dunkle Haare und braune Augen vor sich. »Alexa ist nur eine von vielen – denk an all die anderen. Die Väter und Mütter, Brüder, Schwestern, die Kinder all der von irgendeinem Kommando Sowieso erschossenen und in die Luft gesprengten oder auf andere Weise hingerichteten Opfer des internationalen Terrorismus. Sie haben all die Jahre über nie eine Rolle gespielt.«

Sie guckte noch immer abwehrend, aber die bunten Glühlampen, die Madame Dutoit eingeschaltet hatte, ließen ihre Züge weicher aussehen. Sie wirkte plötzlich sanft und verletzlich.

»Die meisten sehen nur zwei Spieler: den Staat und jene, die seine Ordnung in Frage stellen. Aber beide verlangen ihr Menschenopfer. Auch der Staat.«

Das Licht ließ alles andere um sie herum ins Dunkel zurücktreten. Auf dem weißen Plastiktisch mit der rosa Serviette in der Mitte lag Karens Hand mit den blutrot lackierten Nägeln wie ein Requisit aus der Geisterbahn.

»Du denkst an Hanns-Martin Schleyer«, sagte sie.

»Zum Beispiel.« In Deutschland hatte damals die Staatsräson gesiegt. Bis auf weiteres, dachte Bremer.

Sie hatte die Unterlippe zwischen die Vorderzähne genommen und starrte in die Dämmerung. »Und dann die anderen, die dran glauben mußten, weil sie im Weg standen: unbeteiligte Passanten, Hauspersonal, Begleitpersonen, Bodyguards…«

»Chauffeure.«

Sie hatten wahrscheinlich beide dasselbe vor Auge – die Szenerie eines besonders blutigen Terrorakts, bei dem nicht nur der zur Vernichtung freigegebene Wirtschaftsmanager, sondern auch der

Chauffeur und die drei Polizisten im Begleitfahrzeug daran glauben mußten. Sie wurden hingerichtet. Anders konnte man es nicht nennen.

»Polizisten.«

Karen sah ihn an und nickte. »Es wäre immerhin vorstellbar«, sagte sie langsam, »daß einer der Kollegen, Freunde oder Verwandten eines bei einem Terroranschlag getöteten Polizisten einen Rachefeldzug geplant hat. Und zwar gegen die, von denen er wußte, daß sie nicht nur ihrer Strafe entgangen sind, sondern auch noch frei und unbehelligt leben.«

»Zum Beispiel.«

»Wir suchen also jemanden, der nicht nur die Terroristen- und Aussteigerszene gut kennt, sondern der auch an die Waffen herankam – also jemanden, der Zugang zur Asservatenkammer des BKA hatte. Wer wußte von der Geschichte ausgerechnet dieser Waffen? Man müßte herausfinden…«

Bremer hätte fast gelacht. Karen fühlte sich wieder im Amt.

»Das würde zumindest die Fälle Eva Rauch und Martin Schmid abdecken«, sagte er. »Aber wie paßt Ada Silbermann?«

Karen zupfte sich das Blatt aus dem Haar, das von den Platanen heruntergeweht war. »Ich tippe auf eine Affekttat von Martin Schmid, der sich durch sie enttarnt fühlte. Unklar ist nur, warum eine der ominösen Waffen bei der Leiche gefunden wurde.«

Die deutlich kleiner gewordene Mondsichel stand jetzt weit oben am Himmel. Die Sterne waren näher gerückt. »Man müßte wissen, ob jemand aus dem BKA oder mit guten Beziehungen zur Behörde in irgendeiner Weise mit einem Terroropfer verbunden ist.«

Er sah sie fragend an.

»Ich weiß nicht, ob Manfred Wenzel noch einmal mitspielt.« Karen klang mit einem Mal wieder mutlos. »Im Grunde ist die Sache verfahren. Was niemand wissen will, wird auch nicht ermittelt. Und mich hat man in Frankfurt längst auf die Strafbank gesetzt.«

»Und wenn Dorothea v. Plato die Person mit dem guten Draht zum BKA wäre? Ist nicht ihr Exmann irgendein hohes Tier im Justizministerium?«

Karen sah aus, als ob sie auf die Idee auch schon gekommen wäre. »Möglich. Sie gibt immerhin zu, daß sie kurz vor seinem Tod in Martin Schmids Haus war. Und Eva Rauch lebte in Frankfurt. Andererseits...« Karen lachte. »Weißt du, warum sie bezweifelt, daß Schmid Selbstmord begangen hat?«

Bremer schüttelte folgsam den Kopf.

»Er lebte noch, als sie ankam. Selbstmord, sagt sie, wäre ihm auch gelungen.«

# 10

»Karen, ich werde dir nie vergessen, was du damals für Alexander Bunge getan hast – und für mich. Aber ich begreife einfach nicht, was dich dazu treibt, dir deinen Urlaub mit einer Denkübung zu verderben, die völlig vergeblich ist.«

Karen hielt den Hörer auf Abstand und nickte brav.

»Du ruinierst dir deine Zukunft, was anderes wird nicht dabei herauskommen.«

Ja, Wenzel, du hast wahrscheinlich recht, Wenzel.

»Und mich ziehst du da auch noch rein, in deine – Obsessionen.« Manfred Wenzel klang wehleidig.

»Manfred, tu mir den Gefallen. Wenn du recht hast, sind meine Fragen alle lediglich akademischer Natur. Dann tun sie auch niemandem weh. Außerdem...« Karen grinste in sich hinein. »Du kennst doch die neueste Untersuchung: Menschen, die im Urlaub sinn- und tatenlos in der Sonne herumliegen, verlieren nach drei Wochen mindestens 20 Prozent ihrer Intelligenz. Auf diese Weise verblöde ich wenigstens nicht.«

Er lachte, wenn auch etwas gezwungen.

»Also – das sind, versprochen, meine letzten Fragen: a) Weiß man, wann die Waffen aus der Asservatenkammer verschwunden sind? Und b): Gibt oder gab es beim BKA einen Menschen, der verwandt oder befreundet war mit einem Terrorismusopfer?«

»Karen! Soll ich etwa in die Personalakten gucken?«

»Nein. Steiner fragen.«

»Das sind geschützte Informationen, Karen. Steiner würde sich strafbar machen, wenn er...«

»Wenn er dir genau dieses sagt, ist das auch eine Information.«

Wenzel seufzte und legte auf. Karen machte sich auf einen langen, harten Tag des Wartens gefaßt und beschloß, sich die Haare zu tönen. Das Rot war ausgebleicht, und der Glanz ließ zu wünschen übrig.

Sie wusch sich die Haare, rieb sie sich trocken und mischte das Färbemittel. Sie hatte die Pampe etwa zur Hälfte im Haar verteilt, als das Telefon klingelte.

Hoffentlich hinterläßt die Farbe keine unauslöschlichen Spuren auf dem Linoleum, dachte sie, als sie aus dem Bad zum Telefon lief.

»Karen, ich hoffe, du bist es jetzt zufrieden und läßt die Sache auf sich beruhen.« Manfred Wenzel klang, als versuche er ein unleidliches Kind ruhigzustellen.

»Versprochen«, sagte Karen und lächelte ins Telefon.

»Also: Steiner erinnert sich, daß er noch vor etwa vier Jahren alle betreffenden Waffen im Asservatenverzeichnis hat nachweisen können. Ein junger Beamter hat damals etwas über den Waffenraub wissen wollen, ein Typ, von dem er viel gehalten haben muß. Und der hat kurze Zeit später seinen Abschied genommen.« Wenzels Stimme verriet Befriedigung.

»Und wer war der junge Mann, der eine vielversprechende Karriere in den Wind geschossen hat?«

»Karen...« Wenzel klang entnervt.

»Sag schon.« Sie sah fasziniert zu, wie zwei dunkelrote Tropfen auf das weiße Bettlaken fielen, wo sie erst kleine Hügel bildeten, bevor sie in die Breite gingen und in die Textur einsickerten. Hoffentlich konnte man das wieder rauswaschen.

»Ruben Berg.« Manfred Wenzel seufzte. »Sohn des Chauffeurs dieses Wirtschaftsmanagers – na, wie hieß der noch? Es sind damals auch die drei begleitenden Polizisten erschossen worden.«

Karen hielt die Luft an. Das war der Fall, an den Paul und sie gedacht hatten.

»1986«, fügte Wenzel hinzu. In Zahlen war er gut.

»Da war der junge Ruben wie alt?«

»Sechzehn.«

# 11

Der Sohn eines Terrorismusopfers beim BKA. Beim Abschied nimmt er Waffen aus einem terroristischen Raubüberfall mit, die in der Asservatenkammer gelegen haben, darunter zwei Waffen, mit denen Jahre später zwei ehemalige Angehörige der Terroristenszene erschossen werden...

Karen hatte keinen Zweifel daran, daß Ruben Berg der Mann war, den sie suchte. Eine dritte Waffe wurde bei Ada Silbermann gefunden, die offenbar sterben mußte, weil sie den einen der beiden Exterroristen erkannt hatte. Wollte Ruben Berg damit eine Spur legen?

Sie saß an einem Tisch im Schatten auf der Terrasse der Auberge du Sud und merkte plötzlich, daß sie die Papierserviette in kleine Fetzen zerrissen hatte. Bremer war schon vor einer halben Stunde mit dem Fahrrad fortgefahren. »Es ist etwas anstrengend, dir beim Denken zuzuschauen«, hatte er entschuldigend gesagt.

Karen fegte die Papierfetzen mit der Hand zusammen und seufzte. Wichtiger war die Frage, wo der Mann jetzt war – und wer er war. Die Personenbeschreibung, die Wenzel von Steiner bekommen hatte, war sehr allgemein gewesen. Aber sie paßte auf niemanden, der ihr und Paul in den letzten Tagen begegnet war. Und außerdem dürfte sich der selbsternannte Rächer längst aus dem Staub gemacht haben.

Sie ertappte sich bei widersprüchlichen Gefühlen, wenn sie an den Mann dachte. Was war das für ein Mensch, der sechzehn Jahre seines Lebens mit dem Gedanken an Rache vergeudete? Und der sich dazu Opfer aussuchte, die mit dem Tod seines Vaters gar nichts zu tun gehabt hatten?

Aber – weiß man das? fragte sie sich. Man konnte davon ausgehen, daß Martin Schmid damals längst ausgestiegen war aus der Szene. Aber Eva Rauch?

Ungeduldig schüttelte sie den Kopf. Das waren Fragen, die sie nicht weiterbrachten. Sie mußte Ruben Berg finden. Aber wie? Da offiziell keine Straftat vorlag, konnte sie nicht nach ihm fahnden lassen.

Dutoit war bereits das dritte Mal vorbeigekommen, und um ihn nicht zu kränken, hatte sie einen Kaffee bestellt. Die Tasse stand noch immer unberührt auf dem Tisch, der Kaffee war längst kalt geworden. Am Himmel zogen Wolken auf. Sie merkte plötzlich, daß sie allein auf der Terrasse saß, nur ein Spatz pickte unter dem Nebentisch nach Krümeln. Zornig über ihre Hilflosigkeit stand sie auf, nahm ihre Handtasche und beschloß, hinauf ins Dorf zu gehen.

Als sie kurz vor dem Haus war, in dem Alexa Senger wohnte, blieb sie abrupt stehen. Schalt endlich dein Gehirn ein, dachte sie. Es gibt ihn, den Mann, der kurz nach dem Mord an Martin Schmid aufgetaucht ist und der, folgt man Pauls Beschreibung, das richtige Alter hat. Ein Fremder, ein Deutscher. Ein Mann, der weiß, wo man hintreten muß, damit eine alte Tür aus dem Schloß springt. Ein Mann mit entsprechender Ausbildung.

Sie hatte unwillkürlich die Luft angehalten. Langsam atmete sie aus.

Das Tor zum Haus von Alexa Senger stand offen, sie ging hinein, die Treppe hoch zur Veranda. Der Mann, der dort an einem Bauerntisch saß, sah erstaunt auf und deckte dann ein Tuch über den Gegenstand, mit dem er sich beschäftigt hatte. Karen lächelte wieder. Sie wußte, wozu man Ballistol brauchte. Nicht nur gegen einen wunden Hintern beim Fahrradfahren, Paul, dachte sie.

Der Mann stand auf, sah sie abwartend an und sagte dann höflich: »Frau Senger wird erst in einer Stunde zurück sein. Sie ist mit der Katze beim Arzt. Kann ich etwas…?«

»Karen Stark«, sagte sie. »Staatsanwaltschaft Frankfurt am Main.«

»Sehr erfreut.« Der Mann begann zu lächeln.

War es klug, hierherzukommen? Karen straffte den Rücken. Was kann schon passieren, dachte sie. »Ich würde gern mit Ihnen reden.«

Er breitete die Arme aus und machte eine einladende Handbewegung. Sie folgte ihm ins Haus, durch die Küche, dann wieder hinaus auf eine große Terrasse. Der Blick von dort hinunter ins Tal war atemberaubend.

Das Glas Wasser, das er ihr anbot, lehnte sie ab. Er setzte sich an den Tisch, sie stellte sich an die Terrassenmauer neben einen Topf mit einem Zitronenbaum und blickte hinunter zur Schafherde, die durchs Tal getrieben wurde und deren Glockengeläut noch hier oben zu hören war.

Dann musterte sie Alexa Sengers Freund. Der Mann sah auf eine etwas verwegene Weise gut aus. »Woher haben Sie die Narbe in der Unterlippe?«

Der Mann wirkte überrascht. »Zwei marokkanische Drogendealer. Ich war nicht schnell genug.« Er zuckte mit den Schultern.

»Und das gebrochene Nasenbein?«

Jetzt grinste er sie an. »Dreimal einen draufgekriegt beim Fußballspielen. Das hält auch die stärkste Nase nicht aus!«

Die dunklen Augen des Mannes guckten nicht mehr ganz so wachsam. Er hielt die Hände ruhig. Seine Gesichtszüge waren entspannt.

Karen überlegte eine Weile. Dann sagte sie leise: »Es tut mir leid um Ihren Vater.«

Volltreffer, dachte sie, als sie sein Gesicht sah. Wider Willen hatte sie Mitleid mit ihm.

»Ihr Vater«, sagte Karen, den Kopf zur Seite gelegt. »Ihr Vater kam beim Attentat auf den Vorstandschef der Sievers-AG um. Im Jahr 1986.«

»Er kam nicht um. Er wurde massakriert.« Ruben Berg hatte sich schnell gefaßt. Seine Stimme war hart geworden. »Mit einem

HK-43. Mit 25 Schüssen. Sogar in die Hände haben sie ihm geschossen, die er sich vors Gesicht geschlagen hatte. Als ob ihn das hätte schützen können.«

In Bergs Gesicht waren nicht nur Trauer und Wut zu lesen. Sondern auch Enttäuschung, dachte Karen. Enttäuschung über den Vater, der sich ohne Gegenwehr hatte abschlachten lassen.

»Sie waren wie alt, damals?«

»Sechzehn.« Ruben Berg verzog das Gesicht. »Wir wollten uns am Abend gemeinsam das Fußballspiel ansehen. Frankfurt gegen Mannheim. Es ging 2 : 2 aus.«

Was fühlt ein junger Mensch mit sechzehn Jahren? Karen erinnerte sich nicht mehr genau. Außer daran, daß sie in diesem Alter die Welt verbessern wollte.

»Und warum gingen Sie zum BKA?«

»Warum sind Sie bei der Staatsanwaltschaft gelandet? Wenn man jung ist, bildet man sich allerhand ein – zum Beispiel, daß man etwas für die Gerechtigkeit tun könnte.« Er lachte, ein kurzes, freudloses Lachen.

Im Rechtsstaat hat man Anspruch auf ein Urteil, nicht auf Gerechtigkeit, hatte ihr der alte Berger immer wieder eingebleut. »Gerechtigkeit gibt es nicht«, sagte Karen.

»Stimmt.« Seine Lippen waren schmal geworden.

»Und Sie haben all die Jahre an Rache gedacht?«

»An Rache?« Ruben Berg spielte mit der Gartenschere, die auf dem Terrassentisch lag. »Nein. Die Mörder meines Vaters sind tot oder haben lebenslänglich.«

»Und – wieso Martin Schmid?«

Berg hatte den Stengel einer Rose in der Hand und schnitt ihn in feine Späne. Dann legte er die Schere beiseite und sah Karen an.

»Ich habe jahrelang nicht an Rache gedacht. Ich habe auf den Rechtsstaat gesetzt. Bis ich mitgekriegt habe, wie die Sache wirklich läuft.«

»Und wie läuft die Sache wirklich?« Karen ahnte, was kommen

würde. Und sie wehrte sich gegen das Gefühl, das diese Ahnung begleitete. Denn dieses Gefühl gab ihm recht, dem Mann mit den dunklen und plötzlich haßerfüllten Augen, der da vor ihr saß. Einem zweifachen Mörder, soweit sie wußte.

Berg schob das Kinn vor und kniff die Augen zusammen. »Martin Schmid hat in Beaulieu ein herrliches Leben geführt, nachdem er sich etliche Jahre lang von der Pariser Schickeria hat durchfüttern lassen. Die geben bestimmt noch heute dicke Schecks in die Post, damit der arme, mißverstandene Freiheitskämpfer nicht für sich selbst sorgen muß. Und wissen Sie, wer ihm dieses Leben ermöglicht hat?«

Ich weiß, was du jetzt sagen wirst, dachte Karen.

»Wer geplaudert hat, wie Martin Schmid und…« Ruben Berg stockte.

Eva Rauch, vervollständigte Karen in Gedanken den Satz.

»Wer kooperiert hat, kriegte einen Freibrief – und wenn es noch so wenig war, was so ein Lump freiwillig preisgab. Ich weiß Bescheid, ich war dabei.«

»Weshalb Sie beschlossen, die Dinge selbst in die Hand zu nehmen.«

Ruben Berg sagte nichts und sah den Mauerseglern hinterher. »Sie können mir nichts nachweisen«, sagte er nach einer Weile.

Karen atmete tief ein. Das mochte richtig sein.

»Ist Ihnen schon mal die Idee gekommen, daß Ihre Selbstjustiz nicht weniger anmaßend ist als der Volksgerichtshof der Terroristen?« sagte sie schließlich. »Es steht niemandem zu, über das Leben eines anderen zu bestimmen, als ob er der Herrgott persönlich wäre.«

Er lachte wieder. »Als Marianne Bachmeier den Mörder ihrer Tochter im Gerichtssaal erschoß, hat ganz Deutschland applaudiert.«

»Den *mutmaßlichen* Mörder.«

Sein Lachen war höhnisch geworden. »Erzählen Sie mir bloß nicht, Sie glauben den Scheiß!«

Doch, sagte sich Karen. Ich glaube daran. Ganz fest. Immer noch. Bestimmt.

Dorothea v. Plato war durch das weit offenstehende Tor gegangen und den Stimmen gefolgt. Die Ermittlungen im Fall Martin Schmid waren eingestellt, soviel hatte sie mitbekommen. Alexa Senger war nicht mehr in Gefahr. Und trotzdem wollte sie wissen, was Martin dazu gebracht hatte, ihren Namen zu nennen, bevor er starb.

Als sie sah, was unter dem Handtuch auf dem Verandatisch lag, erstarrte sie. Also doch, dachte Dorothea, nahm die Pistole an sich und ging durch die Küche hindurch zur Terrassentür. Erst hörte sie Karen Stark, dann die Stimme eines Mannes. »Sie können mir nichts nachweisen.« Der Satz ließ sie erstarren.

Die Läden waren halb zugezogen, die Küche lag im Halbdunkel, das Sonnenlicht fiel in Streifen auf den gefliesten Fußboden und den großen Refektoriumstisch.

Sie schob mit dem Lauf der Pistole den rechten Laden vor der Terrassentür weiter auf. Jetzt konnte sie Karen Stark sehen, die auf einen Mann einredete, der ihr den Rücken zudrehte. Von Alexa keine Spur.

»Sie haben die acht Waffen, die man in einem Erdversteck gefunden hat, aus der Asservatenkammer des BKA entwendet. Sie haben mit einer der Waffen Eva Rauch erschossen. Sie haben eine weitere neben Ada Silbermanns Leiche plaziert und dann einen Brand gelegt, damit sie auch gefunden wurde. Sie haben mit einer dritten Waffe Martin Schmid getötet, in der Erwartung, man würde an Selbstmord glauben, weil Schmid fürchten mußte, als Mörder der Silbermann überführt zu werden.«

Karen drehte sich um. Durch die Terrassentür sah man ins dunkle Haus. Sie hatte sich eingebildet, dort eine Bewegung gesehen zu haben. »Das spricht übrigens nicht für eine Affekttat, sondern für eine lange und gründlich geplante Racheaktion. Das war Mord. Nicht Totschlag.«

Bergs Gesicht spiegelte ruhige Gelassenheit. »Ach – das glaubt Ihnen doch keiner. Wer interessiert sich schon für den Tod eines Exterroristen? Das BKA ist wahrscheinlich froh, daß es Martin Schmid los ist – und hat mit Sicherheit nicht das geringste Interesse an einer allgemeinen öffentlichen Diskussion darüber, in welchem Ausmaß unsere Ermittlungsbehörden Verbrecher wie diesen behüten und beschützen. Ich glaube nicht –« Berg setzte ein charmantes Lächeln auf. »Ich glaube nicht, daß Sie sich mit so was sonderlich beliebt machen.«

Dorothea hätte eigentlich Erleichterung spüren müssen. Nicht Alexa Senger hatte Martin getötet, sondern dieser Mann. Und wem gehörte dann die Waffe? Fast hätte sie die Pistole fallen gelassen. Aber dann umklammerte sie sie noch fester.

Wo um Himmels willen war Alexa Senger?

Karen löste sich von der Terrassenmauer, an der sie gestanden hatte, und begann, hin und her zu gehen. Der Mann war nicht zu erschüttern. Er war längst wieder ruhig und gelassen.

Karen fühlte kalte Wut in sich hochsteigen. Nicht auf Ruben Berg, den man beim BKA eingestellt hatte, obwohl jeder Hobbypsychologe hätte erkennen können, daß der Junge den Tod des Vaters nie verwunden hatte. Sie war wütend auf das System, das dem Mörder vor ihr einen Freibrief erteilt hatte. Ruben Berg hatte völlig recht. Niemand würde hören wollen, wenn sie erzählte, was sie zu wissen glaubte.

Karen versuchte, den Gedanken zu erwischen, der vorhin aufgeblitzt war, bevor sie ihn richtig hatte erfassen können. Was hatte Berg noch gesagt über seinen Vater? Er hatte seinem Mörder nicht in die Augen geblickt, er hatte hilflos die Hände vors Gesicht geschlagen. Was richtet so etwas an bei einem Jungen im kritischen Alter? Hatte er sich womöglich für seinen Vater geschämt? Hatte er sich deshalb eingebildet, er müsse nicht nur seinen Vater rächen, sondern auch noch das Gegenprogramm verkörpern – den starken Mann, der niemals wehrlos ist? Wie wird ein Junge damit fertig – allein?

»Ihre Mutter«, sagte Karen. »Wie ist Ihre Mutter mit dem Tod ihres Mannes umgegangen? Hat sie von Rache gesprochen?«

*»Die?«*

Alles lag in dieser Antwort. Abwehr, Verachtung, Enttäuschung.

»Die hat nur geweint, von morgens bis abends. Wochenlang. Wollte nicht mehr leben. Konnte nicht mehr leben.« Seine Stimme war leise geworden. »Sie war noch nicht einmal mehr in der Lage, das bißchen Haushalt zu erledigen.«

Das hat wahrscheinlich der Junge gemacht, dachte Karen. Auch das noch.

»Wenn ich einen Satz hasse, dann ist das der, den ich zu Hause jeden Tag mindestens zwanzigmal zu hören bekam.«

Berg atmete tief aus.

»Man kann ja doch nichts machen.«

Dorothea spürte, wie sich die Härchen auf ihren Unterarmen aufstellten. »Was willst du machen«, hatte ihre Mutter am nächsten Tag immer gesagt. Als ob sie nicht am Abend zuvor geschrien und gebettelt hätte. »Da kannst du gar nichts machen.«

Aber die kleine Dorothee *wollte* etwas tun. »Ich hab alles gesehen!« hatte sie eines Abends geschrien. Sie war noch keine zehn Jahre alt gewesen. »Ich geh zur Polizei! Die holen dich ab!«

Plötzlich sah sie das Gesicht ihres Vaters vor sich, verzerrt, gerötet, grinsend. Der Alte guckte sie an, schrie: »*Was* hast du gesehen?«, packte sie am Zopf und zog ihren Kopf nach hinten, bis sie glaubte, ihr würde das Rückgrat brechen. Dann ließ er sie so abrupt wieder los, daß sie zu Boden fiel. Und Mutter? Mutter stand daneben und weinte lautlos, auf diese hilflose, demütige Weise. »Er meint es doch nicht so«, schluchzte sie. »Es ist doch gar nichts passiert.«

Sie hatte sich so unendlich geschämt. Für Mutter. Für sich selbst. Für alles. Dorothea spürte an ihrer zitternden Hand, daß sie die Pistole noch immer umklammert hielt, als ob sie sich an ihr festhalten könnte.

»Und Sie wollten alles ganz anders machen.« Karen debattierte in ihrem Inneren, was sie schlimmer fand: Ruben Berg oder all jene, die ihre Fürsorgepflicht ihm gegenüber verletzt hatten. War so etwas möglich, daß wirklich niemand wahrnehmen wollte, daß der junge Mann an dem fast zerbrochen war, was er als seine Sohnespflicht ansah?

»Aber glauben Sie wirklich, daß Ihnen niemand auf die Schliche kommt? Beim BKA müßte man dümmer sein, als die Polizei erlaubt, wenn man in Anbetracht der Wahl der Waffen nicht auf die Idee käme, daß hier ein Insider im Spiel ist.«

Die Wolken am Himmel hatten eine gelbe Färbung angenommen.

Berg schnaubte verächtlich. »Was glauben Sie, was in dem Saftladen alles verschwindet? Wie viele Kokainbeutel vertickt, wieviel Knarren und Munition auf dem Schwarzmarkt landen? Außerdem habe ich mich abgesichert. Im Computersystem finden Sie keine Spur.«

Nein – aber in Steiners Kopf.

»Und selbst wenn: Glauben Sie, auch nur irgend jemand ist daran interessiert, daß an die große Glocke gehängt wird, welche Lücken unser unschlagbares System aufweist? Mit so jemandem wie Ihnen war natürlich nicht zu rechnen.« Berg lachte auf.

Der Mann hat recht, dachte Karen. Alle schützen den Mörder – aus Eigeninteresse. »Und Alexa?« fragte sie leise.

Sie sah, wie sich das Gesicht vor ihr veränderte. Das fahle Licht grub tiefe Linien in die Stirn des Mannes. Karen spürte, wie ein Lufthauch über die Terrasse strich.

»Alexa.« Berg starrte vor sich hin. Dann sah er wieder auf. »Ich kam zurück, sah die Bilder auf dem Tisch liegen, fand sie nicht und drehte durch.«

»Sie glaubten, daß sie Persson erkannt hatte – als Martin Schmid?«

»Genau. Und als ich sie bei ihm nicht antraf...« Er brach ab.

»...haben Sie ihn erschossen. Aber wollten Sie ihn nicht sowieso töten?«

Ruben Bergs Gesicht war blaß geworden. »Sie können es glauben oder nicht: Ich wollte nach Hause kommen. Zu Alexa.« Er zögerte und fügte dann leise hinzu: »Und zu meinem Kind.«

Um Himmels willen, dachte Karen.

»Und da saß diese Made im Speck inmitten seiner teuren Schallplattensammlung und jammerte über Heimweh. Und daß die Sache mit Ada ein Unfall gewesen sei. Und niemals würde er Alexa etwas antun...«

Das also war der Grund. Deshalb waren Martins letzte Worte »Alexa« gewesen. Weil er Alexas wegen sterben mußte. Dorothea lockerte den Griff um die Pistole.

Dann hörte sie ein Geräusch hinter sich.

»Alexa war in Sicherheit. Im Keller«, sagte Karen.

»Wenn ich das gewußt hätte. Sie ist das Opfer ihrer eigenen Dusseligkeit geworden.« Ruben Berg lachte. Freundlich klang das nicht. »Weiber! Wer sonst bringt es fertig, sich im eigenen Keller einzuschließen?«

Berg nahm die Gartenschere auf und ließ sie klappernd wieder auf den Terrassentisch fallen. »Nie wäre sie auf die Idee gekommen, Persson mit ihrer Entdeckung zu konfrontieren. Alexa wollte nichts wissen. Sie wollte nichts sehen. Sie wollte nichts *tun*.«

Dorothea spürte eine Bewegung hinter sich.

»Sie meinen, Martin Schmid hätte noch leben können, wenn

sich Ihre Freundin nicht so dämlich angestellt hätte?« hörte sie Karen Stark sagen.

»Na ja«, antwortete Ruben Berg und lachte.

Dorothea drehte sich um. Alexa stand hinter ihr, die Faust vor den Mund gepreßt, eine Katze auf dem Arm. Dorothea verfluchte den Mann da vorne. Nimm ihr doch nicht alle Illusionen, du Idiot, dachte sie und packte die Pistole wieder fester.

Du kannst nur jammern. Frauen jammern immer. Tu doch was. Aber was willst *du* denn schon tun? Sie hörte ihren Vater. Und, wie ein Echo, Martin, wie er mit erhobener Stimme die Propaganda der Tat predigte. Er mußte etwas Ähnliches gemeint haben.

»Also eigentlich ist Alexa Senger schuld?« Sie hörte den Spott in Karen Starks Stimme. Ahnte sie, daß Alexa mithörte?

Da kann man gar nichts tun, dachte sie. Was willst du denn schon tun? Tu doch etwas.

»Tu's nicht!« sagte ihr verständigeres Ich.

Aber wieso nicht? Sie spürte, wie sich eine große Heiterkeit in ihr ausbreitete und herausbrechen wollte. Erstens treffe ich sowieso nicht. Zweitens ist das Ding unter Garantie nicht geladen.

Und dann fiel ihr das Horoskop ein für diese Woche, das sie am Sonntag in der Frauenzeitschrift gelesen hatte. »Befreien Sie sich aus Ihrer Lähmung! Tun Sie etwas, auch wenn es keine Garantie gibt, daß es das Richtige ist!«

Sie spürte eine Bewegung zwischen ihren Beinen. Die Katze hatte sich befreit und flitzte auf die Terrasse. Ruben Berg blickte auf und dann zur Tür.

Dorothea hob den Lauf. Der Rückstoß peitschte ihr die Waffe aus der Hand.

# 12

*Frankfurt*

Karen klopfte nicht. Sie machte die Tür gleich auf. Angelika Kämpfer saß hinter einem makellos aufgeräumten Schreibtisch und starrte zum Fenster hinaus.

»Schön, daß Sie gerade nichts zu tun haben«, sagte Karen und schloß die Tür. »Wir müssen etwas besprechen.«

Die Kämpfer fuhr herum, als sie Karens Stimme hörte. Einen Moment lang konnte man Bestürzung in ihrem Gesicht lesen. Dann guckte sie auf die Armbanduhr. »Ich muß gleich…«

»Ich brauche nicht lange.«

Angelika Kämpfer widersprach nicht, sie ließ sich nur tiefer hineinsinken in den Schreibtischsessel.

»Sie werden es noch nicht wissen. Dorothea v. Plato hat auf Ruben Berg geschossen. Ich nehme an, Sie können sich vorstellen, was das heißt.«

»Ich weiß nicht, wovon Sie reden«, sagte Angelika Kämpfer langsam. Man sah ihr an, wie es in ihr arbeitete. Karen hätte fast gegrinst.

»Man denke nur an die Schlagzeilen: ›BKA deckt selbsternannten Racheengel‹, zum Beispiel. Oder: ›Waffendiebstahl beim BKA – wie sicher arbeiten unsere Ermittlungsbehörden‹?«

Karen weidete sich an Angelika Kämpfers starrem Gesicht. »Auch schön: ›Der Staat deckt Terroristen – Verzweifeltes Terroropfer sühnt seinen Vater!‹«

Die andere sah aus dem Fenster. Sie sah noch immer aus wie frisch lackiert. Aber sie fuhr sich auffällig oft durchs Haar.

»Wenn Dorothea v. Plato der Prozeß gemacht wird, geht es noch höher her. ›Deutschlands erfolgreichste Aktienmanagerin schießt auf Ex-BKA-Killer, um ihren früheren Geliebten zu rächen.‹ Und zum Schluß wird sich jeder fragen, ob nicht die fragliche Behörde rechtzeitig hätte verhindern können, daß einer ihrer ehemaligen Angestellten mit beim BKA entwendeten Waffen auf Rachefeldzug geht.«

»Ich verstehe nicht…«

Karen lächelte und senkte die Stimme. »Nennt man so etwas nicht Verletzung der Fürsorgepflicht?«

»…was Sie mir damit sagen wollen.« Die Kämpfer hatte ein Zögern in der Stimme.

Getroffen, dachte Karen und genierte sich fast gar nicht für das wunderbar primitive Triumphgefühl, das sie empfand. Es hat gewirkt. »Wußten Sie etwa nicht, Frau Kämpfer«, fragte sie scheinheilig, »daß die aus Funk und Fernsehen bekannte Fondsmanagerin Dorothea v. Plato, eine der einflußreichsten Frauen unseres Landes, einst die Freundin von Martin Schmid war, eines Terroristen, der dank der deutschen Justiz unbehelligt in Frankreich lebte, bis ihn jemand erschoß? Und wußten Sie womöglich auch nicht, daß sein Mörder Ruben Berg heißt, ein ehemaliger BKA-Mann, der nachholen wollte, was die Behörden seiner Meinung nach versäumten? Ruben Berg, Sohn des beim Anschlag auf den Vorstandschef der Sievers-AG 1986 getöteten Chauffeurs Heiner Berg, ein junger Mann, den man angesichts dieses Hintergrunds niemals hätte einstellen dürfen?«

Angelika Kämpfer legte die Hände in den Schoß und guckte aus dem Fenster. Nach einer Weile drehte sie sich um. »Sie wollen mir doch nicht erzählen, Frau Kollegin, daß eine Frau wie Dorothea v. Plato über zwanzig Jahre später ihre Existenz für ein armes Würstchen wie Martin Schmid opfert!«

Karen fühlte, wie ihr selbstsicheres Lächeln etwas verblaßte. Das eben verstand sie auch nicht. Als sie Dorothea v. Plato danach fragte, hatte die nur mit den Schultern gezuckt und seelenruhig gesagt: »Manchmal muß man eben etwas tun.«

Dann straffte sie das Kinn. Keine Ablenkungsmanöver, liebe

Frau Kollegin, dachte sie. »Warum haben Sie in der Sache Eva Rauch nicht weiterermittelt?«

Angelika Kämpfer drehte sich langsam zu Karen um. In ihrem Gesicht stand kalte Verachtung. »Sie haben keine Ahnung, Frau Stark«, sagt sie leise. »Sie leiden an Selbstüberschätzung. Sie mischen sich ein, ohne Rücksicht auf die Folgen. Sie nehmen sich viel zu wichtig.«

Das Wild wehrt sich. Man muß nachsetzen, dachte Karen. »Das BKA hat einen Mörder gedeckt, verehrte Frau Kollegin. Und Sie haben sich als Handlangerin einer mißglückten Vertuschungsaktion hergegeben. Die Medien werden Sie monatelang durch den Wolf drehen. Wer weiß, was dabei noch alles hochgespült wird.«

Angelika Kämpfer sah sie an und schüttelte langsam den Kopf. Die Haare mit der sanften Außenwelle schwangen mit. »Sie begreifen gar nichts, stimmt's? Ihr löblicher, wenn auch etwas idealistischer Hang zur Wahrheit wird ein Menschenleben ruinieren – das von Dorothea v. Plato. Alles andere, was Sie sich erhoffen…« Die Kämpfer ließ ihre Hände aufflattern wie eine Horde aufgescheuchter Tauben.

»Und Sie glauben, damit kämen Sie durch?« Karen hörte sich zu. Plötzlich klang ihre Stimme unsicher.

»Ich glaube, Sie kapieren einfach nicht, worum es hier geht. Ihr subjektives Rechtsbewußtsein in allen Ehren…«

Karen schnaubte ungläubig.

»…aber Sie haben kein Gefühl für übergeordnete Interessen.«

»Ach – und die wären?«

Angelika Kämpfers Gesicht war blaß geworden. »Natürlich hat das BKA mit Terroristen kooperiert, das wissen Sie so gut wie ich. Nur so waren Informationen zu erzielen, die geeignet waren, andere Straftaten zu verhindern. Nur ein Ideologe oder ein Verblendeter begreift das nicht.«

»Wie Ruben Berg.«

»Richtig!« Die Kämpfer versuchte, ruhig zu bleiben.

»Und warum wurde der Mann nicht aus dem Verkehr gezogen?«

»Wie denn? Es wußte niemand, was er vorhatte.«

»Und als die erste Waffe auftauchte…«

»…wußte man nur eines ganz sicher: daß die Behörde eine sehr schlechte Presse bekommen würde. Es ging um nichts anderes als um Schadensbegrenzung. Oder hätte man Ihrer Meinung nach eine Pressekonferenz veranstalten und sagen sollen: Uns sind leider acht Waffen abhanden gekommen, eine davon ist neben einer Toten aufgetaucht, die Sache tut uns furchtbar leid, aber wir können sie uns überhaupt nicht erklären?«

Die Kämpfer mußte Karens Gesichtsausdruck richtig gedeutet haben. »Sie gelten nicht als kooperationsbereit, Frau Stark, vielleicht ist Ihnen das auch schon mal aufgefallen. Es gab nur eine Möglichkeit – Ihnen den Fall aus der Hand zu nehmen.«

So einfach war das also. Und was war mit der Wahrheit? Karen lehnte sich gegen den Türstock und versuchte, ihre Gedanken zu ordnen. Hatte sie all die Jahre einem Rechtsstaat und seinen Institutionen gedient, die sich politischen Zwecken beugten, solange sie nur mit der nötigen Autorität vorgetragen wurden?

»Und was ist Ihre Rolle in diesem – Spiel zugunsten der Allgemeinheit?« fragte sie schließlich.

»Das BKA ist an den Generalstaatsanwalt herangetreten und der ist beim Ministerium vorstellig geworden. Sie wissen doch, wie so etwas geht.«

Natürlich, dachte Karen. So was weiß man doch. »Und Sie hatten den Auftrag, mich daran zu hindern, in Sachen Eva Rauch weiterzuermitteln?«

»Ich habe Sie nicht gehindert. Ich habe Ihnen die Angelegenheit aus der Hand genommen. Das war alles. Ich ahnte nicht, daß das die Sache nur noch schlimmer machen würde.« Angelika Kämpfer trommelte mit den Fingern auf die leere Schreibtischplatte. »Wenn Sie Ruhe gegeben hätten…«, sagte sie leise.

»Was dann? Dann hätte Ruben Berg den nächsten auf seiner Liste erledigen können.«

Angelika Kämpfer sah sie ruhig an. »Man hätte ihn daran gehindert. Aber ohne Ihre Einmischung hätte sich sein Tod verhindern lassen. Und Dorothea v. Plato wäre nicht ruiniert für ihr Leben.«

Ungebeten machte sich bei Karen so etwas wie Bewunderung bemerkbar. Angelika Kämpfer wußte, wo man die Daumenschrauben ansetzt.

»Und wenn es Sie tröstet, Frau Stark: Ich verlasse die Abteilung.«

»Ah – ja?« Angelika Kämpfers Loyalität wurde gewißlich belohnt. »Und wohin gehen Sie?«

Plötzlich lachte die andere. Ihr Gesicht verlor alle Strenge. »Ins Kosovo. Ein funktionierendes Justizwesen aufbauen. Das täte Ihnen auch gut, Frau Kollegin. Ihr übertriebener Idealismus ist dort mehr am Platz als hier.«

Karen war wie vom Donner gerührt. Die Kämpfer war weggelobt worden und war auch noch froh darüber. Warum? Weil es ihr nicht gelungen war, die Affäre unter dem Deckel zu halten?

Sie drehte sich um und öffnete die Tür. »Die Flucht ins Ausland hätten Sie sich sparen können, Frau Kollegin«, sagte sie, ohne sich umzudrehen. »Dorothea v. Plato hat zwar geschossen, aber sie hat schlecht gezielt. Und Ruben Berg wird sich hüten, wegen eines Streifschusses Anzeige gegen sie zu erstatten. Es ist alles in Butter.«

Bis auf die drei Toten, von denen niemand etwas wissen will. Bis auf gebrochene Biografien und gebrochene Herzen.

»Aber es war gut, daß wir miteinander geredet haben.«

Karen zog die Tür behutsam hinter sich ins Schloß. Sie fühlte eine große Leere in sich aufsteigen. Sie fürchtete sich vor dem Gedanken, der sich ihr aufdrängte, und versuchte, ihn zu verscheuchen.

Was, wenn Angelika Kämpfer recht hätte?

# 13

*Klein-Roda, 4 Monate später*

Die Chrysanthemen waren über Nacht schwarz geworden. Nur das Weinlaub leuchtete noch strahlend rot und goldgelb. Doch eines nach dem anderen lösten sich die Blätter von den Reben und flatterten zu Boden. Die letzten Kartoffelpflanzen streckten welk gewordenes Laub in die noch milde Luft. Ein überfälliger Apfel stürzte vom Baum und zerplatzte auf dem Pflaster.

»Halt mal«, sagte Gregor Kosinski und reichte Bremer seine Zigarette.

»Jawohl, Herr Kriminalhauptkommissar.« Paul hielt die Kippe am ausgestreckten Arm auf Distanz.

Gregor hieb mit konzentriertem Gesicht und einem kurzen, harten Hammerschlag den Zapfhahn ins Fäßchen. Paul konnte den Hahn gerade noch zudrehen, bevor das dunkle Bier über den Gartentisch schäumte.

»Bier?« rief Paul, als er mit zwei Krügen ins Haus trat. Karen hockte vor dem Kaminfeuer und spielte schon seit einer halben Stunde mit Nemax. Der kleine Kater liebte es, nach Fellmäusen zu springen und Weinkorken hinterherzurasen.

Sie kam mit gerötetem Gesicht in die Küche, auf der Schulter das schnurrende Tier, das an einer ihrer Haarsträhnen kaute. »Er sieht haargenau wie Alexas Katze aus!«

Er war der kleinste des Wurfs gewesen. Bremer fiel auf, wie schlank Karen geworden war. »Du hast abgenommen«, sagte er.

Sie zuckte mit den Schultern.

»Früher hätte dich das gefreut.«

»Ach früher.« Sie nahm ihm einen Krug Bier aus der Hand und folgte Gregor Kosinski an den Eßtisch.

Bremer hörte den beiden Freunden mit halbem Ohr zu, während er in der Kochnische die Rückenfilets von der Wirbelsäule der beiden Kaninchen löste und sie in die vorbereitete Marinade aus Öl, Sojasauce, Sherry, Honig und Ingwer bettete. Die Schenkel legte er in eine Schale, übergoß sie mit einem Sud aus Rotwein, Gewürzen und Suppengrün und stellte sie beiseite.

»Was ist los, Karen?« fragte Kosinski. »Du bist zurück in deinem Karnickelställchen bei der Frankfurter Justiz. Niemand sagt etwas gegen dich. Deine Konkurrentin ist weg vom Fenster. Was willst du mehr?«

»Ich weiß auch nicht. Aber die Stimmung in meiner Abteilung ist mies. Und niemand redet über das, was war.«

»Meine Güte, das liegt doch auf der Hand. Sie haben Schuldgefühle.« Für Kosinski war das sonnenklar.

Bremer grinste in sich hinein. Der alte Freund hatte ihn vorhin mit »Noch fünf Jahre und drei Monate bis zur Frühpensionierung!« begrüßt und die Augen gerollt dabei. Jeder wußte, wie sehr er an seinem Beruf hing: »Dorfbulle ist ein Traumjob«, pflegte er zu sagen, wenn jemand Berlin oder Frankfurt erwähnte.

Bremer hörte die beiden murmeln. Nemax kam vorbeigestrichen und schnüffelte an seinem Hosenbein. So liebte er die Wochenenden: essen und trinken mit Freunden.

»Was ich nicht verstehe…« Gregor Kosinski hatte noch zwei Bier gezapft und brachte frische Luft von draußen mit. »So richtig erfolgreich war Ben Berg mit seinem Rachefeldzug ja nicht.«

»Wie man's nimmt. Wir wissen schließlich nicht, wen er noch erledigt hat. Nur vier der sieben Pistolen aus dem Raub sind bislang aufgetaucht.« Karen klang immer noch nicht besser gelaunt.

»Aber warum hat er Martin Schmid nicht gleich umgebracht?«

»Er hatte längst die Lust an seiner fixen Idee verloren. Erst, als er glaubte, Schmid habe Alexa auf dem Gewissen…« Karen biß sich auf die Lippen. Sie erinnerte sich an das weiße Gesicht der jungen Frau. Alexa ließ nicht erkennen, was sie mitbekommen hatte vom Gespräch auf der Terrasse, als sie nach dem Schuß herangestürzt kam und die oberflächliche Wunde an Bergs Arm verband.

»Hmmm.« Kosinski war aufgestanden und versuchte, mit der Fliegenklatsche die Spielzeugmaus unter dem Schrank hervorzufegen, die Nemax beim Spiel daruntergeschleudert hatte und der er verzweifelt hinterherkriechen wollte. Dann richtete er sich wieder auf und ließ das Katerchen nach dem Spielzeug springen.

Bremer erhitzte Öl in der Pfanne.

»Er hat sich in Alexa Senger verliebt. Manchem vergeht in diesem Zustand die Lust auf Rache.«

Bremer hörte Karen leise lachen. Er nahm die Filets aus der Sauce und tupfte sie ab.

»Und warum hat er sie dann verlassen?«

»Innerer Zwiespalt? Hin- und hergerissen zwischen Lust und Pflicht?«

Die Pflicht des Sohnes, den Vater zu rächen. Eine Pflicht aus dem Wörterbuch des Archaischen, dachte Bremer. Sechzehn Jahre lang war Ben Berg einem Wahn hinterhergelaufen. Er wunderte sich über das Mitleid, das ihn plötzlich erfaßte.

»Und warum kam er zurück?« Karen gab die Antwort gleich selbst. »Weil die Liebe stärker war«, sagte sie theatralisch.

Kosinski seufzte. »Und ausgerechnet der Liebe wegen hat er Schmid dann doch noch erschossen. Das ist der Stoff, aus dem Tragödien sind.«

Bremer legte die Filets in die Pfanne und ließ sie anbraten. Dann fügte er die Marinade hinzu.

»Und was wird nun aus der Liebe?« Man merkte Kosinski an, daß er dem Stoff, aus dem Tragödien sind, nicht traute.

»Ich wäre ungern mit einem Mann zusammen, von dem ich wüßte, daß er ein Mörder ist.«

»Aber weiß sie's?«

Alexa sieht, was sie sehen will, dachte Paul Bremer. Es war eine

Schwäche, aus der man auch eine Stärke machen konnte. Und wieder tat ihm Ben Berg leid.

Er nahm die Filets aus der Pfanne, wickelte sie in Alufolie und stellte sie warm. Dann verrührte er einen Löffel Bärlauchpesto im Bratensatz und ließ den Fond einkochen. Als er die Teller mit Filet und Sauce an den Eßtisch brachte, war Kosinski schon wieder draußen gewesen, Bier zapfen. Karen kraulte das schnurrende Katerchen.

Für eine Weile sagte niemand etwas.

»Dein Essen versöhnt mit der Weltlage.« Kosinski seufzte wohlig und schob den leeren Teller von sich.

»Warte, bis du den zweiten Gang probiert hast«, sagte Bremer und grinste ihm zu.

Erst nachdem auch von den Kaninchenbeinen nur Knochen übrig geblieben waren, fiel ihm auf, wie schweigsam Karen geworden war.

»Du machst dir Vorwürfe, Karen«, sagte Kosinski irgendwann mit einer Stimme, die zu Geständnissen einlud.

Bremer stand auf und räumte das Geschirr zusammen.

»Ich mußte einen Mörder laufenlassen«, sagte Karen. »Das paßt nicht in mein Berufsbild.«

»Verstehe.«

»Wirklich?«

Bremer sah aus den Augenwinkeln, daß sie sich kerzengerade aufgesetzt hatte. Nemax war von ihrem Schoß gesprungen und jagte einer verspäteten Fliege hinterher.

Kosinski räusperte sich. »Sie hieß Evangelina. Sie hatte vier Kinder. Irgendwann hat sie sich gewehrt, als ihr Mann sie zum wiederholten Mal schlug und nötigte. Sie hat ihm mit einem Ausbeinmesser 47 Stiche versetzt – ein besonders brutaler Tötungsakt. Und trotzdem: Ich habe Beweismaterial verlegt und mit Hilfe der Staatsanwältin für einen Verfahrensfehler gesorgt. Der Richter wirkte regelrecht erleichtert.«

»Ich hasse Selbstjustiz.«

Stimmt nicht, dachte Bremer. Am meisten haßt du die Zerstörung deiner Ideale.

»Evangelina hätte eine milde Strafe bekommen – drei, vier Jahre. Aber für die vier Kinder wären auch diese paar Jahre zu lang gewesen.«

»Und für welche sozial bedeutsame Aufgabe läuft Ben Berg weiterhin frei herum?«

»Sein Kind braucht einen Vater«, sagte Bremer. »Vaterlosigkeit haben schon seine Eltern erlebt.«

Karen sah aus, als ob sie »Ach was« sagen wollte. »Ben Berg bleibt ungeschoren, weil niemand will, daß herauskommt, wie schlampig der Laden geführt wird, der sich immerhin Bundeskriminalamt nennt. Das zählt bei mir nicht zu den edleren Motiven.«

Bremer goß Sahne in die Rührschüssel und stellte den Mixer an.

»Sie haben ihre Fürsorgepflicht verletzt. Sie haben Ben Berg nicht geschützt vor sich selbst.« Nemax sprang wieder auf Karens Schoß, gähnte, rollte sich zusammen und schloß die Augen.

»Karen«, hörte er Kosinski sagen. Er klang behutsam, so, als ob er auf einen störrischen Gaul einredete. »Ich fürchte mich nicht vor Feiglingen und Rechtsbeugern. Wir können nicht immer gerade Straßen befahren – das ist nun mal die Realität, in der wir leben. Aber Angst – richtige, tiefe Angst – habe ich vor denen, die diesen Zwiespalt gewaltsam schließen wollen. Die glauben, eine bessere Welt mit Waffengewalt herstellen zu können, oder die Gerechtigkeit schaffen wollen, indem sie Selbstjustiz üben.«

»Also so jemand wie Ben Berg.« Karen klang trotzig.

»Du klingst wie er. Ist nicht jedes fehlerhafte System besser als fanatische Rechthaberei?« Bremer stellte die Schüssel mit Tiramisu auf den Tisch. Im Grunde verstand er beide Positionen, die Karens und die Gregor Kosinskis. Das mußte sein Schicksal sein.

Kosinski machte einen langen Hals, schaute in die Schüssel und dann vorwurfsvoll hoch. Paul ahnte, was der Freund dachte: Dreißig Sekunden im Mund. Dreißig Minuten im Magen. Und dreißig Jahre auf den Hüften.

»Ich möchte keine Rache. Oder Buße. Ich möchte Sühne.« Karen gab sich noch immer als strenge Hohepriesterin des Rechtsstaates.

»Koste es, was es wolle! Und wenn dafür Köpfe rollen müssen!« sagte Kosinski mit übertriebener Begeisterung.

Endlich begann Karen zu grinsen.

»Weichei«, sagte sie.

# Dank

Dies ist kein Schlüsselroman. Obzwar sich viele Anregungen Geschichte und Gegenwart verdanken, gleichen die auftretenden Personen höchstens von weitem lebenden Vorbildern.

Mein Dank geht an die Frankfurter Staatsanwaltschaft und das Landeskriminalamt Hessen für ermittlungstechnische Hilfestellung. Daß man Romane mit Todesfolge dort für wenig realistisch hält, erklärt sich aus der Statistik: In der Vielzahl krimineller Aktivitäten spielen Mord und Totschlag eine Minderheitenrolle. Sie gehören auch in der Abteilung II der Frankfurter Staatsanwaltschaft, Buchstaben R (ohne Re), Sa-Sal, nicht eben zum täglich Brot.

Mein Dank für Inspiration (und notfalls Gnadenlosigkeit) gehört vor allem Antje Kunstmann und, ziemlich gleich danach, Rudolf Westenberger, Ellen Eggers, Winfried Eggers und Christian Schneider. Matthias Beltz hat mich auf den »Blick« aufmerksam gemacht – und mich an vieles aus den ebenso guten wie schlechten alten Zeiten erinnert. Für unschätzbare Tips aus der kriminalistischen Praxis danke ich OStA Dieter Kellermann. Die Wanderungen im Bois de Peyrebelle und viele Hinweise auf das authentische Frankreich verdanke ich Pascal, Aline und Susanne Schlüter – und das korrekte Französisch Heinz Fischer aus dem Westerwald. Von den Kritikern wie von den Lobpreisenden im Freundeskreis, Uli Wanner-Laufer und Bettina Laufer, Stephan Ahlf und Ivonne Gommelt und nicht zuletzt Stephan Opitz, habe ich ungemein profitiert. Das Lob hat gewärmt und die Kritik hat abgekühlt. Beides war manchmal nötig.

Paul Bremer bereitet seine Stallhasen mittlerweile nach Anregungen und Rezepten von Martina Meuth und Bernd Neuner-Duttenhofer zu, vgl. dies., Asien in unserer Küche. Die neue Welt des kreativen Kochens, München 1989. Die Globalisierung macht eben auch vor der Provinz nicht halt.